I0732437

ଆମ ଗଛର ଛାଇ

ଡକ୍ଟର ବାସନ୍ତୀ ମହାନ୍ତି

ବିଦ୍ୟା ପବ୍ଲିଶିଙ୍ଗ

ଟରୋଣ୍ଟୋ, କାନାଡା ॥ ଭୁବନେଶ୍ୱର, ଓଡ଼ିଶା

ଆମ୍ବ ଗଛର ଛାଇ

(ଗଳ୍ପ ସଂକଳନ)

ଲେଖିକା: ଡ. ବାସନ୍ତୀ ମହାନ୍ତି

ପ୍ରଥମ ସଂସ୍କରଣ: ଦଶହରା, ଅକ୍ଟୋବର ୨୦୨୧

ପ୍ରକାଶକ: ବିଦ୍ୟା ପବ୍ଲିଶିଙ୍ଗ୍ ଇଙ୍କ୍, ଟରୋଣ୍ଟୋ, କାନାଡ଼ା

....

ISBN : 978-1-990-494-05-5

Amba Gachhara Chhai

(Story Collections by Dr. Basanti Mohanty)

First Edition : Dashahara, October 2021

Published by
Vidya Publishing Inc., Toronto, Canada
www.vidyapublishing.com
Email: vidyapublishinginc@gmail.com

Odisha Address : Print Ad B-49, Saheed Nagar, Bhubaneswar-751007
Cover Art : Arpita Mishra
Cover Design : Srushti Panda

ଡ. ବାସନ୍ତୀ ମହାନ୍ତି ଓଡ଼ିଆ ସାରସ୍ୱତ ଜଗତର ଏକ ପ୍ରତିଭା ସମ୍ପନ୍ନା ବ୍ୟକ୍ତିତ୍ୱ । ଡ. ମହାନ୍ତିଙ୍କ ଲେଖନୀ ଗଳ୍ପ, ଉପନ୍ୟାସ, କବିତା, ପ୍ରବନ୍ଧ, ସ୍ମୃତି, ଲୋକସାହିତ୍ୟ, ଇତିହାସ, ଅନୁବାଦ, ଜୀବନୀ ଆଦି ବିଭିନ୍ନ ବିଭାଗରେ ଚଳଚଞ୍ଚଳ । ଅନ୍ୟୂନ ୨୬ ଖଣ୍ଡ ପୁସ୍ତକର ସେ ରଚୟିତ୍ରୀ । ସୁରେନ୍ଦ୍ର ମହାନ୍ତିଙ୍କ କଥା ସାହିତ୍ୟରେ ଗବେଷଣା କରି ସେ ଡକ୍ଟରେଟ୍ ଉପାଧ୍ୟ ପ୍ରାପ୍ତ ହୋଇଛନ୍ତି । ଜଣେ ସର୍ବପାଠକଗ୍ରାହୀ ସ୍ମୃକାର ରୂପେ ଡ. ମହାନ୍ତିଙ୍କ ସିଦ୍ଧି ଅବିସମ୍ୱାଦିତ । ଜନଜାତି ଜୀବନ ଆଧାରିତ ଗଳ୍ପ ଉପନ୍ୟାସ ଲେଖି ସେ ବହୁ ପ୍ରସିଦ୍ଧି ଲାଭ କରିଛନ୍ତି ।

ଡ. ମହାନ୍ତିଙ୍କର ଗବେଷଣା ନିବନ୍ଧ ସୁରେନ୍ଦ୍ର ମହାନ୍ତିଙ୍କ କଥା କୋଣାର୍କ, ସ୍ମୃତି ସଂକଳନ ଭୋକ ବିଳାସ, ପ୍ରବନ୍ଧ ସଂକଳନ ଆମ ଐତିହ୍ୟ ଓ ଆମ ପରମ୍ପରା, ଗଳ୍ପ ସଂକଳନ ଗୀତ କୁଡ଼ିଆଣୀ, ଉପନ୍ୟାସ ଦୂର ଆକାଶର ତାରା, ବିକ୍ରମ ଦେବ ବର୍ମାଙ୍କ ଜୀବନ ଆଦି କେତେ ଖଣ୍ଡ ବହୁଚର୍ଚ୍ଚିତ ପୁସ୍ତକ । 'ଆମ୍ବଗଛର ଛାଇ' ତାଙ୍କର ଦ୍ୱାଦଶତମ ଗଳ୍ପ ସଂକଳନ ଓ ସପ୍ତବିଂଶତମ ପୁସ୍ତକ । ବାସନ୍ତୀ ମହାନ୍ତିଙ୍କ ଅନ୍ୟାନ୍ୟ ପୁସ୍ତକମାନଙ୍କ ପରି ଏ ପୁସ୍ତକଟି ମଧ୍ୟ ଯଥେଷ୍ଟ ପାଠକାଦୃତ ହେବ ।

ଡ. ତନ୍ମୟ ପଣ୍ଡା ଓ ଡ. ସୁନନ୍ଦା ମିଶ୍ର ପଣ୍ଡା

ବିଦ୍ୟା ପବ୍ଲିଶିଙ୍ଗ

ଆମ୍ କଥନ

ଥରେ ନିଜକୁ ଚିପୁଡ଼ି ନିଗାଡ଼ି ଗପଟିଏ ଲେଖ୍ ସାରିବା ପରେ ଆଉ କିଛି କହିବାର ନଥାଏ । ଏଣିକି ଯାହା କହିବେ ମୋ ପାଠକ ଓ ମୋ ଲେଖାର ସମାଲୋଚନା ତାହା ଗାଲି ହେଉ କି ତାଲି, ସେସବୁ ମୋ ପାଇଁ ବ୍ରଜଧୂଲି । ସେମାନଙ୍କ ସହୃଦୟତାରେ ତ ବଞ୍ଚିରହେ ଲେଖକ । ରୀତି ଯୁଗର କବିମାନେ ପରା ଲେଖକର ଆୟୁ ଘେନି ପାଠକମାନେ ବଞ୍ଚ ରହନ୍ତୁ ବୋଲି କାମନା କରୁଥିଲେ ।

'ଆମ୍ ଗଛର ଛାଇ' ମୋର ଦ୍ୱାଦଶତମ ଗଳ୍ପ ସଙ୍କଳନ । ଏହାଛଡ଼ା ୧୬ ଖଣ୍ଡ ଅଣଗଳ୍ପ ସଂକଳନ ମଧ ମୋର ରହିଛି । କିନ୍ତୁ ଗଳ୍ପଟିଏ ଲେଖିବା ବେଳେ ମୋ ଚିନ୍ତା ଚେତନା ମୋ କଳ୍ପନା ଯେଉଁ ପରି ନିରାବରଣ ଭାବରେ ଆୟୂପ୍ରକାଶ କରନ୍ତି ଅନ୍ୟତ୍ର ମୁଁ କ୍ୱଚିତ ସେପରି ଅନୁଭବ କରେ । ସତ୍ୟ ଓ ତଥ୍ୟର ସୀମାରେଖା ଡେଇଁ ବୌଦ୍ଧିକ ସାହିତ୍ୟ ଲେଖ୍ ହୁଏ ନାହିଁ । କିନ୍ତୁ ଗଳ୍ପ ଏ ସକଳ ଅନୁଶାସନର ଉର୍ଦ୍ଧ୍ୱରେ । ସତ୍ୟ ଓ ତଥ୍ୟ ସହ କଳ୍ପନା ବିଲାସର ମଧୁ ଚନ୍ଦ୍ରିକା ମୋତେ ଉଚ୍ଚାଟ କରନ୍ତି । ମୁଁ ଭିନ୍ନ ଦୁନିଆଁର ମଣିଷଟିଏ ପାଲଟି ଯାଏ । କାଳ୍ପନିକ ବାସ୍ତବତାମାନେ ମୋତେ ସମ୍ପୂର୍ଣ୍ଣ ଆବୋରି ବସନ୍ତି । ଚରିତ୍ର ମାନେ କେତେ ବେଳେ ମୋ ଭିତରେ ପଶିଯାଆନ୍ତି ତ ଆଉ କେତେବେଳେ ମୁଁ ପଶିଯାଏ ସେମାନଙ୍କ ଭିତରେ । ଏକ ତଲ୍ଲୀନ ଭାବ ନେଇ ମୁଁ ଲେଖେ । ମୋ ସର୍ଜନା ବିଲାସରେ ଡେଣା ଲାଗିଯାଏ ।

ସେହି ସୂତ୍ରରେ 'ଆମ୍ ଗଛର ଛାଇ' ଗଳ୍ପ ସଙ୍କଳନସ୍ଥ ପ୍ରତିଟି ଗଳ୍ପର କଥା ବୀଜ ଓ ଚରିତ୍ର ସତ୍ୟ ଓ ତଥ୍ୟ ଆଧାରିତ । ସବୁ ଚରିତ୍ର ମୋ ହାତ ପାହାନ୍ତାର । କିନ୍ତୁ ଯେଉଁଠି ଟିକେ ସୁଯୋଗ ମିଳିଛି ସେଠି ମୋ କଳ୍ପନା ବିଲାସ ଅଲସ ଭାଙ୍ଗିଛି ।

ସଂକଳନର ପ୍ରଥମ ଗଳ୍ପ 'ଆମ୍ ଗଛର ଛାଇ' ଆମ ବାଡ଼ିର କଲମୀ ଆମ୍ଗଛ ସହ ବିତେଇ ଥିବା ଆମ ପରିବାରର ଅନେକ ତିକ୍ତ ମଧୁର ସ୍ମୃତି । 'ସେଇ ଲାଜକୁଲା ପିଲା ଓ ତିନୋଟି ପ୍ରଶ୍ନ' ଗଳ୍ପଟି ମୋ ଶୈଶବର ସୁଖସ୍ମୃତିରୁ ଚେନାଏ । 'କ୍ୱାରେନ୍ସାଇନ୍‌ରେ ଦୁପର୍ଠି' ମୋ ହାତଗଢ଼ା ଚରିତ୍ରଟିଏ । 'କନ୍ୟାଶ୍ରମର କନ୍ୟା'ର ଘଟଣା ଓ ଚରିତ୍ର ମୋ ଆଖ୍ ଦେଖା । ସେହିପରି 'ହାରିଯାଇଥିବା ମଣିଷ'ର ନାୟିକା

କର୍ମ କର୍ତ୍ତବ୍ୟରେ ପାପ ପୂଣ୍ୟର ଊର୍ଦ୍ଧ୍ୱକୁ ଉଠିଥିବା ମୋ ଗାଁର ବିରଳ ଚରିତ୍ରଟିଏ ।’ ‘ଗୋଟିଏ ଅସ୍ୱସ୍ତିର ଇତିକଥା’, ‘ବାୟାଣୀ ଝିଅ’ ଓ ‘ମୋ କେଶବତୀ ବୋଉ’ ଏସବୁ ମୋ ଆତ୍ମୀୟ ସ୍ୱଜନଙ୍କ କଥା । ‘କିନ୍ନର’ ଗଳ୍ପଟିର ଚରିତ୍ର ସହ କିଛି ଦିନ ମୁଁ ଅନ୍ତରଙ୍ଗ ଭାବରେ ଅତିବାହିତ କରିଛି । ଏମିତି ଅନ୍ୟାନ୍ୟ ଚରିତ୍ରମାନଙ୍କ ସହ ମୁଁ ପ୍ରତ୍ୟକ୍ଷ ଓ ପରୋକ୍ଷ ଭାବରେ ଜଡ଼ିତ । ଏମାନଙ୍କ ସହ ମୋର ଅନ୍ତରଙ୍ଗ ଅନୁଭବ ମୋତେ ଅହରହ ଆକ୍ରାମାକ୍ର କରନ୍ତି । ଏ ଅନୁଭବକୁ ନେଇ ଦୁଇଧାଡ଼ି ଲେଖି ମୁଁ ସେମାନଙ୍କୁ ମୁକ୍ତି ଦିଏ କି ମୁଁ ମୁକ୍ତି ପାଏ କେଜାଣି କିନ୍ତୁ ଲେଖା ସାରିବା ପରେ ମୁଁ ଖୁବ୍ ଆସ୍ୱସ୍ତି ଅନୁଭବ କରେ ।

ଏହି ସଂକଳନରେ ସନ୍ନିବେଶିତ ଗଳ୍ପଗୁଡ଼ିକ ପୂର୍ବରୁ ଝଙ୍କାର, ସତ୍ୟବାଦୀ, ପଞ୍ଚବଟୀ, ଗୌରବ, କୁସୁମିତା, ଇସ୍ତାହାର, ମହୋଦଧି ଓ ସାଗରିକା ଆଦି ପତ୍ରିକାରେ ପ୍ରକାଶିତ ହୋଇ ବେଶ୍ ପାଠକୀୟତା ହାସଲ କରିଛନ୍ତି । ଏହି ଅବସରରେ ସମ୍ପୃକ୍ତ ପତ୍ରିକାମାନଙ୍କର ସମ୍ପାଦକ ଓ ସମ୍ପାଦିକାଙ୍କ ନିକଟରେ ମୁଁ କୃତଜ୍ଞ । ପାଣ୍ଡୁଲିପିକୁ ପ୍ରକାଶ ଉପଯୋଗୀ କରିଥିବା ଡିଟିପି ଅପରେଟର ଶ୍ରଦ୍ଧେୟ ସୁଦର୍ଶନକୁ ମଧ୍ୟ ମୁଁ ଶୁଭେଚ୍ଛା ଜଣାଉଛି ।

ସର୍ବଶେଷରେ ସୁଦୂର କାନାଡ଼ାର ଟରୋଣ୍ଟୋ ସହରରେ ଥାଇ ସୁଦ୍ଧା ବିଦ୍ୟା ପବ୍ଲିଶିଙ୍ଗ ର ସୁଯୋଗ୍ୟ ପ୍ରକାଶକ ଦମ୍ପତି ଡ. ସୁନନ୍ଦା ମିଶ୍ର ପନ୍ଥା ଓ ଡ. ତନ୍ମୟ ପନ୍ଥା ସ୍ୱତଃ ମୋ ପାଣ୍ଡୁଲିପିକୁ ପ୍ରକାଶ କରିବାର ଗୁରୁଦାୟିତ୍ୱ ବହନ କରିଥିବାରୁ ମୁଁ ତାଙ୍କ ନିକଟରେ ରଣୀ ରହିଲି ।

ପୁସ୍ତକଟି ଆପଣମାନଙ୍କ ହୃଦୟରେ ସାମାନ୍ୟତମ ଶ୍ରଦ୍ଧା ଅର୍ଜନ କଲେ ମୋ ଶ୍ରମ ସାର୍ଥକ ହେଲା ବୋଲି ମଣିବି । ଇତି ।

ବାସନ୍ତୀ ମହାନ୍ତି

ଡକ୍ଟର ବାସନ୍ତୀ ମହାନ୍ତିଙ୍କ

ସମଗ୍ର ସୃଜନ

ଗଳ୍ପ ସଂକଳନ
ରାଜଜେମା, ବିଲେଇ
ଓ ଜୁଲି ପ୍ରସଙ୍ଗ
ପିତୃରଣ
ଅଭିଯୁକ୍ତା
ସୁଲିଅାପାର ଭାତୁଡ଼ି
ମା’
ହାତ ପାପୁଲିରେ ଜୀବନ
ଗୀତ କୁଡ଼ିଆଣୀ
ଉଉରଣ
ନିର୍ବାଚିତ ଗଳ୍ପ
କୁନ୍ତୀ
ଡଙ୍ଗର କନ୍ୟା

ସାହିତ୍ୟ ସମାଲୋଚନା
ନୀଳଶୈଳର ପଦଚାରୀ
ସୁରେନ୍ଦ୍ର ମହାନ୍ତିଙ୍କ କଥା କୋଣାର୍କ

ଅନୁବାଦ
ନିଃସଙ୍ଗ ଯୋଦ୍ଧା
ଗାନ୍ଧୀଙ୍କୁ ଫେରାଇ ଆଣିବା

ଉପନ୍ୟାସ
(ନିଃସଙ୍ଗ ଯୋଦ୍ଧା)
ଦୂର ଆକାଶର ତାରା

ପ୍ରବନ୍ଧ ଓ ସ୍ତମ୍ଭ ସଂକଳନ
ଆମ ଐତିହ୍ୟ ଓ ଆମ ପରମ୍ପରା
ପ୍ରଳୟ ପରର ଜୀବନ
ଦୃଷ୍ଟି ଓ ଦିଗନ୍ତ
ନାରୀ ନୀତି ନିୟତି
ଭୋକ ବିଳାସ

ଇତିହାସ
ଓଡ଼ିଶାର ଜାଲିଆନାଓ୍ୱାଲାବାଗ
ପାପଡ଼ାହାଣ୍ଡି ଗୁଳି କାଣ୍ଡ

ଲୋକକଥା ସଂକଳନ
କଳାହାଣ୍ଡିର ଲୋକକଥା

ଜୀବନୀ
ମହମ୍ମଦ ବାଜୀ
ଭୂମିପୁତ୍ର ବଗା ପୂଜାରୀ
ବିକ୍ରମଦେବ ବର୍ମା

ସୂଚୀପତ୍ର

ଆମ୍ବ ଗଛର ଛାଇ

ତଳ ଘର ଝରକାଟା ଖୋଲିଦେଲେ ଆଖିରେ ପଡ଼େ ଆଇ ବୁଢ଼ୀ ପରି ଶିରାଳ ହାତଗୋଡ଼ ଲମ୍ବେଇ ମୁଣ୍ଡ ଝୁରୁଝୁରୁ କରି ଠିଆ ହୋଇଥିବା ମୋର ଅତିପ୍ରିୟ ଆମ କଲମୀ ଆମ୍ବ ଗଛ । ତିନି ପୁରୁଷର ଗଛ । କିଏ କେବେ କେମିତି କଲମୀ କରିଥିଲା କେଜାଣି ଆମେ କିନ୍ତୁ ଶୈଶବରୁ ତାକୁ ବୟସର ଭାରରେ ନଇଁ ପଡ଼ିଥିବା ମଣିଷଟିଏ ପରି ଦେଖୁ । ଆମକୁ ଆଶୀର୍ବାଦ ଦେବା ଭଙ୍ଗୀରେ ଠିଆ ହୋଇରହିଥିଲା । କେବଳ ଆମ ପରିବାରକୁ ନୁହେଁ, ବର୍ଷ ସାରା ତା ଡାଲ ପାଲାରେ କେତେ ନା କେତେ ନାଁ ଜଣା ନାଁ ଅଜଣା ଚଢ଼େଇ କୁଲୁକୁଲୁ କରି ମହୋତ୍ସବ ମନାନ୍ତି । କେହି ବସା ବାନ୍ଧି ଅଣ୍ଡା ଦେଇ ଛୁଆ ଫୁଟାନ୍ତି ତ କେହି ଅତିଥି ପରି ଆସି ପୁଣି ଉଳିଯାଆନ୍ତି କେଉଁ ଅଜଣା ରାଜ୍ୟକୁ । କାଠ ହଣା ଚଢ଼େଇ ଆସି ଠକ୍ ଠକ୍ କାଠ ହାଣେ, ହଳଦୀ ବସନ୍ତ ଝକ୍ ମାରି ଉଡ଼ି ଉଳିଯାଏ । ଆମ୍ବ ବଉଲରେ କଣ୍ଟ ମାଜି ଅଦିନିଆ ଅତିଥି କୋଇଲି କୁହୁକୁହୁ କରେ । ଘୁ କାଳିକା ପତ୍ର ସନ୍ଧିରେ ବସେ । ଗୋବରା ଚଢ଼େଇମାନେ ଆମ୍ବାୟ ସ୍ୱଜନକୁ ଧରି ବିଭୁର ଆଲୋଚନା କରନ୍ତି । କୁଣ୍ଢାଫାପୁଲିମାନେ ଫୁକୁରୁ ଫୁକୁରୁ ଏ ଡାଲରୁ ସେଡାଲକୁ ଡେଇଁଥାନ୍ତି । ସବା ଅଗ ଡାଲରେ ଭଦଭଦଲିଆଟାଏ ଏକୁଟିଆ ଆସି ବସେ ପୁଣି ଫୁରକିନା ଉଡ଼ିଯାଏ । ତଳ ଆଡ଼କୁ ଶୋଇପଡ଼ିଥିବା ତା ଡାଲରେ କୁମ୍ଭାଟୁଆ ଛୁଆମାନଙ୍କୁ ଆଣି ଉଡ଼ାଣ

ଡ. ବାସନ୍ତୀ ମହାନ୍ତି ❖ ୧

ଶିଖାଏ । ଡାମରା କାଉଟା ଥଣ୍ଡରେ ପୋକଯୋକ ଭର୍ତ୍ତିକରି ଭଲକରି ରାବି ପାରୁନଥିବା, ଉଡ଼ିପାରୁନଥିବା ତା କଅଁଲା ଛୁଆର ନାଲି ନାଲି ପାଟି ଭିତରେ ଅଧାର ଦେଉଥାଏ । ଏମିତି କେତେ କ'ଣ । ସବୁ ଦିନେ ଏମିତି ହାଟ ବସେ କଲମୀ ଆମ୍ବ ଗଛ ଉପରେ ।

ଗଛର ଅଧାଠୁଁ ଆଉ ଟିକେ ଉପରକୁ ଥିଲା ଗୋଟାଏ କୋରଡ଼ । ସେଇ କୋରଡ଼ରେ ପେରୁ ଛୁଆ କରିବାର ଆମେ ଦେଖୁ । ଛୁଆମାନେ ରାତି ଦିନ ବୋଧହୁଏ ଜାଣିପାରନ୍ତି ନାହିଁ । ବେଲେବେଲେ ଡେଇଁ ଡେଇଁ ଖଲିଆସନ୍ତି ବାହାରକୁ । ଆମମାନଙ୍କ ଆଖିରେ ପଡ଼ିଲେ ଆଉ ରକ୍ଷା ନାହିଁ । ଧରି ଆଣି ତାଙ୍କ ଗୋଡ଼ କଦଲୀ ପତୁକାରେ ବାନ୍ଧି ରଖିଦେଉ । ପୋକଯୋକ ଖୋଜିଆଣି ତା ପାଟିରେ ଦେଉ । ନଡ଼ିଆ ସଟେଇରେ ପାଣି ତା ପାଖରେ ରଖୁ । ବୋଉ ବିରକ୍ତ ହୁଏ, କହେ ପେରୁ ଅଶୁଭ । ଘରକୁ ପଶିଲେ ଆହୁରି କାଳ । ତାକୁ ଛାଡ଼ିଦିଅ । ଜେଜୀମା ଆମକୁ ମାରି ଗୋଡ଼ାଏ । ପେରୁ ଛୁଆକୁ ନ ଛାଡ଼ିବା ପର୍ଯ୍ୟନ୍ତ ସେ ଆମ ପିଛା ଛାଡ଼େ ନାହିଁ ।

ସତକୁ ସତ ଏମିତି ଗୋଟାଏ ଅଘଟଣ ଘଟିଥିଲା ଆମ ଘରେ । ଘଟଣାଟି କାକତାଳୀୟ ଥିଲା କି ସତକୁ ସତ ପେରୁ ଘରକୁ ପଶିଲେ ଅଶୁଭ ସେ ସନ୍ଦେହରୁ ମୁଁ ଏପର୍ଯ୍ୟନ୍ତ ମୁକ୍ତ ହୋଇପାରିନାହିଁ । ସେଦିନ ରାତି ପାହିଲା ବେଳକୁ ଆମେ ଦେଖିଲୁ ଗୋଟାଏ ମାଆ ପେରୁର ଗୋଡ଼ ବାନ୍ଧି ତିଲ ଅପା ପାଚିଆଟିଏ ଉଗାଡ଼ି ଦେଇଛି । ପେରୁଟି ରାତିରେ ଆମ ହାଣ୍ଡିଶାଲ ଭିତରେ ପଶିଯାଇଥିଲା । ଖଡ଼୍ ଖାଡ଼୍ ଶବ୍ଦ ଶୁଣି ତା ନିଦ ଭାଙ୍ଗିଗଲା । ସେ କୌଶଲ କ୍ରମେ ତାକୁ ଧରି ନିଜ ବାହାଦୁରୀର ପ୍ରମାଣ ଦେବାପାଇଁ ବାନ୍ଧି ରଖିଛି । ବୋଉ ଓ ଜେଜୀମାର ଗାଲିକୁ ହେଞ୍ଜ ଆମେ ଦିନେ ଦୁଇଦିନ ଧୁମ୍ ଖେଲିଲୁ । ଶେଷରେ ବାପାଙ୍କ ଠାରୁ ଗାଲି ଖାଇ ଆମେ ତାକୁ ଉଡ଼େଇ ଦେଇଥିଲୁ । ଘଟଣାର ଆଠଦିନ ନପୁରୁଣୁ ତିଲ ଅପାର ଅପମୃତ୍ୟୁ ହୋଇଥିଲା । ଏବେ ବି ସେ କଥା ମନେ ପଡ଼ିଲେ ମୋର ହୃତକମ୍ପ ସୃଷ୍ଟି ହୁଏ ।

ଶରତ ଋତୁର ନିର୍ମଲ ଆକାଶରେ ଯେତେବେଲେ ରାଣୀ ଫୁଲ ପରି ଜହ୍ନ ପଡ଼ିଥାଏ, ଆମେ ସବୁ ସ୍ବର ଲୟେଇ କୁମାରପୂର୍ଣ୍ଣମୀ ଗୀତ ଗାଉଥାଉ, ପୁଚି କି ବୋହୂଚୋରୀ ଖେଲୁଥାଉ, ସେଇ ଗଛ କୋରଡ଼ରୁ ବିକଟାଲିଆ ସ୍ବରରେ ଚିଲେଇ

ଉଠେ ପେରୁ । ଆମମାନଙ୍କ ଧାନ ଭାଙ୍ଗେ । ଡରକୁନି ଝିଅ କେତେଟା ଜାବୁଡା ଜାବୁଡି ହୋଇଯାଆନ୍ତି । ଆମ ଭିତରୁ ସବୁଠାରୁ ସାହସୀ ଓ ସମସ୍ତଙ୍କୁ ଅଭୟ ଦେଉଥିବା ଶୁକୁଟୀ ଅପା ପାଟିକରି କହେ ଲୁହା ଚେରଣୀ ! ଦେଢ଼ଶୁର ଅଇଁଠା ଖାଇ । ତା ସହ ପାଲି ଦିଅନ୍ତି ଫୁଲ, ଲୋଚନା, ସର, ଗୌରୀ ଆଦି । ଲୁହା ଚେରଣୀ, ଦେଢ଼ଶୁର ଅଇଁଠା ଖାଇ, ଦେଢ଼ଶୁର ଅଇଁଠା ଖାଇ, ଲୁହା ଚେରଣୀ ।

ଆମେ ବୋଉ ଜେଜୀମା ଆଦି ପୁରୁଖା ସ୍ତ୍ରୀ ଲୋକମାନଙ୍କଠାରୁ ଶୁଣିଥିଲୁ, ଏ ଜନ୍ମରେ ଦେଢ଼ଶୁର ଅଇଁଠା ଖାଇଥିଲେ ଓ ଲୁହା ଚେରୀ କରିଥିଲେ ଆସନ୍ତା ଜନ୍ମରେ ପେରୁ ହୋଇ ଜନ୍ମନିଅନ୍ତି ।

ଝିଅମାନଙ୍କ ସମ୍ମିଳିତ ଧିକ୍କାରରେ ଅପମାନିତ ହୋଇ ପେରୁଟି ଡେଣା ଫଡ଼ ଫଡ଼ କରି ଉଡ଼ିଯାଏ । ଆମେ କହୁ "ହେଇ ଉଡ଼ିଗଲା, ହେଇ ଉଡ଼ିଗଲା ।"

ହଁ, ଏଥର ଗଛ କଥା କହେ । ରଜ ତିନି ଦିନ ଆମ କଲମୀ ଆମ୍ବ ଗଛ ଆକର୍ଷଣର କେନ୍ଦ୍ରବିନ୍ଦୁ ପାଲଟିଯାଏ । ଗଛଟା ତଳୁ ଛାତିଏ ଉଚ୍ଚ ଉଠିଯିବାପରେ ଦୁଇଭାଗ ହୋଇଯାଇଛି । ଗୋଟାଏ ଭାଗ ଅଧାରୁ ମାଟି ସହ ସମାନ୍ତର ହୋଇ ଶୋଇଥିବାବେଲେ ଆଉ ଗୋଟାଏ ଡାଲ ସିଧା ଉଠିଯାଇଥିଲା ଉପରକୁ । ସାନଠାରୁ ବଡ଼ ପର୍ଯ୍ୟନ୍ତ ସେ ଗଛକୁ ଚଢ଼ିବାକୁ କାହାର ସାଧ ନଥାଏ ଏକା ବଲିଆ ଭାଇକୁ ଛାଡ଼ି । ରଜ ପରବରେ ଗଛଟିରେ ଲାଗେ ଦୁଇଟି ଦୋଲି । ଶୋଇଯାଇଥିବା ଡାଲରେ ଖାଲି ଦଉଡ଼ିରେ ଦୋଲି ଲାଗିଥାଏ । ଯାହା ଛୁଆ ଓ ନୂଆ ହୋଇ ଆସିଥିବା ବୋହୂମାନଙ୍କ ପାଇଁ ଉଦ୍ଦିଷ୍ଟ । ଉଚ୍ଚ ଡାଲଟିରେ ବାଉଁଶ ଦୋଲି ଲାଗୁଥିଲା । ପଟା ଖଣ୍ଡକରେ ଦୁଇଟି କଣା କରାଯାଇ ବଡ଼ ବାଉଁଶ ଦୁଇଟିର ଦୁଇମୁଣ୍ଡ ସେଇ ପଟାରେ ଲଗାଯାଉଥିଲା । କେବଲ ଅନ୍ୟ ମୁଣ୍ଡ ଦୁଇଟା ଗଛରେ ଲାଗୁଥିଲା । ଖେଲାଲୀ ନିଜେ ଏଥିରେ ହାବୁକାମାରି ଦୋଲି ଖେଲିପାରେ ।

ରଜ ତିନିଦିନ ଆମ କଲମୀ ଆମ୍ବ ଗଛ ମୂଲଟା ଝିଅବୋହୂଙ୍କର ଆକର୍ଷଣ ବିନ୍ଦୁ ପାଲଟିଯାଏ । ମୁହୂର୍ତ୍ତିଏ ବି ଫାଙ୍କା ନଥାଏ ସେଠି । ରାତି ନ ପାହୁଣୁ ବେଲ ବୁଡ଼ିବା ପର୍ଯ୍ୟନ୍ତ ରଜ ସଂକ୍ରାନ୍ତିର ମାସେ ଦୁଇମାସ ପୂର୍ବରୁ ଆମର ଆରମ୍ଭ ହୋଇଯାଏ ପ୍ରସ୍ତୁତି ପର୍ବ । ଆମେ ସବୁ ଛୁଆପିଲା ମିଶି ବିଲାତି କିଆ କାଟି ପିଟଣାରେ ଛେଚି ବଡ଼ପୋଖରୀର ପଙ୍କ ତଲେ ପୋତି ରଖିଥାଉ । ୫ଡ଼ା ୧୫ ଦିନ ପର୍ଯ୍ୟନ୍ତ ସେଇ

ପଙ୍କତଳେ ପଚିବା ପରେ ତାକୁ ବାହାରକୁ ଅଣାଯାଏ । ଧୁଆଧୋଇ କରି ଆମେ ସେ ଭିତରୁ ଝୋଟ ବାହାର କରୁ । ସେଇ ପରଃ କିଆରୁ ଯେଉଁ ଦୁର୍ଗନ୍ଧ ବାହାରେ ଏବେବି ମନେ ପଡ଼ିଲେ ମୋ ଦେହ ଶୀତେଇ ଉଠେ । କିନ୍ତୁ ସେତେବେଳେ ଗୋଟାଏ ଉଦାମ ଉତ୍ତେଜନାରେ ଆମେ ସେଗୁଡ଼ିକୁ ସହ୍ୟ କରି ନେଉଥିଲୁ । କିଆ ଚେର ଗୁଡ଼ିକୁ ଧୋଇ ଶୁଖେଇବା ପର୍ଯ୍ୟନ୍ତ ଆମ କାମଥାଏ । ତା'ପରେ ଦାୟିତ୍ୱ ସବୁ ବଳିଆ ଭାଇଙ୍କର । ସେଇ ଚେରକୁ ବଳି ଦଉଡ଼ି ତିଆରି କରିବା ଠାରୁ ଆମ ବାଡ଼ିରୁ ବାଉଁଶ କାଟିବା, ପଟା ଯୋଗାଡ଼ କରିବା, ଦୋଳି ବାନ୍ଧିବା ସବୁ ଦାୟିତ୍ୱ ତାଙ୍କର ଥାଏ ।

ସଜବାଜ ଦିନ ଆମେ ତାଙ୍କ ପିଛା ଛାଡୁ ନଥିଲୁ । ଦୋଳି ବାନ୍ଧିଦେବା ପାଇଁ କେତେ ନେହୁରା ନିଉଛାଲି ହେଉଥିଲୁ । ସିଏ ଜମା ଧରାଛୁଆଁ ଦେଉନଥିଲେ । ଆମେ ଆତଙ୍କିତ ହୋଇଯାଉଥିଲୁ । ସତକୁ ସତ ଯଦି ସିଏ ଦୋଳି ନ ବାନ୍ଧିବେ, ରଜଟା ପୁରାପୁରି ମାଟି ହୋଇଯିବ । ଶେଷରେ ଆମ ଆଶା ଆଶଙ୍କାର ଅନ୍ତ କରି ଦିନ ରାତ ରାତ ହେଉଥିବ, କାହାଘରୁ ଖିଆ ମୁଢ଼ି ଭଜା ଶବ୍ଦ ଆସୁଥିବ ତ କାହାଘରୁ ଉଖୁଡ଼ାର ଆରିଷା ପିଠାର ବାସ୍ନା, ହେମଦନ୍ତରେ ହଳଦୀ ଓ ମସଲା କୁଟାର ଦୁମ୍ ଦାମ୍ ଶବ୍ଦ, ଗୁଆ କଟାର କଟ୍ କଟ୍ ଶବ୍ଦ । କେହି ତିନି ଦିନ ପର୍ଯ୍ୟନ୍ତ ଦାନ୍ତକାଠି ଗୋଛା ଧରି ଘରକୁ ଫେରୁଥିବ । ଏମିତି ରଜପାଇଁ ସଜବାଜରେ ସାରା ଗାଁ ବ୍ୟସ୍ତ ଥିବାବେଳେ ବଳିଆ ଭାଇ ଚଢ଼ିଥାନ୍ତି କଲମୀ ଆମ୍ବ ଗଛ ଉପରେ । ଗଛ ଡାଲରେ ପ୍ରଥମେ ଛିଣ୍ଡା ଅଖା ଗୁଡ଼େଇ ତା' ଉପରେ ବାନ୍ଧନ୍ତି ଦଉଡ଼ି । ନହେଲେ ଦଉଡ଼ିଟା ଖାଇଯିବ ଯେ । ଆମେ ତଳେ ଠାଇ କେତେ ଉଚ୍ଚରେ ଦଉଡ଼ି ବନ୍ଧାଯିବ ତାଙ୍କୁ କହୁ । ଦୁଇଟିୟାକ ଦୋଳି ସେ ନିଜେ ବାନ୍ଧନ୍ତି । ଦୋଳି ବାନ୍ଧି ସାରି ସେଇ ବାଉଁଶରେ ଖସି ଖସି ସେ ତଳକୁ ଆସନ୍ତି । ତାଙ୍କରି ପାଖରୁ ଆରମ୍ଭ ହୁଏ ପ୍ରଥମ ଦୋଳି ଖେଳ । ଦୁଇ ହାବୁକା ମାରି ସେ ଖେଳି ପକାନ୍ତି । ନିଜେ ଖେଳିସାରି ବାଉଁଶଟିକୁ ଟେକି ଗଛ ଉପରେ ବାନ୍ଧି ଦିଅନ୍ତି । ଝୁଲିକି ରହିଲେ ରାତିରେ ଭୂତ ଖେଳିବ ଯେ । ଭୂତର ମୁନିଆଁ ମୁନିଆଁ ନଖରେ ଦଉଡ଼ି ସବୁ ଅଧାଛିଣ୍ଡା ହୋଇରହିଥିବ । ସକାଳୁ ଯିଏ ଆସି ବସିବ ଭୁସ୍ କିନା ପଡ଼ିବ ତଳେ । ବଳିଆ ଭାଇ କଥାରେ ଆମ ରୋମମୂଳ ଟାଙ୍କୁରୀ ଉଠେ । ସେତେବେଳକୁ ମୁହଁ ସଞ୍ଜ ହୋଇଆସୁଥାଏ । ଆମ

ବାଉଁଶ ବୁଦା ସେ ପଟରେ ଥିବା ଡେଙ୍ଗା ରୁକୁଣ୍ଠ ଗଛ ଓ ତେନ୍ତୁଳି ଗଛ ଦୁଇଟା ମୁହଁ ଅନ୍ଧାରରେ ଭୂତ ପରି ଦିଶନ୍ତି । ଆମ ଭୀତତ୍ରସ୍ତ ଦୃଷ୍ଟି ସେଆଡୁ ଫେରାଇ ଆଣି ଆମେ ବଳିଆ ଭାଇକୁ ଲାଗିକରି ଠିଆ ହେଉ ।

ଖରାଦିନେ ସକାଳୁଆ ସ୍କୁଲ ହୁଏ । ଖରାବେଳଟା ଆମର କଟେ ସେଇଠି । ନଡ଼ିଆ ବାହୁଙ୍ଗାରେ ବାପା ବୁଣିଥିବା ରୁଷ୍ଟିରା ସପ କି ମସିଣା ଯିଏ ଯାହାର ପକେଇ ଦେଇ ସ୍ଥାନ ଅକ୍ତିଆର କରିନେଉ । ସେଇଠି ପାଠ ପଢ଼ାହୁଏ । ତାସ୍ ଲୁଡୁ ପାଲି ପଡ଼େ । ତେନ୍ତୁଳି ମଞ୍ଜି ଓ ଗୋଡ଼ିରେ ବାଘ ବକରୀ ଖେଳହୁଏ । ଆମ ସାହିଟା ଯାକର ମଶିଷଙ୍କ ଅସହ୍ୟ ତାତିରୁ ରକ୍ଷା ପାଇବା ସ୍ଥଳ ଥିଲା କଲମ୍ବୀ ଆମ୍ବ ଗଛରେ ଛାୟାଢଙ୍କା ଆମବାଡ଼ି ।

ବଉଳ ଅମାବାସ୍ୟା ଦିନ ଧାନ ଶୀଷାରେ ପିଣ୍ଡ ଦେଇ ବୋଉ ଆମ୍ବ ବଉଳ ପରି ତିଆରି କରେ । ଛୋଟ ଛୋଟ ଆମ୍ବ ଆକୃତିର ଗଇଁଠା କରି ଅଥାର ହାଣ୍ଡିରେ ସିଝାଇ ଦିଏ । ଆମ୍ବଗଛକୁ ଚନ୍ଦନ ସିନ୍ଦୁର ଦେଇ ବନ୍ଦାପନା କରେ । ଗଛ ଉପରକୁ ପିଣ୍ଡ ତିଆରି ଆମ୍ବ ବଉଳଟି ଛାଟିଦିଏ । ତା ସାଙ୍ଗକୁ କେତେ ପିଣ୍ଡ ଆମ୍ବ ବି । ଉପରେ କାଉ କେତେଟା ବସିଥାଆନ୍ତି । ଖପ୍ ଖାପ୍ ସେଗୁଡ଼ିକୁ ପାଟିରେ ପକେଇ ଦିଅନ୍ତି । ମୁଁ ହାତରେ ଦାଆଟିଏ ଧରି ବୋଉ ସାଙ୍ଗରେ ଯାଇଥାଏ । ସେଇ ଦାଆରେ ଗଛମୂଳ ମାଟି ଟିକେ ଉଖୁରେଇ ଦିଏ । ବୋଉ ଗୋଟାଏ ଦୁଇଟା ଆମ୍ବ ଗଇଁଠା ପୋତିଦିଏ । ମାଟିରେ ମୁଣ୍ଡ ଲଗେଇ ମୁଣ୍ଡିଆ ମାରେ ।

'ବୃକ୍ଷ ମହାମ୍ମାଙ୍କୁ ମୁଣ୍ଡିଆ ମାର' । ମତେ ନିର୍ଦ୍ଦେଶ ଦେଇ କହେ । ମୁଁ ମୁଣ୍ଡିଆଟିଏ ମାରେ ।

ଏ ଗଛଟି ଥିଲା ଆମ ପରିବାରର ସୁଖ ଦୁଃଖ ହସ ଖୁସିର ସାଥୀ । ଘରେ କୌଣସି ଶୁଭକାମ ହେଲେ ଏ ଗଛରୁ ଆମ୍ବଡାଳ ଆସି କଳସ ଅନୁକୂଳ ହୁଏ । ଆମ୍ବପତ୍ର ତୋଳି ବାଣୀ ଦଉଡ଼ିରେ ଓଲଟ୍ ଡେଙ୍ଗ କରି ଘର ସଜାଉ । ଗଛଟିକୁ ଆମେ କେବେ ବି ଆମ ପରିବାରଠାରୁ ଭିନ୍ନ ବୋଲି ଦେଖିନାହୁଁ ।

ଏ ତ ସବୁ ଗଲା ଗଛର କଥା । ଏଥର ତା ଫଳ କଥା କହେ । ଆମ ଖଣ୍ଡମଣ୍ଡଲରେ ଏତେ ସୁଆଦିଆ ଆମ୍ବ ନଥିଲା । କ୍ଷୀରରେ ପକେଇଲେ ବି ଛିଡ଼ିବ ନାହିଁ କ୍ଷୀର । କଞ୍ଚାବେଲେ ସେ ଯେମିତି ସବୁଜ ରଙ୍ଗ ପାଚିଗଲେ ବି ସେମିତି

ସବୁଜ । ଟିକେ ବି ପରିବର୍ତ୍ତନ ହୁଏ ନାହିଁ । ବାସନାରେ ଚହଟି ଉଠେ ସିନା ଟିକେ ବି ହଳଦିଆ ପଡ଼େନାହିଁ । କାଟିଲେ ଆମ୍ବ ଭିତରଟା ଦିଶେ ଲାଲ । ମିଠା ଯେ ମିଠା । ସାରା ଓଡ଼ିଶା ବୁଲିଛି, ବିଭିନ୍ନ ପ୍ରଜାତି ଆମ୍ବ ଦେଖିଛି, କିଣିଛି, ଖାଇଛି । କିନ୍ତୁ ଆମ କଲମୀ ଆମ୍ବର ସ୍ବାଦ ମୁଁ କେଉଁଠି ପାଇନି । ଏ ଗଛକୁ ଛାଡ଼ି ଆଉ ଗୋଟିଏ ଜାଗାରେ ଲାଗି ଲାଗି ନଅଟା ଆମ୍ବଗଛ ଥିଲା ଆମ ବାଡ଼ିରେ । ଗଛ ଗୁଡ଼ିକ ଏମିତି ଛନ୍ଦାଛନ୍ଦି ହୋଇ ଥିଲେ ଯେ କିଏ କେଉଁ ଗଛର ଡାଲ ସହଜରେ ଚିହ୍ନ ହୁଏନାହିଁ । ଫଳରୁ ଜଣାପଡ଼େ ସବୁ । ମୋ ବାପାଙ୍କ ଜେଜୀମା ପାଚିଆଏ ଆମ୍ବଟାକୁଆ ଗୋଟାଏ ଜାଗାରେ ଗାତଖୋଲି ପୋତିଦେଇଥିଲା । ସେଇଗୁଡ଼ିକ ଠେଲାପେଲା ହୋଇ ଉଠିଲେ । ସର୍ଭାଇଭାଲ୍ ଅଫ୍ ଦି ଫିଟେଷ୍ଟ ନ୍ୟାୟରେ ଯିଏ ପାରିଲା ସିଏ ଉପରକୁ ଉଠିଲା, ଯିଏ ନପାରିଲା ସିଏ ନିଷ୍ଠିନ୍ନ ହୋଇଗଲା । ସବୁ ମରିହଜି କେବଳ ନଅଟି ଆମ୍ବଗଛ ଫଳିବା ଯୋଗ୍ୟ ହେଲେ । ସମସ୍ତେ ଗୋଟାଏ ଗୋଟାଏ ନାଁ ବି ପାଇଲେ । ସୁନ୍ଦରୀ, ସରୀ, ଗୁରୁଡ଼ି, ହଳଦିଆ ଗୁରୁଡ଼ି, ନଳୀ, ପନ୍ତା, ଶିଲ୍ପୁଆ ଓ ନାକୀ ଏମିତି ନଅଟା ନାଁ ।

କେଉଁ ମୂଳର କେଉଁ ଡାଲ ଓ କେଉଁ ଡାଲର କେଉଁ ମୂଳ ସହଜରେ ଜଣାପଡ଼େ ନାହିଁ । କେହି ନୂଆ ଲୋକ ଆସିଲେ ଆମେ ସେମାନଙ୍କୁ ଏଇ ଗୋଲକ ଧନ୍ଦାରେ ପକାଇ ବେଶ୍ ମଜା ନେଉ । ଏହା ଛଡ଼ା ଆଉ ପାଞ୍ଚ ଛଅଟା ଆମ ଗଛ ଥିଲା, କିନ୍ତୁ କଲମୀ ଆମ୍ବଗଛକୁ ଯେଉଁ ମର୍ଯ୍ୟାଦା ଆମେ ଦେଉଥିଲୁ ଏଗୁଡ଼ିକୁ ସେମିତି ନୁହେଁ । ଆମ ଘରକୁ ଲାଗି ଅନ୍ୟୂନ ଗୋଟିଏ ଏକର ପରିମିତ ଜମିରେ ସେ ଠିଆ ହୋଇଥିଲା ରାଜକୀୟ ଠାଣୀରେ । ଅନ୍ୟ ଗଛ ଗୁଡ଼ିକ ସତେ ଯେମିତି ତାର ପ୍ରଜାପାଟକ । ସେମାନଙ୍କ ମୂଳ ଅରମା ଅପନ୍ତରାରେ ଭର୍ତ୍ତି ହୋଇଥିବା ବେଲେ ଏ ଗଛଟିର ରୂରିପଟେ ବୋଉ ସବୁଦିନେ ଗୋବର ପାଣି ପକେଇ ଝାଡ଼ୁ କରୁଥିଲା । ଯେଉଁମାନଙ୍କର ଆମ ଘର ଭିତରକୁ ପ୍ରବେଶ ନଥାଏ, ସେମାନେ ଏଇ ଆମ୍ବ ଗଛର ସିଅ ଉପରେ ବସି କଥାବାର୍ତ୍ତା ହୋଇ ଯାଆନ୍ତି । କେବଳ ଆମଘର ନୁହେଁ ସାହି ପଡ଼ିଶା ଗଲା ଆଇଲା ବି ସେଇ ଗଛମୂଲେ ଦଣ୍ଡେ ଘଡ଼ିଏ ବିଶ୍ରାମ ନେଇଥାନ୍ତି । ଆମ୍ବ ରୁତୁରେ ତ ସେ ଗଛ ମୂଳରୁ ଲୋକ ଛୁଟଣ ହୁଅନ୍ତି ନାଇଁ, ସେଇ ଆମ୍ବ ଲୋଭରେ କେହି କେହି ବୋଉ ସାଙ୍ଗରେ ଭାବ ପୀରତି ଲଗେଇଥାନ୍ତି ।

କିନ୍ତୁ ସେ ଗଛର ଆମ୍ବ କାହାକୁ ହାତ ଟେକି ଦେବାପାଇଁ ବୋଉର ସତ ବଲେ ନାହିଁ । ଝଡ଼ି ବରଷାରେ ଝଡ଼ିଥିବା ହେଉ କି ତୋଲା ହୋଇଥିବା ଆମ୍ବ ହେଉ ।

ଏତେ ସୁନ୍ଦର ଆମ୍ବଗଛଟା । ଏତେ ହୃଷ୍ଟପୁଷ୍ଟ । ପତ୍ର ଗୁଡ଼ାକୁ ଓଦା କପଡ଼ାରେ ପୋଛି ଆଣିଲା ପରି ଶ୍ୟାମଲ ଶାଦ୍‌ବଲ । କିନ୍ତୁ ଫଳ ଦେବା ବେଲେ ସେ ଅତ୍ୟନ୍ତ କୁଣ୍ଠିତ । ଆଗରୁ କେବେ ସେ ଭରପୁର ଫଳ ଦେଉଥିଲା କି ନାହିଁ କେଜାଣି । କିନ୍ତୁ ଆମେ ଦେଖିବା ବେଲଠୁଁ ଗଛଟାରେ ଦୁଇଚାରିଟା ଡାଲ ଫଳିଥିବା ବେଲେ ଅନ୍ୟ ଦୁଇଟାର ଡାଲ ସେମିତି ଖାଡ଼ା ଖାଡ଼ା ଠିଆ ହୋଇଥାଏ ।   ତାପର ବର୍ଷ ସେଇ ଖାଡ଼ା ହୋଇ ଠିଆ ହୋଇଥିବା ଡାଲ ଫଳିବା ବେଲକୁ ପୂର୍ବବର୍ଷ ଫଳିଥିବା ଡାଲ ସେମିତି ଖାଡ଼ା ହୋଇ ଠିଆ ହୋଇଥାଏ । ସତେ ଯେମିତି ସେ କହି ହେଉଥାଏ, ମୁଁ ଆମ୍ବ ଭିତରେ ରାଜା, ବଣ ମୂଲକର ରାଜା ବାଘ ସିଂହପରି । ମୁଁ କ'ଣ ଘୁଷୁରି ପରି ପଲେ ଛୁଆ ଜନମ କରିବି ? ମୋ ଗୁଣକୁ ଦେଖ, ଗଣକୁ ନୁହେଁ ।

ଭାରି ସୁକୁମାରିଆ ଥିଲା ଆମ କଲମୀ ଗଛ । ମାଘ ମାସ ଅଧା ହେବାବେଲକୁ ଭର୍ତ୍ତି ହୋଇଯାଏ ବଉଲରେ । ଦିଗ ବିଦିଗ ତା ବାସନାରେ ଚହଟି ଉଠେ । ରାଜମୁକୁଟ ପିନ୍ଧିଲା ପରି ଦର୍ପିତ ଠାଣିରେ ବେଶ୍ ସମ୍ଭ୍ରାନ୍ତ ଲାଗେ ଗଛଟା । ମହୁମାଛିମାନେ ଅହରହ ଭଁ ଭଁ ହେଉଥାନ୍ତି । କେତେବେଲେ କୋଇଲିଟା'ଏ ଲୁଚି ଲୁଚି ତା' ଥଣ୍ଡରେ ଆମ୍ବବଉଲ ଖୁଣ୍ଡୁ ଖୁଣ୍ଡୁ ଅନ୍ୟମନସ୍କ ହୋଇ କୁଉ କୁଉ ଡାକି ଉଠେ । ହଲଦୀ ବସନ୍ତଟା' ଉଡ଼ିଆସି ଏ ଡାଲରୁ ସେ ଡାଲକୁ ଡେଇଁ ଡେଇଁ କେତେବେଲେ ଫୁର୍ କିନା ଉଡ଼ି ଯଲିଯାଏ । କେତେ ନା କେତେ ଅଜଣା ଚଢ଼େଇ କିଚିରିମିଚିରି ହୋଇ ଆମ୍ବ ବଉଲରେ ଭୋଜି କରନ୍ତି । କିନ୍ତୁ ବେଶିଦିନ ରହେନାହିଁ ମହୋସ୍ବ । ମାଘ ମାସିଆ ବଉଲ ପୋଡ଼ା କୁହୁଡ଼ିରୁ ବର୍ତ୍ତିପାରେ ନାହିଁ ଆମ୍ବ ବଉଲ । କୁହୁଡ଼ିଆ ଦିନମାନଙ୍କରେ ଉଆଲି କୁଟା ନେଇ ବୋଉ ଗଛତଲେ ଧୂଆଁ ଲଗାଏ । କୁହୁଡ଼ି ମାଡ଼ରୁ ବଉଲ ଗୁଡ଼ାକୁ ବଞ୍ଚେଇବା ପାଇଁ । କିନ୍ତୁ ଫଳ କିଛି ହୁଏ ନାହିଁ । ଆମ୍ବ ବଉଲ ସାଙ୍ଗକୁ ସଜନା ଫୁଲ ଶିମ୍ବ ଫୁଲକୁ ବି ପୋଡ଼ିଦିଏ । ବୋଉ ବିରକ୍ତ ହୋଇ କହେ – ଏ ବ୍ରାହ୍ମଣଦିଆ କୁହୁଡ଼ି ଏବର୍ଷ କିଛି ରଖେଇ ଦବନି । ମୋ ପିଲାଙ୍କ ସାଙ୍ଗରେ ବାଦ ସାଧୁଛି ।

ଡ. ବାସନ୍ତୀ ମହାନ୍ତି ❖ ୭

ବଉଳ ପୋଡ଼ା କୁହୁଡ଼ି ଦାଉରୁ ବର୍ଷେ ବର୍ଷେ ବୋଉର ଶତଚେଷ୍ଟା ସତ୍ତ୍ୱେ ଗୋଟାଏ ବି ଆମ୍ବ ରହେ ନାହିଁ ଗଛରେ । ସବୁଗୁଡ଼ାକ ଝଡ଼ିପଡ଼େ । ଦରପୋଡ଼ା ଡେଙ୍କ ଗୁଡ଼ାକ ସେମିତି ଶୂନ୍ୟ ଦୃଷ୍ଟିରେ ଆକାଶକୁ ଅନେଇ ଠିଆ ହୋଇଥା'ନ୍ତି । ବୈଶାଖ ଜ୍ୟେଷ୍ଠ ମାସ ପର୍ଯ୍ୟନ୍ତ । ଗଛରେ ନୂଆପତ୍ର ନ କଅଁଳିବା ଯାଏ ସେମାନେ ସେମିତି ଶ୍ରୀହୀନ ଦିଶୁଥା'ନ୍ତି ।

ବୋଉ କହେ – ଏ ବର୍ଷ ଭଲ ଧାନ ହେଇଛି । ଆମ୍ବ ଆଉ କୋଉଠି ହବ ?

ଭଲ ଧାନ ହେଲେ କୁଆଡେ ଆମ୍ବ ହୁଏନି । ଆମ୍ବ ହେଲା ବର୍ଷ ଧାନ ହୁଏନି ।

ଆଉ ବର୍ଷେ ବର୍ଷେ ଭଲ ଫଳ ହୁଏ । କୁହୁଡ଼ି କାକରରୁ ବର୍ତ୍ତି ଆମ୍ବ ବଉଳ ଗୁଡ଼ିକ ଚଣା ଧରନ୍ତି । କଣ୍ଟେଇ କୋଲିପରି ଛୋଟ ଛୋଟ ଆକୃତିର ଆମ୍ବ ଚଣାରେ ଭର୍ତ୍ତି ହୋଇଯାଏ । ରାତି ପାହିବା ବେଳକୁ ଗଛ ମୂଲେ କେତେଟା ଚଣା ଗଳି ପଡ଼ିବା ଦେଖ ବୋଉ ଆକାଶକୁ ଅନେଇ କହେ – ବର୍ଷା ଅସରାଏ ହୋଇଯାଆନ୍ତା କି ! ଡେଙ୍କ ଗୁଡ଼ାକ ଟାଣ ହୋଇଯାଆନ୍ତା । ସତକୁ ସତ ଋରି ଆଠଦିନ ଭିତରେ ଅସରାଏ ଅଦିନ ବର୍ଷା ପୃଥିବୀ ଉପରେ ଅଜାଡ଼ି ହୋଇପଡ଼େ । ବୋଉର ଖୁସି ଦେଖେ କିଏ ? ସେ ଗୁଣ୍ଡୁଗୁଣ୍ଡୁ ହୋଇ କହେ–

ଯେବେ ବରଷିବ ମାଘର ଶେଷେ

ଘିଅର ଉପରେ ମହୁ ବରଷେ ।

ଡେଙ୍କ ଟାଣ ହୁଏ । କଣ୍ଟେଇ କୋଲି ଆକୃତିର ଚଣା ବରକୋଲି ଆକୃତି ନିଏ । ଧୀରେ ଧୀରେ ବଢ଼େ ଆମ୍ବ । ଆକାଶକୁ ମୁହଁ କରି ଠିଆ ହୋଇଥିବା ବଉଳ ତଳ ମୁହାଁ ହୁଅନ୍ତି । ଗୋଟାଏ ଦୁଇଟା ଡାଳ ହେଉ ପଛେ ।

ଖରାଦିନିଆ ପଖାଳ ଭାତରେ କଷି ଆମ୍ବ ନ'ସିର ବାସନା । କିନ୍ତୁ ବୋଉ କେବେ ବି କଲମୀ ଆମ୍ବ ଗଛରେ ହାତ ଦିଆଇ ଦିଏ ନା । ଆଙ୍କୁଡ଼ିଟିଏ ଧରି ସେ ଅନ୍ୟ ଗଛମାନଙ୍କରୁ ଦୁଇ ଋରିଟା ଡେଙ୍କ ଆଣି ପଖାଳ ହାଣ୍ଡିରେ ପକେଇ ଦେଇଥାଏ । ସକାଳୁଆ ସ୍କୁଲରୁ ଫେରି ସଜପଖାଳ ଭାତ ସାଙ୍ଗରେ ବଡ଼ି ପକେଇ ଆମ୍ବ ଚଟଣୀ । ପୁଣି ଦୋହଡ଼ା ଖାଆରେ ସେଇ ଆମ୍ବ ଚଟଣୀ । ଝଡ଼ି ବରଷାରେ

କଲମି ଗଛରୁ ଟାକୁଆ ହେବା ପୂର୍ବରୁ ଯେଉଁ ଆମ୍ବ ଝଡ଼ିପଡ଼େ ବୋଉ ତାକୁ ନେଇ କୁଆଁରୀ ଆମ୍ବୁଲ କରେ । ସେଇ କୁଆଁରୀ ଆମ୍ବୁଲ ବି ବାସ୍ନାରୁ କହିଦିଏ, ସେ କଲମୀ ଆମ୍ବ ଗଛର କୁଆଁରୀ ଆମ୍ବ ।

କୁହୁଡ଼ି, ବରଷା, ମଣିଷ, କାଉ, ଗୁଣ୍ଠୁଚି ମୂଷା ଆଦି ସବୁରି ଅଦଉତିରୁ ବଞ୍ଚି ଶେଷରେ ଅବଶିଷ୍ଟ ଆମ୍ବ ପରିପକ୍ୱ ହୁଏ । ବୋଉ ବାପାଙ୍କୁ କହେ, ଆମ୍ବଗୁଡ଼ାକ ବନିଗଲାଣି, ଏଥର ତୋଳିଦିଅ । ନିଉଛଣା କାଉ ବାଦୁଡ଼ି ଗୁଣ୍ଠୁଚି ମୂଷା ସବୁ ଖାଇଦେବେ । ବାପା ଆଗରୁ ତିଆରି କରିରଖିଥିବା ବାଉଁଶ ଖଣ୍ଟକ ଅଗରେ ଜାଲ ବୁଣା ଯାଇଥିବା ଆଙ୍କୁଡ଼ିଟି ଧରନ୍ତି । ସାଙ୍ଗରେ ନେଇଥା'ନ୍ତି ଟୋକେଇଟିଏ ଓ ଶିକା । ଗଛ ଉପରେ ଚଢ଼ି ବାଛି ବାଛି ସବୁ ପୋଖତ ଆମ୍ବମାନ ତୋଳି ଟୋକେଇରେ ଭର୍ତି କରନ୍ତି । ଆମ୍ବତୋଳା ସରିଗଲେ ଶିକାରେ ଧୀରେ ଧୀରେ ତଳକୁ ଖସେଇ ଦିଅନ୍ତି । ଆମ ଭିତରୁ କେହି ଟୋକେଇଟି ଧରି ଘରକୁ ଆସୁ ।

ଖଟ ତଳେ ବିଛା ହୋଇଥାଏ ବାଲି । ତାରି ଉପରେ ଆମ୍ବତକ ବୋଉ ସଜେଇ ଦିଏ । ବାଲିରେ ସଦା ହେଲେ ଆମ୍ବର ଖଟା ଅଂଶ ତକ ଋଳିଯାଏ । ବାପାଙ୍କ ଆଗରେ ଯଦି କେହି ଆମ୍ବଟାକୁ ଚିପିଦିଏ ବାପା ବିରକ୍ତ ହୋଇ କହନ୍ତି ଆମ୍ବ ଚିପିଲେ ଖଟା ହୋଇଯିବ । ଆମ୍ବ ବାସ୍ନା କହିଦେବ ସେ ଖାଦ୍ୟ ଉପଯୋଗୀ ହୋଇଛି କି ନାହିଁ ।

ଶେଷକୁ ଅନ୍ତିମ ପର୍ଯ୍ୟାୟ ଆସେ । ଗୋଟାଏ ମାଟିକୁଣ୍ଡରେ ଅଧକୁଣ୍ଡ ପାଣିରେ ଆଠଦଶଟା ଆମ୍ବ ପକେଇ ଦିଏ ବୋଉ । ସମସ୍ତଙ୍କ ଥାଲି ପାଖରେ ଫାଲେ ଦୁଇ ଫାଲେ ଲେଖାଏଁ ବାଢ଼ି ଦିଏ । ଚରମ ତୃପ୍ତିରେ ଆମେ ଭାଇଭଉଣୀ, ବାପା ବୋଉ ଓ ଜେଜୀମା ସେ ଆମ୍ବ ଗୁଡ଼ିକର ସକ୍ରାର କରୁ । ବାଡ଼ିରେ ଏତେ ଆମ୍ବଗଛ, କିନ୍ତୁ ସେଇ ଆମ୍ବଟି ଉପରେ ସମସ୍ତଙ୍କର ଶ୍ରଦ୍ଧା ।

ଉଚ୍ଚଶିକ୍ଷା ପାଇଁ ଆମେ ଭାଇଭଉଣୀ ଧୀରେ ଧୀରେ ଘର ଛାଡ଼ିଲୁ । ଚକିରି କଲୁ ବାହାରେ । ଘର ସଂସାର କରିବାପରେ ଆମେ ଗାଁ ଛାଡ଼ିଲୁ । ଯେଉଁ ମାଟିର ପାଣି ପବନ ଶରୀରରେ ରକ୍ତମାଂସ ଓ ଶ୍ୱାସ ପ୍ରଶ୍ୱାସ ହୋଇ ପ୍ରବାହିତ ହେଉଥିଲା ସେଇ ମାଟିକୁ ଦେଖିବା ସାତ ସପନ ହେଲା । ଜଂଜାଳଗ୍ରସ୍ତ ଜୀବନରେ ସମୟ ବାହାରକରି ବର୍ଷେ ଛଅମାସରେ ଗାଁ ମାଟିରେ ପାଦ ପକେଇବା ବି କଷ୍ଟକର

ହୋଇପଡ଼ିଲା । କୌଣସି ପୂଜାପାର୍ବଣ କି ବାହା ନିମିଉରେ ଦେଖା ସାକ୍ଷାତ ହେଲେ ସବୁ ଆଲୋଚନା ଭିତରେ କଳମୀ ଆମ୍ବଗଛ କଥା ନିଶ୍ଚୟ ଉଠୁଥିଲା । ଏ ବର୍ଷ କେତେ ଆମ୍ବ ହୋଇଥିଲା, କେଉଁ କେଉଁ ଡାଳରେ ହୋଇଥିଲା । ମହାବାତ୍ୟା ପରେ ଗଛଟା କେମିତି ଢାଉଁଳା ହୋଇଯାଇଛି, ଏମିତି କେତେ କଥା । ବାପା ଢଳିଗଲାପରେ ଗଛରୁ ଆଉ ଆମ୍ବ ଗୁଡ଼ାକ ତୋଲି ହେଉନି । ବାଦୁଡ଼ି, ଗୁଣ୍ଠୁଚି ମୂଷା, କାଉ, କୋଇଲି ଖାଇଯାଉଛନ୍ତି । ତଳେ ପଡ଼ି ଫାଟି ଯାଉଛି । ଏମିତି କେତେ କଥା । ଗାଁର ସ୍ମୃତି ରୋମନ୍ଥନ ବେଳେ ସମସ୍ତଙ୍କର ପ୍ରିୟ କଳମୀ ଆମ୍ବଗଛ ପ୍ରଥମେ ସ୍ମୃତି କୋଷକୁ ଉଖାରି ଦିଏ । ସେଇ ବୃକ୍ଷ ମହାମ୍ମାର ଅଭୟ ବାହୁଛାୟା ବର୍ଷ ବର୍ଷ ଧରି ଆମ ପରିବାରକୁ ଗୋଟାଏ ଭାବରେ, ଗୋଟିଏ ସୂତ୍ରରେ ଗୋଟାଏ ଚେତନାରେ ବାନ୍ଧି ରଖିଥିଲା । ଆମ ପରିବାରର ସୁଖ ଦୁଃଖରେ ଭାଗିଦାର ଥିଲା, ପରିବାରର ଜଣେ ବରିଷ୍ଠ ସଦସ୍ୟ ପରି ।

ମୋର ଢକିରି ଲେଖାଲେଖି, ପୁଅର ପାଠପଢ଼ା, ଶାଶୁ ଶ୍ୱଶୁରଙ୍କ ଦାୟିତ୍ୱ ଭିତରେ ଅନେକ ଦିନ ଧରି ଗାଁକୁ ଯାଇପାରିନଥିଲି । ଭାଇମାନେ ମାଟିଘର ଭାଙ୍ଗି କୋଠାଘର ତିଆରି କଲେ, ଘର ପ୍ରତିଷ୍ଠାକୁ ଡାକିଥିଲେ, ଝିଲୁର ପରୀକ୍ଷା ଥିଲା ଯାଇପାରିନଥିଲି । ଏବେ ବୋଉ ଢଳିଗଲା ପରଠୁ ପରିବାରରେ ମୋର ପ୍ରାଧାନ୍ୟ କମିଆସିଲା । ବୋଉ ବଞ୍ଚିଥିଲାବେଳେ ଅନେକ ସ୍ୱପ୍ନ ଦେଖିଥିଲା, ତା ପୁଅମାନେ କୋଠାଘର କରିବେ । ଝଡ଼ ବାତ୍ୟା ଡରରେ ସେ ଆଉ ୟା ତା ଘରେ ମୁଣ୍ଡ ଗୁଞ୍ଜିବାକୁ ରହୁଁନଥିଲା । କିନ୍ତୁ ତା ଜୀବଦ୍ଦଶାରେ ପୁଅମାନେ ଘର ଖଣ୍ଡେ କରିପାରିଲେନି । ତା ସ୍ୱପ୍ନ ସେମିତି ଅଧୁରା ରହିଗଲା । ସେ ବାଟ କାଟିଲା ଆରପାରିକୁ । ଡେରିରେ ହେଉପଛେ ତା ଆମ୍ମା ଏବେ ଉପରେ ଥାଇ ନିଶ୍ଚୟ ଶାନ୍ତି ପାଉଥବ ।

ଏମିତି ଅସରନ୍ତି ଭାବନା ଭିତରେ କେତେବେଳେ ଗାଁ ଆସି ପହଞ୍ଚିଗଲାଣି । ମୁଁ ଜାଣିପାରିନାହଁ । ଝିଲୁ ମୋତେ ହଲେଇ ଦେଇ କହିଲା ମାମା! ଏବେ କଳମୀ ଆମ୍ବ ପାଚିଥବ । ମୁଁ ବହୁତ ଆମ୍ବ ଖାଇବି, ବାପାଙ୍କ ପାଇଁ ବି ନେବି ।

ତା ବାପା ଆମ ସହ ଆସିନଥିଲେ । ମୁଁ କହିଲି - ହଁ-ହଁ ନିଶ୍ଚୟ । ମୁଁ କଳମୀ ଆମ୍ବ କଥା କହିଲେ ତମେ ବାପା ପୁଅ ପରା ମୋତେ ଠଟ୍ଟା କର!

ଦେଖିବୁ । ସେ ଆମ୍ବ ତୋ ପାଟିରେ ଲାଗିଲେ, ଦୁନିଆର ଆଉ କୌଣସି ଆମ୍ବ ତତେ ପସନ୍ଦ ହେବନି ।

ଗାଡ଼ିଟି ଗାଁ ଭିତରେ ପଶିଲା । ମୋର ଏଥର ଗାଁକୁ ଆସିବା ମାତ୍ର ଚବିଶପଞ୍ଚ ବର୍ଷର ବ୍ୟବଧାନ । ବୋଉ କାମ ବେଳକୁ ଆସିଥିଲି । ଏ ଭିତରେ ଗାଁ କେତେ ନା କେତେ ବଦଳି ଯାଇଛି । ମତେ ନିଜକୁ ବି ଅଚିହ୍ନା ଲାଗିଲା ଗାଁ । ଆଉ କୋଉ ଗାଁକୁ ପଶି ଆସିଲି କି ? ଗାଁ ମୁଣ୍ଡର ମଠଟା କିନ୍ତୁ ଧ୍ରୁବତାରା ପରି ଆମ ଗାଁର ଐତିହ୍ୟ ଐଶ୍ୱର୍ଯ୍ୟ ହୋଇ ସେମିତି ଠିଆ ହୋଇଥିଲା ।

ଆମ ଘର ଆଗରେ ଠିଆ ହେଲା ଗାଡ଼ି । ସବୁ ଲାଗିଲା ନୂଆ । ଆହୁରି ଅଚିହ୍ନା, ଆହୁରି ବିସ୍ମୟ ଜନକ । ନୂଆଣିଆ ଚାଲଚଲନ ମାଟିଘର ଖଣ୍ଡକର ଅସ୍ତିତ୍ୱ ହିଁ ନଥିଲା । ତାରି ଛାତି ଉପରେ ଠିଆ ହୋଇଥିଲା ଗର୍ବୋଦ୍ଧତ ଛାତଘରଟିଏ । ଚବିଶ ପଟେ ପାଚିରୀ ବୁଲିଛି । ଗେଟ୍‌ରେ ଲାଗିଛି ଲୁହାର ଫାଟକ । ଉଲ୍ଲସିତ ହୋଇଗଲି କିଛି ସମୟ ପାଇଁ । ଭାଇମାନଙ୍କ ସମୃଦ୍ଧିରେ ମୋ ମନ କୁଣ୍ଡେ ମୋଟ ହୋଇଗଲା । ଭାଉଜମାନେ, ପୁତୁରା ଝିଆରୀମାନେ ଗୋଟି ଗୋଟି ହୋଇ ମୋତେ ଶଂଖୋଳି ଗଲେ । ସାନଭାଇ ସ୍ତ୍ରୀ ମୋ ହାତକୁ ଟର୍କିସ୍‌ଟାଏ ବଢ଼େଇ ଦେଇ କହିଲା - ଅପା ! ଯାଅ । ବାଥରୁମ୍‌ରେ ଫ୍ରେସ୍ ହୋଇ ଆସ । ମୁଁ ଜଳଖିଆ ବାଢ଼ୁଛି ।

ସେ ବାଡ଼ିପଟ କବାଟଟା ଖୋଲି ଦେଲା ।

ହଠାତ୍ ମୋ ହୃତ୍‌ପିଣ୍ଡଟାକୁ କେହି ଯେମିତି ଚାଣି ଓଟାରି ବାହାରକୁ ବାହାର କରିଆଣିଲା । ଗୋଟାଏ ଅବ୍ୟକ୍ତ ଶୂନ୍ୟତା ମୁହୂର୍ତ୍ତକ ପାଇଁ ମୋତେ ଆକ୍ରାମାକ୍ରା କରିଦେଲା । ବାଡ଼ିପଟଟା ମୋତେ ଲାଗୁଥିଲା ମହାପ୍ରଳୟ ପରର ବସୁଧା ପରି । ଶୈଶବରୁ ଯେଉଁ ଛାୟାଘନ ଅଞ୍ଚଳଟା ଶତଶତ ସ୍ମୃତି ବିଜଡ଼ିତ ଥିଲା ସେଠି ଠିଆ ହୋଇଥିଲା ଇଟା ସିମେଣ୍ଟର ଗାଧୁଆ ଘରଟିଏ । ମୁଁ ସ୍ତବ୍ଧ ହୋଇଗଲି । ମୋ ଗୋଡ଼ ହାତ ଚଳିଲାନି । ବିସ୍ଫୋରଣ କଳାପରି କହିଲି - "ଏତେ ଜାଗା ପଡ଼ିଛି, ବାଥରୁମ୍‌ଟା କରିବାପାଇଁ ତମେମାନେ ଗଛଟାକୁ କାଟିଦେଲ ?"

ନାଇ ମ ଅପା ! ବାଥରୁମ୍ ପାଇଁ କାହିଁକି ଗଛଟା କଟା ହେବ ? ଇଟା ପୋଡ଼ିବା ପାଇଁ କାଠ ଦରକାର ପଡ଼ିଲା । ଗଛଟା ତ ବୁଢ଼ା ହୋଇଯାଇଥିଲା, ଫଳ ବି କମିଯାଇଥିଲା ।

ବୋଉ କଥା ଭାରି ମନେ ପଡ଼ିଲା, ଭଲ ହୋଇଛି ଗଛଟା ପୋଡ଼ି ପାଉଁଶ ହେବା ଆଗରୁ ସିଏ ପୋଡ଼ି ପାଉଁଶ ହୋଇଯାଇଛି । ଗଛଟା କାଟିଲା ବେଳକୁ ନିଶ୍ଚୟ ତା ମୁର୍ଦ୍ଧନା ଫାଟିଯାଇଥାନ୍ତା ।

କିନ୍ତୁ ମୋ ମୁର୍ଦ୍ଧନା ଫାଟିଲା ନାହିଁ । ମୁଁ ପଡ଼ିଯାଉଯାଉ ଦୁଆର ବନ୍ଦରେ ହାତ ଦେଇ ଠିଆ ହେଲି ଦମ୍ଭରେ ।

ନିଜକୁ ବୁଝେଇଲି । ବର୍ଷ ବର୍ଷ ଧରି ତ ଆୟଟାଏ ପାଟିରେ ବାଜୁ ନଥିଲା । ଆୟ ଦୁଇଟା ଧରି ତୋ ପାଖକୁ ପହଞ୍ଚେଇବାର ବିବେକ ପଣ ଟିକେ ତ ଭାଇମାନଙ୍କ ପାଖରେ ନଥିଲା । ବେଳେବେଳେ ଗାଁକୁ ଆସି ତା ତଳେ ନିରୋଳାରେ ମୁହୂର୍ତ୍ତିଏ ବସିବା ପାଇଁ ତ ସମୟ ତୋ ପାଖରେ ନଥିଲା । ସେମାନଙ୍କ ଆବଶ୍ୟକତା ପାଇଁ ଯଦି ଗଛଟାକୁ କାଟିଦେଲେ, ତୁ ଏତେ ବ୍ୟସ୍ତ ହେଉଛୁ କାହିଁକି ?

ସତରେ କ'ଣ ମୋ ମନ ବୁଝିଲା ?

□□□

ସୁନାମୀ ପୀଡ଼ିତା

ଏମିତି ଗୋଟାଏ, ଅପ୍ରତ୍ୟାଶିତ ସମ୍ୱାଦପାଇଁ ପରିବାରର କୌଣସି ସଦସ୍ୟ ପ୍ରସ୍ତୁତ ନଥିଲେ । ଗୋଟାଏ ସମସ୍ୟାର ସମାଧାନ ପାଇଁ ପୁଅ ବୋହୂ ଝିଅ ଜ୍ୱାଇଁମାନେ ମିଶି ଯେଉଁ ନିଷ୍ପତ୍ତିଟାଏ ନେଲେ ତାହା ଯେ ଆଉ ଗୋଟାଏ ଏମିତି ଜଟିଳ ସମସ୍ୟାକୁ ଆହ୍ୱାନ କରି ଆଣିବ ସେ କଥା କେହି ସ୍ୱପ୍ନରେ ସୁଦ୍ଧା ଭାବିନଥିଲେ । ସେତେବେଲେ କାହାର ଜଣକର ଯଦି ଦୂରଦୃଷ୍ଟି ଥାଆନ୍ତା, ଆଜି ଏମିତି ଅପ୍ରୀତିକର ପରିସ୍ଥିତିର ସାମ୍ନା କରିବାକୁ ପଡ଼ିନଥା'ନ୍ତା । ପ୍ରଥମେ ତ ପରସ୍ପର ପରସ୍ପରକୁ ଦୋଷାରୋପ କରିଥିଲେ । କଥା କଟା କଟି ହେଲା । ଯୁକ୍ତିତର୍କ ଲାଗି ରହିଲା । କିଏ ଜାଣିଥିଲା ଏଇ ମେଡିକାଲ ରିପୋର୍ଟଟା ଏମିତି ସମସ୍ତଙ୍କ ମୁଣ୍ଡରେ ଚଡ଼କ ପକେଇଦେବ । ବୁଦ୍ଧି ବଣା ହେଇଗଲା ସଭିଙ୍କର । "ଏମିତି ଆମ ଭିତରେ ହଜାର କଥା କଟା କଟି ହେଉଥିଲେ କ'ଣ ସବୁ ଠିକ୍ ହେଇଯିବ ? କ'ଣ କରାଯିବ ଚିନ୍ତା କରାଯାଉ ନହେଲେ ଲାଜରେ ଆମେ କାହା ପାଖରେ ମୁହଁ ଦେଖାଇ ପାରିବାନି," କହିଲା ବଡ଼ ଝିଅ ।

ସିଆଣି ବଡ଼ ବୋହୂ କହିଲା – "ଖାଲି କ'ଣ ଲାଜ ? ଦାୟିତ୍ୱ ସବୁ କିଏ ନେବ ? ତାଙ୍କ ପେନ୍‌ସନ୍ ପଇସା ସାଙ୍କୁ ଅଚ୍ଛ ଯାହା କିଛି ଦେଇଦେଲେ ଦୁହେଁ ଚଳିଯାଉଥିଲେ । ଏବେ ତ ହାତୀ ପୋଷିଲା ପରିହେବ ।"

ଡ. ବାସନ୍ତୀ ମହାନ୍ତି ❖ ୧୩

"ଖାଲି ହାତୀ ନୁହେଁ ଭାଉଜ ! ହାତୀ ପାଇଁ ଶାଳଟିଏ ବି ଦରକାର ହେବ । ସେ ଯେତେବେଳେ ଦାବୀକରି ବସିବ ତାକୁ କେହି ସେଥିରୁ ବଞ୍ଚିତ କରିପାରିବେ ନାହିଁ ।" କହିଲା ସାନ ଜ୍ୱାଇଁ । ସେ ଓକିଲ । ତାର ଦୂରଦୃଷ୍ଟି ବେଶୀ ।

ଅଧାପକ ବଡ଼ ଜ୍ୱାଇଁ ଠଟ୍ଟା କଲା ପରି କହିଲା "ଅସୁବିଧା କ'ଣ ଅଛି ?" ସମସ୍ତେ ତ ରହିଲେ ବାହାରେ, ଗାଁ ଭୂଇଁକୁ କେହି ଜଗିରହିବା ଦରକାର କି ନାହିଁ ? ବଡ଼ପୁଅ ଓ୦ କାମୁଡ଼ି ରକ୍ତ ଝଉଳ ଝେବେଇ ଭିତରେ ଭିତରେ ଅଶାନ୍ତ ଥିଲା ପରି ଲାଗୁଥିଲା । ତା କପାଳରେ ବିନ୍ଦୁ ବିନ୍ଦୁ ଝାଲ ହିଁ ତା ମାନସିକ ସ୍ଥିତି ସମ୍ପର୍କରେ ସୂଚନା ଦେଉଥିଲା ଯାହା । ସାନପୁଅଟା କିନ୍ତୁ ଅଜ୍ଞାନ ହେଉଥିଲା । କେତେବେଳେ ବଡ଼ଭାଇ ଉପରେ ତ ଆଉ କେତେବେଳେ ନିଜ ସ୍ତ୍ରୀ ଉପରେ । ଏଇ ଦୁହେଁ ହେଉଛନ୍ତି ସବୁ ନାଟର ମୂଳ । ଏଇମାନଙ୍କ ପାଇଁ ଆଜି ଏମିତି ଗୋଟାଏ ଦିନ ଦେଖିବାକୁ ମିଳିଲା ।

"ଏବେ ବାହାରେ ମୁଣ୍ଡ ଟେକି ବାଟ ରୁଲି ହେବନି ।"

"ବାଟ ରୁଲିବା କଥା କ'ଣ କହୁଚ ! ପରେ ପରେ ଯାହା ସବୁ ସମସ୍ୟା ଆସିବ ତାକୁ କିଏ ସମ୍ଭାଳିବ ।"

"ଗୋଟାଏ ସମସ୍ୟାକୁ ସମ୍ଭାଳିବାକୁ ଯାଇ ହଜାରେ କିଲା ଆସିବ ଘରକୁ ।"

ବାପାଙ୍କ କାନ ପର୍ଯ୍ୟନ୍ତ ପୁତ୍ରକନ୍ୟାମାନଙ୍କର ଏ ପ୍ରତିକ୍ରିୟା ସମ୍ଭବତଃ ପହଞ୍ଚି ପାରୁନଥିଲା । ଯାହା ପାଇଁ ଏ ସବୁ ହଇଚଇ ସୃଷ୍ଟି ହେଉଥିଲା, ସେ ଆଦୌ ବିଚଳିତ ହେବାପରି ଲାଗୁନଥିଲା । ତାକୁ ସିଧା ସଲଖ କେହି କିଛି କହୁ ନଥିଲେ ସିନା କିନ୍ତୁ ସମସ୍ତଙ୍କର ଚାହିଁଟାପରା, ଘୃଣା ଲାଞ୍ଛନା ତୁଚ୍ଛ ତାଚ୍ଛଲ୍ୟ ତା' ଉପରେ ଅଜାଡ଼ି ହୋଇ ପଡ଼ିବାର ସେ ସ୍ୱଷ୍ଟ ଅନୁଭବ କରୁଥିଲା ।

ଏ ଘର ପାଇଁ ଜଣେ କେୟାର ଟେକରର ଆବଶ୍ୟକତା ଅଛି । ତେଣୁ ବ୍ୟସ୍ତ ହେବାର କିଛି ନାହିଁ – ଜଣକ ମନ୍ତବ୍ୟ ଉପରେ ଆଉ ଜଣେ କହିଲା – "ଆରେ କେୟାର ଟେକର୍ କ'ଣ ? ସେ ତ ରହିବ ତା ଅଧିକାରରେ ।"

ଅଧିକାର ଶବ୍ଦଟା ସମସ୍ତଙ୍କ ଛାତି ଭିତରେ କଣ୍ଟାଟିଏ ପରି ଅଟକିଗଲା । ଶବ୍ଦଟାକୁ କେହି ଭଲରେ ଗ୍ରହଣ କରିପାରିଲେ ନାହିଁ । ଯେଉଁ ବୋହୂମାନେ ନାକରେ

ଲୁଗାଦେଇ ହସୁଥିଲେ କି ପୁଅମାନଙ୍କୁ ଦେଖେଇ ଶିଖେଇ ଠଟ୍ଟା ପରିହାସ କରୁଥିଲେ, ସେହିମାନେ ହିଁ ବେଶୀ ସିରିଅସ୍ ହେବାପରି ଲାଗିଲେ ।

କଥାଟା ଥିଲା ଏମିତି ।

ବୃଦ୍ଧ ବାପାଙ୍କର ସେବା ସୁଶ୍ରୁଷା କରିବାକୁ ପୁଅମାନଙ୍କର ସମୟ ନଥିଲା । ଜଣେ ବମ୍ବେରେ ତ ଆଉଜଣେ ହାଇଦ୍ରାବାଦରେ । ଝିଅ ଦୁହେଁ ତ ପରଗୋତ୍ରୀ । ସେମାନେ ଦିଲ୍ଲୀରେ ରହିବା ଯାହା କି ପଲ୍ଲୀରେ ରହିବା ତାହା । ଯେ ଯାହାର ଘରସଂସାର ପାରିବାରିକ ଜଞ୍ଜାଲ ନେଇ ବ୍ୟସ୍ତ ଥିଲେ । ଜମିବାଡ଼ି ସମ୍ବଳି ଗାଁରେ ରହୁଥିବା ବୃଦ୍ଧ ପିତାଙ୍କ ପାଇଁ ଜଣେ କେୟାର ଟେକରର୍ ଆବଶ୍ୟକତା ପଡ଼ିଲା । ବୋଉ ବଞ୍ଚିଥିବା ପର୍ଯ୍ୟନ୍ତ ସବୁ ଠିକ୍ ଥିଲା । ପେନ୍‌ସନ୍ ପାଉଥିଲେ ବାପା । ଅବସରପ୍ରାପ୍ତ ମିଲିଟାରୀ ମଣିଷର ସବୁ ଅଦଉତି ସମ୍ଭାଳୁଥିଲା ବୋଉ । କିନ୍ତୁ ସେ ଚାଲିଗଲା ପରେ ବାପାଙ୍କ ଚିଡ଼ିଚିଡ଼ା ପଣ ବଢ଼ିଯାଇଛି କି ବୋଉ ବାପାଙ୍କର ଏ ଚିଡ଼ିଚିଡ଼ା ପଣକୁ ଶିବଙ୍କ ପରି ଗଳାୟିତ କରିଦେଉଥିଲା କେଜାଣି, ଏବେ ସମସ୍ତେ ଅତିଷ୍ଠ ହୋଇପଡ଼ିଲେ ତାଙ୍କ ବ୍ୟବହାରରେ । ପଇସାପତ୍ର ଅଭାବ ନଥିଲେ ବି ଜଣେ ସର୍ବସହଣିକ ବିଶ୍ୱସ୍ତ ମଣିଷର ଆବଶ୍ୟକତା ଥିଲା ତାଙ୍କ ପାଇଁ ଯିଏ ତାଙ୍କର ମିଲିଟାରୀ ଆଦବ କାଇଦାକୁ ସମ୍ମାନ ଦେଇ ଆପଣାର ମଣିଷଟିଏ ପରି ସେବା ଦବ । ଯନ୍ ନେବ ।

"ପଇସା ଦେଲେ ବି ଆଜିକାଲି ଏମିତି ବିଶ୍ୱସ୍ତ ମଣିଷ କୋଉଠି ମିଳୁଛନ୍ତି ଯେ ।"

ଅପରାଧ ସହର ବାଙ୍ଗାଲୋରରେ ସଫ୍ଟୱ୍ୟାର ଇଞ୍ଜିନିୟର ଥିବା ବଡ଼ ପୁଅ କହିଥିଲା – "ବର୍ଷ ଗୋଟାକରେ ତ ଆମେମାନେ ଅତିଷ୍ଠ ହୋଇଗଲୁଣି । ମୁଁ ଭାବୁଛି ଗୋଟାଏ ପର୍ମାନେଣ୍ଟ ବ୍ୟବସ୍ଥା ହେଇପାରିଲେ ଆମେ ଆଶ୍ୱସ୍ତି ହୁଅନ୍ତେ ।"

ଜିଜ୍ଞାସୁ ଦୃଷ୍ଟିରେ ସମସ୍ତେ ଚାହିଁ ରହିଲେ ବଡ଼ପୁଅ ମୁହଁକୁ । ତା ମୁହଁରେ ଯେଉଁ ବକ୍ତବ୍ୟ ସ୍ଫୁରିତ ହେଲା ତାହା ସମସ୍ତଙ୍କୁ ଦୁଇମିନିଟ୍ ଆଚମ୍ବିତ କରିଦେବା ପାଇଁ ଯଥେଷ୍ଟ ଥିଲା ।

ସେ ଗମ୍ଭୀର ହୋଇ କହିଲା, ସନ୍ତାନ ସନ୍ତତି ନଥିବା ବିଧବା ହେଉ କି ବୟସ୍କା ଅବବାହିତା ମହିଳା ହେଉ, ବାପାଙ୍କ ପାଇଁ ମାଟ୍ରିମନିଆଲରେ ବିଜ୍ଞାପନ

ଦେଇ ଦେବା । ଯଦି ସେମିତି କେହି ମିଳିଯାଆନ୍ତି । ଆଜିକାଲି ମେଟ୍ରୋ ସହରମାନଙ୍କରେ ଏମିତି ସବୁ ହେଉଛି । ସମସ୍ତଙ୍କର ସହଯୋଗ ରହିଲେ ଏଇଟା କିଛି ବଡ଼ କଥା ନୁହେଁ ।

ପରସ୍ପର ପରସ୍ପରର ମୁହଁକୁ ଚାହିଁଲେ ଅବିଶ୍ୱାସ୍ୟ ଭାବେ । ଠିକ୍ ଶୁଣୁଛନ୍ତି ତ ସମସ୍ତେ ? କେବେ ଥଟ୍ଟା ମଜା କରୁନଥିବା ବଡ଼ପୁଅଟା ମୁଖରୁ ବାହାରିଥିବା କଥାଟା ସେମାନେ ଶୁଣୁଛନ୍ତି ତ !

ବଡ଼ ଜ୍ୱାଇଁ କହିଲା – "ଠିକ୍ କହିଲେ ବଡ଼ ଭାଇ ! ଆଜିକାଲିର ଲାଇଫ୍ ସ୍ଟାଇଲ୍‌ରେ ଏସବୁ ନିହାତି ସାଧାରଣ କଥା ।" ମହିଳା ମହାବିଦ୍ୟାଳୟ ଅଧ୍ୟାପିକା ଚାକିରି କରିଥିବା ସାନ ବୋହୂ କହିଲା, "ସେମିତି ହେଲେ ମୋ ହାତରେ ଅଛି ଜଣେ ମହିଳା । ଆପଣମାନେ ଚାହିଁବେ ତ ତାକୁ ଘରକୁ ନେଇଆସିବା ।"

କାହାରି ଆପତ୍ତି ନଥିଲା ଏ ପ୍ରସ୍ତାବରେ । ଲେଡିଜ୍ ହଷ୍ଟେଲ ଦାୟିତ୍ୱରେ ଥିଲା ଜଣେ ମହିଳା, ସୁନାମୀ ପୀଡ଼ିତା । ସୁନାମୀରେ ତାର ସ୍ୱାମୀ ପୁଅ ଝିଅଙ୍କୁ ହରେଇ ନିଜେ ବଞ୍ଚିଯାଇଥିଲା । ବାପ ମାଆ କେଉଁକାଳୁ ମୃତ୍ୟୁ ବରଣ କଲେଣି । ଭାଉଜ ଡରରେ ଭାଇ ଚାହୁଁନି ତାର ଦାୟିତ୍ୱ ନେବାକୁ । ଘରଦ୍ୱାର ନାହିଁ ବିଚରୀର । ଗୁଡ଼ାଏ ଜିନିଷପତ୍ର ତାର ଅଛି । ସେଇ ଡରରେ କେହି ତାକୁ ଆଶ୍ରୟ ଦେଉନାହାଁନ୍ତି । ସାନବୋହୂର ଚେଷ୍ଟାରେ ତାଙ୍କ କଲେଜର ଆଦିବାସୀ ଲେଡ଼ିସ୍ ହଷ୍ଟେଲ‌ରେ ମ୍ୟାଟ୍ରନ୍ ରୂପେ ଥଇଥାନ ହେଇଥିଲା ସ୍ତ୍ରୀ ଲୋକଟି । କିନ୍ତୁ କଲେଜର ହଷ୍ଟେଲରେ ଝିଅମାନଙ୍କ ପ୍ରତି ବାରମ୍ବାର ଦୁଷ୍କର୍ମ ଅଭିଯୋଗ, କନ୍ୟାମାନେ ଗର୍ଭବତୀ ହେବା ସମସ୍ୟାରୁ ଉତ୍ତୋରିବା ପାଇଁ ସରକାର ଯେଉଁ ନୂଆ ନୀତି ପ୍ରଣୟନ କରିଛନ୍ତି ତାର ଶିକାର ହୋଇଗଲା ବିଚରୀଟି । ଜଣେ ଜଣେ ସରକାରୀ ପ୍ରତିନିଧି ଏହି ହଷ୍ଟେଲମାନଙ୍କର ଦେଖାରଖା କରୁଛନ୍ତି । ତେଣୁ ତାର ଚାକିରି ଖଣ୍ଡକ ଏବେ ଚାଲିଗଲା । ସେ ଏବେ କୋଉଠି ମୁଣ୍ଡ ଗୁଞ୍ଜିବ ସେଥିପାଇଁ ବ୍ୟତିବ୍ୟସ୍ତ ହେଇ ପଡ଼ିଛି ।

"ଭଲ ସ୍ତ୍ରୀ ଟିଏ, କର୍ମଠ । ଭଲ ବ୍ୟବହାର । ଆପଣମାନେ ତାକୁ ଦେଖନ୍ତୁ । ପସନ୍ଦ ହେଲେ ତାକୁ ରାଜି କରାଇବା ଦାୟିତ୍ୱ ମୋର ।"

ଏଥରେ ଅରାଜି ହେବାର ପ୍ରଶ୍ନ ହିଁ ନଥିଲା । ସମସ୍ତଙ୍କୁ ବଡ଼ଭାଇ ଓ ସାନବୋହୂ ବେଶ୍ ବିଜ୍ଞ ବୋଧ ହେଲେ ।

ଖୁବ୍ ତରବରରେ ସବୁକିଛି ହୋଇଗଲା । ନିକଟସ୍ଥ ମହାଦେବ ମନ୍ଦିରରେ ମାଳା ବଦଳ କରି ଦେଇ କାମ ଶେଷ ହୋଇଗଲା । ଅବଶ୍ୟ ବାପାଙ୍କୁ ବୁଝେଇବାକୁ ଟିକେ ସମୟ ନେଇଥିଲା । କିନ୍ତୁ ସନ୍ତାନମାନଙ୍କ ରୂପ ଆଗରେ ବାପା ମୁଣ୍ଡ ନୁଆଁଇ ଥିଲେ ।

ସୁନାମୀ ପାଡ଼ିତା, ଋଳିଶ ପଇଁଞାଳିଶ ବର୍ଷର ମହିଳାଟିଏ । କେରଳୀ । କୁଞ୍ଚକୁଞ୍ଚିଆ କେଶ ରାଶି । ରୁଚିପୂର୍ଣ୍ଣ ଶୈଳୀ । ସଂସ୍କାରୀ ସମ୍ଭ୍ରାନ୍ତ । କିନ୍ତୁ ପରିସ୍ଥିତି ତାକୁ ଏମିତି ଅସହାୟ କରିଦେଇଛି ଯେ ସେ ବାରମ୍ବାର ବୁଲି ବୁଲି ଆଶ୍ରୟ ଭିକ୍ଷା କରୁଛି । ନିରାଡ଼ମ୍ବର ଭାବରେ ମନ୍ଦିରରେ ମାଳା ବଦଳ ହୋଇ ବାହାଘର ସମ୍ପନ୍ନ ହେଲା । ଦୁହେଁ ବେଶ୍ ଖୁସିଥିବା ପରି ଅନୁଭବ ହେଉଥିଲା । ବୟସର ଲମ୍ବା ତାରତମ୍ୟ ଥିଲେ ବି ସେଥିପ୍ରତି ମହିଳାଟି ଉଦାସୀନ ଥିବା ପରି ମନେ ହେଉଥିଲା ।

ବାପାଙ୍କୁ ନେଇ ସମସ୍ତେ ନିଶ୍ଚିନ୍ତ ହେଇଗଲେ । ଗୋଟାଏ ବଡ଼ ସଙ୍କଟରୁ ମୁକ୍ତିପାଇ ଯେମିତି ଆଶ୍ୱସ୍ତ ହେଲେ ପରିବାରସଦସ୍ୟ । ମହିଳାଟିକୁ ମାଆବୋଲି ସମ୍ବୋଧନ ନ କଲେ ସୁଖ। ପୁଅବୋହୂ ଝିଅ ଜ୍ୱାଇଁଙ୍କର ତା'ପ୍ରତି ସମ୍ଭ୍ରମବୋଧ ଥିଲା । ବୋଉର ଗହଣା ଓ ଶାଢ଼ୀ ଆଲମିରା ତାକୁ ସମର୍ପି ଦିଆଗଲା । ରାସ୍ତାକଡ଼ରୁ ଆସି ସ୍ତ୍ରୀଲୋକଟା ସମ୍ପୂର୍ଣ୍ଣ ବାପାଙ୍କ ସାମ୍ରାଜ୍ୟରେ ସାମ୍ରାଜ୍ଞୀ ହୋଇଗଲା ସିନା ପରିଚାରିକା ପରି ବାପାଙ୍କର କଡ଼େ କଡ଼େ ରହୁଥିଲା । ପ୍ରେମ ପ୍ରଣୟ ସେବା ଯନ୍ତ ତ୍ୟାଗ ତିତିକ୍ଷାରେ ବାବାଙ୍କ ମନ କିଣି ନେଇଥିଲା । ବୋଉର ଅଭାବକୁ ଅନେକାଂଶରେ ଦୂର କରିଦେଲା । ଅନିଶ୍ଚିତ ଜୀବନ ଚିନ୍ତାରେ ଅହରହ ଆତଙ୍କିତ ହେଉଥିବା ମଣିଷଟି ଗୋଟାଏ ସ୍ଥିର ଓ ସ୍ଥାୟୀ ଜୀବନର ଠିକଣା ପାଇବା ପରେ ପରିବାରଟି ପ୍ରତି କୃତଜ୍ଞତାରେ ବତୁରି ଯାଉଥିଲା । ମନପ୍ରାଣ ଢାଲି ଦେଇ ସମସ୍ତଙ୍କର ଶୁଭ ମନାସୁଥିଲା । ଏତେଟିକେ ବି କୃତ୍ରିମତାର ସନ୍ଧାନ ମିଳୁନଥିଲା ତା ବ୍ୟବହାରରେ । ସମସ୍ତଙ୍କୁ ମୁଗ୍ଧ କରିଦେଇଥିଲା ତା ଅନାବିଳ ସ୍ନେହ ମମତା ଓ କର୍ତ୍ତବ୍ୟନିଷ୍ଠା । କାହାର କିଛି ଆପତ୍ତି ଅଭିଯୋଗ ନଥିଲା ତା ପ୍ରତି । ଏତେ ଶୀଘ୍ର ଯେ ସେ ପରିବାର ସହ ଏକାମ୍ର ହୋଇପଡ଼ିବ କେହି ଆଶା କରିନଥିଲେ ।

ସେହି ଆଶ୍ୱସ୍ତି ଏବେ ଅସ୍ୱସ୍ତିର ରୂପ ନେଇ ସମସ୍ତଙ୍କର ମୁଣ୍ଡବ୍ୟଥାର କାରଣ ହୋଇଛି । କେବଳ ଲୋକ ଲଜ୍ଜା ନୁହେଁ ଦାୟିତ୍ୱ ଅଧିକାର କର୍ତ୍ତବ୍ୟ ବୋଧର ପ୍ରଶ୍ନ

ଉଠିଲାଣି । ଯେଉଁ ଅସହାୟ ମହିଲାଟିକୁ ସାମାଜିକ ସମ୍ମାନ ଦେଇ ଗୃହକର୍ତ୍ରୀ କରି ଦିଆଯାଇଥିଲା, ସିଏ ଏବେ ସମସ୍ତଙ୍କର ଗଳଗ୍ରହ ପାଲଟି ଯାଇଛି ।

ଡାକ୍ତରୀ ରିପୋର୍ଟଟି ଦେଖିବା ପରେ ଏବେ ସମସ୍ତଙ୍କ ମୁଣ୍ଡରେ ତେନ୍ତୁଳିଆ ବିଛା ଦଂଶନ କରୁଛି । ପୁଅ ବୋହୂ ଝିଅ ଜ୍ୱାଇଁ ସମସ୍ତେ ପ୍ରତିଷ୍ଠିତ । ସେମାନଙ୍କ ଶାଶୁ ଶ୍ୱଶୁର ଘର ବି ସେମିତି ବେଶ୍ ପ୍ରତିପତ୍ତିଶାଳୀ । ଝିଅମାନଙ୍କର ନାକ କଟିଯିବ ସେମାନଙ୍କ ଆଗରେ ତ ପୁଅମାନଙ୍କର ନାକ ନିଶ ତଳେ ପଡ଼ିଯିବ । ସାହି ପଡ଼ିଶା ଭାଇ ବିରାଦର ବନ୍ଧୁବାନ୍ଧବଙ୍କ ଆଗରେ ମାନ ସମ୍ମାନ ମାଟିରେ ମିଶିଯିବ । ସମସ୍ତେ ଲାଗୁଥିଲେ ବ୍ୟସ୍ତ ବିବ୍ରତ । ବିଚଳିତ । ବାପା ବାହାରୁ ନଥିଲେ ତାଙ୍କ କୋଠରୀରୁ । ଘୃଣାରେ କି ଲଜ୍ଜାରେ କେଜାଣି କେହି ତାଙ୍କୁ ସାମ୍ନା କରିପାରୁନଥିଲେ ।

ଯାହାକୁ ନେଇ ଘରେ ସୃଷ୍ଟି ହୋଇଥିଲା ନୀରବ ଝଡ଼ ସେ କିନ୍ତୁ ଅବିଚଳିତ ଥିଲା । ଜୀବନରେ ସେ ଯେଉଁ ସର୍ବଗ୍ରାସୀ ସୁନାମୀର ସାମ୍ନା କରିଛି ତା ତୁଳନାରେ ଏ ଝଡ଼ କିଛି ନୁହେଁ । ଏପରି କିଛି ପରିସ୍ଥିତି ପାଇଁ ସେ ନିଜକୁ ପ୍ରସ୍ତୁତ କରିରଖିଥିଲା । ତାକୁ ରାସ୍ତାକଡ଼ରୁ ଉଠାଇ ଆଣି ରାଜ ଐଶ୍ୱର୍ଯ୍ୟ ଦାନ କରିବାର ଗର୍ବ ଅହଂକାରରେ ଫାଟି ପଡ଼ୁଥିବା ମଣିଷମାନଙ୍କର ନିର୍ମୋକ ଯେ ଦିନେ ଖସି ପଡ଼ିବ, ଏଥିରେ ଅସ୍ୱାଭାବିକତା ଥିଲା ବୋଲି ସେ କିଛି ଅନୁଭବ କରୁନଥିଲା । ବାରଦ୍ୱାରରେ ଠୋକର ଖାଇ ଖାଇ ଜୀବନ ତାକୁ ଯେଉଁ ଶିକ୍ଷା ଦେଇଥିଲା, ସେଇଥରୁ ସେ ସଂଗ୍ରହ କରିଥିଲା ଅମାପ ଶକ୍ତି ସାହସ ଓ ଧୈର୍ଯ୍ୟ । ଏ ସମ୍ପର୍କ, ସ୍ନେହ, ପ୍ରେମ, ମମତା, ମାନବୀୟତାର ନୁହେଁ । ଆବଶ୍ୟକତାର ଆଧାରରେ ସ୍ୱାର୍ଥର ସୌଦାଗରମାନେ ଏ ସମ୍ପର୍କର ସେତୁ ସ୍ଥାପନ କରିଥିଲେ, ସମ୍ପର୍କର ଚେରକୁ ମାଟିର ମମତା ସ୍ପର୍ଶ କରିନଥିଲା କି ଆକାଶର ଉଦାର ବୁକୁରେ ସେ ଶାଖା ପ୍ରଶାଖା ମେଲି ନଥିଲା । ତେଣୁ କାହିଁକି ଆସିବ ସ୍ୱାର୍ଥର କଥା ? ଯେଉଁ ତ୍ୟାଗ ମୂଳରେ ନୃଶଂସତା ଅଛି, ପାପ ବୋଧ ଅଛି, ନୀତିହୀନତା ଅଛି, ସର୍ବୋପରି ଗୋଟାଏ ମାଆର ମମତାକୁ ହତ୍ୟା କରିବାର ଜଘନ୍ୟ ପଣ ଅଛି, ତାକୁ କ'ଣ କୁହାଯିବ ତ୍ୟାଗ ?

ବଡ଼ବୋହୂ ପରୋକ୍ଷ ଭାବରେ କହିଥିଲା ।

ଏ ସମସ୍ୟା କେମିତି ସମାଧାନ ହେବ ସଂକେତରେ ସେ କଥା ଉତ୍ଥାପନ କରିଥିଲା ।

ସ୍ତବ୍ଧ ହେଇଯାଇଥିଲା ସ୍ତ୍ରୀ ଲୋକଟି । କିନ୍ତୁ ବାହାରକୁ କୌଣସି ପ୍ରତିକ୍ରିୟା ପ୍ରଦର୍ଶନ ନ କରି ନିଜକୁ ସମ୍ଭାଳି ନେଇ ଅବିଚଳିତ ସ୍ୱରରେ କହିଲା – "ଯାହା ଆଦୌ ସମସ୍ୟା ନୁହେଁ ତାର ସମାଧାନ କଥା ଉଠୁଛି କାହିଁକି ?" ତାର ଇଚ୍ଛା ହେଉଥିଲା କହିବାକୁ । ବିବାହ ସମୟରେ ଏମିତି କିଛି ଚୁକ୍ତି ନଥିଲା । ଏବେ ସେଥିରେ ତମେ ମାନେ ମୁଣ୍ଡ ଖେଳେଇବା ଆବଶ୍ୟକ ନାହିଁ । ଏସବୁ ମୋର ଏକାନ୍ତ ବ୍ୟକ୍ତିଗତ କଥା । କିନ୍ତୁ ସେ କିଛି କହିଲା ନାହିଁ । ସେ ଜାଣିଥିଲା, ପିଲାମାନଙ୍କର ଇଚ୍ଛା ପାଖରେ ବୃଦ୍ଧପିତା ନାଚୁର । ତେଣୁ ତାକୁ ହିଁ ଅସ୍ତ୍ର ଧରିବାକୁ ହେବ ।

ସେ କେବଳ ଚକ୍ଷୁତୋଲି ବଡ଼ବୋହୂ ମୁହଁକୁ ରୁହିଁଲା ।

ବଡ଼ବୋହୂ କହୁଥିଲା – ୪୫/୫୦ ବର୍ଷରେ ଏମିତି ରିସ୍କ ନେବା ଆଦୌ ଉଚିତ୍ ନଥିଲା । ଜୀବନ ପ୍ରତି ବିପଦ । କେଜାଣି କ'ଣ ହେଇଯିବ । ବେଳ ଥାଉ ଥାଉ ତାର ସମାଧାନ ନ କଲେ ପରେ ଡେରି ହୋଇଯିବ । ଆଉ କିଛି ଉପାୟ ନଥିବ ।

"କି ସମାଧାନ କରିବି" ? ବଡ଼ ବୋହୂର ଆଖି ସହ ଆଖି ମିଲେଇ ସେ କହିଲା । ସେ ଆଖିରେ ଆକୁତି ନଥିଲା ଅନୁନୟ ନଥିଲା । ଅସହାୟ ପଣ ବି ନଥିଲା, ଏକ ଅଧିକାର ବୋଧର ଦୃଢ଼ତାରେ ସେ ଆଖି ଦୁଇଟା ଜଳୁଥିଲା ।

ଶଙ୍କିଗଲା ବଡ଼ବୋହୂ । ଆଉ ପଦେ ବି କିଛି କହିବାର ସାହସ ତାର କୁଲେଇଲା ନାହିଁ ।

ସଞ୍ଝା ବେଳକୁ କିନ୍ତୁ ପରିସ୍ଥିତି ଭିନ୍ନ ଥିଲା । ଫ୍ୟାମିଲି ଡକ୍ତର ଆସି ବାପାଙ୍କୁ ଚେକ୍ଅପ୍ କରିସାରିବା ପରେ ନୂଆ ମାଆଙ୍କୁ କାଉନ୍ସେଲିଂ କରିବା ଆରମ୍ଭ କରିଦେଇଥିଲା ନର୍ସ ସୁକାମିନୀ । ବଡ଼ବୋହୂର ଦୂର ସମ୍ପର୍କୀୟ ଭଉଣୀ ।

ବିଳମ୍ବିତ ଗର୍ଭ କିପରି ନାନାବିଧ ଜଟିଳତାକୁ ସ୍ୱାଗତ କରିଆଣେ ସେ ସମ୍ପର୍କରେ ତାକୁ ବେଶ୍ ବୁଝେଇଲା । ନର୍ମାଲ ଡେଲିଭରି ହେବାର ଆଶା ଆଦୌ ନାହିଁ । ସିଜରିଆନ୍ ହୋଇ ପିଲା ଜନ୍ମ ହେବ ବୋଲି ସେ ସିଧା ସଲଖ କହିଦେଲା । ଅଧିକ ବୟସରେ ପିଲା ଜନ୍ମ ହେଲେ ପିଲା ଶାରୀରିକ ଅଥବା ମାନସିକ ବିକଳାଙ୍ଗ ହେବାର ଅନେକ ଆଶଙ୍କା ଅଛି ବୋଲି ମଧ୍ୟ କହିଲା ।

ଏ ସବୁ କିଛି ସ୍ତ୍ରୀ ଲୋକଟିକୁ ପ୍ରଭାବିତ କରିବାର ଅନୁଭବ କଲା ନାହିଁ ସୁକାମିନୀ । ଶେଷରେ ସେ ଛାଡ଼ିଲେ ବ୍ରହ୍ମାସ୍ତ୍ର ।

ନିର୍ବିକାର ହୋଇ ଶୁଣୁଥିବା ସ୍ତ୍ରୀଟିର ମୁହଁ ରୁହଁ କହିଲା ସୁକାମିନୀ ।

ଏମିତି ଗର୍ଭରେ ଅନେକ ସମୟରେ ଶିଶୁମାନଙ୍କ ଅପେକ୍ଷା ମା' ମାନଙ୍କର ଅନେକ କ୍ଷତି ହୋଇଥାଏ । ଛୁଆକୁ ତ ଅପରେସନ୍ କରି ବାହାର କରି ଦିଆଯାଇପାରିବ । କିନ୍ତୁ ପ୍ରସବ ପରବର୍ତ୍ତୀ ଜଟିଳତାକୁ ସମ୍ଭାଳି ହେବ ନାହିଁ । ୯୦ ପ୍ରତିଶତ ମାଆ ତ ସେଇ ଡେଲିଭରି ସମୟରେ ହିଁ ଆଖ୍ ବୁଜି ଦେଇଥା'ନ୍ତି । ଆଉ ଯେଉଁମାନେ ରହନ୍ତି ସେମାନେ ଅପାଙ୍ଗ ହୋଇ ରହିଯା'ନ୍ତି । ନିଜ କାମ ବି ନିଜେ କରିପାରନ୍ତି ନାହିଁ ।

ସୁକାମିନୀ ନର୍ସ ସ୍ତ୍ରୀଟିର ପୂର୍ବରୁ ଜଣାଶୁଣା । ସେ ପୂଜା ପାର୍ବଣ ହେଲେ ବଡ଼ ବୋହୂର ଡାକରାରେ ଘରକୁ ଆସେ । ଦିନେ ଦୁଇଦିନ ରହିଯାଏ । ସୁକାମିନୀ ଯେ ବଡ଼ ବୋହୂର ଇସାରାରେ ଏସବୁ କହୁଛି ସେ କଥା ସ୍ତ୍ରୀଟିକୁ ବୁଝିବା ପାଇଁ ବେଶୀ କଷ୍ଟ କରିବାକୁ ପଡ଼ିଲା ନାହିଁ ।

ସ୍ତ୍ରୀ ଲୋକଟି ତଥାପି କିଛି ପ୍ରତିକ୍ରିୟା ପ୍ରଦର୍ଶନ କଲାନାହିଁ । ସତେ ଅବା କାଠ ପଥରର ମୂର୍ତ୍ତିଏ । ସ୍ଥାଣୁ ହେଇ ସିନା ବସିଥିଲା, କିନ୍ତୁ ସେ ସ୍ଥାଣୁତ୍ୱରେ କାକୁସ୍ଥପଣ ନଥିଲା । ବରଂ ଏକ ଅଦମନୀୟ ଆମ୍ ବିଶ୍ୱାସରେ ସେ ତେଜମୟୀ ଦିଶୁଥିଲା । ସେ ଯାହା କହିବାର ଥିଲା ଅଥବା କରିବାର ଥିଲା ସେ ସବୁକୁ ଏଇ ସୁକାମିନୀ ଆଗରେ କହିବାର କିଛି ଆବଶ୍ୟକତା ଅଛି ବୋଲି ସେ ମଣୁ ନଥିଲା । ତାର ନୀରବତା ଓ ନିରାସକ୍ତ ଭାବ ସୁକାମିନୀକୁ ଆହୁରି ଜିଦ୍‍ଖୋର୍ କରିଦେଲା । ସେ ବଡ଼ ବୋହୂକୁ କଥା ଦେଇଛି, ନିଶ୍ଚୟ ସେ ତାର ଅଭିଯାନରେ ସଫଳ ହେବ । ସେଥିପାଇଁ ମୋଟା ଅକ୍ଷର ସର୍ତ୍ତ ବି ଥିଲା ଦୁହିଁଙ୍କ ଭିତରେ ।

କାହିଁରେ ଚଙ୍କିଲା ନାହିଁ ସ୍ତ୍ରୀ ଲୋକଟି । ସବୁ ଚେଷ୍ଟା ବିଫଳ ହେଲା ପରେ ବି ତଥାପି ଆଉ ଥରେ ବିଫଳ ଚେଷ୍ଟା କରିଥିଲା ସୁକାମିନୀ । ଯଦିଓ ଏହା ମେଡିକାଲ ସାଇନ୍ସର କଥା ନୁହେଁ, ତଥାପି ସେ ବେକ ଲମ୍ବେଇ ସ୍ତ୍ରୀଟିର କାନ ପାଖକୁ ମୁହଁଟା ଆଣି ଫିସ୍ ଫିସ୍ ହୋଇ କହିଲା ।

ଏ ଲୋକ ଗୁଡ଼ାଙ୍କୁ ତ ଦେଖୁଛ । ବାପ ବୁଢ଼ାଟିର ସେବା କରିବା ସେମାନଙ୍କୁ କଷ୍ଟ ହେଲା ଯେ ସେମାନେ ତମ ବେକରେ ବାନ୍ଧି ଦେଲେ । ତମର ଯଦି ପ୍ରସବ

ବେଳେ କିଛି ହୋଇଯାଏ ଭାବୁଛ କି ତମ ଛୁଆଟାକୁ ସେମାନେ ଆପଣେଇବେ ? ତମରି ସାଙ୍ଗରେ ତାକୁ କୋକେଇରେ ବାନ୍ଧି ଜିଅନ୍ତା ଜାଳି ଦେବେ ।

ନର୍ସ ଜଣକ ଯେ ନିଜ କଥା କହୁନାହିଁ ତାକୁ ଯେଉଁ ଭଳି ତାଲିମ ଦିଆଯାଇଛି, ସେହି ଅନୁସାରେ ସେ କହୁଛି, ଏ କଥା ବୁଝିବାପାଇଁ ବାକି ନଥିଲା ତାର । ଶୁଆ ପଢ଼ିଲା ପରି ତାକୁ ଯାହା ପଢ଼ା ହୋଇଥିଲା, ସେ ସେହି କଥା ଗୁଡ଼ାକ ହିଁ ଗାଇଗଲା ।

କୌଣସି ଫର୍ମୁଲା କାର୍ଯ୍ୟକାରୀ ହୋଇପାରିଲା ନାହିଁ । ନର୍ସ ସୁକାମିନୀର କଥାସବୁ ନିର୍ବିକାର ଭାବରେ ତା ମୁହଁରୁ ସବୁ ଶୁଣିଲା ପରେ ସେ କେବଳ ଗୋଟାଏ ପଦ କହିବାକୁ ରହିଁଲା, ଯାହା ଥିଲା –

ମୁଁ ଏ ପରିବାରର ରକ୍ତ ମୋ ଗର୍ଭରେ ଧାରଣ କରିଛି । ତାର ଦାୟିତ୍ୱ ଏ ପରିବାରର । ତମେ ଏ ବିଷୟରେ ବେଶୀ ମୁଣ୍ଡ ନ ଖେଳେଇଲେ ଭଲ ।

ବ୍ରହ୍ମ ରୂପଡ଼ାଟିଏ ଖାଇଲା ପରି ଅନୁଭବ କରିଥିଲା ସୁକାମିନୀ । ଝଡ଼ ପରି ସେ ତା ପାଖରୁ ଉଠି ଚାଲିଗଲା ।

ତା' ଅପେକ୍ଷାରେ ଥିଲେ ଝିଅ ଓ ବୋହୂମାନେ । ସେମାନଙ୍କୁ ସୁହାଇଲା ପରି ସମ୍ବାଦଟିଏ ସୁକାମିନୀ ମୁହଁରୁ ବାହାରିଲା ନାହିଁ । ଯାହା ବାହାରିଲା ତାହା ସମସ୍ତଙ୍କୁ ଗୋଟାଏ ଗୋଲକ ଧନ୍ଦାରେ ନିକ୍ଷେପ କରିଦେଲା । ଛାର ବାରବୁଲି ସ୍ତ୍ରୀଟାର କେଡ଼େ ବହଳ । ସୁକାମିନୀ ଅପମାନରେ ଜର୍ଜରିତ ହୋଇଯାଉଥିଲା । ଚେର ଗଭୀରକୁ ଚାଲିଗଲା ତ, ଭାବୁଛି ଏଠି ରାଜ କରିବ । ମୁହେଁ ମୁହେଁ ଜବାବ ଦେଇ ଦେଲା !

ପରିବାରର ରକ୍ତ ଧାରଣ କରିଛି ସେ । କାହାର ରକ୍ତ ଧାରଣ କରିଛି ଗର୍ଭରେ ? ତାର ଇଚ୍ଛା ହେଉଥିଲା କହିବାକୁ ଏଇ ସତୁରୀ ବର୍ଷର ବୁଢ଼ାର ନା ଆଉ କାହାର ? ସତୀ ଦେଖେଇ ହଉଛି ସତୀ ! ସୁକାମିନୀ ମୁଣ୍ଡରେ ଦୁଷ୍ଟ ବୁଦ୍ଧିର ଦାନାଟିଏ ହିଂସ୍ର ରୂପ ଧାରଣ କଲା । ସେ ଫିଙ୍ଗି ଦେଲା ପରି ସ୍ତ୍ରୀଟିର କଥାକୁ ବୁଲେଇ ବଙ୍କେଇ କଦର୍ଥ କରି କହିଲା – କେଜାଣି କାହା ରକ୍ତ ସେ ଧାରଣ କରିଛି । ସେଥରେ ଆଉ କାହାର ମୁଣ୍ଡ ଖେଳେଇବା ଦରକାର ନାହିଁ ବୋଲି ସିଧା ସଲଖ କହିଦେଲା । ଏବେ ବୁଝ ତମେମାନେ ତା କଥା ।

ଡ. ବାସନ୍ତୀ ମହାନ୍ତି ❖ ୨୧

ସୁକାମିନୀ ସେମିତି ଝଡ଼ପରି ବାହାରିଗଲା । ସେଦିନ ରାତିରେ ନିଦ ହଜିଯାଇଥିଲା ସ୍ତ୍ରୀ ଲୋକଟିର ଈର୍ଷଣୀୟ ରୂପ ସୌନ୍ଦର୍ଯ୍ୟରେ ଅସହିଷ୍ଣୁ ହୋଇଯାଉଥିବା ବଡ଼ ବୋହୂର । ତା ମନ ଗହନର ଅନ୍ଧାରୀ ମୂଲକରେ ସନ୍ଦେହର ବୀଜଟିଏ ଧୀରେ ଧୀରେ ଅଙ୍କୁରିତ ହେଉଥିଲା । କାହାର ପିଲା ବଢ଼ୁଛି ତା ପେଟରେ ? କେତେଦୂର ବିଶ୍ୱାସଯୋଗ୍ୟ ଏ ସ୍ତ୍ରୀ ଲୋକଟା । ବାରଘାଟରେ ବୁଲି ବୁଲି ଆସି ଏଇଠି ମୁଣ୍ଡ ଗୁଞ୍ଜିଛି । ଶାସ୍ତ୍ରପୁରାଣ କହିଛି ଅଜ୍ଞାତ କୁଳଶୀଳସ୍ୟ ବାସୋନଦେୟ । ଶାଗୁଣା ବସାରେ ଡମଣା !

ବାପାଙ୍କର ଅତିକ୍ରାନ୍ତ ବୟସରେ ସନ୍ତାନ ଉତ୍ପାଦନ ସାମର୍ଥ୍ୟକୁ ସନ୍ଦେହ କରିବା ସହ ସ୍ତ୍ରୀଟିର ଚରିତ୍ର ଉପରେ ପ୍ରଶ୍ନବାଚୀ ଉଠିଥିଲା । କେଜାଣି କାହାର ପାପଫଳ ଏ ପରିବାରରେ ପ୍ରତିପାଳିତ ହେବ । ବୋହୂମାନଙ୍କ ବୁଦ୍ଧିକୁ ତାରିଫ କରିଥିଲେ ପୁଅମାନେ । ଶେଷରେ ସର୍ବସମ୍ମତିକ୍ରମେ ନିଷ୍ପତ୍ତି ନିଆଗଲା, ସେ ଯଦି ଭଲରେ ରାଜି ନହେଉଚି ତେବେ ତା ମତାମତକୁ ଅପେକ୍ଷା କରାଯିବ ନାହିଁ । ଯେ କୌଣସି ଉପାୟରେ ତାର ଏ ଗର୍ଭ ନଷ୍ଟ କରିବାକୁ ପଡ଼ିବ । ନ ହେଲେ ତାକୁ ଏ ଘର ଛାଡ଼ିବାକୁ ପଡ଼ିବ ।

ଏ ଚରମବାଣୀ ସ୍ତ୍ରୀଟିକୁ ଶୁଣେଇବା ପାଇଁ ବଡ଼ବୋହୂ ସ୍ୱତଃ ନେଲା ଦାୟିତ୍ୱ । ସେଦିନ ସ୍ତ୍ରୀଟା ଯେମିତି ଆଖି ଦେଖାଇଥିଲା ଭୁଲି ନଥିଲା ବଡ଼ବୋହୂ । ଶୋଧପମାନର ପ୍ରତିଶୋଧ ନେବାକୁ ରୁହୁଁଥିଲା । ସେ ଏ ଘରର ବଡ଼ବୋହୂ । ଶାଶୁ ଗଲାପରେ ତାର ଶାସନ ଚଲେ ଏ ଘରେ । ଅଥଚ ଦାଣ୍ଡରୁ ସାଉଁଟି ଆଣିଥିବା ସ୍ତ୍ରୀ ଲୋକଟାର ଏତେ ସାହସ ସେ ଅବଜ୍ଞା କରିବ ତା ଆଦେଶ । ଅସହ୍ୟ ଲାଗୁଥିଲା ବଡ଼ ବୋହୂକୁ ।

ନୈଶ ଭୋଜନ ପରେ ଯେ ଯାହାର କୋଠରୀକୁ ରୁଲିଗଲେ । ସମସ୍ତଙ୍କ ଖାଇବା ବୁଝିସାରି ସ୍ତ୍ରୀଟି ଭାତ ଥାଲି ଧରି ବସିଥିଲା । ଭାତ ଗୁଣ୍ଢାଟା ସେ ପାଟିକୁ ଉଠେଇ ନେଉଥିଲା । ବଡ଼ବୋହୂ ଖୁନୀ ଆସାମୀକୁ ଫାଶୀ ଅର୍ଡ଼ର ଶୁଣାଇବା ପରି ବିନା କିଛି ବାକ୍ୟ ବ୍ୟୟରେ ତାକୁ ଶୁଣେଇ ଦେଲା । "ତମକୁ ଆବର୍ସନ କରିବା ପାଇଁ ପଡ଼ିବ ।"

ଭାତ ଗୁଣ୍ଢାଟା ପାଟିକୁ ନେଉ ନେଉ ଖସି ପଡ଼ିଲା ଥାଲିରେ । ସ୍ତ୍ର ବଡ଼ବୋହୂର ମୁହଁକୁ ରୁହିଁଲା । ସେ ଆଖିରେ ନିଆଁ ଜଲୁଥିଲା । ସର୍ବଗ୍ରାସୀ ନିଆଁ । ସତେ ଯେମିତି

ପ୍ରଳୟର ବାର୍ତ୍ତା ଧରି ଆସିଛି ସେ ନିଆଁ । ଟିକେ ଶଙ୍କିଗଲା ସ୍ୱୀତା । ତଥାପି ନରମ ସ୍ୱରରେ କହିଲା – "କାହିଁକି ?"

"ପରିବାରର ସମସ୍ତଙ୍କର ଏ ନିଷ୍ପତ୍ତି । ତମକୁ ମାନିନେବାକୁ ପଡ଼ିବ ।"

"ତମ ଶ୍ୱଶୁର ବି କ'ଣ ଏୟା ରୁହାନ୍ତି ?"

ବଡ଼ବୋହୂ ଅସହିଷ୍ଣୁ ଭାବରେ କହିଲା । "ତମେ କ'ଣ ଜାଣିନ ତାଙ୍କର ଷ୍ଟ୍ରୋକ୍ ପରେ ତାଙ୍କୁ କୌଣସି ଟେନ୍‌ସନ୍‌ ନ ଦେବାପାଇଁ ଡାକ୍ତର କହିଛନ୍ତି ? ଦ୍ୱିତୀୟ କଥା ହେଲା ତାଙ୍କର ଆଉ କୋଉ ବୟସ ଅଛି ଯେ ସେ ପିଲାର ଦାୟିତ୍ୱ ନେଇ ତାକୁ ମଣିଷ କରିବେ ?"

"ହଁ – ଖବରଦାର ! ଏ ସମ୍ପର୍କରେ ସେ ଯେମିତି କିଛି ନ ଜାଣନ୍ତି । ଏକଥା ଶୁଣିଲେ ତାଙ୍କର ଯଦି ଆଉଥରେ ଷ୍ଟ୍ରୋକ୍ ହୁଏ ତାଙ୍କ ପୁଅମାନେ ତମକୁ କ୍ଷମା ଦେବେନି ।"

"ତାଙ୍କ ବିନାନୁମତିରେ ମୁଁ କିଛି କରିପାରିବି ନାହିଁ । ମତେ କ୍ଷମା କରିଦବ ତମେମାନେ ।"

ଛିଟିକାଏ ନିଆଁ ଝୁଲ ଝଟକି ଆସିଲା ବଡ଼ବୋହୂ ଆଖିରୁ । ସେ ଉତ୍ତେଜିତ ହୋଇ କହିଲା – "କାହାର ଅନୁମତି ନେବ ତମେ ! ମଶାଣିକୁ ଯିବାକୁ ଅପେକ୍ଷା କରିଥିବା ମଣିଷଟାର ! ଯିଏ ଆଦୌ ରୁହଁ ନଥିଲେ ତମକୁ ଏ ଘରକୁ ଆଣିବାକୁ । ଆମେ ସବୁ ତାକୁ ବାଧ୍ୟ କରି ତାଙ୍କୁ ରାଜି କରେଇଥିଲୁ । ଖାଲି ତାଙ୍କର ସେବା ଯନ୍‌ କରିବାକୁ । ବଂଶ ବୃଦ୍ଧି କରିବାକୁ ନୁହେଁ ।"

ବଡ଼ବୋହୂକୁ ଆଉ ବେଶି କିଛି କହିବାକୁ ନଦେଇ ଦୃଢ଼ କଣ୍ଠରେ କହିଲା ସ୍ତ୍ରୀ ଲୋକଟି –

"ତମର ଯଦି ସେବିକାଟିଏ ଆବଶ୍ୟକତା ଥିଲା, ମୋତେ କହିପାରିଥାନ୍ତ ମୁଁ ସେବା ଦେଇଥାଆନ୍ତି । ତାର ପ୍ରାପ୍ୟ ବି ମୁଁ ନେଇଥାଆନ୍ତି । କି ଲୋଡ଼ାଥିଲା ବାହାଘର ?"

ପାଟିତୁଣ୍ଡ ଶୁଣି ସେତେବେଳକୁ ଦୁଇ ପୁଅ ଝିଅ ଦୁହେଁ ଆସି ପହଞ୍ଚ ଗଲେଣି । ବଡ଼ବୋହୂ କ୍ରୋଧ ତଥାପି ପ୍ରଶମିତ ହୋଇନଥିଲା । ସେମିତି ରୁକ୍ଷ କଣ୍ଠରେ କହିଲା, "ସେ ସବୁ ନାଟକ ଥିଲା ।"

"କିନ୍ତୁ ମୋ ଗର୍ଭରେ ଯେଉଁ ପିଣ୍ଡଟି ବଢୁଛି ସେ ସତ୍ୟ ! ନାଟକ ନୁହେଁ । ମୁଁ ଏହାକୁ ଆଦୌ ନାଟକ ହେବାକୁ ଦେବି ନାହିଁ ।"

ଏଥର ଜଣକ ପରେ ଜଣେ ସମସ୍ତଙ୍କ କ୍ଷଣୁଥାୟୀ ଆକ୍ରମଣର ଶିକାର ହେଲା ପୀଡ଼ିତାଟି ।

"ତମକୁ ଗର୍ଭପାତ କରିବାକୁ ପଡ଼ିବ ।"

"ନହେଲେ ବଳ ପ୍ରୟୋଗ କରାଯିବ ତୁମ ଉପରେ ।"

"ଜୀବନ ପ୍ରତି ଆଶା ଅଛି ତ ଆମ କଥା ମାନିଯାଅ । ତୁମ ପାଖରେ ଦୁଇଟା ରାସ୍ତା । ଯଦି ତମେ ଆମ କଥା ମାନିବ ତ ଏ ଘରେ ରହିବ । ନହେଲେ ତମକୁ ଏ ଘର ଛାଡ଼ିବାକୁ ପଡ଼ିବ । ଏ ନିଷ୍କତ୍ତି ତମର ।"

ଏମିତି ଗୁଡ଼ାଏ ଅଶ୍ଳୀଳ ଶବ୍ଦରେ ତା କାନ ଭାଁ ଭାଁ କରିଯାଉଥିଲା । ଦମ୍ଭର ସହ ଏଥର କହିଲା ସେ "ମୁଁ ତମ ବାପାଙ୍କର ବିବାହିତା ସ୍ତ୍ରୀ ।"

"କିଛି ପ୍ରମାଣ ନାହିଁ ତମ ପାଖରେ ।"

"ମୋ ଗର୍ଭର ସନ୍ତାନ ତାର ପ୍ରମାଣ ।"

"ରଖ୍‌ ରଖ୍‌ ତୋ ପ୍ରମାଣ ।"

"କାହାର ପାପକୁ ଆଣି ଏ ବଂଶରେ କଳଙ୍କ ଲଗାଇବାକୁ ଚେହୁଁଛି ବଜ୍ଜାତ୍‌ ମାଇକିନିଆ ।" ଏଇଟା ଥିଲା ବଡ଼ବୋହୂର କଣ୍ଠସ୍ଵର ।

ଲଜ୍ଜା ଅପମାନ ଦୁଃଖ ଯନ୍ତ୍ରଣାରେ ସାଙ୍କୁଡ଼ିଗଲା ମଣିଷତା । ଏମାନେ ଅମଣିଷ । ଏମାନଙ୍କ ସହ ଏମିତି ଯୁକ୍ତିତର୍କ କରି କିଛି ଲାଭ ନାହିଁ ବୋଲି ସେ ଅନୁଭବ କଲା । ସେମିତି ଖୁଣ୍ଟା ପରି ବସି ରହିଲା ଭାତଥାଲି ପାଖରେ । ଯିଏ ଯାହାର ମନର ଓରମାନା ମେଣ୍ଟେଇବା ପାଇଁ ତା' ଉପରେ ବର୍ଷିଗଲେ । ସେ ସେମିତି ଚୁପ୍‌ଚୁପ୍‌ ସବୁ ବିଷକୁ ହଜମ କରି ନେଉଥିଲା । ନିଜ ଜୀବନରେ ସକଳ ସୁଖ ସ୍ଵାଚ୍ଛନ୍ଦ୍ୟ, ସୋହାଗ ସ୍ଵପ୍ନକୁ ସୁନାମୀ ଶୋଷି ନେଲାପରେ ଜୀବନ ତାକୁ ଅନେକ ଶିକ୍ଷା ଦେଇଥିଲା । ଏଇଭଳି କେତେକ ମାନବତା ହୀନ ମଣିଷମାନଙ୍କ ସଂସ୍ପର୍ଶରେ ଆସି ସେ ବଞ୍ଚିବାର କୌଶଳ ଶିଖ୍ ନେଇଥିଲା । ତାରି ଆଖି ଆଗରେ ପରିବାରର ପାଞ୍ଚଟି ଜୀବନ ପାଣି ଫୋଟକା ପରି ମିଳେଇ ଯାଇଥିଲା । ସେ

ବଞ୍ଚାଇଥିଲା ସିନା ବଞ୍ଚାଇପାରି ନଥିଲା ସେ ଜୀବନମାନଙ୍କୁ । ଜୀବନଟା କେତେ ମହାର୍ଘ କେତେ ଦୁର୍ଲଭ । ତାକୁ ବଞ୍ଚାଇବାଟା ହିଁ ଜୀବନର ଏକମାତ୍ର ସତ୍ୟ । ଚରମ ସତ୍ୟ । କଳେ ବଳେ ବଞ୍ଚିବା ପାଇଁ ତା ଗର୍ଭରେ ଥିବା ଭ୍ରୁଣଟିକୁ ସୁରକ୍ଷା ଦେବାପାଇଁ ତାକୁ କିଛି କୌଶଳ ଅବଲମ୍ବନ କରିବାପାଇଁ ପଡ଼ିବ ।

ବଡ଼ବୋହୂର ଶେଷ କଥା ପଦକ ତଥାପି ତାର କର୍ଣ୍ଣ କୁହରରେ ଅଶ୍ଳୀଲ ଭାବରେ ଝଙ୍କୃତ ହୋଇଉଠୁଥିଲା । ସ୍ନାୟୁ ଓ ଶିରା ପ୍ରଶିରାରେ ଉଉଫ୍ତ ଲାଭାପରି ସଂଚରିଯାଉଥିଲା । ସେ ଦାନ୍ତ ଓଠ କାମୁଡ଼ି ନିଜକୁ ସମ୍ବରଣ କଲା । ବର୍ଚ୍ଛା ପରି ଶରୀରରେ ଭେଦି ଯାଉଥିବା ବାକ୍ୟବାଣ ତଥାପି ଅବିରତ ଥିଲା । ଏଥର ସୀମା ଅତିକ୍ରାନ୍ତ କଲା । ଏବେ ପ୍ରତିବାଦ ନ କଲେ ଏମାନଙ୍କ ଅଦଉଟି ଏମିତି ବଢ଼ି ବଢ଼ି ଚାଲିବ । ସେ ଭାତ ଥାଲି ଛାଡ଼ି ଛିଡ଼ା ହୋଇପଡ଼ିଲା ।

ଡାହାଣ ହାତଟା ଥିଲା ଅଇଁଠା । ବାମ ହାତରେ ପାପୁଲିକୁ ଉପରକୁ ଉଠେଇ ନିଷ୍କମ୍ପ କଣ୍ଠରେ କହିଲା – "ବାସ୍ । ଯଥେଷ୍ଟ ହୋଇଗଲା । ଏବେ ସାହସ ଅଛି ତ ସତ୍ୟର ସାମ୍ନା କର । ଶୁଣ ବଡ଼ବୋହୂ, ଆଉ ଅନ୍ୟମାନେ ଶୁଣ ।"!

"ତମମାନଙ୍କ ସନ୍ଦେହ ଠିକ୍ । ମୋ ଗର୍ଭରେ ବଢୁଥିବା ପିଲାର ବାପା ମରଣ ଦୁଆରକୁ ପାଦ ବଢ଼ାଉଥିବା ତମମାନଙ୍କ ଅସମର୍ଥ ବୃଦ୍ଧ ପିତା ନୁହଁନ୍ତି । ହେଲେ ଏ ପରିବାରରେ ମୋ ଗର୍ଭରେ ଭୁଣ ସଂଚର କରିବାରେ ସମର୍ଥ ପୁରୁଷଙ୍କର ଅଭାବ ନାହିଁ । ଆଉ ଜଣେ ଯଦି କେହି ମୋତେ ଗର୍ଭପାତ କଥା କହିବ ତ ମୁଁ ବାଧ୍ୟ ହୋଇ ସବୁ ସତ୍ୟ ପ୍ରକାଶ କରିବି । ଆଉ ନ୍ୟାୟ ପାଇଁ ପୋଲିସର ଆଶ୍ରୟ ନେବାକୁ ବାଧ୍ୟ ହେବି ।"

ହୁତ୍‌ହୁତ୍‌ ଜଳନ୍ତା ନିଆଁରେ ଯେମିତି ଅସରାଏ ବର୍ଷା ଛେଟି ଦେଇ ଗଲା । ଏକାବେଳକେ ଚୁପ୍ ହୋଇଗଲା ସମସ୍ତଙ୍କର ତୁଣ୍ଡ । ଯେ ଯାହାର କୋଠରୀକୁ ଫେରିଯିବା ପାଇଁ ରାସ୍ତା ପାଇଲେ ନାହିଁ ।

ସ୍ତ୍ରୀଲୋକଟି ଫେରିଆସିଲା ନିଜ କୋଠରୀକୁ ।

ସଦ୍ୟ ହୃତ୍‌ଘାତରେ ଆକ୍ରାନ୍ତ ହୋଇଥିବା ମଣିଷଟା ନିଦ ଔଷଧ ପ୍ରଭାବରେ ନିଶ୍ଚିନ୍ତ ହୋଇ ଶୋଇଥିଲା । ପରିବାରରେ ସୃଷ୍ଟି ହୋଇଥିବା ଖଣ୍ଡ ପ୍ରଳୟର ବିନ୍ଦୁ ବିସର୍ଗ ବି ତାଙ୍କ ପାଖକୁ ପହଞ୍ଚି ପାରିନଥିଲା । ଦୁଇ ହାତ ଟେକି ସ୍ତ୍ରୀ ଲୋକଟା

ଈଶ୍ୱରଙ୍କୁ ଧନ୍ୟବାଦ ଦେଲା । ଖଟ ତଳକୁ ଲୋଟି ଆସିଥିବା ରୁଦରଟିକୁ ଉଠେଇ ତାଙ୍କୁ ଭଲ ଭାବରେ ଘୋଡ଼େଇ ଦେଲା । ଖଟ ଧାରକୁ ଯାଇ ତାଙ୍କ ଦୁଇ ପାଦତଳେ ମୁଣ୍ଡ ଥୋଇ କୋଉ ଦିନରୁ ସଞ୍ଚିତ ହୋଇ ରହିଥିବା ଲୁହଧାରକୁ ଚିପୁଡ଼ି ନିଗାଡ଼ି ଦେଲା । ତାର ଆଉ କାହା ପାଖରେ କିଛି ଆପଇ ଅଭିଯୋଗ ନଥିଲା । ନିଦ୍ରିତ ବୃଦ୍ଧଙ୍କ ପାଦ ଉପରେ ମୁଣ୍ଡ ଥାପି କହିଲା – ମତେ କ୍ଷମା କରିଦେବ । ଏମାନଙ୍କ ଆକ୍ରମଣରୁ ଆତ୍ମରକ୍ଷା କରିବାର ଆଉ ବିକଳ୍ପ ପନ୍ଥା ମୋ ପାଖରେ ନଥିଲା । ତମକୁ ବଞ୍ଚିବାକୁ ହେବ । ମୋ ଗର୍ଭରେ ବଢୁଥିବା ପିଣ୍ଡଟିର ବୈଧତା ସାବ୍ୟସ୍ତ ନ କରିବା ପର୍ଯ୍ୟନ୍ତ ତମେ କୁଆଡ଼େ ଯାଇପାରିବ ନାହିଁ । ଯମ ସାଙ୍ଗରେ ଯୁଝି ମୁଁ ଫେରାଇ ଆଣିବି ତମକୁ ।

ସେମିତି ଆଖିରୁ ଲୁହ ନିଗାଡ଼ୁ ନିଗାଡ଼ୁ କେତେବେଳେ ତାର ନିଦ ଆସିଯାଇଛି କେଜାଣି, ନିଦ ଭାଙ୍ଗିଲା ବେଳକୁ ସୂର୍ଯ୍ୟ କିରଣ ଆସି ଅଗଣାକୁ ଛୁଇଁଲାଣି । ରୁରିଆଡ଼େ ନୀରବତା ରାଜୁତି କରୁଥିଲା । ଅନ୍ୟ ଦିନ ପରି ପୁଅ ବୋହୂ ଝିଅ ଜ୍ୱାଇଁ ମାନେ ଗହଳ ଚହଳ କରୁନଥିଲେ । କବାଟ ଖୋଲି ସେ ବାହାରକୁ ଆସିଲା । ବିଛାଡ଼ି ହେଇ ପଡ଼ିଥିଲା ଚେନାଏ ସୂର୍ଯ୍ୟକିରଣ । ହଠାତ୍ ହାବୁକାଏ ପବନରେ ମେଞ୍ଛାଏ ମଧୁମାଲତୀର ବାସ୍ନା ତା ଦେହ ମନ ଆତ୍ମାକୁ ଜଡ଼ସଡ଼ କରିଦେଲା ।

ମନକୁ ମନ କହି ଉଠିଲା, ଆରେ ! ଏତେ ସୁନ୍ଦର ବାସ୍ନା ଏ ମଧୁମାଲତୀର । ସତେ ଯେମିତି ପ୍ରଥମ ଥର ସେ ଆଘ୍ରାଣ କରୁଥିଲା ଏ ବାସ୍ନା । ଆଉ ଥରେ ସେ ଦୀର୍ଘଶ୍ୱାସ ନେଇ ସେ ବାସ୍ନା ଭିତରେ ହଜିବାକୁ ଚେଷ୍ଟା କଲା ।

□□□

ସାବିତ୍ରୀ

ପଖାଳ କଂସା ପାଖରେ ଧାନୁଆ ଲଙ୍କା ଦୁଇଟା ପିଆଜ ଫାଲେ ଥୋଇ ଦେଇ ପୋଡ଼ା ଆଳୁଟାରୁ ଛେପା ଛଡ଼ାଉ ଥିଲା ଶାରୀ । ଭାତ କଂସା ପାଖରେ ବସି ପଡୁ ପଡୁ ମକରା ଚମାର କହିଲା "ଦେ ଦେ ସେମିତି ଛେପା ମୋପା ଥାଉ, ଖରାମାଡ଼ି ଆସିଲାଣି ଆଉ ଟିକେ ପରେ ପରା ଗଛରୁ ନିଆଁ ବାହାରିବ । ଆଉ କ'ଣ ଚଢ଼ିହବ କିଲୋ ଗଛକୁ ?"

ତା କଥା ଶୁଣି ନଶୁଣିଲା ପରି ଶାରୀ କହିଲା, କାଲି ସାବିତ୍ରୀ ଓଷା, ଆଜି ହାଟ ପାଲିଟା, ଫଳମୂଳ ଦୁଇଟା ଆଉ ପୂଜାଦରବ କ'ଣ ଟିକେ ଆଣନ୍ତ । ଆଜି ଗଛ ଝଡ଼ିବାକୁ ନଗଲେ ହୁଅନ୍ତାନି !

ମକରା ଶାରୀ ମୁହଁକୁ ଚହିଁଲା, ଏଇ ସାବିତ୍ରୀ ଅମାବାସ୍ୟାଟା ଆସିଗଲେ ମକରା ଉତ୍‌ଫୁଲ୍ଲିତ ହୋଇଯାଏ । ନିଜକୁ ଆଉ ସେ ଗୁଆ ନଡ଼ିଆ ତାଲ ଗଛ ଚଢ଼ି ପେଟ ପୋଷୁଥିବା ମକରା ଚମରା ଓ ତା ସ୍ତ୍ରୀକୁ ତାଲପତ୍ର ଓ ବାଉଁଶ କଣିରେ ବିଣ୍ଡଣା, ଡାଲା, କୁଲା, ବାଉଁଶିଆ ତିଆରି କରୁଥିବା ଶାରୀ ଚମାରୁଣୀ ବୋଲି ଭାବେ ନାହିଁ । ସେଇ ଗୋଟାଏ ଦିନପାଇଁ ସେ ନିଜକୁ ରାଜକୁମାର ସତ୍ୟବାନ ଓ ଶାରୀକୁ ରାଜକୁମାରୀ ସାବିତ୍ରୀ ବୋଲି ଅନୁଭବ କରେ । ସାବିତ୍ରୀ ପାଇଁ ପୂର୍ବରୁ ବେଶ୍ ଦି'ପଇସା ସଞ୍ଚ ରଖିଥାଏ ହାତରେ ।

ଆଲୋ ସେଇଥ୍ୟପାଇଁ ତରତର ହଉଚି ଲୋ! କୋଡ଼ିଏ କି ତିରିଶିଟା ନଡ଼ିଆ ଆଉ ତାଳଗଛ । ସେ ତାଳ ଗଛ ଗୋଟାକୁ ୧୦୦ ଟଙ୍କା, ନଡ଼ିଆ ଗଛ ଗୋଟାକୁ ୫୦ ଟଙ୍କା ଦବ । ବାହୁଙ୍ଗା, ତାଳ ଓ ନଡ଼ିଆକୁ ଛାଡ଼ି । ସାବିତ୍ରୀ ବଜାରରେ ତାଳ ନଡ଼ିଆରେ ନିଆଁ ଲାଗିବ । ତୋ ପାଇଁ ଏଥର ଭଲ ଶାଡ଼ି ଖଣ୍ଡେ ଆଣି ଦେବି ଲୋ! ତୁ ପିନ୍ଧିଲେ ସରଗର ପରୀ ପରିକା ଦିଶିବୁ । ଶାରୀର ନାକଟାକୁ ଟିକେ ଚିପିଦେଇ କହିଲା ମକରା ।

ହସନ୍ତ ଦିଶିଲା ଶାରୀର ମୁହଁ । ତା ମୁହଁରେ ହସ ଟିକେ ଦେଖିଲେ ମନ ପୁରିଯାଏ ମକରାର । କିନ୍ତୁ ଖୁବ୍‍ କମ୍‍ ହସେ ଶାରୀ । କୃତ୍ରିମ କ୍ରୋଧରେ ମୁହଁମୋଡ଼ି କହିଲା – ହଁ ଗତ ବରଷ ଯୋଉ ଶାଡ଼ୀ ଆଣିଥିଲ ନା ମାସ ଦୁଇଟା ବି ପିନ୍ଧିନି । ଭସ୍‍ ଭସ୍‍ ରଙ୍ଗ ଧୋଇଗଲା । ଏମିତି ଭଲ ଶାଡ଼ୀ ଦେବା ବାଲା !

ହଉ ହଉ ରହ ଲୋ ଦେଖ୍ବୁ । ପିନ୍ଧୁଥିବୁ, କହୁଥିବୁ । ମକରା ଖାଇବାରେ ମନ ଦେଲା । ରୁରି ଗେଫାରେ କଂସାକ ପଖାଳ ତେଣ୍ଟି ଦେଇ ସେ ଉଠି ପଡ଼ିଲା । ତାଳ କୋରଟରେ ତିଆରି ହୋଇଥିବା ତା ଗଛଚଢ଼ା ସଜ ସବୁ ବାହାର କରୁ କରୁ ସେ ଶାରୀ ଉଦ୍ଦେଶ୍ୟରେ କହିଲା–ତୁ ବି ବାହାରିପଡ଼ । ଆଜି ଖାଲି ବିଶ୍ଅଣା ଦୁଇଟା ଧରିଥା । ଫେରିଲା ବେଳେ ତାଳ ବରଡ଼ା କିଛି ଧରି ଆସିବା ।

ତାଳ ବାହୁଙ୍ଗାରୁ କୋରଟ (ଛାଲ) ବାହାରକରି ଖରାରେ ଶୁଖାଇ ପୁଣି ତାକୁ ପାଣିରେ ଭିଜେଇ ଦଉଡ଼ି ବଳେ ମକରା । ତାଳ ଗଛକୁ ଚଢ଼ିବାପାଇଁ ତିନି ଖଣ୍ଡ ଦଉଡ଼ି ଦରକାର ହୁଏ । ଗୋଟାଏ ଛୋଟ ଦଉଡ଼ି ଦୁଇ ପାଦରେ ଗଲେଇ ଦିଏ । ଏଇଟା ଛୋଟ ଦଉଡ଼ି ହେଲେ ଚଳିବ । ଆଉ ଖଣ୍ଡେ ଲମ୍ବା ଦଉଡ଼ି ତା ଅଣ୍ଟା ରୁରିପଟେ ଗୁଡ଼େଇ ଗଛରେ ବେଶ୍‍ ଢ଼ିଲା କରି ବେଢ଼େଇ ଦିଏ । ଆଉ ଖଣ୍ଡେ ଲମ୍ବା ଦଉଡ଼ି ଧରି ଗଛ ଉପରକୁ ଚଢ଼େ । ସେଇ ଦଉଡ଼ିରେ ତାଳକାନ୍ଦି ବାନ୍ଧି ତଳକୁ ଖସାଏ । ଅଣ୍ଟାରେ ବନ୍ଧା ହୋଇଥିବା ଲମ୍ବା ଦଉଡ଼ି ଧରି ସେ ଖପ ଖପ ମାଙ୍କଡ଼ ପରି ଗଛ ଉପରକୁ ଚଢ଼ିଯାଏ । କଚ୍ଛା ମାରି ପିନ୍ଧିଥିବା ଲୁଙ୍ଗି ପଛରେ ଅର୍ଦ୍ଧଚନ୍ଦ୍ର ଆକୃତିର ଧାରୁଆ କଟୁରୀ ଧରିଥାଏ । ସେଇ କଟୁରୀ ଖଣ୍ଡକ ତାର ଜୀବନ ଜୀବିକାର ମୂଲମନ୍ତ୍ର । କଟୁରୀଟି ଆଧାଆଧ ଘୋରି ହୋଇ ରୂପାପରି ଚକ୍‍ଚକ୍‍ କରୁଥିଲାବେଳେ, ଆର ଅଧିକ ଲୁହାପରି ଦିଶୁଥାଏ । ସେ କଟୁରୀ କେବଳ

ଗଛ ଅଗରେ ତାଳ ନଡ଼ିଆ କାନ୍ଦି କି ବାହୁଙ୍ଗାକୁ ଏକା ଏକା ରେଚରେ କଟ୍‌କଟ୍‌ କାଟିଦିଏ ସିନା କିନ୍ତୁ ତାର ଅସଲ କଳାମୃକତା ଥାଏ ଅନ୍ୟଠି । ବାଁ ହାତରେ ତାଳ କି ପଇଡ଼ଟିଏ ଧରି ସେ ଛନ୍ଦ ପତନରେ ଡାହାଣ ହାତରେ କତୁରୀଟି ଯେମିତି ବୁଲେଇ ବୁଲେଇ କାଟେ ଦେଖିଲେ ଆଖ ଖୋସି ହୋଇଯାଏ । କଞ୍ଜି ତାଳକୁ ହାଣି ସେ ଭିତରୁ ଅଭୁତ କଳାକୌଶଳ ପ୍ରୟୋଗ କରି ତାଳ ସଜ ବାହାର କରେ । ମକରାର କତୁରୀ ବିନା ପଇଡ଼ଟିଏ ଖାଇ ହେବ କିନ୍ତୁ ତାଳରୁ ତାଳ ସଜଟିଏ ଖାଇବାକୁ ହେଲେ ମକରା ଚମାରର କତୁରୀ ବିନା ତାହା ସମ୍ଭବ ହୁଏନାହିଁ ଏ ଅଞ୍ଚଳରେ । ଅଥଚ କାକୁଡି କି କଖାରୁ କାଟିଲା ପରି ସେ ଯେତେବେଳେ କଞ୍ଜି ତାଳରୁ ତାଳସଜ ବାହାର କରୁଥାଏ, ତା ପାଖରୁ ସମସ୍ତେ ଦୂରଚ୍ଛଡ଼ା ଦେଇ ଠିଆ ହୋଇଥାନ୍ତି । ଭୁଲରେ ଯଦି ତା ହାତର କତୁରୀଟି କାହା ଦେହରେ ବାଜିଗଲା ତ ଆଉ ରକ୍ଷା ନାହିଁ । ଛୋଟ ଛୁଆ ଗୁଡ଼ାକ ତାକୁ ଯମଦୂତ ଭଲି ଡରନ୍ତି । ମାଆମାନେ ଶୋଉନଥିବା ଦୁଷ୍ଟଛୁଆମାନଙ୍କୁ ମକରା ଚମରା କତୁରୀ କଥା କହି ଶୁଆଇ ପକାନ୍ତି । ଯଦିଓ ମକରା ଚମାର ହାତରୁ କେବେ କତୁରୀ ଖସିବାର କିମ୍ଧ ସେ କାହାକୁ ସେଥିରେ କେବେ ଆକ୍ରମଣ କରିବାର କେହି ଶୁଣିନାହାଁନ୍ତି କି ଦେଖିନାହାଁନ୍ତି ।

ଏଇ କତୁରୀ ଖଣ୍ଡେ ଓ ଦଉଡ଼ି ଦୁଇଖଣ୍ଡ ତା ସଂସାର ଚଲାଇବାର ସାଧନ । ଭଲରେ ଚଲେ ତା ସଂସାର । ମକରା ଓ ଶାରୀ ଦୁହେଁ ଉଦ୍‌ଯୋଗୀ । କେହି କାହାକୁ କମ୍ ନୁହନ୍ତି । ଏକମାତ୍ର ପୁଅଟାକୁ ପାଠ ପଢ଼ାଉଛନ୍ତି ଦୁହେଁ । ପଢୁଛି ଅଷ୍ଟମ ଶ୍ରେଣୀରେ । ଶାରୀଟା ବି ତା ପରିବାରକୁ ଲକ୍ଷ୍ମୀ ହୋଇ ଆସିଛି । ସେ ନିଜେ ଭବଘୁରା ହୋଇ ବୁଲୁଥିଲା । ରୋଜଗାର ସବୁ ତା ଅଣ୍ଟାରୁ ବାକ୍ସକୁ ଆସୁ ନଥିଲା । ସେଇ ଅଣ୍ଟାରୁ ଅଣ୍ଟାରୁ ସରୁଥିଲା । କେତେବେଳେ ଭୋଜି ଭାତ ତ ଆଉ କେତେବେଳେ ନିଶାପାଣି । ମାଆ ବୁଢ଼ୀଟା କଥା ସେ ଆଦୌ ଖାତିର କରୁ ନଥିଲା । ମାଆ ବୁଢ଼ୀ ଗଲାପରେ ଶାରୀ ତାକୁ ନିୟନ୍ତ୍ରଣକୁ ଆଣିଛି । ସେ ଘରମୁହାଁ ହୋଇଛି ।

ମକରା ଲୁଙ୍ଗିଟାକୁ ପାଇ କଚ୍ଛା ମାରି କତୁରୀ ଖୋସି ଦେଲା ପଛରେ । ଯୁଦ୍ଧ କ୍ଷେତ୍ରକୁ ଯିବା ପୂର୍ବରୁ ସୈନ୍ୟଟିଏ ସାଜସଜ୍ଜା ହେବାପରି ତାର ଆବଶ୍ୟକୀୟ ସାଜ ଧରି ସେ ଖାପ୍ ଖାପ୍ ହୋଇ ଚଢ଼ିଗଲା ଗଛ ଉପରକୁ । ଗଛଟାକୁ ଇନାମତ ଖୋଜ

କରନ୍ତି ନାହିଁ ବୋଲି ଗୋଟାଏ କାନ୍ଦି ରଖ୍ ସବୁ ଗୁଡ଼ାକ କାଟି ପୁଲି ସାହାଯ୍ୟରେ ଗୋଟାକ ପରେ ଗୋଟାଏ ସବୁଗୁଡ଼ାକ ଖସେଇ ଦେଲା । ଏ ଗଛଚାର ତାଲ ପାଚିଲେ ସୁଦୁ ପିତା । ଆଦୌ ଖାଇ ହୁଏନି । ରହି ଲାଭ ନାହିଁ । ଏ ଅଞ୍ଚଳରେ ଯେତେ ନଡ଼ିଆ ଗଛ ଅଛି, ଯେତେ ତାଳଗଛ ଅଛି, କାହାର ପ୍ରଜାତି କ'ଣ ସବୁ ମକରାର ନଖ ଦର୍ପଣରେ । କୋଉ ଗଛର ନଡ଼ିଆରୁ କେତେ ବଡ଼ ଗୁଲା ବାହାରିବ, କୋଉ ଗଛର ପଇଡ଼ରୁ କେତେ ପାଣି ବାହାରିବ, କୋଉ ପାଣି ମିଠା, କୋଉ ପାଣି ଗାଈ ମୂତ ପରି ସବୁ ସମ୍ବାଦ ତା ପାଖରେ ରହିଛି । ତା ଅନୁପସ୍ଥିତିରେ କେହି କେମିତି ନଡ଼ିଆଗଛ ଚଢ଼ି ନଡ଼ିଆ କି ପଇଡ଼ କିଛି ଝେଡ଼େଇ ଦିଅନ୍ତି ସିନା, ତାଳଗଛକୁ ମକରା ଚମାର ଛଡ଼ା ଆଉ କେହି ଚଢ଼ିବାକୁ ସାହସ କରନ୍ତି ନାହିଁ । ଘଣ୍ଟାକ ଭିତରେ ୮/୯ଟା ଗଛ ଝାଡ଼ିଦେଲା । ପର୍ବତ ପ୍ରମାଣେ କାନ୍ଥି ହୋଇଗଲା ତାଲ, ତାଲ ବରଡ଼ା, ତାଲ ଫୋପଡ଼ା । ଆଉ ଗୋଟାଏ ଗଛ ରହିଲା । ନଡ଼ିଆ ଗଛ ଗୁଡ଼ାକ ଆଉ ଦିନକୁ ରହୁ । ମନକୁ ମନ କହିଲା ମକରା, ଶାରୀର ବି ଜୀଣାତକ ବିକ୍ରି ହୋଇଗଲାଣି । ଖରା ତାତି ସାଙ୍ଗକୁ ଝାଞ୍ଜି ବହିଲାଣି ।

ମନେ ମନେ ହିସାବ କରୁଥିଲା ମକରା । ୧୦ଟା ଗଛରୁ ଝଡ଼ା ହଜାର ଟଙ୍କା । ପୁଣି ତାଲରୁ ଅଧା ମିଳିବ । ସେତକ ବଜାରରେ ବିକି ଆଣିଲେ ସେଥରୁ ଦୁଇ ପଇସା ହାତ ପୈଠ ହେବ । ଏଥର ସେ ଶାରୀପାଇଁ ଭଲ ଶାଢ଼ୀ ଖଣ୍ଡେ କିଣି ଆଣିବ । ଯିବା ଆସିବା ଶାଢ଼ୀ । ବହୁଦିନ ହେଲାଣି, ଶାରୀ ପାଇଁ କିଛି କିଣି ଦେଇନି ମକରା । ଯେତିକି ରୋଜଗାର କରେ ତା ପରିବାରର ଗୁଜୁରାଣ ମେଣ୍ଟି ବେଶ୍ ଦି ପଇସା ରଖ୍ ପାରିଥା'ନ୍ତା । କିନ୍ତୁ ନିଶା ପାଣିରେ ଗୁଡ଼ାଏ ପଇସା ଉଡ଼େଇ ଦେଇଥିଲା । ସେଇ କଥା ମନେ ପଡ଼ିବାରୁ ନିଜକୁ ଖୁବ୍ ଗୁଡ଼ାଏ ଧିକ୍କାର କଲା ମକରା । ସେତେବେଳେ ସେ ନିଜ ମନକୁ ତ ନିଜ ନିୟନ୍ତ୍ରଣରେ ରଖ୍ପାରୁ ନଥିଲା, ସେ ଶଳା ଭାଟି ମାଲିକ ବି କମ୍ ବଦମାସ୍ ନଥିଲା । ଅଣ୍ଢାରୁ ପଇସା ସରିବା ପର୍ୟ୍ୟନ୍ତ ସଲା ସୁତୁରା କରି ଟାଙ୍କେ ପିଆଇବ । ଯେମିତି ପଇସା ସରିବ ଖେଙ୍ଗି କୁକୁର ପରି ତଡ଼ିବ । ଘରକୁ ଆସିଲା ପରେ ତାକୁ ହୋସ୍ ହୁଏ ଯେ ତାର କଷ୍ଟାର୍ଜିତ ପଇସା ସବୁ ଶୁଣ୍ଢୀ ସାଉକାର ସିନ୍ଦୁକକୁ ଝଲିଯାଇଛି । ଏଥରୁ ନିବୃତ୍ତି ପାଇବା ପାଇଁ ଅନେକ ଚେଷ୍ଟା ସେ ନିଜ ତରଫରୁ କରିଥିଲା, ହେଲେ ସଫଳ

ହୋଇନଥିଲା । ଶେଷରେ ଶାରୀ ତାକୁ ପୁଅ ମୁଣ୍ଡ ଛୁଆଁଇ ଶପଥ କରେଇଲା ।
ସେଇ ଦିନଠୁଁ ସେ ଆଉ ଶୁଣ୍ଢୀ ପିନ୍ଧା ମାଡ଼ିନାହିଁ ।

ପିଲାଟା ବାରବର୍ଷର ହେଲାଣି । ଏ ବର୍ଷ ଅଷ୍ଟମ ପାସ୍ ହୋଇ ନବମକୁ
ଯିବ । ତା' ପାଇଁ ବି ଦି' ପଇସା ରଖିବାକୁ ହେବ । ସେ କ'ଣ ତା'ପରି ଏମିତି
ଖରା ନାଇଁ ତରା ନାଇଁ ଗଛଚଢ଼ି ପେଟ ପୋଷିବ ? ହଉ ପଛେ କୌଲିକ ବୃତ୍ତି,
ତା ପୁଅ ସେ କାମ କରିବ ନାହିଁ । ସେ ପାଠପଢ଼ି ହାକିମ ହେବ । ସହରରେ ରହିବ ।
ଧୋବ ଧାଉଳିଆ ବାବୁଙ୍କ ପରି କାରରେ ବସି ଧୂଳି ଉଡ଼େଇ ଆସିବ ଗାଁକୁ ।

ଏମିତି ଭାବନା ରାଜ୍ୟରେ ବୁଡ଼ି ହନୁତାଏ ପରି ହୁମ୍ମାମାରି ସେ ପହଞ୍ଚିଗଲା
ଗଛ ଅଗରେ । ଦଉଡ଼ି ମିଶା ପାଦ ଦୁଇଟିରେ ଗଛର ଗଣ୍ଡିକୁ ଶକ୍ତ ଭାବରେ
ଜାବୁଡ଼ି ସେ ବାହୁଙ୍ଗା ଧରି ଠିଆ ହୋଇପଡ଼ିଲା । ମୁହଁ ପାଖରେ ବାହୁଙ୍ଗା ଗୁଡ଼ାକ
ଘସି ହେଉଛି । ଦୁଇ ତିନି ବର୍ଷ ହେଲା ଝଡ଼ା ହେଇନି ଗଛ । ଅଣ୍ଟା ପଞ୍ଚପଟରୁ
କଟୁରୀଟା ବାହାର କରି ମୁହଁ ପାଖରୁ ଦୁଇଟା ବାହୁଙ୍ଗା ହାଣି ତଳକୁ ଖସେଇ
ଦେଲା । ତୃତୀୟ ବାହୁଙ୍ଗାକୁ ହାଣିବା ପାଇଁ କଟୁରୀ ଉଞ୍ଜେଇବାକୁ ଯାଉଛି ହଠାତ୍
ତାକୁ ତାର କଲିଜା ଥଣ୍ଡା ହୋଇଗଲା ପରି ଲାଗିଲା । ସେ ଅନୁଭବ କଲା, ତା
ଆଗରେ ମୃତ୍ୟୁ ଦେବତା ଜିଭ ଲହ ଲହ କରି ଠିଆ ହେଇଛି । ସେ ସ୍ତବ୍ଧ ହୋଇଗଲା ।
ତା ନିଶ୍ୱାସ ରୁନ୍ଧି ହୋଇଗଲା । ଗୋଟାପଣେ ଥରି ଗଲା ତା ଦେହ । ଦଶଦିଗ
ଅନ୍ଧାର ଦେଖାଗଲା ତାକୁ । ତୀବ୍ର ବେଗରେ ଆଖି ପତାକୁ ଦୁଇ ଚରିଥର ପିଣ୍ଡ୍ରା
ପକାଇ ସେ ଆଉ ଥରେ ଚହିଁଲା, ସେ ଯାହା ଦେଖୁଛି ତାହା ସତ୍ୟ । ସେ ଗୋଟାଏ
ହାତରେ ବାହୁଙ୍ଗା ଧରି ଠିଆ ହୋଇଚି ତ ଆଉ ଗୋଟାଏ ହାତରେ କଟୁରୀ ।
ତଥାପି କରାଳ ମୃତ୍ୟୁ ଦୂତକୁ ସାମ୍ନାରେ ଦେଖି ସେ ହତଭମ୍ବ ହୋଇଗଲା ।
ହୃତ୍‌ପିଣ୍ଡଟା ବନ୍ଦ ହୋଇଯିବ କି ଆଉ ? ମନରେ ଦମ୍ଭ ଧରିଲା ମକରା । ମୃତ୍ୟୁ
ଦେବତାର ଲେଲିହାନ ଜିହ୍ୱା ପାଖରୁ ବର୍ତ୍ତିବା ଏବେ ତା ପାଖରେ ଆଦୌ ସମ୍ଭବ
ନୁହେଁ । କଟୁରୀଟିକୁ ତଳମୁହାଁ କରିବା ମାତ୍ରେ ମୁହଁ ସାମ୍ନାରୁ ମାତ୍ର ଦୁଇ ଫୁଟେ
ଦେଢ଼ଫୁଟ୍ ଦୂରତ୍ୱରେ ଫଣା ଉଠୋଳନ କରି ରହିଛି ବିଷାକ୍ତ କଟକଟିଆ ନାଗ ।
ଯେଉଁମାନେ ଗୋଟାଏ ତାଳଗଛରୁ ଆଉ ଗୋଟାଏ ତାଳଗଛକୁ ଶୂନ୍ୟରେ

ଉଡ଼ିଯାଇପାରନ୍ତି । ସାମ୍ନାରେ ଥିବା ଶତ୍ରୁର ଆଖିକୁ ସେମାନେ ପ୍ରଥମେ ଆକ୍ରମଣ କରନ୍ତି । ତାଳଗଛ ସେମାନଙ୍କର ପ୍ରିୟ ବାସସ୍ଥଳ । ସେଇଠି ରହନ୍ତି ସେମାନେ ନିରାପଦରେ । ସେମାନଙ୍କ ଶରୀର ପ୍ଲାଷ୍ଟିକ୍ ପରି । ଆଘାତ କଲେ ବି ସହଜରେ ମରନ୍ତି ନାହିଁ । ଏମାନେ ନାଗମାନଙ୍କର ଏକ ପ୍ରଜାତି । ଏମାନଙ୍କ ଦଂଶନରେ ହଲାହଲ ବିଷ ରହିଛି । ଦଂଶନ ମାତ୍ରକେ ଲୋକର ମୃତ୍ୟୁ ହୁଏ । ମକରା ଯଦି ଏଠି ଏଇ ନାଗର ଶିକାର ହୁଏ ଏଇଠୁ ହିଁ ଖସିପଡ଼ିବ ତଳେ । ସେ ଉତ୍ତୋଳିତ କଟୁରୀଟାକୁ ତଳ ମୁହାଁ କରି ସେ ଗଛରୁ ଅବତରଣ କରିବାକୁ ଚେଷ୍ଟା କଲେ ଉତ୍ପୀଡ଼ିତ ହୋଇଥିବା ସାପଟା ଯେ ତାକୁ ଦଂଶନ ନ କରିବ, ତାର କିଛି ଇୟୟା ନାହିଁ । ସେ ଜୀବନ ନେଇ ତଳକୁ ଓହ୍ଲେଇ ପାରିବ ନାହିଁ । ତାର ପ୍ରାଣହୀନ ପିଣ୍ଡଟା ଏଇଠୁ ହିଁ ଖସି ପଡ଼ିବ ତଳକୁ । ତାକୁ ହାଣିବାକୁ ଯାଇ କଟୁରୀଟି ଯଦି ଲକ୍ଷ୍ୟଭ୍ରଷ୍ଟ ହେଲା ଅଥବା ନାଗଟି ଆକ୍ରମଣରୁ ନିଜକୁ ବଞ୍ଚେଇଦେଲା ସେ ନିଶ୍ଚୟ ପ୍ରତିଶୋଧ ପରାୟଣ ହୋଇ ତାକୁ ଦଂଶନ କରିବ । ଯେତେ ସମୟ ପର୍ଯ୍ୟନ୍ତ କଟୁରୀଟି ତା ଆଗରେ ଉତ୍ତୋଳିତ ହୋଇରହିଛି, ସେ ସ୍ଥିର ରହିଛି । ଯଦି ମରିବା ସୁନିଶ୍ଚିତ, ତେବେ ସଂଘର୍ଷ କରି କାହିଁକି ନୁହେଁ ?

ପିଲାଦିନୁ ମକରା ତାର ଏଇ ହୁରୁମା ପଣ ପାଇଁ ତା ବାପାଠୁଁ, ସ୍କୁଲରେ ଶିକ୍ଷକମାନଙ୍କ ପାଖରୁ, ଗାଁରେ ଗୁରୁଜନଙ୍କଠୁଁ କମ୍ ଗାଲିମାଡ଼ ଖାଇନି । ସବୁ ବିପଦଜନକ କାମରେ ଆଗ ହୋଇ ବାହାରି ପଡ଼ିବ । ବାଜୁ ଫିଟୁ, ଭାଙ୍ଗୁ ତୁଟୁ, ଖାତିର କରେନାହିଁ । ଜୀବନ ମରଣକୁ ଖାତିର ନ କରି ସେ ଡେଇଁପଡ଼େ ବାଘ ମୁହଁକୁ । ନିଆଁ ପାଣିକୁ । ତାର ଏଇ ଦୁଃସାହସିକତା ଆଜି ହୁଏତ ତା ଜୀବନ ନେଇଯିବ ଅଥବା ସେ ଜୀବନକୁ ବିଜୟଶ୍ରୀ ବିମଣ୍ଡିତ କରି ଫେରିଯିବ ତଳେ ଅପେକ୍ଷା କରିଥିବା ଶାରୀ ପାଖକୁ । ଯିଏ ଆସନ୍ତା କାଲି ସାବିତ୍ରୀ ପୂଜା କରିବ ବୋଲି ଆଶା କରି ବସିଛି । ପ୍ରକୃତରେ ଏତେ ସବୁ ଚିନ୍ତା ପଶୁ ନଥିଲା ତା ମୁଣ୍ଡରେ । ସେ କେବଳ ଅନୁଭବ କରୁଥିଲା ସେ ଗୋଟାଏ ଡେଙ୍ଗା ତାଳଗଛର ବାହୁଙ୍ଗା ଧରି ଝୁଲି ରହିଛ । ଆଗରେ କଟକଟିଆ ନାଗଟିଏ ଫଣା ତୋଳିଛି । ତା ହାତରେ ଉତ୍ତୋଳିତ କଟୁରୀ । ସେ ଆହୁରି ଆତ୍ମଶକ୍ତି ସଂଚୟ କଲା । ନିଜକୁ ଦୃଢ଼ କଲା । ଉପସ୍ଥିତ ବୁଦ୍ଧି ପ୍ରୟୋଗ ନକଲେ ରକ୍ଷାନାହିଁ । ଛାତିକୁ ଦୃଢ଼ କରିନେଲା ।

ଭୟଙ୍କର ଉତ୍ତେଜନାରେ ଥରୁଥିବା ପାପୁଲି ଦୁଇଟାକୁ ଆହୁରି ଶକ୍ତ କଲା । ତା ଆଖି ରକ୍ତପିତେ ଦଉଡ଼ି ବନ୍ଧା ହୋଇ ଗଛକୁ ବେଢ଼ିଛି । ପଡ଼ିଯିବାର ଭୟ ନାହିଁ । ସାମ୍ନାରେ ଉତ୍ତୋଲିତ କଟୁରୀକୁ ସ୍ଥିର ନାଗ ସାପଟି ଏକ ଲୟରେ ଚାହିଁଛି । ତାର କଳା କିଟି କିଟି ବିନ୍ଦୁପରି ଆଖି ଦୁଇଟାରେ ଯେମିତି ଲେଖା ହୋଇଛି ମୃତ୍ୟୁ ରାଜ୍ୟର ଠିକଣା । ହୃଦସ୍ତ ଗୋଟାଏ ନିଷ୍ଵାସ ନେଇଗଲା ମକରା । ଠିକ୍ ସାପଟିର ବେକ ମୂଳକୁ ଲକ୍ଷ୍ୟ କରି ଯମଦାଢ଼ ପରି ତା କଟୁରୀଟି ସାର୍ଥ କରି ବୁଲିଆସିଲା । ଆଖି ପିଛୁଲାକେ ସାପଟିର ମୁଣ୍ଡଗଣ୍ଠି ଅଲଗା ହୋଇଗଲା । ତା'ପରେ ଆଉ କ'ଣ ହେଲା ଜାଣିପାରିଲା ନାହିଁ ମକରା । ସେଇ ଆକାଶ ମାର୍ଗରୁ ଶୂନ୍ୟ ଶୂନ୍ୟ ଉଡ଼ି ଆସିଲା ତଳକୁ । ତାର ଭାଗ୍ୟ ଚାଙ୍ଗ ଥିଲା କି ଶାରୀର ସାବିତ୍ରୀ ବ୍ରତ ପାଳିବାର ଇଚ୍ଛା ଚାଙ୍ଗ ଥିଲା କେଜାଣି, ତାଳଗଛକୁ ଟିକେ ଛାଡ଼ି ସାଉକାର ଘରର ବିରାଟ ଗୋବରୁ ଖାତ । ଯେଉଁ ଗୋବର ଖାତରେ ପ୍ରତିଦିନ କୋଡ଼ିଏ ତିରିଶିଟା ଗାଈଗୋରୁଙ୍କ ଗୋବର ପଡ଼େ । ସେଇ ଖାତରେ ଆସି ପଡ଼ିଲା ମକରା । ସେ ଚେତା ହରେଇ ଦେଲା । ହାଉଳି ଖାଇଗଲା ଶାରୀ । "ମୋ ସଂସାର ସରିଗଲା ଲୋ ମାଆ" । ମୁଁ କ'ଣ କରିବି ଲୋ ମାଆ । ସେ ଧାଈଁଗଲା ମକରା ପାଖକୁ ।

ସେଦିନ ଯାଇ ତା ପରଦିନ ପର୍ଯ୍ୟନ୍ତ ସେ ସେମିତି ଚେତାହୀନ ଅବସ୍ଥାରେ ଥିଲା । ସେମିତି ଅଖିଆ ଅପିଆ ଶାରୀ ତା ମୁଣ୍ଡ ପାଖରେ ଜଗି ବସିଥିଲା । ପାଣି ଟୋପାଏ ବି ନେଇନଥିଲା ପାଟିକୁ । ତାର ଚେତା ଫେରିବା ବେଳକୁ ସେ ନିଜକୁ ଆବିଷ୍କାର କଲା ବଡ଼ ଡାକ୍ତରଖାନାରେ । ସଙ୍ଗେ ସଙ୍ଗେ ଗାଁ ଲୋକେ ଗାଡ଼ି କରି ତାକୁ କଟକ ଧରି ଆସିଥିଲେ । ଟିକେ ସୁସ୍ଥ ହେଲାପରେ ଦୁର୍ଘଟଣାର ରହସ୍ୟ ଉନ୍ମୋଚନ କଲା ମକରା । ସାପର ମୁଣ୍ଡରେ ତା ଯମଦାଢ଼ ପରି କଟୁରୀରେ ସିନା ରେଟେ ପକେଇଲା, କିନ୍ତୁ ତାର ଅସାବଧାନତା ହେତୁ ନାଗର ମୁଣ୍ଡ ସହ ଯେଉଁ ଦଉଡ଼ିଟି ତାକୁ ଗଛ ସହ ବାନ୍ଧି ରଖିଥିଲା ତାକୁ ଦୁଇଗଡ଼ କରିଦେଇଥିଲା ।

ଲୋକେ କହିଲେ ଶାରୀର ଧର୍ମବଳ ବଞ୍ଚେଇ ଦେଲା ମକରାକୁ । ତାକୁ ଯମ ଦୁଆରୁ ଫେରାଇ ଆଣିଲା ଶାରୀ । ମକରା କହିଲା, ଶାରୀ ନୁହେଁ ସାବିତ୍ରୀ, ସେ ମୋ ସାବିତ୍ରୀ ।

□□□

ଡ. ବାସନ୍ତୀ ମହାନ୍ତି ❖ ୩୩

ବାୟାଣୀ ଝିଅ

ଚିକିତ୍ସା ବିଜ୍ଞାନରେ ଯାହାକୁ ମେଣ୍ଟାଲି ରିଟାର୍ଡେଡ୍ ବା ମାନସିକ ଅନଗ୍ରସର ବୋଲି କୁହାଯାଏ, ସେହି ଅର୍ଥରେ ଝିଅଟାର ମାନସିକ ସ୍ଥିତି ନଥିଲା । ସେ ଥିଲା ଧୀରସ୍ଥିର ଓ ଗମ୍ଭୀର ସ୍ୱଭାବର । ଅଥଚ ମୁହଁଟା ତାର ପୁରା ଗେହ୍ଲା ଗେହ୍ଲା । ଅତିମାତ୍ରାରେ ନିରୀହପଣ ହେତୁ ସେ ବୋକୀ ବୋକୀ ଲାଗୁଥିଲା । ତାଙ୍କୁ ସମସ୍ତେ କହୁଥିଲେ ପାଗିଲୀ । ଅତିଶୟ ସ୍ନେହରକ୍ଷୁଣୀ ଝିଅଟା । ଯଦେ ନରମ ଓ ସ୍ନେହପୂର୍ଣ୍ଣ କଥାରେ ବିକି ହୋଇଯାଉଥିବା ଓ ତା ଓଠର ଧାରେ ଅମାୟିକ ହସରେ ଅନ୍ୟକୁ କିଣିଦେଉଥିବା ଝିଅଟାଏ ଥିଲା ସେ । ସକଳ କୁଟୀଳ ପଣ ଉର୍ଦ୍ଧ୍ୱରେ, ଏମିତି ସ୍ୱଚ୍ଛ ନିର୍ମଳ ହୃଦୟଟିଏ କ'ଣ ବାସ୍ତବରେ ସମ୍ଭବ ? ବିଶ୍ୱାସ ହେଉ ନଥିଲା କାହାର । ତାଙ୍କୁ ପାଗିଲୀ ସାବ୍ୟସ୍ତ କରିବା ପାଇଁ ଏତିକି ଯୁକ୍ତି ବୋଧହୁଏ ଥିଲା ଯଥେଷ୍ଟ । ତେଣୁ ସମସ୍ତେ ଭାବୁଥିଲେ ସେ ପାଗିଲୀଟା । ବୋଉ ଡାକୁଥିଲା ବାଲୁରୀ, ବୁଢ଼ୀମା ଡାକୁଥିଲା ଓଲୀ । ବାପା ଡାକୁଥିଲେ ପାଗିଲୀ । ଆଉ ସମସ୍ତେ ଡାକୁଥିଲେ ବାୟାଣୀ । ନହେଲେ ପାଗଲୀ । ଝିଅଟା ଯେ ବୋକୀ ବା ନିର୍ବୋଧ ଥିଲା ତା ବି ନୁହେଁ । ସେ ସବୁ ଠିକ୍ ଠିକ୍ ବୁଝୁଥିଲା । ତାଙ୍କୁ କିଏ ସ୍ନେହ ଆଦର କରୁଥିଲା, ଭଲ ପାଉଥିଲା, ଶ୍ରଦ୍ଧା କରୁଥିଲା ତାକୁ ଯେମିତି ବୁଝୁଥିଲା, ଅନ୍ୟର ଅଣହେଲା ଅନାଦର ଓ ଅବଜ୍ଞାପଣକୁ ବି ଠିକ୍ ବୁଝିପାରୁଥିଲା । ଝିଅଟାର ଗୋଟାଏ ଅସାଧାରଣ ଶକ୍ତି

ଥିଲା । ଏସବୁ ଆବେଗକୁ ସେ ସମତୁଲ କରି ହଜମ କରିଦେଉଥିଲା । ତା'ଭିତରର ଉଦ୍‌ବେଳନର ବିନ୍ଦୁବିସର୍ଗ ସମ୍ମୁଖ ଲୋକକୁ ଜାଣିବାକୁ ହେଉନଥିଲା । ସ୍ନେହପ୍ରେମର ହେଉ କି ଘୃଣା ବ୍ୟଞ୍ଜନାର ହେଉ, ତା'ଭିତରେ ଯେତେବେଳେ ଅତିଶୟ ଝଡ଼ ସୃଷ୍ଟି ହେଉଥିଲା, ସେତେବେଳେ ତା ସାମ୍ନାରେ ଥିବା ଲୋକଙ୍କ ମୁହଁକୁ ସେ କେବଳ ଡବଡବ କରି ଚାହିଁ ରହୁଥିଲା । ସେତେବେଳେ ତାର ସେଇ ବଡ଼ବଡ଼ ଆଖିଦୋଲା ଦୁଇଟା ଆହୁରି ନିରୀହ ଓ ନିର୍ବୋଧ ଜଣା ପଡ଼ୁଥିଲା ।

ବାୟାଣୀ ଝିଅଟା ଦେଖିବାକୁ ଖୁବ ସୁନ୍ଦର । ସୁନ୍ଦର ଗୀତ ବି ଗାଏ । ଘରକାମରେ କେହି ତାକୁ ବଲେଇ ଯିବେ ନାହିଁ । ପରିବାରରେ ଅନ୍ୟ ସମସ୍ତଙ୍କର ଭଲମନ୍ଦ ସେ ବୁଝେ । ରୋଷେଇ ଘରେ ବୋଉକୁ ସାହାଯ୍ୟ କରେ । ଜେଜୀମା ପାଇଁ ଫୁଲ ଆଣେ । ଚନ୍ଦନ ଘୋରିଦିଏ । ଠାକୁର ବାସନ ବି ମାଜିଦିଏ । ବାପାଙ୍କୁ ସକାଳୁ ଚା ଦେବା ଠୁଁ ତାଙ୍କ ଅଫିସ୍ ଯିବାବେଳ ପର୍ଯ୍ୟନ୍ତ ପାଖେପାଖେ ଥାଏ । କେତେବେଳେ ରୁମାଲ, କେତେବେଳେ ଛତା କି ପେନ, ଚଷମା ଅଥବା କିଛି ଦରକାରୀ କାଗଜ ପତ୍ର ସେ ହିଁ ବାପାଙ୍କ ହାତକୁ ବଢ଼େଇ ଦିଏ । ଭାଇ ଭଉଣୀଙ୍କର ତ ସେ ବୋଲକରା । ଧାଇଁ ଦଉଡ଼ି ସେ ସମସ୍ତଙ୍କର ବୋଲହାକ କରେ । ପ୍ରତିବଦଳରେ ତାକୁ କେତେବେଳେ ଚକୋଲେଟ୍‌ଟେ, ମିଠା ପାନଟାଏ କିମ୍ବା ଆଇସକ୍ରିମ୍‌ଟିଏ ଯେ ନମିଳେ ତା ନୁହେଁ, କିନ୍ତୁ ଅଧିକାଂଶ ସମୟରେ ସେ ଏ ସବୁ ଶ୍ରଦ୍ଧାର ସହ କରିଥାଏ । ପାଠଶାଠ ତା ଦ୍ୱାରା ଆଦୌ ହେଉ ନଥିଲା । ସେଇ ପାଠ ଡରରେ ସେ ଏଇସବୁ ଭିତରେ ପଶିଯାଏ ।

ଟିଉସନ୍ କୋଚିଂ ଆଦି ଦ୍ୱାରା ଟାଣି ଓଟାରି ବାପା ତାକୁ +୨ ପର୍ଯ୍ୟନ୍ତ ନେଇଥିଲେ । ସେ କିନ୍ତୁ ଅଟକି ଗଲା ସେଇଠି, ଉଠିପାରିଲାନି ସେଠୁ । ତା ନିଜ ତରଫରୁ ନିଜକୁ ସରଣ୍ଠର କରିଦେଇ ଘୋଷଣା କଲା, "ମୋ ଦେଇ ପାଠଶାଠ ହେବନି । ମତେ କାହିଁକି ସେ ଭିତରେ ପୁରୋଉଚ ? ମତେ ଆଉ ଯଦି ପାଠ ପଢ଼ାପଢ଼ି କଥା କହିବ ତାହେଲେ ମୁଁ ଘରଛାଡ଼ି କୁଆଡ଼େ ପଲେଇବି ।"

ଜେଜୀମା ଥଟ୍ଟା କରି କହିଲା, "କୁଆଡ଼େ ଯିବୁ ଲୋ ଟୋକୀ । ଯିବୁ ଯଦି କାହାକୁ ଗୋଟା ସାଙ୍ଗରେ ଧରି ପଲା ଯେ ଆଉ ବୋପାର ଚିନ୍ତା ନଥବ । ପାଠଶାଠ ନ ପଢ଼ିଲେ ବୋପା କୋଉଠୁ ଖୋଜି ଆଣିବ ତୋ ପାଇଁ ବର ? କିଏ ରାଜି ହବ ତତେ ବାହା ହେବାପାଇଁ ?"

ଡ. ବାସନ୍ତୀ ମହାନ୍ତି ❖ ୩୫

"ତୁ କେତେ ପାଠ ପଢ଼ିଥିଲୁ ଲୋ ଜେଜୀମା ! ତତେ କେମିତି ଜେଜେ ବାହା ହେବାପାଇଁ ରାଜି ହେଲେ ? ଆଉ ମୁଣ୍ଡରେ ବି ବସେଇ ଥିଲେ ।" ଗୋଡ଼ କରଢ଼ି କହେ ବାୟାଣୀ ଝିଅ, ଜେଜୀମାର ପାକୁଆ ପାଟିରୁ ପାନପିକ ବୋଲା ମେଞ୍ଚାଏ ହସ ବୋହିପଡ଼େ ଦୁଇ କଳଦେଇ । ବାଁ ହାତରେ ଲୁଗାକାନିଟା ଧରି ପୋଛି ଆଶୁ ଆଶୁ କହେ – "କେଜାଣି ସେଇ ବୁଢ଼ା ଥିଲେ ତତେ ବାହାହୋଇ ଥାନ୍ତା କି କ'ଣ !"

ଚିନ୍ତିତ ହୋଇ ପଡ଼ନ୍ତି ବାପା । ଝିଅଟା ଆଦୌ ପାଠପଢ଼ାରେ ମନ ହେଉନି । ସହଜେ ସରଳ ନିରୀହ ଝିଅଟା । କେମିତି ଚଳିବ ଶାଶୁଘରେ ! ଅନ୍ତତଃ +୩ ପର୍ଯ୍ୟନ୍ତ ଯାଇଥିଲେ ଯାହିତାହି ରୁକିରି ଖଣ୍ଡେ କରିପାରିଥାନ୍ତା ନିଜ ନିରାପତ୍ତା ପାଇଁ । କିନ୍ତୁ ହେଲା ନାହିଁ, ରହିଗଲା ଅଧାରୁ ।

ତଥାପି ଭଲ ଘର ଭଲ ବର ମିଳିବାରେ ଅସୁବିଧା ହୋଇ ନଥିଲା ଝିଅଟାର । ସୌନ୍ଦର୍ଯ୍ୟ ସାଙ୍ଗକୁ ତାର ସରଳତା ଓ ନିରୀହତା ପ୍ରଭାବିତ କରିଥିଲା ଶାଶୁବୁଢ଼ୀଙ୍କୁ । ପ୍ରଥମ ଦେଖାରେ ବୁଢ଼ୀ ତା ବେକରୁ ସୁନାହାର ଓହ୍ଲେଇ ଲମ୍ବେଇ ଦେଇଥିଲା ବାୟାଣୀ ଝିଅ ଗଳାରେ । "ସମୁଦ୍ରୀ, ଆଜିଠୁଁ ଏ ଝିଅ ମୋର । ତମ ଦାୟିତ୍ୱରେ ରହିଲା ।"

କାହିଁକି କେଜାଣି, ଆଦୌ ଭଲ ଲାଗି ନଥିଲା ବାୟାଣୀ ଝିଅକୁ । ତା ଗଳାର ସୁନାହାର ତାକୁ ଲାଗିଥିଲା ସତେଯେମିତି ପୋଷା କୁକୁର ବେକର ଦଉଡ଼ିଟିଏ । ଶାଶୁ ତା ବେକରେ ଲମ୍ବେଇ ଦେଇଥିବା ଭରିଏ ଓଜନର ହାରଟା ତାକୁ ଷାଠିଏ ମହଣ ପରି ଲାଗୁଥିଲା । ବୋଉ ମନା କରିବା ସତ୍ତ୍ୱେ ଶାଶୁଘର ଲୋକେ ଗଲାପରେ ସେ ବେକରୁ ଖୋଲି ଚେନ୍‍ଟାକୁ ରଖିଦେଇଥିଲା ଟେବୁଲ୍ ଉପରେ । ବୋଉ ତାକୁ ନେଇ ଆଲମିରା ଭିତରେ ରଖିଥିଲା ।

ଜାତକରେ ଦଶ ମେଳକ ସୁଝିଥିଲା । ଦୁହିଁଙ୍କର ରାଜଯୋଟକ ପଡ଼ିଛି ବୋଲି ସମସ୍ତେ ଉଲ୍ଲସିତ ହେଉଥିଲେ । ପାଠଶାଠ ନଥାଉ ପଛେ, ଝିଅଟା ମୋର କ'ଣ କମ୍ ଗୁଣର ଯେ ତାକୁ ବର ମିଳିବେ ନାହିଁ ? ଫୁଲେଇ ହେଇ କହୁଥିଲା ବୋଉ । ବେଶ୍ ଥିଲାବାଲା ଘର । ଶାଶୁର ସହରର ବିଶିଷ୍ଟ ଶିଳ୍ପପତି । ପୁଅ ଏମ୍‍ବିଏ ସାରି ବାପାର ଅଫିସ୍ ସମ୍ଭାଳିଛି । ସାନ ଭଉଣୀଟା କଲେଜରେ ପଢୁଛି । ଛୋଟ ପରିବାର । ଶାଶୁ ତ ପୁରା ଦମ୍ଭ ଅଛି । ସିଏ ଏବେ ଘର ସମ୍ଭାଳିନବ କୋଡ଼ିଏ

ବର୍ଷ । ଘର ସମ୍ଭାଳିଲା ବେଳକୁ ଝିଅର ବୁଦ୍ଧିସୁଦ୍ଧି ହୋଇଯାଇଥିବ । ସେ ଘର ଦାୟିତ୍ୱ ମୁଣ୍ଡକୁ ନେବ ।

ମହା ଜାକଜମକରେ ବାହାଘର ହେଲା । ସୂତା ଠୁଁ ମୁକୁତା ପର୍ଯ୍ୟନ୍ତ କେଉଁଠାରେ କିଛି ଊଣା କରିନଥିଲେ ବାପା । ଝିଅଟା ମୋର ଭାରି ନିରୀହ । ସେ ସହି ପାରିବନି ଶାଶୁଘର ଗଞ୍ଜଣା । କୋଉଠି ଯେମିତି କିଛି ଊଣା ନହୁଏ । କେହି ଯେମିତି ମୋ ଝିଅକୁ ପଦେ ନ କହନ୍ତି ।

ଅତ୍ୟନ୍ତ ସ୍ନେହକାତର ଭାବରେ ବାପା ବୋଉ ବାୟାଣୀ ଝିଅ ପ୍ରସଙ୍ଗକୁ ଗ୍ରହଣ କରୁଥିଲେ । ତା ସାଂସାରିକ ଜୀବନରେ ଯେମିତି ଫୁଲର ଆଘାତଟିଏ ନହେଉ ।

ସବୁ ଠିକ୍ ଚଳିଥିଲା । ବୋଉର ହାର୍ଟଷ୍ଟ୍ରୋକ୍ ବାୟାଣୀ ଝିଅର ଦୁନିଆ ବଦଲେଇ ଦେବାପାଇଁ ଯଥେଷ୍ଟ ଥିଲା । ସେଇ ଷ୍ଟ୍ରୋକ୍‌ରେ ତାର ଗୋଟାଏ ଅଙ୍ଗ ପ୍ରାୟ ଅଚଳ ହୋଇଗଲା ।

ବୋଉ ପଡ଼ିଥିଲା କଟକର ଗୋଟାଏ ନର୍ସିଂହୋମ୍‌ରେ । ପୁଅ ବୋହୁ ଝିଅ ଜ୍ୱାଇଁମାନେ ଆସିଲେ । ନାତିନାତୁଣୀମାନେ ଆସିଲେ । ଏକା ଆସିପାରିଲା ନାହିଁ ବାୟାଣୀ ଝିଅ । ବାୟାଣୀ ଝିଅ ଖବର ପାଇବାବେଳକୁ ଜ୍ୱାଇଁ ଅବିନାଶ ନଥିଲେ ଘରେ । ଦୁଇ ତିନି ଦିନ ପାଇଁ ଯାଇଥିଲେ ବାହାରକୁ । ଶାଶୁ ବାୟାଣୀ ଝିଅକୁ ଛାଡ଼ିଲେ ନାହିଁ ଏକୁଟିଆ । ସେ କାନ୍ଦିକାଟି ରହିଲା । ଶାଶୁ କହିଲେ – “ତୋ ମାଆଟା ବଞ୍ଚିଛି, ଏମିତି ମରିଗଲାପରି କାହିଁକି କାନ୍ଦୁଛୁ । ତାକୁ ଅଶୁଭ ହେବ ।” ଛାତିରେ ଛୁରୀ ଚଳିଗଲା ପରି ଲାଗିଲା ବାୟାଣୀ ଝିଅକୁ । ବୋଉ ସମ୍ପର୍କରେ ପଦେ ବି ଅଶୁଭ କଥା ଶୁଣିବା ପାଇଁ ସେ ପ୍ରସ୍ତୁତ ନଥିଲା । ସେ ଆହୁରି କାନ୍ଦିଲା ରଡ଼ିକରି । ବିରକ୍ତ ହେଲେ ଶାଶୁ ।

ବାୟାଣୀ ଝିଅ ଭାବିଥିଲା ତା କାନ୍ଦଣାରେ ଶାଶୁଙ୍କର ମନ ତରଳିବ । ସିଏ ଗାଡ଼ି ଯୋଗାଡ଼ କରି ତାକୁ ପଠେଇ ଦେବେ । ହୁଏତ ନିଜେ ତା ସାଙ୍ଗରେ ମଧ ଯାଇପାରନ୍ତି କିମ୍ବା । କୌଣସି ପ୍ରକାରେ ସେ ସମ୍ମତି ଦେଇ ପଠେଇ ଦେବେ । ଯେମିତି ତା ଅଳି ଅର୍ଦ୍ଦଳି କାନ୍ଦ ରାଗ ରକ୍ଷାରେ ତା ବାପାବୋଉଙ୍କ ମନ ତରଳିଯାଏ, ତାର ସବୁ ଦାବୀ ପୂରଣ ହୋଇଯାଏ । ବୋଉର ଟିକେ ରକ୍ଷାରକ୍ଷଣ ଅଛି କିନ୍ତୁ ବାପା ଆଦୌ ତା ଆଖିରେ ବିନ୍ଦୁଏ ଲୁହ ଦେଖିପାରନ୍ତି ନାହିଁ । ସେ ଭାବିଥିଲା ଶାଶୁ

ନ ହେଲେ ଶ୍ୱଶୁର ତାକୁ ବୋଉକୁ ଦେଖାଇବାପାଇଁ ନେଇଯିବେ । କିନ୍ତୁ ସେମିତି କିଛି ହେଲାନାହିଁ । ଶ୍ୱଶୁରଙ୍କ ପାଖରେ ତା ବୋଉର ହାର୍ଟ୍‌ଷ୍ଟ୍ରୋକ୍‌ ପହଞ୍ଚିଲା କି ନାହିଁ କେଜାଣି ଶାଶୁ କିନ୍ତୁ ନିରାସକ୍ତ ରହିଲେ ଓ ତାଙ୍କର ଜଣେ ସମ୍ପର୍କୀୟଙ୍କ ମୃତ୍ୟୁ ବାର୍ଷିକୀରେ ଯୋଗଦେବା ପାଇଁ ଚାଲିଗଲେ ଶ୍ୱଶୁରଙ୍କ ସହ । ବୋଉର ହୃଦ୍‌ପିଣ୍ଡରେ କ୍ଲଟ୍‌ ହେଇଯାଇଥିଲା । ଅପରେସନ୍‌ ନ କରିଥିଲେ ଅଘଟଣ ଘଟିଯାଇଥା’ନ୍ତା ।

ଅପରେସନ୍‌ ଥିଏଟରରୁ ବାହାରି ପ୍ରଥମେ ବୋଉ ଖୋଜିଲା ବାୟାଣୀ ଝିଅକୁ । ଶେଷରେ ଆସି ପହଞ୍ଚିଲେ ଝିଅ ଜ୍ୱାଇଁ । ବୋଉ କାନ୍ଦିଲା ଝିଅକୁ ଦେଖି । ମରିଥିଲେ ଦୁଇଦିନ ହେଇ ସାରନ୍ତାଣି ଲୋ ମାଆ । ତୁ ଆସୁଛୁ ଏତେ ଡେରିରେ ।

ବାୟାଣୀ ଝିଅର ଆଖିରେ ଲୁହ ଉବୁଟୁବୁ ହେଉଥିଲା । ନିଜକୁ ଦମ୍ଭ କଲା । ଗଡ଼ିବାକୁ ଦେଲା ନାହିଁ । ସେମିତି ପିଇଗଲା ସେ ଲୁହ । ସେଇ ହସ୍ପିଟାଲ୍‌ ବେଡ଼ରେ ଥାଇ ବି ବୋଉ ନିରୀକ୍ଷଣ କଲା ତା ମୁହଁକୁ । ଝିଅଟା ମୋର ଭଲରେ ଅଛି ତ ! କିଛି ଜଣା ପଡ଼ିଲାନାହିଁ । ଜାଣିବାକୁ ଦେଲା ନାହିଁ ବାୟାଣୀ ଝିଅ ।

ବାୟାଣୀ ଝିଅ ବୋଉ ପାଖରେ ଦିନେ ଦୁଇ ଦିନ ରହି ଫେରିଯିବା ପାଇଁ ରହୁଁଥିଲା । ବୁଝିଲା ନାଇଁ ଜ୍ୱାଇଁ । ତାର କ’ଣ ଗୋଟାଏ ଜରୁରୀ ମିଟିଂ ଥିଲା । ତା ଛଡ଼ା ମାଆକୁ କଥା ଦେଇ ଆସିଥିଲା ସାଙ୍ଗେ ସାଙ୍ଗେ ଫେରିଯିବ ବେଲି । ମାଆର ହୁକୁମ୍‌ ଚାଲେ ପରିବାରରେ । ପାନରୁ ଚୁନ ଖସିଗଲେ ମାଆ ପ୍ରଲୟ କରିଦିଏ । ପ୍ରଥମ କରି ସେ ଶ୍ୱଶୁର ଘର ଆସିଛି । ମାଆକୁ ଅସନ୍ତୁଷ୍ଟ କରିବା ପାଇଁ ଚାହିଁଲାନି । ଫେରିଯିବା ପାଇଁ କହିଲା । ଝିଅ ଯେତେ ଅଟକେଇଲେ ବି ରହିଲା ନାହିଁ । କାହାରି କଥା ଶୁଣିଲା ନାହିଁ । ଯେମିତି ଆସିଥିଲା ସେମିତି ବାୟାଣୀ ଝିଅକୁ ଧରି ଚାଲିଗଲା ।

ଛାତିରେ ଛାତିଏ କୋହ ନେଇ ଫେରିଗଲା ବାୟାଣୀ ଝିଅ । ସେ କୋହକୁ କେହି ଅନୁଭବ କଲେ ନାହିଁ । ବାପମାଆଙ୍କୁ ଅତିଶୟ ଭଲ ପାଉଥିବା ଓ ନିଜ ଇଚ୍ଛା ମୁତାବକ ଚଲୁଥିବା ଝିଅଟା ଶାଶୁ ଘରର ଶୃଙ୍ଖଳା ଭିତରେ ବାନ୍ଧି ହୋଇ ରହିପାରିବନି ବୋଲି ଆଶଙ୍କା କରୁଥିବା ତା ଶୁଭେଚ୍ଛୁମାନେ ଖୁସିହେଲେ ଯେ ଝିଅଟା ଜ୍ୱାଇଁ କଥାରୁ ବାହାର ହେଉନାହିଁ । ଭଲ ଘରକରଣା ବୁଝି । ତା ସଂସାର ସିଏ ଠିକ୍‌ ଚଲେଇବ । କିନ୍ତୁ ସବୁ ଆଶା ଆଶଙ୍କା ଓ ପରିକଳ୍ପନା ଅସାର ହୋଇଗଲା ଯେଉଁଦିନ

ବାୟାଣୀ ଝିଅ ସୁଟ୍‌କେଶଟା ହାତରେ ଧରି ଏକା ଏକା ଭୁଷ୍‌କିନା ପଶିଗଲା ଘରେ । ଖବର ନାହିଁ ଅନ୍ତର ନାହିଁ, ହଠାତ୍‌ ଏମିତି ଏକୁଟିଆଟା ଦେଖ୍‌ ବିଚଳିତ ହୋଇପଡ଼ିଲେ ସଭିଏଁ । ଏକା ଆସିଛୁ ? ଜ୍ୱାଇଁ ଆସିନାହାଁନ୍ତି ?

ସେ ଗମ୍ଭୀର ହୋଇ କହିଲା – ନା ।

ବୋଉ ବିଡ଼୍‌ବିଡ଼୍‌ ହୋଇ କହିଲା ଏତେ ଜାଣିବା ଶୁଣିବା ମଣିଷ । ବୋହୂଟାକୁ ଏକୁଟିଆ କେମିତି ପଠେଇ ଦେଇଚି ତୋ ଶାଶୁ । ମତେ କେହି ପଠେଇ ନାହାଁନ୍ତି । ମୁଁ ନିଜେ ଆସିଛି । ଶେଷ ପଦଟା ଉଚ୍ଚାରଣ କରିବା ପୂର୍ବରୁ ସେ ବାଥ୍‌ରୁମ‌କୁ ପଶିଯାଇ ଧଡ଼୍‌କିନା କବାଟ ବନ୍ଦ କରିଦେଲା ।

ବାପା ଇଙ୍ଗିତରେ ବୋଉକୁ ତୁନି ରହିବାକୁ କହିଲେ । ରାଗମୁଡ଼ରେ ବୋଧେ ଚୁଲିଆସିଛି ଝିଅଟା, ତମେ ତୁନି ହୁଅ । ସେ ପରେ ବୁଝିଯିବ ।

ଆଉ ବୁଝିଲା ନାହିଁ ବାୟାଣୀ ଝିଅ । ଶାଶୁ ଘର ଯିବା ନାଁ ଧରିଲା ନାହିଁ । ତାକୁ କେବେ କେମିତି ବାପାବୋଉ ଶାଶୁଘର ଫେରିଯିବା କଥା କହିଲେ ଅଙ୍ଖାନ ହେଲା । ଘରୁ ଜିନିଷପତ୍ର ଫିଙ୍ଗା ଫୋପଡ଼ା କଲା । ମନଇଚ୍ଛା ସମସ୍ତଙ୍କୁ ବକିଲା । ଖୁମାଣ କରି ଖାଇଲା ନାହିଁ । ଆଉ କେହି କିଛି ତାକୁ ଶାଶୁଘର କଥା ପଚରିଲା ନାହିଁ । ସେ ନିଶ୍ଚିନ୍ତରେ ରହିଲା ।

ବାୟାଣୀ ଝିଅର ଶାଶୁଘର ସମ୍ପର୍କ ପଛେ ଦିନକୁ ଦିନ ସମସ୍ୟା ବିଜଡ଼ିତ ହେଉ, ଏଠି ସମସ୍ତେ ଏକ ପ୍ରକାର ଆଶ୍ୱସ୍ତ ହୋଇଯାଇଛନ୍ତି । ବୋଉ ଏ ପର୍ଯ୍ୟନ୍ତ ସୁସ୍ଥ ହୋଇନାହିଁ । ସମସ୍ତଙ୍କର ବଡ଼ ଚିକିରି, ବେଶୀ ଜଞ୍ଜାଳ । ତା ଦାୟିତ୍ୱ ନେବାପାଇଁ କାହା ପାଖରେ ସମୟ ନାହିଁ । ପିଲାମାନେ ପାଠ ପଢ଼ୁଛନ୍ତି । ଚିକିରିରୁ ଛୁଟିନେଇ ଏଠି ରହିଲେ ପିଲାମାନଙ୍କର ପାଠ ନଷ୍ଟ । ବ୍ୟତିବ୍ୟସ୍ତ ହେଉଥିଲେ ସମସ୍ତେ । ଡାକ୍ତରଖାନାରେ କେତେଦିନ ବୋଉ ପଡ଼ିଲା ଯେ ତାକୁ ପାଳିକରି ଜଗିଲେ । ଏବେ ଗୋଟାଏ ସ୍ଥାୟୀ ବ୍ୟବସ୍ଥାର ଆବଶ୍ୟକତା ରହିଛି । କିଏ ରହିବ ବୋଉ ପାଖରେ ? ହାର୍ଟ ରୋଗୀ ।

ସବୁ ଦାୟିତ୍ୱ ମୁଣ୍ଡକୁ ନେଇଗଲା ବାୟାଣୀ ଝିଅ । ସମସ୍ତଙ୍କୁ ଛୁଟି ଦେଇଦେଲା । ଯେ ଯାହାର ଚିକିରି ଜାଗାକୁ ଫେରିଗଲେ । ଫୋନ୍‌ରେ କଥା ନ ଛିଣ୍ଡିବାରୁ ଅବିନାଶ ନେବାପାଇଁ ଆସିଲେ ବାୟାଣୀ ଝିଅକୁ । ବିଫଳ ହେଇ

ଡ. ବାସନ୍ତୀ ମହାନ୍ତି ❖ ୩୯

ଫେରିଗଲେ । ଅହଂର ପାହାଡ଼ ଉପରେ ବସିଥିବା ଶାଶୁ ବି ଶେଷରେ ଆସିଲେ ବୋହୂକୁ ଫେରାଇ ନେବାକୁ । ସାମ୍ନାକୁ ଆସିଲା ନାହିଁ ବାୟାଣୀ ଝିଅ । କବାଟ କିଲି ତା ରୁମ୍‌ରେ ପଶିଲା । କାଲେ କିଛି ଅଘଟଣ କରିଦବ, ସେହି ଡରରେ ବାପମାଆ ତାକୁ ବୁଝେଇ ସୁଝେଇ ପଠେଇ ଦେବା ପ୍ରତିଶ୍ରୁତି ଦେଇ ଫେରାଇ ଦେଲେ ସେମାନଙ୍କୁ । କିନ୍ତୁ ପରେ ଆଉ ବାୟାଣୀ ଝିଅକୁ ବୁଝେଇ ପାରିଲେ ନାହିଁ । ସେ ରହିଲା ମାଆ ବାପାଙ୍କ ପାଖରେ ।

ବାୟାଣୀଟା, ସେ କି ଶାଶୁଘର କରିବ । ପାଠଶାଠ ପଢିଲା ନାହିଁ, ବୁଦ୍ଧି ଅକଲ ନାହିଁ । ସେ କି ଘରସଂସାର କରିବ ? ସ୍ୱାମୀ ଛାଡ଼ିଦେଲା ଏଇଠି ଅଛି । ଏଇଭଳି ଚର୍ଚ୍ଚା ତା ନାଁରେ କରୁଥିଲେ ସାହି ପଡ଼ିଶା । ଆଉ କେହି କେହି କହୁଥିଲେ ବାୟାଣୀ ଝିଅଟାକୁ ବାହା ଦେଇଛନ୍ତି ବୋଲି ତା ଶାଶୁଘର ଲୋକେ ଚିଟିଂ କେସ୍‌ରେ ପକେଇଛନ୍ତି । କୋର୍ଟରେ ଅଛି କେସ୍ । ସେଇଥିପାଇଁ ଝିଅଟା ଏଇଠି ଅଛି ।

ବାୟାଣୀ ଝିଅ ଆଉ ଶାଶୁଘରକୁ ଗଲାନାହିଁ । ଶାଶୁର ଅହଂର ପାହାଡ଼ ଆହୁରି ଶକ୍ତ ହେଉଥିଲା । ସ୍ୱାମୀ ଓ ପୁଅଙ୍କୁ ସେ ଟାଣିଓଟାରି ସେଇ ପାହାଡ଼ ଉପରେ ବସାଇଲା । ସର୍ବସମ୍ମତି କ୍ରମେ ଡାଇଭର୍ସ ନୋଟିସ୍‌ଟିଏ ପଠାଗଲା ବାୟାଣୀ ଝିଅ ପାଖକୁ ।

ଏମିତି ଗୋଟାଏ ଅବସର ଅପେକ୍ଷାରେ ବୋଧହୁଏ ଥିଲା ବାୟାଣୀ ଝିଅ । ବାପା ବୋଉଙ୍କ ପ୍ରତିବାଦ ସତ୍ତ୍ୱେ ସେ ଚଟାପଟ ସେଥିରେ ଦସ୍ତଖତ କରି ବଢ଼େଇ ଦେଲା ଓକିଲ ହାତକୁ ।

ଆଉ କଥା ବଢ଼େଇଲେନି ଆଗକୁ । କୋର୍ଟରେ ରୁଲିଥିଲା ଡାଇଭର୍ସ କେସ୍ । ବାପା ବୋଉ ବି ଏମିତି ସମ୍ୱେଦନଶୀଲା ଝିଅଟାକୁ ପରଘରକୁ ପଠେଇବା ପାଇଁ ରାଜି ହେଲେନି । ଏବେ ବାୟାଣୀ ଝିଅ ମୁକ୍ତ । ଶାଶୁ ଘରର ବନ୍ଧନ ନାହିଁ, ପ୍ରତିମୁହୂର୍ତ୍ତରେ ତାର କାର୍ଯ୍ୟକଲାପକୁ ଖୁନ୍ସିନାନ୍ତି ଦେଖ ତାକୁ କେହି ଅପମାନିତ କରିବେ ନାହିଁ କି ନାଲି ଆଖି ଦେଖାଇବେ ନାହିଁ । ତାକୁ ମୁର୍ଖ ଅପଦାର୍ଥ କହି ତା ସ୍ୱାଭିମାନକୁ ଆଘାତ ଦେବେ ନାହିଁ । ତାର ସ୍ୱାଧୀନତା ଉପରେ ହସ୍ତକ୍ଷେପ କରି ତାକୁ ଏରୁଣ୍ଡି ରୁରିପାଖରେ କେହି ବାନ୍ଧି ରଖ ପାରିବେ ନାହିଁ । ସେ ଏବେ ସବୁ ଅଶ୍ରାବ୍ୟ ଶବ୍ଦ ବାଣରୁ ମୁକ୍ତ ହୋଇଗଲା । ମୁକ୍ତ ହୋଇଗଲା ସବୁ ମିଛ ମନଗଢ଼ା ପରମ୍ପରା ବନ୍ଧନରୁ, ସେ ଏବେ ସ୍ୱାଧୀନ । ମୁକ୍ତ ଅବାଧ । ଯେତେଦିନ ଇଚ୍ଛା ସେ ବୋଉର ସେବା କରିପାରିବ, ସେଥିରୁ କେହି ତାକୁ ବଞ୍ଚିତ କରିପାରିବେ ନାହିଁ ।

ବୋଉର ପାରାଲିସିସ୍ ଆଟାକ୍ କରିବାର ତିନିବର୍ଷ ପୁରି ଗଲାଣି । ବାୟାଣୀ ଝିଅ ପାଖେ ପାଖେ ରହି ତାର ଔଷଧ ପଥ୍ୟ ପାଖରୁ ଆରମ୍ଭ କରି ଫିଜିଓଥେରାପି ପର୍ଯ୍ୟନ୍ତ ସବୁ ଯନ୍ତ ନେଉଥିଲା । ତା ଗୋଡ଼ ହାତରେ ତେଲ ମାଲିସ୍ କରୁଥିଲା । ବେଡ୍ ପ୍ୟାନ୍‌ରେ ଝାଡ଼ା ପରିସ୍ରା କରାଉଥିଲା । ଦୁଇ ତିନି ଦିନରେ ଥରେ ବାଲ୍‌ଟିରେ ଗରମପାଣି କରି ଘଷିମାଜି ଗାଧେଇ ଦେଉଥିଲା । ମୁଣ୍ଡ କୁଣ୍ଡେଇ ଦେଉଥିଲା । ସିନ୍ଦୂର ଲଗେଇ ଦେଉଥିଲା । ଅନ୍ୟ ପୁଅ ବୋହୂ ଝିଅ ଜ୍ୱାଁ ଆସୁଥିଲେ । ଦିନେ ଓଲିଏ ରହୁଥିଲେ । ପାଖରେ ବସି ନିଜର ଜଞ୍ଜାଳ କଥା ବଖାଣୁ ଥିଲେ । ଇଚ୍ଛା ଥିଲେ ବି ମାଆ ପାଇଁ ସମୟ ଦେଇପାରୁ ନଥିଲେ ଦୁଃଖ କରୁଥିଲେ । ବାୟାଣୀ ଝିଅର ଭାଗ୍ୟକୁ ପ୍ରଶଂସା କରୁଥିଲେ । ବାୟାଣୀ ଝିଅ କାହାକୁ କିଛି କହୁ ନଥିଲା । ହସି ଦେଉଥିଲା ଟିକେ ।

ବୋଉ ସ୍ୱାସ୍ଥ୍ୟରେ ଆଶାତୀତ ଉନ୍ନତି ହୋଇଛି । ବାଡ଼ିଧରି ଚାଲୁଥିଲା । ଏବେ ସିଧା ଚାଲିଲାଣି । ନିଜକାମ ନିଜେ କରିବା ସଙ୍ଗେ ସଙ୍ଗେ ଘରର ଅନ୍ୟାନ୍ୟ ଛୋଟ ମୋଟ କାମ କଲାଣି । ବାୟାଣୀ ଝିଅ ସିନା ଯମ ସାଙ୍ଗରେ ଲଢ଼ି ଲଢ଼ି ମାଆକୁ ମରଣ ମୁହଁରୁ ଛଡ଼େଇ ଆଣିଲା, ହେଲେ ତା ମୁଣ୍ଡରେ ଆଉ ଗୋଟାଏ ଭୂତ ସବାର ହେଇଛି, ଅହରହ ସେଇ କଥା କହି ନିଜକୁ ଝିଙ୍ଗାସୁଛି । ଏଇ ନିଆଁ ଲଗା ରୋଗଟା ପାଇଁ ଝିଅର ଦାମ୍ପତ୍ୟ ଜୀବନ ନଷ୍ଟ ହୋଇଗଲା । ଶାଶୁଘରୁ ସମ୍ପର୍କ ତୁଟିଗଲା । ବାୟାଣୀ ଝିଅ କହୁଥିଲା ତୁ କାହିଁକି ବ୍ୟସ୍ତ ହେଉଚୁ ବୋଉ । ମୁଁ ଏଠି ପୁରାପୁରି ଠିକ୍ ଅଛି । ଖୁବ ଖୁସିରେ ଅଛି । ତତେ ଛାଡ଼ି ମୁଁ ଦୁନିଆରେ କୋଉଠି ବି ରହିପାରିବିନି । ମୋତେ ତୁ କଥା ଦେ ବୋଉ । ମୋତେ ଜମା ତୁ ଆଉ ତୋ ପାଖରୁ ଛାଡ଼ିବୁନି ।

ବୋଉର ହୃଦୟ ବିଦୀର୍ଣ୍ଣ ହୋଇଯାଉଥିଲା । ମାଆ ହେଇ ସେ ଝିଅର ଘର ଭାଙ୍ଗିବାର କାରଣ ହେଇଛନ୍ତି । ତା ଆଖରୁ ଲୁହ ଶୁଖେ ନାହିଁ । ବାପା ବୁଝାନ୍ତି । ଯାହା ହେଇଚି ଭଲ ହେଇଛି । ଆମ ଝିଅ ରତ୍ନଟିଏ । ଏଇ ରତ୍ନର ମୂଲ୍ୟ ବୁଝିବାର ଯୋଗ୍ୟତା ସେ ପରିବାର ନାହିଁ । ସେହି ହେତୁ ସେଠି ଅନାଦର ଅଣହେଲା ପାଇ ସେ ଚାଲି ଆସିଲା । ନିରୀହ ସ୍ନେହ କାଙ୍ଗାଲୁଣୀ ଝିଅଟାକୁ ସେମାନେ ସ୍ନେହ ମମତାରେ

ବାନ୍ଧି ପାରିଲେନି । ସେଠି କ'ଣ ସେ ରକ୍କରାଣୀ ହେବାପାଇଁ ରହିଥା'ନ୍ତା ? ତମେ ଚିନ୍ତା କରନି । ଠିକ୍ ଜହୁରୀ ଆସି ଆମ କନ୍ୟାରନ୍କୁ ଆଦର କରିନବ ।

ବାୟାଣୀ ଝିଅ ବସି ଟିଭି ଦେଖୁଥିଲା । ଅଚାନକ କ୍ୟାସ୍ନରେ ରଳୁଥିବା ସମ୍ୟାଦଟିଏ ତାକୁ ହତବମ୍ୟ କରିଦେଲା । ସତେ ଅବା ଛାତଟା ଭୁଷୁଡ଼ି ପଡୁଛି ତା ଉପରେ । ସେ ଯେଉଁ ସୋଫାଟି ଉପରେ ବସିଛି ତାହା ଧୀରେ ଧୀରେ ପାତାଲଗାମୀ ହୋଇଯାଉଛି, ତାକୁ ଦଶଦିଗ ଅନ୍ଧାର ଦେଖାଗଲା । କିଂ କର୍ତ୍ତବ୍ୟ ବିମୂଢ଼ ହୋଇଗଲା ବାୟାଣୀ ଝିଅ । ସତକୁ ସତ ସେ ବାୟାଣୀ ହେଇଯିବ କି ? ନିଜକୁ ଦମ୍ଭ କଲା । ତା ଆଖି ଆଗରେ ନାଚିଗଲା ଦୁଇଟା ମୁହଁ । ସେ ମୁହଁ ଦୁଇଟା ଯେମିତି ଆତୁର ଭାବରେ ଖୋଜୁଚନ୍ତି ତାକୁ । ତା ସାହାଯ୍ୟ ସହାନୁଭୂତିକୁ ତା ଆଦର ଯନ୍କୁ, ସେ ସେଇ ମୁହୁର୍ତ୍ତରେ ଭୁଲିଗଲା । ଏଇ ମୁହଁ ଦୁଇଟା କେବେ ତାକୁ ମୂର୍ଖ ହୁଣ୍ଠୀ ବୋକୀ କହି ଧିକ୍କାର କରୁଥିଲା । ତା ନିରୀହ ପଣକୁ ଜାଣି ଚତୁରୀ କହୁଥିଲା । ନାନା ଝିଙ୍ଗାସ ଦେଇ ତା ବଞ୍ଚିବା ଦୁର୍ବିସହ କରିଦେଉଥିଲା । କଥା କଥାକେ ତା ଉପରକୁ ହାତ ଉଠେଇ ଦେଉଥିଲା । ଆଉ କେବେ ଗୋଟାଏ ମୁହଁ ତାର ସାମାନ୍ୟତମ ଦୋଷକୁ ସୁଦ୍ଧା ତିଲକୁ ତାଲ କରି ପୁଅ ଆଗରେ ବଖାଣୁ ଥିଲା । ତା ଅନ୍ତରାମ୍ବା ତାକୁ ଅତିଷ୍ଠ କରିଦେଲା । ସେ ଆଉ ସ୍ତିର ହୋଇ ରହିପାରିଲା ନାହିଁ । ଦେହ ହାତ ସବୁ ବର୍ଷ୍ତା ପତ୍ର ପରି ଥରିବାକୁ ଲାଗିଲା । ସୋଫାରୁ ଉଠି କାନ୍ଥକୁ ଧରି ଠିଆ ହୋଇଗଲା କିଛି ସମୟ । ତା'ପରେ ନିଜ ସୁଟ୍କେସ୍ଟା ଟାଣିଆଣି ତା ଭିତରେ ସେମିତି ଲୋରୁକୋର୍ କରି ତାର ଦୁଇଖଣ୍ଡ ଶାଡ଼ୀ ଓ ବ୍ୟବହାର୍ଯ୍ୟ ଜିନିଷ ଭର୍ତ୍ତି କରିଦେଲା । ଆଶ୍ଚର୍ଯ୍ୟ ହୋଇ ତାକୁ ଦେଖୁଥିଲେ ବାପା ବେଉ । କ'ଣ ହେଇଚି ଝିଅଟାର! ବେଉ କହିଲା ଆଲୋ! କ'ଣ ହେଇଚି ତୋର! ଏମିତି କାହିଁକି ବାୟାଣୀ ପରି ହଉଚୁ? କୁଆଡ଼େ ବାହାରୁଚୁ? ବାୟାଣୀ ଝିଅ ବିଚଲିତ ସ୍ୱରରେ କହିଲା–"ଅବିନାଶ ଆଉ ତା ମାଆଙ୍କର ଏକ୍ସିଡେଣ୍ଟ ହେଇଛି, ମୁଁ ଯାଉଚି । କେବେ ଆସିବି ଠିକ୍ ନାହିଁ । ମୋତେ ଅପେକ୍ଷା କରିବୁନି ।" ଶେଷ ପଦଟା ଉଚ୍ଚାରଣ ବେଳକୁ ସେ ଏରୁଣ୍ଡି ବନ୍ଦ ଡେଇଁ ସାରିଥିଲା । ବାପା ବେଉ ସ୍ତବ୍ଧ ହୋଇ ରୁହିଁ ରହିଥିଲେ ତାକୁ ।

ବାପା ମୁଗ୍ଧ କଣ୍ଠରେ କହିଲେ – "କିଏ କହିଲା ମୋ ଝିଅ ବାୟାଣୀ ? ମୋ ଝିଅ ଦୁନିଆର ସବୁଠାରୁ ବୁଦ୍ଧିମତୀ ଝିଅ ।"

□□□

କନ୍ୟାଶ୍ରମର କନ୍ୟା

ଟୋକାଟାକୁ ଯେତେ କହିଲେ ଶୁଣିବାକୁ ନାଇଁ, ପାଦରେ ପାଉଞ୍ଜି ପିନ୍ଧି ଛମ୍ ଛମ୍ ରୁଲିବ । ମୁଣ୍ଡ ମୁକୁଲା କରିବ । କଳା ଓଢ଼ଣୀରେ ଢାଙ୍କି ହେଉଥିବ । ଛୁଟିରେ ଘରକୁ ଆସିଲା ମାତ୍ରେ ରତନୀ ତାଗିଦ୍ କରୁଥିଲା ଝିଅ ଗୁଞ୍ଜିକୁ । ଘରେ ଦେବୀ ଦେବତା ଅଛନ୍ତି, କେତେବେଳେ ହାବୁଡ଼ି ଯିବେ । ମାଆର ଏ ଗାଳିକୁ ଧୂଳି ପରି ଉଡ଼େଇ ଦେଉଥିଲା ଗୁଞ୍ଜି । ଗାଁକୁ ଆସିଲେ ସେ ଯେମିତି ପ୍ରଜାପତିଟିଏ ହୋଇଯାଏ । ନଈ ନାଳ ତୋଟା ବଣ ଡଙ୍ଗର ଘୁରିବୁଲେ । ଘଡ଼ିକୁ ଘଡ଼ି ଭଲି କି ଭଲି ବେଶ ଭୂଷା ହେଉଥାଏ । ଏଥର ତାର କ'ଣ ହେଇଟି କେଜାଣି, ଦଉଡ଼ିଆ ଖଟଟା ଉପରେ ବହିପତ୍ର ବିଛାଡ଼ି ତାରି ଉପରେ ମୁହଁ ମାଡ଼ି ପଡ଼ି ରହୁଛି ଅହରହ । ରୁପୁ ଚଡ଼େଇ ପରି ହରଦମ ବକର ବକର ହେଉଥିବା ଝିଅଟା ମୁହଁରେ ଯେମିତି ଷାଠିଏ ମହଣ ତାଲା ପଡ଼ିଛି । ପଞ୍ଚ ପଦରେ ପଦେ ଉତ୍ତର ଦେଉଛି । ଝିଅଟା ଏତେ ଦିନେ ଆସିଛି । ଶରଧାରେ ମାଆ ନଥ ତିଅଣ ଛଅଭଜା କରି ତା ଆଗରେ ଥୋଇଲେ ଚଡ଼େଇ ଖୁମ୍ପିଲା ପରି ଟିକେ ଖୁମ୍ପି ଦେଇ ସେ ସବୁଗୁଡ଼ାକ ଆଡ଼େଇ ଦେଉଛି । ଦେହ ମୁଣ୍ଡର ବି ଯନ୍ ନେଉନାହିଁ ।

ପୋଡ଼ାଗଡ଼ କନ୍ୟାଶ୍ରମରେ ନବମ ଶ୍ରେଣୀରେ ପଢ଼େ ଗୁଞ୍ଜି । ଆଉ ଗୋଟିଏ ବର୍ଷ ଗଲେ ମେଟ୍ରିକ୍ ପରୀକ୍ଷା ଦେବ । ପାଠଶାଠ ନ ପଢ଼ିଥିଲେ ବି ମେଟ୍ରିକ୍

ପାଠଟା   ଗୋଟାଏ ଘାଟି ସେଥିପାଇଁ ଆଣ୍ଠୁଗଣ୍ଠି ଛିଣ୍ଡେଇ ପାଠ ପଢ଼ିବାକୁ ହୁଏ । ସେ କଥା ଜାଣିଥିଲା ରତନୀ । ଝିଅଟା ପାଠବହି ପାଖରୁ ଉଠୁନି, ନ ଉଠୁ ପଢ଼ୁଥାଉ । ଆଉ ଗୋଟାଏ ବର୍ଷ ତ ।

ଗୁଞ୍ଜି ଏଥର ଆଉ ନଦୀକୁ ସ୍ନାନଶୌଚ ହେବାକୁ ଯାଏ ନାହିଁ । ରତନୀ ପାଣି ଦୁଇହାଣ୍ଡି ଆଣି ଦେଲେ ବାଡ଼ିପଟେ ଗାଧୋଇ ପଡ଼େ । ସେଦିନ କ'ଣ ଇଚ୍ଛା ହେଲା କେଜାଣି, ହାଣ୍ଡିଟାଏ ଧରି ଗୁଞ୍ଜି ରତନୀ ସଙ୍ଗେ ଗଲା ପାଣିପାଇଁ । ରତନୀ ପାଣି ହାଣ୍ଡିଟା ତା ମୁଣ୍ଡ ଉପରେ ଥୋଇ ନିଜେ ଆଗେ ଆଗେ ଚାଲିଲା । ପଛରେ ଚାଲୁଥିଲା ଗୁଞ୍ଜି । ପାଣି ହାଣ୍ଡିଟା ଘର ଭିତରେ ରଖ୍ ଦେଇ ବାହାରକୁ ଆସି ଦେଖେ ତ, ହାଣ୍ଡିଟା ସହ ଗୁଞ୍ଜି ଘୁମଉଛି । ସେ ଧାଇଁ ଆସି ତାକୁ ଧରି ନଥିଲେ ପାଣି ହାଣ୍ଡି ସହ ଝିଅଟା ଦୁମ୍ କରି ତଳେ ପଡ଼ିଯାଇଥା'ନ୍ତା । ଅତି ସନ୍ତର୍ପଣରେ ଗୁଞ୍ଜି ମୁଣ୍ଡରୁ ପାଣି ହାଣ୍ଡି ଓହ୍ଲେଇ ତାକୁ ପିଣ୍ଢାରେ ବସେଇ ଦେଲା ରତନୀ । ବସୁ ବସୁ ସେଇଠି ଗଡ଼ି ପଡ଼ିଲା । ବିଚଳିତ ହୋଇପଡ଼ିଲା ରତନୀ । ତା ମୁହଁରେ ପାଣି ଛାଟି ତାକୁ ଚେତା କଲା ।

ଗୁଞ୍ଜିକୁ ପରୀକ୍ଷା କରି ଶିରା କହିଲା, ଝିଅକୁ ଘରର ଡୁମା ଧରିଛି । ଶିରା କହିବା ଅନୁସାରେ ଅରୁଆ ରଉଳ ଦୁଇ କିଲୋ, ନଡ଼ିଆ ଦୁଇଟା, କୁକୁଡ଼ା ଅଣ୍ଡା, ମଦ ଗିଲାସେ, ଦୁଇ ଚରିଟା ଫୁଲ, ପାଚିଲା କଦଳୀ, ଧୁଣା ଆଉ କଳା କୁକୁଡ଼ା ଗୋଟାଏ ଯୋଗାଡ଼ କଲା ରତନୀ । ଜଳନ୍ତା ରଡ଼ନିଆଁ ସରାରେ ମୁଠାଏ ଧୁଣା ପକେଇ ଦେଲା ଦିଶାରୀ । ସେ ସ୍ଥାପନା କରିଥିବା ମାହାପୁରୁକୁ ଦୁଇ ଝଲକା ଧୂଆଁ ଦେଇସାରି ନିଜେ ହାବ୍କା ହାବ୍କା ଧୂଆଁ ଖାଇଗଲା । ଏଥର ସେ ବସିବା ଜାଗାରୁ ଉଠି ପଡ଼ିଲା ଓ ନଇଁ ପଡ଼ି ଗୁଞ୍ଜି ମୁହଁକୁ ଧୁଣା ଧୂଆଁରେ ଅତିଷ୍ଠ କରିଦେଲା । ଗୁଞ୍ଜି ଆକ୍ରାମାକ୍ରା ହୋଇ ଉଠି ପଡ଼ୁଥିଲା । ରତନୀ ତାକୁ ମାଡ଼ିବସି ଧରିଲା । ଦିଶାରୀ ଏଥର ବିଲିବିଲେଇ ପରି ମନ୍ତ୍ର ପଢ଼ିଲା –

ଫୁ ମନ୍ତର୍ ଛୁ ମନ୍ତର

ଯାଆ ପଲା ଯାଆ ।

ନିନିକେ ଦାରଲା ଠାକୁରାନୀ ଦେବତା ହଟିଯାଆ ।

ଆ–ଆ– ଡଙ୍ଗର ଭେଜାର ଡଙ୍ଗର ଦେଇ ଆ

ଆ-ଆ- ମଇଁଷି ପଦରର ଭୟଁସାସୁର-ଆ

ଆ-ଆ- ଗାଜ୍‌ଲା ଘାଟୀର ଗାଜଲା ମାପ୍ଲ ଆ

ଗୁଞ୍ଜି ଟୋକୀର ଗାଗର୍‌ ଦୁକା ନେଇଯା

ଫୁଁ ମନ୍ତର ଛୁ ମନ୍ତର, ଫୁଁ ମନ୍ତର ଛୁ ମନ୍ତର ।

ମୁଠାଏ ଚଉଲରେ ହଳଦୀ ଗୋଳେଇ କୁକୁଡ଼ାକୁ ଖୁଆଇଲା । ଡରି ମରି କୁକୁଡ଼ାଟି ଦୁଇ ଖୁଣ୍ଟା ଖାଇ ତୁନୀ ପଡ଼ି ଠିଆହେଲା । ସେଇ ତଦ୍‌ଗତ ଅବସ୍ଥାରେ ଶିରା କହିଲା । "ଝିଅକୁ ଘରର ଡୁମା ଧରିଛି । ବେଶୀ ଅସୁବିଧା କରିବ ନାଇଁ । ଖାଲି ଟିକେ ଚର ବିଚରରେ ରହିଲେ ସେ ଛାଡ଼ି ଚଲିଯିବ ।" ତା ହାତରେ ଡେଉଁରିଆଟାଏ ବାନ୍ଧିଦେଲା । ରତନୀ ତା' ହାତକୁ ଦୁଇଶହ ଟଙ୍କା ବଢ଼େଇ ଦେଲା । ଟଙ୍କାକୁ ଅଣ୍ଟାରେ ଖୋସି ଚଲିଗଲା ଶିରା ।

ଗାଁରେ ଯେତେଦିନ ରହିଲା ଗୁଞ୍ଜି କେଶ ମୁକୁଳା କଲା ନାଇଁ । ପାଦରୁ ପାଉଁଜି ଖୋଲି ରଖିଦେଲା । ତା କଳା ଓଢ଼ଣୀଟାକୁ ବି ମାଥା ରଖିଦେଲା ପେଡ଼ି ଭିତରେ । ତା ଦେହରୁ କେମିତି ଡୁମା ଦେବତା ଓହ୍ଲେଇ ଯିବେ ସେଥିପାଇଁ ଖୁବ୍‌ ତତ୍ପର ଥିଲା ରତନୀ ।

ଛୁଟି ପୁରି ଆସିଲା । ଗୁଞ୍ଜି ଚଲିଗଲା ଆଶ୍ରମ ସ୍କୁଲକୁ । ଅନ୍ୟ ପିଲାମାନଙ୍କ ପରି ସେ ବି ମନଦେଲା ପାଠପଢ଼ାରେ । ନବମ ଶ୍ରେଣୀ, ମେଟ୍ରିକ୍‌ ପରୀକ୍ଷା ପାଇଁ ପ୍ରାକ୍‌ ପ୍ରସ୍ତୁତି । ଭଲ ଛାତ୍ରୀ ଥିଲା ଗୁଞ୍ଜି । ଖୁବ୍‌ ମନ ଦେଉଥିଲା ପଢ଼ାପଢ଼ିରେ ।

ହଠାତ୍‌ ଦିନେ ଅର୍ଦ୍ଧରାତ୍ରେ ଅସୁସ୍ଥ ହୋଇପଡ଼ିଲା ଗୁଞ୍ଜି । ପେଟକୁ ଚାପି ଧରି ଯନ୍ତ୍ରଣାରେ ଗାଁ ଗାଁ ହେଲା । ବେଳକୁ ବେଳ ଯନ୍ତ୍ରଣା ବଢ଼ି ଚାଲିଛି । କମିବାର ନାଁ ନାହିଁ । ଚରିଆଡେ ନିଶା ଗର୍ଜୁଛି । ଶ୍ରାବଣ ମାସର ରାତ୍ରି । ଅଧାଦିନ ଏଠି ବିଦ୍ୟୁତ୍‌ ସରବରାହ ରହେ ନାହିଁ । ଅତି କଷ୍ଟରେ ମହମବତୀଟିଏ ଯୋଗାଡ଼ ହୋଇପାରିଲା ଗୋଟାଏ ବୁଦ୍ଧିମତୀ ଝିଅ ପାଖରୁ । ଗୁଞ୍ଜି ପାଖରେ ମହମ୍‌ବତୀ ଲଗେଇ ଝିଅ ଦୁଇଟି ଧାଇଁଲେ ସୁପରିନ୍‌ଟେଣ୍ଡେଣ୍ଟ ଦିଦିଙ୍କ ପାଖକୁ । ଦିଦିଙ୍କ କବାଟରେ ଖୁବ୍‌ ଜୋରରେ ଆଘାତ କଲେ । ଝଡ଼ି ବରଷା ସାଙ୍ଗକୁ ବଜ୍ର ବିଦ୍ୟୁତ୍‌ । ଦିଦିଙ୍କ କାନରେ ଝିଅମାନଙ୍କ ଆର୍ତ୍ତ ପହଞ୍ଚିପାରିଲା ନାହିଁ । ଝିଅ ଦୁହେଁ ଉପାୟାନ୍ତର ହୋଇ ଧାଇଁଲେ ହେଡ଼ମାଷ୍ଟ୍ରଙ୍କ କ୍ବାର୍ଟରକୁ ।

ହେଡମାଷ୍ଟ ଏକୁଟିଆ ରହୁଥିଲେ । ତାଙ୍କ ସ୍ତ୍ରୀ ପିଲା ରହୁଥିଲେ ଗାଁରେ । ସେ ଶୋଇ ନଥିବା ପରି ଅନୁଭୂତ ହେଲା । ପିଲାଙ୍କ ଡାକରେ ସେ ଆସିଲେ ବାହାରକୁ ।

ସେ ବା କ'ଣ କରିପାରିଥାନ୍ତେ! ଝିଅଟାକୁ ଡାକ୍ତରଖାନା ନେବାପାଇଁ ଗାଡ଼ିଟାଏ ତ ଆବଶ୍ୟକ । । ବିଜୁଳି ସରବରାହ ସହ ଟେଲିଫୋନ୍ ନେଟ‌ଓ୍ୱାର୍କ ଅଚଳ । ହାତବାନ୍ଧି ବସି ପଡ଼ିଲେ ହେଡମାଷ୍ଟ୍ର । ନା ଗାଡ଼ିଘୋଡ଼ା ନା ଡାକ୍ତର କାହା ସହ ଯୋଗାଯୋଗ ହୋଇପାରିଲା ନାହିଁ ।

ଗୁଣ୍ଡିର ଆର୍ତନାଦ ବାହାରର ବକ୍ର ବିଜୁଳିକୁ ବି ବଳିଯାଉଥିଲା । ଶେଷରେ ହସ୍ତେଲର ଖେଳ ଶିକ୍ଷକଙ୍କ ଗାଡ଼ି ପଛରେ ବସିଲା ଗୁଣ୍ଡି । ତାଙ୍କୁ ଆଉ ଜଣେ ଦିଦି ଧରି ବସିଲେ ପଛରୁ । ସେମିତି ଓଦା ପଚରା ହେଇ ପହଞ୍ଚିଲେ ଡାକ୍ତରଖାନାରେ । ହସ୍ପିଟାଲ୍‌ରେ ଡାକ୍ତର ନଥିଲେ । କମ୍ପାଉଣ୍ଡର ଜଣକ ପ୍ରାଥମିକ ଚିକିତ୍ସା କରି ସଦର ମହକୁମାରେ ପହଞ୍ଚିବା ପାଇଁ ସମୟ ଏକ ଘଣ୍ଟା ଲାଗିଥିଲା ସେମାନଙ୍କୁ ।

ପରୀକ୍ଷା ନିରୀକ୍ଷା ପରେ ଜଣା ପଡ଼ିଲା, ଗୁଣ୍ଡି ଛଅ ମାସର ଗର୍ଭବତୀ । କୌଣସି ବିଷାକ୍ତ ଦ୍ରବ୍ୟର ପାର୍ଶ୍ୱ ପ୍ରତିକ୍ରିୟାରେ ପେଟର ଛୁଆଟା ମରିଯାଇଛି । କୌଣସି ମତେ ଡାକ୍ତର ଓ ନର୍ସ ମିଶି ତା ପେଟରୁ ପ୍ରଥମେ ମଲା ପିଲାଟାକୁ ବାହାର କରିଆଣିଲେ ।

ଧୀରେ ଧୀରେ ଚେତା ଫେରି ଆସୁଥିଲା ଗୁଣ୍ଡିର । ସେ ଆଖି ଖୋଲି ଝୁଲୁଝୁଲୁ ରହୁଁଥିଲ ଋରିଆଡେ । ତା ସ୍ୱାସ୍ଥ୍ୟରେ ଉନ୍ନତି ହେଉଥିଲା । ବେଶ୍ ଉତ୍ସାହିତ ଥିଲେ ଡାକ୍ତର । ସେ ତା ଉପରେ ସସ୍ନେହ ଦୃଷ୍ଟି ଢ଼ାଲି କହିଲେ କେମିତି ଲାଗୁଛି ଝିଅ!

ଗୁଣ୍ଡିକୁ ଲାଗିଲା – ସେ ଶବ୍ଦ ଯେମିତି କାହିଁ କେଉଁ ଅନନ୍ତ ଦୂରରୁ ଆସୁଛି । ତୁଣ୍ଡ ଖୋଲି କିଛି କହିବା ପାଇଁ ତା ପାଖରେ ଶକ୍ତି ନଥିଲା । ଆଖି ପତାଟା ଥରେ ପକେଇ ଦେଇ ସେ ଡାକ୍ତରଙ୍କ ପ୍ରଶ୍ନର ଉତ୍ତର ଦେଲା ।

ଡାକ୍ତର ତଦନ୍ତ କର୍ତ୍ତୃପକ୍ଷ ନୁହନ୍ତି । ସେ ଅଭିଜ୍ଞ ତାଙ୍କ କର୍ତ୍ତବ୍ୟ ସମ୍ପର୍କରେ ସେ ବେଶ୍ ସଚେତନ ଥିଲେ ।

କିଛି ଔଷଧ ଫୌଷଧ ଖାଇଥିଲୁ କି ଝିଅ!

ମୁଣ୍ଡ ଦୁଇପଟକୁ ହଲେଇ ନାସ୍ତିସୂଚକ ଭାବ ଦେଲା ।

ଆଉ କ'ଣ ଖାଇଲୁ କି ? ମନେ ପକା ତ ।

ଆଉ କିଏ କିଛି ଦେଇଥିବ । ଖାଦ୍ୟ ବାହାରେ ଆଉ କିଛି ।

ଧୀରେ ଧୀରେ ଗୁଞ୍ଜିର ସ୍ମୃତି କୋଷ ଉନ୍ମୋଚିତ ହେଉଥିଲା । ସେଇ ରୋଷେଇଆ ନାନା । ତାଙ୍କ ଗାଁ ଶିବମନ୍ଦିରର ପାଦୁକ ଦେଇଥିଲା । ଭାରି ବିଟିକିଟିଆ ତା ସ୍ୱାଦ । ଏଇ ପାଦୁକ କୁଆଡ଼େ ସବୁ ମନସ୍କାମନା ପୂରଣ କରିଦିଏ । ଯାହା ରଖିବ ସବୁ କାମ ସଫଳ ହେବ । ପରୀକ୍ଷାରେ ପାସ୍ ହେବ, ରୋଗ ବୈରାଗ ଭଲ ହେବା ପର୍ଯ୍ୟନ୍ତ । ଧନ ସଂପତ୍ତି ଆଉ ମନ ପସନ୍ଦର ବର ବି ମିଳିଯିବ । ଏ ପାଦୁକ ଥରେ ଯିଏ ପିଇଟି, ଦୁନିଆରେ ତା ପାଇଁ ଆଉ କିଛି ଅସାଧ୍ୟ ହୋଇ ରହିବ ନାହିଁ, ବାରମ୍ବାର ଚେତେଇ ଦେଉଥିଲା ରୋଷେଇଆ ନାନା ।

ଗୁଞ୍ଜିର କିଛି ଅଭିଳାଷ ନଥିଲା । ସେ କେବଳ ଗୋଟାଏ ମଣିଷ ଖିଆ ବାଘ ପାଖରୁ ମୁକ୍ତି ରଖୁଁଥିଲା । ଅଙ୍କ ବୁଝେଇବା ବାହାନାରେ ଘରକୁ ଡାକି ତା ପ୍ରତି ଯଥେଚ୍ଛାଚାର କରୁଥିଲା ଆଉ ଫଟୋ ଉଠେଇ ତାକୁ ଭାଇରାଲ୍ କରିବାର ଧମକରେ ନିତି ପ୍ରତିଦିନ ତା ଦେହରୁ ମାଉଁସ ଝୁଣି ଖାଉଥିଲା । ଏଇ ଲୋକଟା ପାଖରୁ ସେ ରଖୁଁଥିଲା ମୁକ୍ତି । ଏଇ ମାହାପୁରୁ ପାଦୁକଟିକେ ଖାଇ ଦେଇ ଯଦି ସେଇ ବାଘ କବଳରୁ ମୁକ୍ତି ପାଇପାରିବ, ତେବେ ଯେତେ ବିସ୍ୱାଦକର ହେଲେ ବି, ସେ ତାକୁ ଉଦରସ୍ଥ କରିବା ପାଇଁ ପ୍ରସ୍ତୁତ ଥିଲା ।

ଆଖ୍ ନାକ ଚିପି ସେ ସେଇ ଅଧାଗ୍ଲାସ ପାଦୁକ ପିଇ ଦେଇଥିଲା । ଇୟେ ଥିଲା ନୈଶ୍ୟ ଭୋଜନ ପର ସମୟର କଥା । ତା'ପରଠାରୁ ତା ଶରୀରରେ ଧୀରେ ଧୀରେ ଯନ୍ତ୍ରଣା ବଢ଼ିବାର ସେ ଅନୁଭବ କରୁଥିଲା । ସେଇ ପାଦୁକ ଯେ ଏଇ ସବୁ ଅଘଟଣର ମୂଳ, ଗୁଞ୍ଜି ନିଶ୍ଚିତ ହୋଇଗଲା । କିନ୍ତୁ କାହିଁକି ରୋଷେଇଆ ନାନା ତାଙ୍କୁ ଏମିତି ପାଦୁକ ଦେଲା । ସେତ କହୁଥିଲା – ମନସ୍କାମନା ପୂର୍ଣ୍ଣ ହେବା କଥା । ଥଳକୂଳ ପାଉନଥିଲା ତା ଭାବନା । ତା ଚିନ୍ତାଶକ୍ତି ପଙ୍ଗୁ ହୋଇଯାଉଥିଲା କ୍ରମେ କ୍ରମେ ।

ସରକାରଙ୍କ ଦ୍ୱାରା ନିଯୁକ୍ତ ଏଏନ୍‍ଏମ୍‍ ପ୍ରତିମାସରେ କନ୍ୟାଶ୍ରମର ଝିଅମାନଙ୍କର ମାସିକ ଧର୍ମ ପରୀକ୍ଷା କରି ରିପୋର୍ଟ ଦେଉଥିଲା । କନ୍ୟାଶ୍ରମମାନଙ୍କରେ ଘଟୁଥିବା ଅପକର୍ମକୁ ରୋକିବାପାଇଁ ସରକାରଙ୍କର ଏଇ ନୂଆ ପ୍ରୟାସ । ଗୁଞ୍ଜି ସମେତ ଆଉ ଋତୁଜଣଙ୍କର ଅନିୟମିତ ରତୁସ୍ରାବ ରିପୋର୍ଟ ସବୁଥର ପରି ଏଥର ବି ପ୍ରଧାନ ଶିକ୍ଷକଙ୍କ ହାତକୁ ବଢ଼େଇ ଦେଇଥିଲା ଏ.ଏନ୍.ଏମ୍ ସୁଧା । ଗୁଞ୍ଜି ସମେତ ସବୁ ଝିଅଙ୍କ ରିପୋର୍ଟ ଉପରେ ସେ ଥରେ ଦୃଷ୍ଟି ବୁଲେଇ

ଆସିଲେ । ତାଙ୍କର ମନେ ପଡ଼ିଲା ସିଡିଏମଓଙ୍କ କଥା । ବାରମ୍ବାର ଝିଅମାନଙ୍କର ଅନିୟମିତ ରିପୋର୍ଟ ଦେଖି ସେ କହିଥିଲେ, "ଅପପୁଷ୍ଟି ହେତୁ ଝିଅମାନଙ୍କର ଏମିତି ଅନିୟମିତ ହୁଏ । ଏଥିରେ ବ୍ୟସ୍ତ ହେବାର ନାହିଁ । ମାସିକ ଧର୍ମ ଗଡ଼ିଗଲେ ଯେ ଜଣେ ଅନ୍ତଃସତ୍ତା ହୋଇଗଲା ଏକଥା କିଏ କହିଲା ଆପଣଙ୍କୁ?" ଆଶ୍ୱସ୍ତ ହୋଇଥିଲେ ପ୍ରଧାନ ଶିକ୍ଷକ । ତଥାପି ସେ ସତର୍କ ଦୃଷ୍ଟି ରଖିଥିଲେ ଗୁଞ୍ଜି ଉପରେ । ଆରମ୍ଭ ହୋଇଥିଲା ଖରାଛୁଟି ।

ଛୁଟି କଟାଇ ଘରୁ ଫେରିବା ପରେ ଗୁଞ୍ଜିର ଶାରୀରିକ ପରିବର୍ତ୍ତନ ଲକ୍ଷ୍ୟ କରି ବିଚଳିତ ହୋଇଥିଲା ସୁଧା । ପୁଣି ଥରେ ଯଞ୍ଚ କରିଥିଲା ଗୁଞ୍ଜିକୁ । ସକଳ ଗର୍ଭଲକ୍ଷଣ ତା ପାଖରେ ପ୍ରକଟିତ ହୋଇଥିଲା । ପ୍ରଧାନ ଶିକ୍ଷକଙ୍କ ପାଖରେ ସମ୍ବାଦ ପହଞ୍ଚାଇବାରେ ହେଲା କରିନଥିଲା ଏ.ଏନ୍.ଏମ୍ ସୁଧା । ପ୍ରଧାନଶିକ୍ଷକ ସଂପୂର୍ଣ୍ଣ ଦାୟୀ କରିଥିଲେ ସୁଧାକୁ । ଅବିଚଳିତ ଭାବରେ ମୋଟା ଲେନ୍ସ୍ ତଳୁ ଆଖି ଉଠାଇ ସୁଧା ଆଡ଼କୁ ଟିକେ ରୁହିଁଲେ । ତା'ପରେ ତାଙ୍କର ସେଇ ଘାଘରା କଣ୍ଠରେ ଖଣ୍ଡିକାଶଟିଏ ମାରି କହିଲେ – ବୁଝିଲ ଦିଦି! ଏ ଖବର ଯଦି ବାହାରକୁ ଯାଏ ପ୍ରଥମେ ରୁକିରି ଯିବ ତମର । ତା'ପରେ ଜେଲ୍ ଆଉ ଜୋରିମାନା । ତମେ ତମର ଦାୟିତ୍ୱ ଠିକ୍ ଭାବେ ତୁଲେଇ ନାହଁ । ତମେ ଥାଉଥାଉ ଆଶ୍ରମ ସ୍କୁଲର କନ୍ୟା ଛଅମାସର ଗର୍ଭବତୀ! କ'ଣ କରୁଥିଲ ତମେ! ଶେଷ ବାକ୍ୟଟିରେ ତାଙ୍କ କଣ୍ଠସ୍ୱରର ରୁକ୍ଷତାରେ ଚମକି ପଡ଼ିଲା ସୁଧା । ଭୀତତ୍ରସ୍ତା ହରିଣୀଟିଏ ପରି ବିଚଳିତ ହୋଇପଡ଼ିଲା ।

"ମୋର ଦୋଷ କ'ଣ ସାର୍?"

ତମେ ଠିକ୍ ଭାବେ ତାର ସ୍ୱାସ୍ଥ୍ୟ ପରୀକ୍ଷା କରିନାହଁ । ଉତ୍କ୍ଷିପ୍ତ ହୋଇ କହିଲେ ପ୍ରଧାନ ଶିକ୍ଷକ । ସରକାର ତୁମକୁ ନିଯୁକ୍ତି ଦେଇଛନ୍ତି କେବଳ ସେମାନଙ୍କ ସ୍ୱାସ୍ଥ୍ୟ ପରୀକ୍ଷା କରିବାପାଇଁ । ଅଥଚ ଝିଅଟା ଛଅମାସର ଗର୍ଭବତୀ! ତମେ ଏବେ ଜାଣୁଛ ?

ନରମିଗଲା ଏ.ଏନ୍.ଏମ୍ ସୁଧା । ଘଟଣାର ବାସ୍ତବାତକୁ ସେ ଅନୁଭବ କରୁଥିଲା । ଘରେ ରୋଗୀଣା ମାଆ । ଭାଇଟା ଇଞ୍ଜିନିୟରିଂ ପଢୁଛି । ଭଉଣୀ ପଢୁଛି +୨ । ସବୁ ଗୁଡ଼ାକ ଖର୍ଚ ତାକୁ ତୁଲାଇବାକୁ ହୁଏ । ସେ ଅସହାୟ ଦିଶିଲା । ତା ଭିତରଟା ଭାଙ୍ଗିତୁଟି ପଡ଼ିବା ପାଇଁ ପ୍ରଧାନ ଶିକ୍ଷକଙ୍କ ଏତିକି ଧମକ ଯଥେଷ୍ଟ

ଥିଲା । ସେ ସାଙ୍କୁଡ଼ି ଗଲା । ପରିସ୍ଥିତିର ସୁଯୋଗ ଉଠାଇଲେ ପ୍ରଧାନ ଶିକ୍ଷକ । ଆବଶ୍ୟକତାଠାରୁ ଅଧିକ ଗୁରୁ ଗମ୍ଭୀର ସ୍ୱରରେ ସେ କହିଲେ । “ଏଇ ଖବର ସାମୟିକ ଏନ୍.ଜି.ଓ. ଓ ବିରୋଧୀଦଳଙ୍କ ହାତରେ ପଡ଼ିଲେ ଗୋଟାଏ ଷ୍ଟେଟ୍ ଇସ୍ୟୁ ହେବ । ସବୁ ଦୋଷ ଗୁଡ଼ାକ ତମରି ମୁଣ୍ଡରେ ଅଜାଡ଼ି ହୋଇପଡ଼ିବ । ସମ୍ଭାଳି ପାରିବ ତମେ ?”

ଆର୍ତ୍ତନାଦ କଲା ପରି ସେ କହିଲା – ଏବେ କ’ଣ କରାଯିବ ? ବେପରୁଆ କଣ୍ଠରେ କହିଲେ ପ୍ରଧାନ ଶିକ୍ଷକ । ଏବେ ଯାହା କରିବା କଥା କରିବ ତମେ । ତାଙ୍କର ତର୍ଜନୀଟା ସୁଧା ଆଡ଼କୁ ନିର୍ଦ୍ଦେଶ କରି ନାଟକୀୟ ଭଙ୍ଗୀରେ କହିଲେ – କେବଳ ତମେ ।

କମ୍ପିତ କଣ୍ଠରେ କହିଲା ସୁଧା । ଝିଅଟାକୁ ଯେତେ ପଚରିଲେ ସେ ତୁଣ୍ଡ ଖୋଲୁନି । ପିଲାଟାର ନାଁ ହେଲେ କୁହନ୍ତି । ତାକୁ ଡାକି ଯାହା ସମାଧାନର ରାସ୍ତା ବାହାର କରନ୍ତେ । “ନନ୍‍ସେନ୍‍ ! ହିଂସ୍ର କଣ୍ଠରେ ଗର୍ଜନ କଲେ ପ୍ରଧାନ ଶିକ୍ଷକ ।” ଚମକି ପଡ଼ି ଛାତିରେ ଦୁଇଲଣ୍ଠା ଛେପ ପକାଇ ଦେଲା ସୁଧା । ସିଧାସିଧା ସେ ଶୁଣେଇ ଦେଲେ – ମୋ ଅନୁଷ୍ଠାନର ମର୍ଯ୍ୟାଦାର ପ୍ରଶ୍ନ । ଏ କଥା ଯେମିତି କାନକୁ ଦି’କାନ ନହୁଏ । କେହି ଜାଣିବେ ନାହିଁ । ଏପରିକି ଝିଅଟା ବି ନୁହେଁ । ତା ଅଜାଣତରେ ତାକୁ ଦିଆଯିବ ଗର୍ଭପାତର ଔଷଧ । ସେ କଥା କେମିତି ହେବ, ସେ ଦାୟିତ୍ୱ ତମର । ହଁ ଏଥିପାଇଁ ମୁଁ ତମକୁ ଦେଇପାରେ ଆଉ ଏକ ସହାୟକ । ରୋଷେୟା ରତନ ସିଂ । ସେ ମୋର ବିଶ୍ୱସ୍ତ ମଣିଷ । ସେ ସବୁ କଥା ଗୋପନ ରଖିବ । ତମେ ସଂପୂର୍ଣ୍ଣ ନିରାପଦ ତା ପାଖରେ ।

କମ୍ପିତ କଣ୍ଠରେ କହିଲା ସୁଧା । ଛଅମାସ ଅତିକ୍ରାନ୍ତ କରିଗଲାଣି । ଏବେ ଗର୍ଭପାତ କଲେ ଝିଅଟାର ଜୀବନ ପ୍ରତି ବିପଦ ଆସିପାରେ ।

ଅସହିଷ୍ଣୁ ହୋଇ କହିଲେ ପ୍ରଧାନ ଶିକ୍ଷକ । ଓଃ ସେ ସମସ୍ୟା ମୋର ନୁହେଁ । ମୋ ଅନୁଷ୍ଠାନ ପ୍ରତି କୌଣସି ବିପଦ ଆସୁ, ଲୋକେ ମୋ ଆଡ଼କୁ ଅଙ୍ଗୁଳି ନିର୍ଦ୍ଦେଶ କରନ୍ତୁ, ଏହା ମୁଁ ରୁହେଁ ନାହିଁ । ତମେ ଯଦି ତମ ରୁଜିରିକୁ ବଞ୍ଚେଇବାକୁ ରୁହଁ ତମେ ସମ୍ଭାଳ ଏ ପରିସ୍ଥିତିକୁ । ବାସ୍, ମୋର କିଛି ଅସୁବିଧା ହେବନି ।

ଯୋଜନା ଅନୁସାରେ କାର୍ଯ୍ୟକ୍ରମ ଆରମ୍ଭ ହୋଇଗଲା । ବାଘ କବଳରୁ ମୁକ୍ତି ପାଇବାପାଇଁ ଗୁଞ୍ଜିର ବ୍ୟାକୁଳତା ଯୋଜନାକୁ ତ୍ୱରାନ୍ୱିତ କରିଦେଲା ।

ଡ. ବାସନ୍ତୀ ମହାନ୍ତି ❖ ୪୯

ସୁରୁଖୁରୁରେ ହୋଇଗଲା ସବୁ । ଯେ ଯାହାର ରାସ୍ତା ପରିଷ୍କାର କରିବାପାଇଁ ଲାଗିପଡ଼ିଲେ ।

ଡାକ୍ତରମାନେ ସିନା ତା ପେଟରୁ ମଲା ପିଲାଟାକୁ ବାହାର କରିଆଣିଲେ, ଗୁଞ୍ଜି ଏବେ ବସିଛି ମରଣ ଦୁଆରେ । ସେ ଲଢ଼ୁଛି ମରଣ ସାଙ୍ଗରେ । ପ୍ରବଳ ରକ୍ତସ୍ରାବ ହେତୁ ତା ଅବସ୍ଥା ସୁଧୁରୁନି । ଡାକ୍ତରମାନଙ୍କର ଅଣଆୟତ୍ତ ହେଲାଣି ପରିସ୍ଥିତି ।

ରତନୀ ପାଖରେ ଗୁଞ୍ଜି ଡାକ୍ତରଖାନାରେ ପଡ଼ିଥିବା ଖବର ପହଞ୍ଚି ଗଲା । ଶୁଣୁଶୁଣୁ ମା' କାଳି ସୁନ୍ଦରୀକୁ ଗୋଟାଏ କଳା କୁକୁଡ଼ା ଯାତିଦେଲା । ଦୁଇହାତ ଉପରକୁ ଟେକି ମନେ ମନେ କହିଲା ମା' ଲୋ ! ମୋ ଟୋକୀର ସବୁ ରୋଗ ବଇରାଗ ପୋଛି ପାଛି ନେଇଯା ଲୋ ମା ! ମୋ ଝିଅର ଗାଗର ସୁନା କରିଦେ ।

କାଳୀ ସୁନ୍ଦରୀ ବିମୁଖ ହେଲେ ରତନୀ କୁ । ଗୁଞ୍ଜିକୁ ବଞ୍ଚାଇବାର ସବୁପ୍ରକାର ପ୍ରୟାସ ସତ୍ତ୍ୱେ ଡାକ୍ତରମାନେ ମଧ୍ୟ ଅସଫଳ ହେଲେ । ଗୁଞ୍ଜି ଆଖି ବୁଜି ଦେଲା ।

ଘଟଣାଟା ଆଉ ହସ୍ପିଟାଲ କିମ୍ୱା କନ୍ୟାଶ୍ରମର ଚାରିକାନ୍ତୁ ଭିତରେ ରହିଲା ନାହିଁ । ବିରୋଧୀଦଳଙ୍କ ହାତରେ ଏବେ ତାହା ନୂଆ ଆୟୁଧ, ସରକାରଙ୍କୁ ଗାଦିଚ୍ୟୁତ କରିବା ପାଇଁ ଯ୍ୟା ଠାରୁ ବଳି ଆଉ ବଡ଼ ଇସ୍ୟୁ କ'ଣ ଅଛି ? ବିଚରା ଏ.ଏନ୍.ଏମ ଦିଦିଟା ନିଲମ୍ୱିତ ହୋଇଛି । ଚାକିରିରୁ ବହିଷ୍କୃତ ହୋଇଛି ରୋଷେୟା । ପ୍ରଧାନଶିକ୍ଷକ ଏବେ ଫେରାର୍ । ତାଙ୍କୁ ପୋଲିସ୍ ଖୋଜୁଛି ।

ସର୍ବଶେଷ ସମ୍ୱାଦ ଯାହା ମିଳିଛି ରାଜନୈତିକ ପ୍ରତିନିଧି ଓ ଜଣେ ସରକାରୀ ଅଫିସର ରତନୀକୁ ଖଣ୍ଡେ ଇନ୍ଦିରା ଆବାସ ଘର ଯୋଗାଇଦେବା ପାଇଁ ଯାଇଥିଲେ । କାଗଜ ଖଣ୍ଡକ ଚିରି ସେମାନଙ୍କ ଉପରକୁ ଫିଙ୍ଗି ଦେଇଥିଲା ଶୋକାତୁରା ରତନୀ ।

ବାୟାଣୀମାନଙ୍କ ପରି ଉଚ୍ଚସ୍ୱରେ ଗାଳି ଗୁଲଜ କରି କହିଥିଲା – ମୋର ଘର ଦରକାର ନାହିଁ । ମୋ ଟୋକୀକୁ ଆଣିଦିଅ ମତେ । ମୋ ଗୁଞ୍ଜିକୁ ଆଣିଦିଅ । କ'ଣ କରିବି ଘର ନେଇ ! କିଏ ରହିବ ପକାଘରେ । ମୋତେ ମୋ ଝିଅକୁ ଆଣି ଦିଅ । ଆଣିଦିଅ ମୋ ଝିଅକୁ ।

□□□

ଗୋଟିଏ ଲାଜକୁଳା ପିଲା ଓ ତିନୋଟି ପ୍ରଶ୍ନ

ସେ ଆସୁଚି ମୋ ସହରକୁ । ମୋ ଦେହରେ ଖେଳିଯାଉଛି ଅପୂର୍ବ ଶିହରଣ । ମନ ଉଛାଟ ହେଇଯାଉଚି । କୃଷ୍ଣଚୂଡ଼ା ଫୁଲ ଗୁଡ଼ାକର ରଙ୍ଗରେ ଯେମିତି ଲାଗିଯାଇଚି ନିଆଁ । କାଠଚମ୍ପା ଫୁଲରେ ପୁଣିଥାଏ ଏତେ ବାସ୍ନା ! ମୋ ବଗିଚାରେ ସବୁଦିନ ଶୁଣୁଥିବା ଚଢ଼େଇମାନଙ୍କର କିଚିରିମିଚିରି ଶବ୍ଦ ଆଜି ମୋତେ ପୃଥିବୀର ଶ୍ରେଷ୍ଠ ସଂଗୀତ ପରି ମନେ ହେଉଚି । ଆକାଶ ବି ଦିଶୁଛି ଆହୁରି ଗାଢ଼ ନୀଳ । ଅଦିନରେ ମୋ ଝରକା ଦେଇ ବହି ଆସୁଥିବା ହାଲକା ପବନ ବସନ୍ତ ମଲୟ ପରି ଲେସି ହେଇଯାଉଛି ମୋ ଶରୀରରେ । ମୁଁ ତଲ୍ଲୀନ ହେଇଯାଉଛି । ଉଲ୍ଲାସରେ ଉଚ୍ଛୁଲି ଉଠୁଚି ମନ । କାହିଁକି ମୁଁ ନିଜକୁ ରଖିପାରୁନି ମୋ ଆୟତ୍ତରେ ! ମୁଁ ଯେମିତି ମୁଁ ନୁହେଁ ଆଉ କେହି ଜଣେ । ମୋର ଏ ପଞ୍ଚତିରିଶ ବର୍ଷର ସଂସାର । ପୁଅ ଝିଅ ସ୍ୱାମୀ ଘରଦ୍ୱାର, ମୋ ତେତିଶ ବର୍ଷର ଅଧାପନା ଅନୁଭୂତି ସବୁ ମିଛ, ସବୁ ବାଧ ବାଧକତା । ଯାନ୍ତ୍ରିକ । ଆବେଗ ହୀନ । ସେସବୁ ମୁହୂର୍ତ୍କ ପାଇଁ ଉଭେଇଗଲେ କୁଆଡ଼େ । ସବୁ ଗୁଡ଼ାକ ଅଚିହ୍ନା ଲାଗିଲେ ମୋତେ । ମୁଁ ଯେମିତି ବାଟଭୁଲା ବିହଙ୍ଗୀଟିଏ । ସମ୍ମୋହିତ ହୋଇ ଅନ୍ୟ କାହା ଅଗଣାରେ ବସିଯାଇଥିଲି ଘଡ଼ିଏ । ଏବେ ମୁଁ ମୋ ନିଜ ଭିତରକୁ ଝାଙ୍କି ହୋଇ ଦେଖିଲି । ସେଠି ଷଷ୍ଠ ସପ୍ତମ ପଢ଼ୁଥିବା ଉଚ୍ଛୁସ୍ୱିତ ଗ୍ରାମ୍ୟ କିଶୋରୀଟିଏ ଆଉ ତାର ସ୍କୁଲ ପାଠପଢ଼ା, ଆମ୍ବତୋଟା, ନଈପଠା, ସାଙ୍ଗସାଥୀ ଏବଂ ସେଇ ଲାଜକୁଳା ପିଲାଟା। ଛଡ଼ା ଆଉ କିଛି ଦିଶଲେ ନାହିଁ ।

ଡ. ବାସନ୍ତୀ ମହାନ୍ତି ❖ ୫୧

ମୁଁ ତା'ହେଲେ କ'ଣ ମିଛରେ ବଞ୍ଚିଲି ଏତେ ଦିନ ? ଏ ସଂସାର ସବୁ ମିଛ । ମୁଁ ଯାହାକୁ ଜାବୁଡ଼ି ଧରି ଏତେ ଦିନ ବଞ୍ଚିଆସୁଥିଲି ସେ ସବୁ ଭିତରେ ଯେ ଏତେ ବଡ଼ ଶୂନ୍ୟପଣ ଥିଲା ଏବେ ସବୁ ଜଳ ଜଳ ହୋଇ ଉଦ୍‌ଭାସି ଉଠିଲା ମୋ ଆଖି ଆଗରେ ।

ତାକୁ ନେଇ କେବେ କ'ଣ ମୁଁ ବଞ୍ଚିବା ପାଇଁ ରହିଁଥିଲି ? ତାକୁ ମୋ ଦୁଃଖ ସୁଖର ସାଥୀ କରିବାପାଇଁ କାମନା କରିଥିଲି ? ଯେତେବେଳେ ମୁଁ ସଂସାରର ସ୍ନେହ, ସୋହାଗ, ଆବେଗ, ଅନୁରାଗ, ପ୍ରୀତି ଓ ପ୍ରଣୟରେ ଭିଜୁଥିଲି ଅଥବା ସାଂସାରିକ ପୀଡ଼ା ପୀଡ଼ନ ଭିତରେ ସିଝୁଥିଲି, ତା କଥା କେବେ ମନେ ପକାଇବାର ମୋର ମନେ ପଡ଼ୁନାହିଁ । ସେ ମୋ ପାଇଁ ପହଞ୍ଚିଥିଲା କି ଅପହଞ୍ଚ ଥିଲା ମାପିବା ପାଇଁ ଚେଷ୍ଟା କରି ନାହିଁ କେବେ । ତଥାପି ତା ଆସିବା ଖବରପାଇ ମୁଁ ଏମିତି ଅଧୀର ହୋଇପଡୁଛି କାହିଁକି ? ଦିନେ ନୁହେଁ କି ମାସେ ନୁହେଁ, ବର୍ଷେ ନୁହେଁ କି ଯୁଗେ ନୁହେଁ, ପୁରା ପଚିଶ ବର୍ଷ । ଅର୍ଦ୍ଧଶତାଦୀ କାଳ ତାର ମୋର ଦେଖା ସାକ୍ଷାତ ନାହିଁ । କୌଣସି ଯୋଗାଯୋଗ ନାହିଁ, ଏବେ ଫେସ୍‌ବୁକ୍ ଦୟାରୁ ସମ୍ପର୍କ ପୁନରୁଦ୍ଧାର ହୋଇଛି । ସେଇ ଯେ ସାନବେଳେ ମୁଁ ତାକୁ ଦେଖିଥିଲି । ଗୋର ତକ୍ ତକ୍ ଗେଡ଼ା ଚେହେରା, ଆଖି ଦୁଇଟା ଢ଼ଳ ଢ଼ଳ । କଥା କହିବା ପରି । ଲମ୍ବା ନାକର ଲାଜକୁଳା ପିଲାଟା । ସେତେବେଳେ ସ୍କୁଲ ୟୁନିଫର୍ମ ନଥିଲା ଗାଁ ସ୍କୁଲରେ । ତଥାପି ସେ ଫିନ୍‌ ଫିନ୍ ଧଳା ସାର୍ଟ ଓ କଳା ପ୍ୟାଣ୍ଟ ପିନ୍ଧି ଆସୁଥିଲା ସ୍କୁଲକୁ । ଆମେ ସବୁ ଯିଏ ଯାହା ଯେତେବେଳେ ପାଇଲା ପିନ୍ଧିପକାଇ ଧାଉଁଥିଲୁ ସ୍କୁଲକୁ । ପାଦରେ କେବେ ଯୋତା ରହୁଥିଲା ତ କେବେ ନାହିଁ । କିନ୍ତୁ ସେ ଆସୁଥିଲା ବେଶ୍ ଟିପ୍‌ଟପ୍ ହୋଇ । ତା' ଦେହରେ ଧୂଳି ଟିକେ ପଡ଼ୁ ନଥିଲା । କାଉମାନଙ୍କ ଭିତରେ ବଗ ପରି ସେ ବାରି ହୋଇପଡ଼ୁଥିଲା । ସେ ମିଶିପାରୁନଥିଲା ଆମ ମାନଙ୍କ ସହ ବେଶୀ । ହଁ କହିରଖେ ଆମେ ସବୁ ଗାଁରେ ବଢ଼ିଥିଲୁ, ସେ ବଢ଼ିଥିଲା ସହରରେ । ତା ବାପା କାମ କରୁଥିଲେ ବ୍ୟାଙ୍କ୍‌ରେ । ଗାଁ ମାଟି ସହ ସେ ଏତେ ପରିଚିତ ନ ଥିଲା । ଆମେ ଷଷ୍ଠଶ୍ରେଣୀରେ ପଢ଼ିବାବେଳେ ସେ ଆସି ଆମ ସହ ମିଶିଲା । ତା ଦାଦା ଥିଲେ ଆମ ଗାଁ ମାଇନର ସ୍କୁଲରେ ହେଡ଼ମାଷ୍ଟର । ମୋର ଅତି ପ୍ରିୟ ସାର । ତାଙ୍କୁ ମୁଁ ଦେବତୁଲ୍ୟ ମାନୁଥିଲି । ସେ ଥିଲା ତାଙ୍କର ପୁତୁରା ଆଉ ମୁଁ ଥିଲି ସାରଙ୍କର ସବୁଠାରୁ ପ୍ରିୟଛାତ୍ରୀ ।

ସେ ଆସିବା ପରଠାରୁ ସ୍କୁଲରେ ଗୋଟାଏ ନୂଆ ଉନ୍ମାଦନା ସୃଷ୍ଟି ହୋଇଥିଲା । ତା ସାଙ୍ଗରେ ସାଙ୍ଗ ହେବାପାଇଁ କେବଳ ପୁଅମାନଙ୍କ ଭିତରେ ପ୍ରତିଯୋଗିତା ଚଲିଥିଲା ନୁହେଁ, ଝିଅମାନେ ସୁଦ୍ଧା। ବିଭିନ୍ନ ଆଳ ଖୋଜୁଥିଲେ ତାର ନିକଟତର ହେବାପାଇଁ । କିଏ ପିଜୁଳିଟାଏ, ଆମ୍ବଟାଏ, ବରକୋଳି କି ଆମ୍ବୁଲ, ଆମ୍ବଡ଼ାଟାଏର ଲୋଭ ଦେଖାଇ ତା ସହ କଥା ହେବା ପାଇଁ ସର୍ତ ରଖୁଥିଲେ । ମୁଁ କିନ୍ତୁ ଏସବୁ ଚେଷ୍ଟା କେବେ କରିନଥିଲି । ସେ ଆସିବା ପରେ ମୋତେ ଆଉ ଗୋଟାଏ ଚିନ୍ତା ଆତଙ୍କ ଗ୍ରସ୍ତ କରିଦେଲା । ସତ କହୁଚି ସେତେବେଳେ ମୋ ମୁଣ୍ଡରେ ଗୋଟାଏ ଭୟ ଘାରିଲା ଯେ ହେଡ଼ସାର ତାକୁ ମୋ ଠାରୁ ବେଶୀ ନମ୍ବର ଦେଇ ଫାଷ୍ଟକରି ଦେବେ ଓ ମତେ ସେକେଣ୍ଡ କରିଦେବେ । ପ୍ରଥମରୁ ଶ୍ରେଣୀରେ ପ୍ରଥମ ଛଡ଼ା କେବେ ଦ୍ୱିତୀୟ ହୋଇ ନଥିବା ମୋତେ ଏହା ଖୁବ୍ ଅପମାନଜନକ ହେବ । ମୋତେ ସେତେବେଳେ ଲାଗୁଥିଲା ସାର୍‌ମାନଙ୍କ ଇଚ୍ଛାରେ ଆମେ ଶ୍ରେଣୀରେ ପ୍ରଥମ ଦ୍ୱିତୀୟ ହେଉଛୁ । ସେମାନେ ଯାହାକୁ ଇଚ୍ଛା ସେମାନଙ୍କୁ ଫାଷ୍ଟ ସେକେଣ୍ଡ କରିବେ । ହେଡ଼ସାର ଯେହେତୁ ମତେ ବେଶୀ ଭଲ ପାଆନ୍ତି, ତେଣୁ ମୋତେ ଫାଷ୍ଟ କରି ଦେଉଛନ୍ତି । ମୁଁ କ'ଣ ପଢୁଛି ନ ପଢୁଛି ସେ କଥା ଚିନ୍ତା କରୁ ନାହାଁନ୍ତି । ଆଉ ସାର୍ ଯେହେତୁ ମୋତେ ଭଲ ପାଉଛନ୍ତି, ତାଙ୍କର ଭଲ ପାଇବାକୁ ସମ୍ମାନ ଦେଇ ମୁଁ ମନଦେଇ ପାଠ ପଢୁଥିଲି । ଏମିତି ଭୁଲ କରୁନଥିଲି କି ଯାହାଦ୍ୱାରା ସେ ମୋ ଉପରେ ବିରକ୍ତ ହେବେ । ସେ ଆସିବା ପରଠୁ ମୋତେ ଲାଗିଲା ସେ ମୋ ଜାଗା ନେଇଗଲା । ସାର୍ ତାକୁ ବେଶୀ ଭଲ ପାଇବେ ଓ କ୍ଲାସରେ ପ୍ରଥମ କରିଦେବେ । ଏମିତିରେ ମୋ ସହ ବିଫଳ ପ୍ରତିଯୋଗିତା କରୁଥିବା ଅନ୍ୟ ଯେଉଁ ଦୁଇଜଣ ମଙ୍ଗୁ ଓ ଟୁଙ୍କୁ ମୋର ଆଦୌ ଭୟ ନଥିଲା । କାରଣ ପ୍ରଥମରୁ ଷଷ୍ଠ ଶ୍ରେଣୀ ପର୍ୟ୍ୟନ୍ତ ସେମାନେ କେବେ ମୋ ଜାଗାରୁ ମୋତେ ଖସେଇ ପାରିନଥିଲେ । ସେଥିପାଇଁ ମୁଁ ବେଶ୍ ନିଶ୍ଚିନ୍ତ ଥିଲି । କିନ୍ତୁ ସିଏ ଆସିଲା ପରଠୁ ବହି ସାଙ୍ଗେ କେବେ ସମ୍ପର୍କ ରଖୁ ନଥିବା କେବଳ କ୍ଲାସରୁମ୍‌ରେ ପାଠଶୁଣି ପରୀକ୍ଷାର ଦୁଇ ତିନିଦିନ ଆଗରୁ ବହି ପଢ଼ି ସମସ୍ତଙ୍କୁ ପଛରେ ପକେଇ ଆଗକୁ ମାଡ଼ି ଯାଉଥିବା ମୋ ମନରେ ଏବେ ଶଙ୍କା ପଶିଲା । ଏଥର ମୁଁ ଟିକେ ସଚେତନ ହେଲି । ଖୁବ୍ ମନଦେଲି ପଢ଼ାପଢ଼ିରେ । ଯେମିତି ହେଉ ମୋ ଜାଗା ମତେ ବଜାୟ ରଖିବାକୁ ହେବ ।

ଡ. ବାସନ୍ତୀ ମହାନ୍ତି ❖ ୫୩

ହେଡସାରଙ୍କର ପ୍ରିୟ ଛାତ୍ରୀ ହେବାର ଲୋଭ ମୋର ବହୁତ ଥିଲା । ଅଥଚ ସେଇ ସାରଙ୍କ ପୁତୁରା ମୋର ପ୍ରତିଦ୍ୱନ୍ଦୀ । ଆବଶ୍ୟକତାଠୁ ଅଧିକ ପରିଶ୍ରମ ମୁଁ କରୁଥିଲି ସେଥିପାଇଁ । ତଥାପି ମୋ ମନର ଆଶଙ୍କା ଦୂର ହେଉନଥିଲା । କିନ୍ତୁ ଅର୍ଦ୍ଧବାର୍ଷିକ ପରୀକ୍ଷାରେ ମୋର ସବୁ ଡର ଭୟ ଛାଡ଼ିଗଲା । ଯଦିଓ ସେ ମଙ୍ଗୁ ଓ ଟୁଙ୍ଗାମାନଙ୍କୁ ଅତିକ୍ରମ କରି ଆସିଛି କିନ୍ତୁ ମୋଠାରୁ ଯଥେଷ୍ଟ କମ୍‌ ନମ୍ବର ରଖିଛି ।

ଆନନ୍ଦରେ ମୁଁ ଉତ୍‌ଫୁଲ୍ଲିତ ହୋଇଉଠିଲି । ଅର୍ଦ୍ଧବାର୍ଷିକ ପରୀକ୍ଷା ପରେ ସେ ଆଉ ମୋ ପାଇଁ ସୋରିଷ କିଆରୀର ପାଲ ଭୂତ ହୋଇ ନଥିଲା କି ଅପହଞ୍ଚ ତାଳଗଛ ହୋଇ ନଥିଲା । ସେ ଏବେ ପୁରାପୁରି ମୋ ହାତ ପାହାନ୍ତାର । ତା ପାଇଁ ମୋର ଆଉ ନ୍ୟୁନବୋଧତା ନଥିଲା । ବରଂ ମୁଁ କେତେବେଳେ କେମିତି ପଦେ ଅଧେ କଥାହେଲେ ସେ ସଙ୍କୋଚେଇ ଯାଉଥିଲା ତ ଆଉ କେତେବେଳେ କୃତଜ୍ଞତାରେ ବତୁରି ଯାଉଥିଲା । ପୁଣି କେତେବେଳେ ଲାଜରେ ଢାଉଁଳି ପଡୁଥିଲା । ସହଜେ ଲାଜକୁଲା ପିଲାଟା, ତା ସଙ୍ଗେ ସେ ମୋ ସହ କଥା ହେବାର ଆବେଗକୁ ଲୁଚେଇ ପାରୁନଥିବା ମୁଁ ଅନୁଭବ କରୁଥିଲି । ଯଦିଓ ସେ କେବେ ମୋ ମୁହଁକୁ ଚାହେଁ ନାହିଁ, କାନ୍ଥକୁ ବାଡ଼କୁ ଚାହିଁ କଥା ହେବା ପରି କଥା ହୁଏ । ତଥାପି ଖୁବ୍‌ ଉତ୍‌ଫୁଲିତ ହୋଇ କଥା ହୁଏ ମୋ ସହ । ଷଷ୍ଠ ଶ୍ରେଣୀର ବାର୍ଷିକ ପରୀକ୍ଷାରେ ବି ବେଶୀ କିଛି ନୂତନତା ପରିଲକ୍ଷିତ ହେଲାନାହିଁ । ମଙ୍ଗୁ ଓ ଟୁଙ୍ଗାଙ୍କ ସହ ସେ ରହିଗଲା ପଛରେ, ମୁଁ ପ୍ରଥମ ହେଲି । ମୋ ଆତ୍ମବିଶ୍ୱାସ ଆହୁରି ବଢ଼ିଗଲା ।

ସପ୍ତମ ଶ୍ରେଣୀକୁ ଆମେ ସମସ୍ତେ ଉଠିଲୁ । କ୍ଲାସ ମନିଟର ହେବାପାଇଁ ନିର୍ବାଚନ ହେଲା । ନିୟମ ଦୃଷ୍ଟିରୁ କ୍ଲାସରେ ପ୍ରଥମ ହେଉଥିବା ପିଲା ହିଁ ମନିଟର ହେବ । ଝିଅ ହେଉ କି ପୁଅ । ଆମ ଆଖି ଦେଖଣ୍ତରେ ଆମ ସ୍କୁଲରେ କୌଣସି ଝିଅ ମନିଟର ହେବାର ଦୃଷ୍ଟାନ୍ତ ନଥିଲା । ଅର୍ଥାତ୍‌ ଝିଅମାନେ କେବେ କ୍ଲାସରେ ଫାଷ୍ଟ ହେଇନଥିଲେ । କିନ୍ତୁ ସେହିବର୍ଷ ଗୋଟାଏ ନୂଆ ପରମ୍ପରା ସୃଷ୍ଟି ହେଲା । ପ୍ରଥମ ମନିଟର ହେଲି ମୁଁ । ପ୍ରିୟ ହେଡସାର୍‌ ହିଁ ମୋତେ ନିର୍ବାଚନ କରିଥିଲେ ।

ଦ୍ୱିତୀୟ ମନିଟର ହେବାପାଇଁ ପିଲାମାନଙ୍କ ଆଡୁ ଆସେ ପ୍ରସ୍ତାବ । ହଠାତ୍‌ କ'ଣ ଭାବିଲି କେଜାଣି ! ଆଉ କେହି କିଛି କହିବା ପୂର୍ବରୁ ମୁଁ ଠିଆହୋଇ ତା ନାଁଟା ପ୍ରସ୍ତାବ କରିଦେଲି । ସେ ସମୟରେ ଜଣେ ଝିଅ କ୍ଲାସରେ ଠିଆ ହୋଇ

ଗୋଟିଏ ପୁଅର ନାଟିଏ ଉପସ୍ଥାପନ କରିବା ଖୁବ୍ ଗୋଟାଏ ଦୁଃସାହସିକ କାମ ଥିଲା । ମୋତେ କିନ୍ତୁ ଏଇଟା ଆଦୌ ଦୁଃସାହସିକ କାମ ବୋଲି ଲାଗୁ ନଥିଲା । ସମସ୍ତଙ୍କ ମୁହଁରେ ରୁପା ଗୁଞ୍ଜରଣ । ଝିଅ ଗୁଡ଼ାକ ମୁଣ୍ଡ ତଳକୁ କରି କିଛି କଥାବାର୍ତ୍ତା ହେବା ବେଳକୁ ପଛ ବେଞ୍ଚରେ ପିଲାମାନେ କରତାଳି ଧ୍ୱନି ଦେଲେ । ହେଡ଼ସାର ସେ ସବୁକୁ ନିୟନ୍ତ୍ରଣ କରି ତା ନାଁକୁ ଦ୍ୱିତୀୟ ମନିଟର ରୂପେ ଘୋଷଣା କଲେ । ସେ ବି ସେଦିନ ମୋ ପ୍ରସ୍ତାବ ଉପରେ ଖୁବ୍ ଖୁସି ଥିବାର ମୁଁ ଅନୁଭବ କରିଥିଲି । ସେ ତାର ସ୍ୱଭାବ ସୁଲଭ ଲଜ୍ଜାବନତ ଦୃଷ୍ଟିରେ ମୋତେ ଥରେ କଣେଇ ରୁହିଁଦେଇ ତାର କୃତଜ୍ଞତା ଜ୍ଞାପନ କରିବା ମୋ ଦୃଷ୍ଟିରୁ ଏଡ଼ିଯାଇ ନଥିଲା ।

ତା' ପରଠାରୁ ଆମେ ଦୁହେଁ ଟିକେ ଘନିଷ୍ଠ ହୋଇ ଆସୁଥିଲୁ । ତାଙ୍କ ଘରେ ଗୁଡ଼ାଏ ଗପ ବହି ଥିଲା । ସେ ଘରେ ସମସ୍ତଙ୍କୁ ଲୁଚେଇ ଆଣି ମୋତେ ପଢ଼ିବାକୁ ଦେଉଥିଲା । ପ୍ରତି ବଦଳରେ ମୁଁ ଆମ୍ବ, ପିଜୁଳି, କରମଙ୍ଗା, ଜାମୁକୋଳି ଏବଂ ବର୍ଷସାରା ଯାହା ଆମ ବାଡ଼ିରେ ହେଉଥିଲା ଲୁଚେଇ ଲୁଚେଇ ତାକୁ ଆଣି ଦେଉଥିଲି । ଏଇଥିରେ ଥିଲା ଆମର ସମ୍ପର୍କ । ସେ କେତେବେଳେ ଆମ ଘରକୁ ଆସୁଥିଲା ତ ଆଉ କେତେବେଳେ ଆମ ତଳବାଡ଼ିର ରାସ୍ତା ସେପଟରେ ଠିଆ ହେଉଥିଲା ।

ହଠାତ୍ ଦିନେ ମୁଁ ଅନୁଭବ କଲି ତାର ବ୍ୟବହାର କେମିତି ଧୀରେ ଧୀରେ ଅସ୍ୱାଭାବିକ ହୋଇପଡୁଛି । ମୋ ସାମ୍ନାକୁ ସେ ଆସୁନାହିଁ । କେତେବେଳେ କେମିତି ମୋ ସାମ୍ନାରେ ପଡ଼ିଗଲେ ବିଭିନ୍ନ ଆଳ ଦେଖାଇ ସେ ଆଡ଼େଇ ହେଇ ଯାଉଛି । ମୋ ମୁହଁକୁ ଆଦୌ ରୁହୁଁନାହିଁ । ମୁଁ ବୁଝିପାରୁ ନ ଥିଲି ତାର କ'ଣ ହେଲା । ପରିସ୍ଥିତି ଦିନେ ଏମିତି ହେଲା ଯେ ଶେଷରେ ସେଥିପାଇଁ ତାକୁ ସାରଙ୍କ ଠାରୁ ମାଡ଼ ଖାଇବାକୁ ପଡ଼ିଥିଲା ଓ ମାଡ଼ ଖାଇବା ପରେ ସିଏ ବି ଅଭାବନୀୟ କାଣ୍ଡଟିଏ କରି ବସିଥିଲା । ସେ ଦିନ ମୋ ମନଟା ବି ଖୁବ୍ ଖରାପ ହୋଇଯାଇଥିଲା ।

ଖରାଦିନିଆ ସକାଳ ସ୍କୁଲ ପରେ ଆମର କୋଚିଙ୍ଗ୍ କ୍ଲାସ ହୁଏ ଉପରବେଳା । ସେତେବେଳେ ଆଜିକାଲି ପରି ଟିଉସନର ଚଳଣି ଏତେ ନ ଥିଲା । ଶିକ୍ଷକମାନେ ଉତ୍ସର୍ଗୀକୃତ ହୋଇ ଛାତ୍ରଛାତ୍ରୀମାନଙ୍କୁ ପାଠ ପଢ଼ାଉଥିଲେ ତାହା ପୁଣି ବିନା ପଇସାରେ । ସ୍କୁଲରେ ହୁଏ କୋଚିଙ୍ଗକ୍ଲାସ । ପାଠ ସବୁ ରିଭିଜନ ହୁଏ । ପ୍ରଶ୍ନୋତ୍ତର

ଡ. ବାସନ୍ତୀ ମହାନ୍ତି ❖ ୬୫

ଆଲୋଚନା ହୁଏ । ବାରମ୍ବାର ପରୀକ୍ଷା ହୁଏ । ସବୁଠାରୁ ମଜା ହୁଏ ସେଇଦିନ, ଯେଉଁଦିନ ସାର୍‌ ଆମକୁ ପୂର୍ବଦିନରୁ ପାଠଟିଏ ଦେଇଥା'ନ୍ତି ପଢ଼ି ଆସିବା ପାଇଁ । ପରଦିନ ଆମେ ସମସ୍ତେ ପ୍ରସ୍ତୁତ ହୋଇ ଯାଇଥାଉ । ପ୍ରଶ୍ନ ପଚରାଯାଏ, ଯେଉଁମାନେ ପ୍ରଶ୍ନର ଉତ୍ତର ଦେଇପାରନ୍ତି ନାହିଁ ସେମାନେ ଠିଆ ହୋଇ ରହନ୍ତି । ଠିକ୍ ଉତ୍ତର ଦେଇଥିବା ପିଲା ସମସ୍ତଙ୍କ କାନ ମୋଡ଼ି ଦୁଇ ଗାଲରେ ଚୁପୁଡ଼ା ଦେଇଥାଏ । ସେଦିନ କୌଣସି କାରଣରୁ ସବୁଦିନ ଅନ୍ୟମାନଙ୍କ କାନ ମୋଡୁଥିବା ଓ କେବେ ବି କାହାଠାରୁ କାନମୋଡ଼ା ଖାଇ ନ ଥିବା ମୋର ଉତ୍ତରଟି ଭୁଲ୍ ହୋଇଗଲା । ସେଇ ପ୍ରଶ୍ନର ଉତ୍ତରଟି ସିଏ ଦେଇ ଦେଲା । ସେ ମୋ କାନ ମୋଡ଼ିବା କଥା । କିନ୍ତୁ ଉତ୍ତରଟା ଦେଇ ସାରି ମୋ କାନ ମୋଡ଼ିବାପାଇଁ ସେ ଆସିଲା ନାହିଁ । ମୁଁ କାନମୋଡ଼ା ଖାଇବି ବୋଲି ସାରାକ୍ଲାସଟା ପିଲାଙ୍କ ମନ ଭିତରେ ପ୍ରଚୁର ଆନନ୍ଦ । ଆଜି ମୋର ଅହଂକାର ଭାଙ୍ଗିବ । ସମସ୍ତେ ଉପଭୋଗ କରିବେ ସେ ଦୃଶ୍ୟ । ଏମିତି ଗୋଟାଏ ମୁହୂର୍ତ୍ତକୁ ସଭିଏଁ ଉତ୍ସୁକ ହୋଇ ଅପେକ୍ଷା କରିଛନ୍ତି । ସେ କିନ୍ତୁ ଆସିଲା ନାହିଁ । ଇଂରାଜୀ ସାରଙ୍କ ଆଦେଶ ସତ୍ତ୍ୱେ । ସାର୍ ବିରକ୍ତ ହେଲେ । ଗାଲି ବି ଦେଲେ । ସେ ସେମିତି ତଳକୁ ମୁହଁ ପୋତି ଠିଆ ହୋଇ ରହିଲା । ଆଦୌ କର୍ଣ୍ଣପାତ କଲା ନାହିଁ ତାଙ୍କ କଥା । ଇଂରାଜୀ ସାର୍ ବହୁତ ରାଗି ବୋଲି ସମସ୍ତେ ଜାଣନ୍ତି । ରାଗିଗଲେ ଅଜ୍ଞାନ ହୋଇ ପିଟି ଚାଲନ୍ତି । (କହିବା ବାହୁଲ୍ୟ ସେତେବେଳେ ସ୍କୁଲ ସବୁ ଦଣ୍ଡ ମୁକ୍ତ ଅଞ୍ଚଳ ନଥିଲା । ପିଲାମାନେ ଘରେ ବି ଦୁଷ୍ଟାମି କଲେ ଅଭିଭାବକମାନେ ସ୍କୁଲକୁ ଆସି ଶିକ୍ଷକମାନଙ୍କ ଦ୍ୱାରା ଶାସ୍ତି ଦିଅନ୍ତି ନିଜ ପିଲାଙ୍କୁ ।)

ସାରଙ୍କ ଧୈର୍ଯ୍ୟଚ୍ୟୁତି ଘଟୁଥିଲା । ଶେଷରେ ସେ ଟେବୁଲ୍ ଉପରେ ଥିବା ଅମରି ବାଡ଼ିଟି ଉଠେଇ ଗୋଟାଏ ପାହାର ଦେଲେ ତାକୁ । ଆଉ ଗୋଟାଏ ପାହାର ବସେଇଲା ବେଳକୁ ସେ ଗୋଟାଏ ଅଭାବନୀୟ କାଣ୍ଡ କରି ବସିଲା । ସାରଙ୍କ ହାତରୁ ଅମରି ବାଡ଼ିଟା ଛଡ଼େଇ ଆଣି ମୋଡ଼ା ମୋଡ଼ି କରି ଭାଙ୍ଗି ଦେଲା ଏବଂ କ୍ଲାସରୁ ଦଉଡ଼ି ଦଉଡ଼ି ଚାଲିଗଲା ବାହାରକୁ । ତାର ଏ ବ୍ୟବହାର କେବଳ ଇଂରାଜୀ ସାରଙ୍କୁ ନୁହେଁ ପିଲାମାନଙ୍କୁ ବି ସ୍ତବ୍ଧ ଚକିତ କରିଦେବା ପାଇଁ ଯଥେଷ୍ଟ ଥିଲା । ସେ ମୋ କାନ ମୋଡ଼ିବ । କ୍ଲାସ ସାରା ପିଲା ମଜା ଉପଭୋଗ କରିବେ । ଏ ଉସ୍ଫାହ ହଠାତ୍ ଆତଙ୍କରେ ପରିଣତ ହୋଇଗଲା । ସମସ୍ତେ ଥରହର । ଇଂରାଜୀ

ସାରଙ୍କ ନା ଶୁଣିଲେ ଯେଉଁ ପିଲାମାନେ ଥରହର ହୋଇଯାଆନ୍ତି, ସେଇ ପିଲାମାନଙ୍କ ଆଗରେ ସାରଙ୍କୁ ତାର ଏ ବ୍ୟବହାରରେ ପୃଥିବୀ ଯେମିତି ଅଟକି ଯାଇଥିଲା ମୁହୂର୍ତ୍ତକ ପାଇଁ । ସାର୍ ଦିଶୁଥିଲେ ଏକାନ୍ତ ଅସହାୟ । ସାର୍ ଆଉ କ୍ଲାସ କଲେ ନାହିଁ, ନୀରବରେ ବାହାରକୁ ଚାଲିଗଲେ । କୋଚିଂ କ୍ଲାସ ହୋଇଥିବାରୁ ବେଲ୍ ବାଜିବାର ଆବଶ୍ୟକ ନ ଥିଲା । ସାରଙ୍କ ପରେ ପରେ ପିଲାମାନେ ମଧ ବାହାରିଗଲେ କ୍ଲାସରୁ । ତା ବହିପତ୍ର ମଞ୍ଚୁ ନେଇ ଦେଇଥିଲା ତାଙ୍କ ଘରେ ।

ପରୀକ୍ଷା ଆଉ ଅଳ୍ପଦିନ ଥିଲା । ଯେ ଯାହା ପଢ଼ାରେ ବ୍ୟସ୍ତ ରହିଲେ, ସେ ଆଉ ଆଦୌ ମୋ ମୁହଁରେ ପଡ଼ିଲା ନାହିଁ । ସେଦିନ ସେ କାହିଁକି ଏମିତି କାଣ୍ଟେ କରିବସିଲା, ମୁଁ ତାକୁ ପଚାରିବାକୁ ବହୁତ ଚେଷ୍ଟା କଲି, କିନ୍ତୁ ଆଉ ସେମିତି ସୁଯୋଗଟିଏ ମିଳିଲା ନାହିଁ । ଗୋଟାଏ ଅବ୍ୟକ୍ତ ପୀଡ଼ା ବହୁଦିନ ପର୍ଯ୍ୟନ୍ତ ମୋତେ ଆକ୍ରାନ୍ତ କରି ରଖିଥିଲା । ସେ ମୋ କାନ ମୋଡ଼ି ଥିଲେ ଯେତିକି ପୀଡ଼ା ଲାଗିନଥାନ୍ତା ନ ମୋଡ଼ିବାର ପୀଡ଼ା ମୁଁ ବେଶୀ ବେଶୀ ଅନୁଭବ କରିଥିଲି ସେହି ଦିନମାନଙ୍କରେ । ମୋ ଅହଂକାରକୁ ଖୁବ୍ ବାଧିଥିଲା । ମୋ ସ୍ୱାଭିମାନରେ ଆଘାତ ଲାଗିଥିଲା । ପରୀକ୍ଷା ସମୟରେ ତ ଯିଏ ଯାହାର ବ୍ୟସ୍ତତା ନେଇ ଆସୁଥିଲେ ଓ ପରୀକ୍ଷା ସରୁ ସରୁ ଚାଲି ଯାଉଥିଲେ । ମୁଁ ବି ସେ ସମୟରେ ତା କଥା ସଂପୂର୍ଣ୍ଣ ଭୁଲିଯାଇଥିଲି । ଭୁଲି ଯାଇଥିଲି ବୋଲି କହିଲେ ବୋଧହୁଏ ଭୁଲ୍ ହେବ । ଗୋଟାଏ ରୁଦ୍ଧ ଅଭିମାନରେ ମୁଁ ତା' ସହ ଆଦୌ କଥା ହେବି ନାହିଁ ବୋଲି ଠିକ୍ କରିନେଇଥିଲି । ସାନବେଳୁ ମୁଁ ଏମିତି ଏକଜିଦିଆ ଥିଲି, ଯାହା ସହ କଥା ହେବିନାହିଁ ବୋଲି ସ୍ଥିର କରୁଥିଲି ମୁଁ ସଂପୂର୍ଣ୍ଣ ନିରବ ରହିଯାଉଥିଲି । ସେଇ ଭାବରେ ମୁଁ ତା' ସହ କଥା ବନ୍ଦ କରି ଦେଇଥିଲେ ବି ଗୋଟାଏ ଉତ୍ପୀଡ଼କ ଜିଜ୍ଞାସା ବହୁଦିନ ପର୍ଯ୍ୟନ୍ତ ମୋତେ ଆବିଷ୍ଟ କରି ରଖିଥିଲା ।

ସେଦିନ ଥିଲା ଶେଷ ପରୀକ୍ଷା । ପରୀକ୍ଷା ହଲରେ ସିଟ୍ ଅଦଲ ବଦଲ ପକ୍ରିୟାରେ ମୋ ପାଖ ସିଟ୍‌ରେ ତା ସିଟ୍ ପଡ଼ିଯାଇଥିଲା । ମୋର ଭଲ ଭାବରେ ମନେ ଅଛି ସେଦିନର ସେକେଣ୍ଡ ସିଟିଂ ଥିଲା ଭୂଗୋଲ ପରୀକ୍ଷା । ସେ ବସିଥିଲା ମୋ ପାଖ ଧାଡ଼ିରେ । ପ୍ରାୟ ପାଖାପାଖି । ବେଲ୍ ବାଜିବାକୁ ଆଉ ଦଶମିନିଟ୍ ଅଛି ବୋଲି ସାର୍ ଘୋଷଣା କରି ସାରିଲେଣି । ସେ ତା ବେଞ୍ଚରେ ବସି ମୋ ଆଡ଼କୁ

ଟିକେ ଢୁଲି ପଡ଼ି କଲମର ପଛ ପଟେ ଟେବୁଲ୍‌କୁ ଠକ୍ ଠକ୍ କଲା ମୋ ଦୃଷ୍ଟି ଆକର୍ଷଣ କରିବା ପାଇଁ । ମୁଁ ମୋ ଖାତା ଉପରୁ ମୁହଁ ଟେକି ତା ମୁହଁକୁ ଚାହିଁଲି । ସେ ସେମିତି ତା ସୁନ୍ଦର ମୁହଁଟିରେ ଲାଜମିଶା ହସଟିଏ ହସି ଦେଲା । ଯେମିତି ପୂର୍ବଦିନ ମାନଙ୍କରେ ସେ ମୋ ମୁହଁକୁ କଣେଇ ଚାହିଁ ହସି ଦେଉଥିଲା । ମୋ ଭିତରେ ରୁଦ୍ଧ ଅଭିମାନ ଦୁଇକୂଳ ଖାଉଥିଲେ ସୁଦ୍ଧା ତା ସୁନ୍ଦର ମୁହଁରେ ସେ ହସଟାକୁ ଦେଖି ମୋ ଅଭିମାନ କୁଆଡ଼େ ଉଭେଇ ଗଲା । ମୁଁ ହସିଦେଲି ତା ହସ ଦେଖି । କିନ୍ତୁ ତା'ପରି ଲାଜୁଆ ହସ ନୁହେଁ । ସ୍ୱାଭାବିକ ଭାବରେ । ସେ ମୋତେ ରୂପ ରୂପ କରି ପଚାରିଥିଲା ପରୀକ୍ଷାରେ ପଡ଼ିଥିବା ତିନୋଟି ସଂକ୍ଷିପ୍ତ ପ୍ରଶ୍ନର ଉତ୍ତର । ମୋର ସ୍ମରଣଶକ୍ତି ଉପରେ ମୋର ଭରସା ନଥାଏ । ଗୁଡ଼ାଏ ପ୍ରସଙ୍ଗ ମୋର ମନେ ରହେ ନାହିଁ । ଥରେ ଦେଖିଥିବା ଲୋକମାନଙ୍କୁ ଆଉଥରେ ଦେଖିଲେ ମୁଁ ଚିହ୍ନିପାରେ ନାହିଁ । ମୋତେ ଅଚିହ୍ନା ଲାଗନ୍ତି । ଏଥିପାଇଁ ନିଜ ଲୋକଙ୍କ ପାଖରୁ ମୁଁ ଗାଳି ଶୁଣେ । କେହି କେହି ମୁଁ ମିଛ କହୁଛି ବୋଲି କହୁଥିବା ବେଳେ ସତ ଜାଣିଥିବା ବନ୍ଧୁମାନେ ମୋତେ ସମବେଦନା ଜଣାନ୍ତି । କିନ୍ତୁ କେଜାଣି କାହିଁକି ସେ ମତେ ସେଦିନ ଯେଉଁ ପ୍ରଶ୍ନ ତିନିଟା ପଚାରିଥିଲା ସେ ପ୍ରଶ୍ନ ଗୁଡ଼ାକ ମୋର ଏବେ ପର୍ଯ୍ୟନ୍ତ ସ୍ପଷ୍ଟ ମନେ ଅଛି । ସେଗୁଡ଼ିକ ଥିଲା ଏମିତି । ଉତ୍ତର ସହ ମୁଁ ଆପଣମାନଙ୍କ ସୂଚନା ପାଇଁ ଲେଖୁଛି । ସେ ଭିତରୁ ପ୍ରଥମଟି ଥିଲା ପୃଥିବୀର ଗଭୀରତମ ହ୍ରଦ– (ବୈକାଲ) ଆଉ ଗୋଟାଏ ହେଲା ଶୀତଳତମ ଜନବସତି ସ୍ଥାନ– (ଭର୍ଖୋୟାନ୍ସ୍କ) ଓ ପୃଥିବୀର ଦୀର୍ଘତମ ନଦୀ – (ନୀଲନଦୀ) । ସେ ପ୍ରଶ୍ନର ଉତ୍ତର ଗୁଡ଼ିକ ମୁଁ ତାକୁ ଦେଇଥିଲି ।

ସେଇଥିଲା ତା ସହ ମୋର ଶେଷ କଥାବାର୍ତ୍ତା । ପରୀକ୍ଷା ପରଦିନ ସେ ଚାଲିଗଲା ତା ବାପାଙ୍କ ପାଖକୁ । ତା'ସହ ମୋର ଆଉ ଦେଖା ହେଲାନାହିଁ । ତା'ପରେ ପାଠପଢ଼ା, ଚାକିରି ଓ ପିଲାଛୁଆ ସଂସାର । ସିଏ ବ୍ୟାଙ୍କରେ ଗୋଟାଏ ବଡ଼ ଅଫିସର ହେଇଛି ବୋଲି ଜାଣିଥିଲି । ମୁଁ ମୋର ଅଧ୍ୟାପନା ସାଙ୍ଗକୁ ଲେଖାଲେଖିରେ ସନ୍ତୁଷ୍ଟ ଜୀବନଟିଏ କାଟୁଥିଲି ।

ହଁ କହି ରଖୁଛି, ମଝିରେ ମଝିରେ ମୋର ଦେଖା ହୁଏ ଚୁଙ୍ଗା ସହ । ପିଲାଦିନର କଥା ଗପୁ ଗପୁ ଦିନେ ପଚାରି ଦେଲି ସେ କାହିଁକି ସେଦିନ ଏମିତି କଲା ? ମୋ କାନ ନ ମୋଡ଼ି ନିଜେ ସାରଙ୍କ ପାଖରୁ ମାଡ଼ ଖାଇଲା ଓ ସାରଙ୍କ ହାତରୁ ବାଡ଼ି ଛଡ଼େଇ ଭାଙ୍ଗିଲା ।

“ଆରେ ତୁ ଜାଣିନୁ କି ?”

“ମୁଁ ଆଶ୍ଚର୍ଯ୍ୟ ହେଇ କହିଲି କ’ଣ ?”

ସେ ଖୁବ୍ ଜୋର୍‌ରେ ହସିଲା । ହସି ହସି ବେଦମ୍ ହେଇ ଶେଷରେ କହିଲା, “ଆମେ ପରା ତାକୁ ତୋ ସାଙ୍ଗରେ ଯୋଡ଼ି ଚିଡ଼ଉଥିଲୁ । ସେଇଥି ପାଇଁ ଲାଜରେ ସେ ତୋ କାନ ମୋଡ଼ିଲାନି ।” “ଅଥଚ ସାରଙ୍କ ପାଖରୁ ମାଡ଼ ଖାଇଲା”, ମୁଁ ଗମ୍ଭୀର ସ୍ୱରରେ କହିଥିଲି- ଟିକେ ଅନ୍ୟମନସ୍କ ହୋଇଯାଇଥିଲି । ମୋ ମନର ନିଥର ହୃଦ ଚହଲି ଯାଇଥିଲା ତା’ପାଇଁ । କେବଳ ସେତିକି ନୁହେଁ ଗୋଟାଏ ଅଜଣା ପୁଲକରେ ମୁଁ ପୁଲକିତ ବି ହୋଇଗଲି । ସତେ ଯେମିତି ଚୁଙ୍ଗା ନୁହେଁ ସେ ଲାଜକୁଲା ପିଲାଟି ବସିଛି ମୋ ପାଖରେ । ତା ଲାଜୁଆ ଆଖିର ଭାଷା ମୁଁ ପଢୁଛି, ସେ ବତୁରି ଯାଉଛି ଲାଜରେ । ତା’ ଗୋରା ତକ୍ ତକ୍ ମୁହଁଟି ପାଟଳୀ ଫୁଲର ପାଖୁଡ଼ା ପରି ଲାଲ ହେଇଯାଉଛି ।

ମୋ ସହ ଏତେ ମିଶୁଥିବା ପିଲାଟା ହଠାତ୍ କାହିଁକି ଶେଷ ଆଡ଼କୁ ମୋ ସହ କଥାବାର୍ତ୍ତା ସୁଦ୍ଧା ବନ୍ଦ କରିଦେଲା, ତାର ରହସ୍ୟ ସେଇଦିନ ଉନ୍ମୋଚିତ ହୋଇଗଲା ମୋ ଆଗରେ । ମୁଁ କ୍ଲାସରେ ପ୍ରଥମ ହେଉଛି, ସବୁ ପ୍ରତିଯୋଗୀତାରେ ମୁଖ୍ୟ ଭାଗ ପୁରସ୍କାର ନେଇଯାଉଛି ବୋଲି ଈର୍ଷାରେ ସେ ମୋ ସହ କଥା ହେଉନି ବୋଲି ମୋର ଯେଉଁ ଧାରଣା ଥିଲା ତାହା ମୋ ମନ ଭିତରୁ ପୋଛି ହେବାପାଇଁ ଗୋଟାଏ ମୁହୂର୍ତ୍ତ ଲାଗିଲା ନାହିଁ । ସେଇଦିନ ମୋତେ ଅହରହ ଉତ୍ପୀଡନ କରୁଥିବା ଆଉ ଗୋଟାଏ ଜିଜ୍ଞାସାର ମଧ ଗ୍ରନ୍ଥି ମୋଚନ ହୋଇଥିଲା । ଶେଷ ପରୀକ୍ଷା ଦିନ ସେ ମୋତେ ଯେଉଁ ପ୍ରଶ୍ନ ତିନୋଟି ପଚରିଥିଲା ତାହା ସେମିତି କିଛି କଷ୍ଟ ପ୍ରଶ୍ନ ନଥିଲା । ପାଠ ବହି ବିଷୟବସ୍ତୁ ତଳେ ଯେଉଁ ପ୍ରଶ୍ନାବଳୀ ଦେଇଥାଏ ସେଇଠୁ ଆସିଥିଲା ପ୍ରଶ୍ନ । ସାଧାରଣ ପିଲାଟିଏ ବି ପରୀକ୍ଷା ପୂର୍ବରୁ ସେ ସବୁ ଘୋଷି ମନେ ରଖେ । ତା’ ପରି ମେଧାବୀ ପିଲାଟିର ଯେ ସେ ପ୍ରଶ୍ନର ଉତ୍ତର ମନେ ନଥିବ ଏକଥା ମୋତେ ଆଶ୍ଚର୍ଯ୍ୟ କରି ଦେଇଥିଲା । ପରେ ଅନେକ ଦିନ ପର୍ଯ୍ୟନ୍ତ ମୋ ମନକୁ ଗୋଟାଏ ପ୍ରଶ୍ନ ଆଦୋଲିତ କରୁଥିଲା । ସତରେ ସେ ଏତେ ସହଜ ପ୍ରଶ୍ନ ଗୁଡ଼ିକର ଉତ୍ତର ଜାଣିନଥିଲା ? ନା ଶେଷଥର ପାଇଁ ମୋ ସହ କଥାଟିକେ ହେବ ବୋଲି ସେ ପ୍ରଶ୍ନ ତିନୋଟି ପଚରିଥିଲା ? ସେଦିନ ଚୁଙ୍ଗା କଥାରୁ ପ୍ରାୟ ପଞ୍ଚସ୍ୱରି

ଭାଗ ଉତର ପାଇଯାଇଥିଲି । ମୋ ମନଟା ବି ଖୁବ୍ ଛଟପଟ ହେଇଥିଲା ସେଦିନ । ସେଇ ଛଟପଟ ପଣ ମୋ ଭିତରେ କୋଉଠି ନା କୋଉଠି ଲୁଚି ରହିଥିଲା ଆଜି ପର୍ଯ୍ୟନ୍ତ ।

ଏବେ ସେ ଆସୁଛି । ବ୍ୟାଙ୍କର ଉଚ୍ଚ ପଦାଧିକାରୀ ପଦରୁ ଅବସର ଗ୍ରହଣ କରି । ମୁଁ ବି ମୋ ଅଧ୍ୟାପନାରୁ ନିବୃତ୍ତି ନେଇ ସାରିଲିଣି । ତା ମୋ ମଝିରେ ଦୀର୍ଘ ପଚିଶ ବର୍ଷର ଦୁନିଆ ଠିଆ ହୋଇଛି । ତଥାପି କାହିଁକି ତା ଆସିବାର ସମ୍ବାଦରେ ମୋ ମନରେ ଏମିତି ଲକ୍ଷେ ପଦ୍ମ ଫୁଟିବା ପରି ମୁଁ ଅନୁଭବ କରୁଛି । ସେଇ ଲାଜକୁଳା ପିଲାଟି ଏବେ ଅଭିଜ୍ଞ ମଣିଷ । ସମାଜର ଜଣେ ପ୍ରତିଷ୍ଠିତ ବ୍ୟକ୍ତି । ଶୈଶବରେ ତା' ହୃଦୟରେ ଅଙ୍କୁରିତ ହେଇଥିବା ଯେଉଁ ଅମୃତ କଣିକାଟିକୁ ସେ ସମସ୍ତଙ୍କ ଦୃଷ୍ଟି ଅଗୋଚରରେ ଲୁଚେଇ ରଖିବାକୁ ଚେଷ୍ଟା କରିଥିଲା ତାହା କ'ଣ ଅକ୍ଷୁଣ୍ଣ ହୋଇ ରହିଥିବ ସେମିତି ? ମୋ ପରି ସିଏ କ'ଣ ସାଇତି ରଖିଥିବ ତାକୁ ? ? ଶୈଶବର ସେଇ ନିଷ୍ପାପ ଚମ୍ପାଫୁଲର ସଙ୍କୁଚିତ ମହକ ଟିକକ ଯାହା ଏବେ ଲକ୍ଷେ ଚମ୍ପାଫୁଲ ହେଇ ମହକେଇ ଦେଉଛି ମୋ ଉତର ଜୀବନକୁ ? ? ?

❑❑❑

ମୋ କେଶବତୀ ବୋଉ

ବୋଉକୁ ଦେଖୁ ଦେଖୁ ମୁଁ ହତ୍‍ବାକ୍‍ ହୋଇଗଲି । ମୋ କେଶବତୀ ବୋଉ ଆଉ କେଶବତୀ ହୋଇନଥିଲା । ସିଏ ଶୋଇଥିଲା । ନିଦରେ ନୁହେଁ । ତା ଦୁଇ ଆଖି ବନ୍ଦ ଥିଲା । ତା ବାଁ ହାତର ଦୁଇ ଆଙ୍ଗୁଳିରେ ତା ମୁହଁ ଉପରକୁ ଝୁଲି ପଡ଼ିଥିବା ସାପ ଜିଭ ପରି କେଇ କେରା କେଶକୁ ଅନ୍ୟ ମନସ୍କ ଭାବରେ ସେ ସାଉଁଳୁଥିଲା । କଳା ମେଘ ପରି ପିଠିଏ କେଶ ଥିଲା ତାର ଜୀବନ ଠୁ ବଳି ପ୍ରିୟ । ସେଇ କେଶ ଗୋଛାକ ପାଇଁ ସେ ଆଖ ପାଖ ଦଶଖଣ୍ଡି ଗାଁରେ ଥିଲା ବହୁଚର୍ଚ୍ଚିତା । ସିଏ ଯେତେବେଳେ ପ୍ରଥମେ ବୋହୂ ହୋଇ ଆମ ଗାଁକୁ ଆସିଥିଲା, ତାର କେଶ ବିନ୍ୟାସ ଆମ ଗାଁର ଝିଅ ବୋହୂକୁ ମୁଗ୍‍ଧ କରିଥିଲା । ତା' ବାପ ଘର ଗାଁର ଝିଅବୋହୂଙ୍କ କେଶ ବନ୍ଧନ କଳା କୌଶଳକୁ ସେମାନେ ବହୁତ ତାରିଫ କରିଥିଲେ । କିନ୍ତୁ ତା'ଠାରୁ ଅଧିକ ତାରିଫ ଯୋଗ୍ୟ ଥିଲା ଶ୍ରାବଣ ଆକାଶ ପରି ତାର ଆଜାନୁଲମ୍ବିତ ଘନକୃଷ୍ଣ କେଶରାଶି । ବିଭିନ୍ନ କିସମର ଗୋଛାଏ କ୍ଲିପ୍, ରୂପାର ମୁଣ୍ଡକଣ୍ଟା, ଫୁଲ, ଝୁମୁକା ଓ ଝୁଲଣି ମାନ ଦେଇ ତା କବରୀ ସଜାହେଇଥିଲା । ସବୁକେଶ ଗୁଛକୁ ଏକତ୍ର କରି ମୂଳରୁ ବାନ୍ଧି ଦିଆଯାଇଥିଲା । ଝୁଲି ରହିଥିବା କେଶକୁ ଅଲଗା ଅଲଗା କରି ସେଥିରେ କଳା କଳା ନାଗ ଛୁଆ ପରି ଗୁଡ଼ାଏ ଛୋଟ ଛୋଟ ବେଣୀ

କରାଯାଇଥିଲା । ପୁଣି ସେହି ବେଣୀ ସବୁକୁ ଏକତ୍ର କରି ଝୁପକଣ୍ଠା, ଗୁଳି କଣ୍ଠା, ଲୁହାକଣ୍ଠା, ରୂପା କଣ୍ଠା ଓ ଫୁଲ ଆଦି ଭଳି କି ଭଳି ଉପକରଣ ଖୋସା ହୋଇଥିଲା । ସେଇ ଖୋସା ମାଝିରେ ବିଭିନ୍ନ ରଙ୍ଗବେରଙ୍ଗର ପଥର ଖଞ୍ଜା ହୋଇଥିବା ରୂପାର ବଡ଼ ଓଡ଼ଫୁଲ ଓ ଝିରିପଟରେ ଛୋଟ ଛୋଟ ମଲ୍ଲାକଡ଼ି । ସବୁର ଉପରେ ଥିଲା ସଜମଲ୍ଲୀ ଫୁଲର ଗଜାର ହାର । ବୋହୂର କବରୀ ଖୋଲି ଦେବା ପାଇଁ ଆମ ଗାଁ ଝିଅମାନଙ୍କୁ ଦୁଇଘଣ୍ଟା କାଳ ନେଇଥିଲା । କେଶ ନୁହେଁ ତ ସତେ ଅବା ବର୍ଷଣ ମୁଖର ଘନ ବାଦଲଟିଏ । ତାର ଗୋରା ତକ୍ ତକ୍ ଚେହେରାକୁ ଏ ଘନ କେଶ ମେଘ ଦେହରେ ବିଜୁଲି ପରି ଝଟକୁ ଥିଲା ।

ଯେତେବେଳେ ଅଗଣାରେ ସପ ଖଣ୍ଟକରେ ବସେଇ ଗାଁ ଝିଅ ବୋହୂମାନେ ତା ଗଜରା ଖୋସା ଖୋଲୁଥିଲେ, ମୋ ଜେଜୀମା ଅଦୂରରେ ଠିଆ ହୋଇ ତା କେଶବତୀ ବୋହୂର ରୂପସମ୍ଭାର ଦେଖି ହୁଏତ ଉତ୍‍ଫୁଲ୍ଲିତ ହୋଇ ଉଠିଥିବ, କିନ୍ତୁ ମୋ ଦେଖାନ୍ତରେ ସେ କେବେ ବୋଉର କେଶଗୁଚ୍ଛକୁ ଭଲପାଇବା ମୁଁ ଦେଖିନାହିଁ । ବୋଉ କହୁଥିଲା, ତା' ବାହାଘର ପୂର୍ବରୁ ସେ ନିଜେ କେବେ ତା କେଶ ବିନ୍ୟାସ କରିନଥିଲା । ସେ ଦାୟିତ୍ୱ ଥିଲା ଆଈ ଓ ମାଈମାନଙ୍କର । ସେମାନେ ତା' ମୁଣ୍ଡ କୁଣ୍ଠେଇ ଦେଉଥିଲେ, ଖୋସା ପକେଇ ଦେଉଥିଲେ । ସିଠାଫଳ ଦେଇ ତା କେଶ ଧୋଇ ଦେଉଥିଲେ । ଆମ ଘରକୁ ଆସିବା ପରେ ବାହାଘର କୁଣିଆମାନେ ଯେତେଦିନ ଥିଲେ ବୋଉର ବେଣୀ ବନ୍ଧନ ପାଇଁ ସେମାନଙ୍କ ମଧ୍ୟରେ ପ୍ରତିଯୋଗିତା ଲାଗି ଯାଇଥିଲା । ବୋଉର କେଶ ସଜ୍ଜା ପର୍ବ ଆରମ୍ଭ ହୋଇ ଗଲା ତ ମହିଲାମାନଙ୍କ ମଧ୍ୟରେ ଉଲ୍ଲ୍‍ସିତ ଉତ୍ସୁକତାଟିଏ ବଢ଼ିଯାଉଥିଲା । ପ୍ରଦର୍ଶନୀ ଦେଖିଲା ପରି ଝିଅବୋହୂମାନେ ଯିଏ ଯେଉଁଠି ଥା'ନ୍ତୁ ପଛକେ ଧାଇଁ ଧପଡ଼ି ପହଞ୍ଚ ଯାଉଥିଲେ । ଅଗଣାରେ ସପ ପଡୁଥିଲା । ବୋଉ ଦୁଇ ପାପୁଲିରେ ଲୁଗାକାନିକୁ ତା ମୁହଁ ଉପରେ ପରଦା ପରି ଡ଼ାଙ୍କି ଧରୁଥିଲା । ତା' ପଛପଟେ ଦୁଇତିନି ଜଣ କୁଶଳୀ ମହିଲା ସେମାନଙ୍କ କଳା କୁଶଳତା ପ୍ରଦର୍ଶନ କରୁଥିଲେ । ଅନ୍ୟମାନେ ଦେଖଣାହାରୀ । କେହି କଳାକାର ମହିଲାମାନଙ୍କୁ ତାରିଫ କରୁଥିଲେ ତ ଆଉ କେହି କେଶ ରାଶିକୁ । ବୋଉ ଆମମାନଙ୍କ ଆଗରେ ଏଇ କଥା ମାନ ବାରମ୍ବାର ବଖାଣିଲା ବେଳେ ବେଶ୍ ପ୍ରଗଲ୍‍ଭ ହୋଇ ପଡୁଥିଲା । ଏଇ କେଶ ଗୋଛାକ ଯେ ତା' ପାଇଁ ପ୍ରଥମରୁ ସ୍ୱତନ୍ତ୍ର ମର୍ଯ୍ୟାଦା ଓ ପରିଚୟ ଦେଇଥିଲା ସେ କଥା ସେ ଅଙ୍ଗେ ଅଙ୍ଗେ ଅନୁଭବ

କରୁଥିଲା ।

        ବୋଉ କହୁଥିଲା – ଘରେ କୁଣିଆ ମେଟ୍‌ ଥିବାପର୍ଯ୍ୟନ୍ତ ତାର କେଶ
ହୋଇଥିଲା ପ୍ରଦର୍ଶନୀର ବସ୍ତୁ । ଅନ୍ୟମାନଙ୍କର ମନୋରଞ୍ଜନର ଉପାଦାନ । ଅନ୍ୟ
ମହିଲାମାନେ ତା' କେଶ ରାଶିକୁ ନେଇ ମତମନ୍ତବ୍ୟ ଦେବାବେଳେ ସେ ବେଶ୍‌
ଆମୋଦିତ ହେଉଥିଲା । କିନ୍ତୁ ସେ ଆମୋଦ ଆତଙ୍କରେ ପରିଣତ ହେବାପାଇଁ
ବେଶୀ ସମୟ ଲାଗି ନଥିଲା । ବାହାଘର କୁଣିଆ ଘରୁ ବିଦା ହୋଇଯିବା ପରେ
ବୋଉର ମୁଣ୍ଡବନ୍ଧା ମୁଣ୍ଡବିନ୍ଧାର କାରଣ ହୋଇଥିଲା ଜେଜୀମା ପାଇଁ । କାରଣ ସେ
ଦାୟିତ୍ୱ ଥିଲା ତାର । ପ୍ରଥମେ ପ୍ରଥମେ ସେ ଯେତେବେଳେ ତାର ମୁଣ୍ଡ ବାନ୍ଧି
ଦେଉଥିଲା, ବେଶ୍‌ ଆନନ୍ଦ ଉଲ୍ଲାସ ଓ ଉତ୍ସୁକତାର ସହ କରୁଥିଲା । ଗିନାଏ ବାସନା
ତେଲ ଧରି ପ୍ରଥମେ ଯେଉଁ ଦିନ ଜେଜୀମା ତା ମୁଣ୍ଡ ଖୋଲି ବସିଲା, ଲଣ୍ଠାଏ
କ୍ଷେପ ତା ମୁଣ୍ଡରେ ପକେଇ ଦେଲା । କାଳେ କାହାର ଦୃଷ୍ଟି ପଡ଼ିଯିବ । ଚିକ୍‌ଣ କରି
ମୁଣ୍ଡ ବାନ୍ଧି ସାରି ସବୁଦିନ ଖଣ୍ଡେ ଝାଉଁ କାଠି ଖୋସି ଦେଉଥିଲା । ଅପଦୃଷ୍ଟ
କଟିଯିବାପାଇଁ । ବୋଉର କେଶ ଗୁଚ୍ଛକୁ ନେଇ ସେ ବେଶ୍‌ ଖୁସିଥିଲା । ବୋଉ
ସବୁବେଳେ ମୁଣ୍ଡ ଖୋଲୁ ନଥିଲା । ଅନ୍ତତଃ ତିନି ଚ଼ରିଦିନକୁ ଥରେ ସେ ଖୋଲୁଥିଲା ।
ସେଦିନ ଜେଜୀମାର ଖୁସି କହିଲେ ନସରେ ।

        କିନ୍ତୁ ଜେଜୀମାର ଏ ସ୍ନେହ ସୋହାଗ ବେଶୀ ଦିନ ରହିଲା ନାହିଁ । ବୋଉଠୁଁ
ଶୁଣିଥିଲି, ତାର ପ୍ରଥମ ପିଲା, ଯାହାପରେ ମୁଁ ଆସିଥିଲି ଦୁନିଆକୁ, ତାରି ଏକୋଇଶିଆକୁ
ମାମୁଘରୁ ଆସିଥିବା ବେଭାର ମୋ ଜେଜୀମା ମନକୁ ଯାଇ ନଥିଲା । ଅନ୍ୟ କଥା
ଛାଡ଼ । ନାତି ପାଇଁ ଯେଉଁ ଚେନ୍‌ ଖଣ୍ଡକ ଆଣିଥିଲେ ସେଇଟା ପୁରା ନିଝାଁଲିଆ
ଥିଲା । ଏ ସବୁ ପ୍ରସଙ୍ଗ ନେଇ ମୋ ଅଜାଙ୍କ ସହ ତାର କ'ଣ ମନୋମାଲିନ୍ୟ
ହେଲା ଯେ ସେଥିରେ ସିଧାସଳଖ ଆକ୍ରାନ୍ତ ହେଲା ମୋ ବୋଉ । କଥା କଥାକେ
ବୋଉର ବାପଘରକୁ ଢିଙ୍ଗାସ ଦେଉଥିଲା । ସେଇ ରାଗରେ ତେଲ ଗିନା ଓ
ପାନିଆ ଧରି ମୋ ବୋଉ ମୁଣ୍ଡ ପାଖରେ ବସିବାବେଳେ ସେ ଗୁଣ୍ଡୁଗୁଣ୍ଡୁ ହୋଇ
କହୁଥିଲା, ଗୋଛାଏ ବାଲ ବଢ଼େଇ ଦେଇ ପଠେଇ ଦେଇଛି ମାଆ । ବୋପା
ପୋଇଲିଟାଏ ପଠେଇଲାନି । ଏଠି କିଏ ଦାସୀ ପୋଇଲି ଅଛି ଯେ ନିତିନିତି ମୁଣ୍ଡ
ବାନ୍ଧିଦେବ ! ବେଳେବେଳେ ମୁଣ୍ଡ ବାନ୍ଧି ଦେଉଥିବା ବେଳେ ବୋଉ ଟିକେ ଅନ୍ୟ

ଡ. ବାସନ୍ତୀ ମହାନ୍ତି ❖ ୬୩

ମନସ୍କ ହେଲେ ସେ ପଞ୍ଚରୁ ତା ଚୁଟିଧରି ଝିଙ୍କି ଝିଙ୍କି କରିଦେଉଥିଲା । ସବୁଠାରୁ ବଡ଼ କଥା ହେଲା, ବୋଉକୁ କେଶବତୀ କହି ଗାଁ ସାରା ଲୋକ ପ୍ରଶଂସା କରୁଥିବାବେଳେ ବାପାଙ୍କର ଜଣେ ଦୂର ସମ୍ପର୍କୀୟ ବିଧବା ପିଉସୀ ବୋଉକୁ ଦେଖି କହିଲେ ଯେ ସ୍ତ୍ରୀ ଲୋକମାନଙ୍କର ମୁଣ୍ଡରେ କୁଆଡ଼େ ବେଶୀ କେଶ ରହିଲେ ଅଶୁଭ । "ଏ ବାଳ ଗୁଡ଼ାକ ପରା କାଳ । ଏ ବୋହୂ ଆସିଲା ଦିନଠୁଁ ତମ ଘରେ କାଳ ପଶିଲା ଜାଣ ଭାଉଜ !" ସେଇ ମହିଲାଙ୍କ କଥାକୁ ଜେଜୀମା ବିଶ୍ୱାସ କରିଥାନ୍ତେ କି ନାଇଁ କେଜାଣି, ଦୁର୍ଯୋଗକୁ ବୋଉର ପ୍ରଥମ ପିଲାଟା ଆଷ୍ଟୁ ଲଗାଉଥିବା ବେଳେ, ଏମିତି ଢାଡ଼ା ହେଲା ଯେ, ଯେତେ ଯାହା ଔଷଧ ପତ୍ର କଲେ ବି ଭଲ ହେଲାନାହିଁ । ସେଇ ହଗଣା ହଗଣାରେ ସେ ଆଖି ବୁଜି ଦେଲା । ସେଇଦିନଠୁଁ ଜେଜୀମା ଆଖିରେ ମୋ ବୋଉର ଘନକେଶ ଗୁଡ଼ିକ ଅଘନ ଲାଗୁଥିଲା । ଏଇ କେଶ ଗୁଡ଼ାକ ଯେ ସବୁ ଅଶୁଭର କାରଣ ଏଇ ବଦ୍ଧମୂଳ ଧାରଣ ହୋଇଥିଲା ଜେଜୀମାର ।

ପ୍ରତି ଗୁରୁବାର ବୋଉ ମୁଣ୍ଡ ଧୋଉଥିଲା । ଆମ ମାମୁଁଘର ବାଡ଼ିରେ ଥିଲା ସିଠାଫଳ ଗଛଟିଏ । ପ୍ରତିବର୍ଷ ବର୍ଷଟାଯାକ ପାଇଁ ଆଇ ସିଠାଫଳ ଦିଏ । ସିଠାଫଳ ଛଡ଼ା ଅନ୍ୟ କେଉଁଥିରେ ମୁଣ୍ଡ ଧୁଏ ନାହିଁ ବୋଉ । ରାତିରେ ସେ ଫଳକୁ ବତୁରେଇ ଦିଏ । ସକାଳୁ ତାକୁ ବାଟି ମୁଣ୍ଡରେ ଲଗାଇ ଧୋଇଥାଏ । ଆମେମାନେ ବି ସେଇ ସିଠାଫଳରେ କେଶ ପ୍ରଖ୍ୟାଳନ କରୁଥିଲୁ । କିନ୍ତୁ ଏବେ ଭଲି କି ଭଲି ସାମ୍ପୁ ସାବୁନ୍ ବାହାରିଲା ପରେ ଆମେ ତାକୁ ଛାଡ଼ି ସାରିଲୁଣି । ହଁ, ବୋଉର ସେଇ କେଶପାଇଁ ଆଉ ଏକ ସଉକ୍ ଥିଲା । ସେ ଘରେ ମରାହୋଇଥିବା ନଡ଼ିଆ ତେଲ ଛଡ଼ା ଅନ୍ୟ କୌଣସି ତେଲ ବ୍ୟବହାର କରୁ ନଥିଲା । ସେ ସଉକ ଆଇ ଓ ଆଇ ଅନ୍ତେ ମାଇଁମାନେ ପୂରଣ କରୁଥିଲେ । ଏବେ କିନ୍ତୁ ଆମ ବାଡ଼ିରେ ନଡ଼ିଆ ଗଛ । କେବଳ ତାରି ନଡ଼ିଆ ତେଲ ସଉକୀ ପାଇଁ ବାପା ଆମ ବାଡ଼ିରେ ନଡ଼ିଆ ଗଛ ଲଗେଇ ଥିଲେ । ସେ ତା ମୁଣ୍ଡକୁ କେବେ ନୁଖୁରା କରୁ ନଥିଲା । ଆମମାନଙ୍କର ହେତୁ ପାଇଲା ଦିନଠୁଁ ଆମେ ଦେଖୁଛୁ; ସିଏ ତା' କେଶ ନିଜେ ବାନ୍ଧିବା ଅଭ୍ୟାସ କରିନେଇଥିଲା ।

ମଝିରେ ମଝିରେ ତା' ମୁଣ୍ଡରୁ କେଶ ଉପୁଡେ । ମୋ ସାନଭାଇ ଭଉଣୀଙ୍କ ଜନ୍ମ ପରେ ପରେ ମୁଁ ଦେଖିଛି ବୋଉ ମୁଣ୍ଡରୁ କେଶ ଝଡ଼ିବା । ମୁଣ୍ଡ କୁଣ୍ଡେଇଲେ

ପାନିଆ ଭର୍ତ୍ତି କେଶ । ସେ ବ୍ୟସ୍ତ ହୋଇପଡ଼େ । ବସିଲେ ଉଠିଲେ ଘରକୁ କେହି ଆସିଲେ, ସାନଠୁଁ ବଡ଼ ପର୍ଯ୍ୟନ୍ତ ସମସ୍ତଙ୍କ ପାଖରେ ସେଇ କେଶ ଝଡ଼ିବା କଥା କହେ । ଜେଜୀମା ମୁହଁ ମୋଡ଼ି କହେ, କେତେ ଅଭିଲା ହଉଛୁ ବା ! ଛୁଆ କ୍ଷୀର ଖାଉଛି, ବାଲ ତ ଝଡ଼ିବ । ବଲେ ବଲେ ଉଠିଯିବନି ! ବୋଉ ମନ ବୁଝେ ନାହିଁ । ଭିନ୍ନ ଭିନ୍ନ ଲୋକଙ୍କ ଠୁଁ ଭିନ୍ନ ଭିନ୍ନ ପରାମର୍ଶ ଗ୍ରହଣ କରେ । କେହି କହେ ନଡ଼ିଆ ତେଲରେ ମନ୍ଦାର କଢ଼ ପକେଇ ଲଗାଇବା ପାଇଁ । ମେଥିବାଟି ମୁଣ୍ଡରେ ଲଗାଇବା ପାଇଁ ବି କେହି କେହି କହନ୍ତି । କାଲେ ଏସବୁ ଉପରୁର କେଶ ଉପରେ ବିପରୀତ କ୍ରିୟା ସୃଷ୍ଟି କରିବ, ସେ କଥା ଚିନ୍ତା କରି ସେ ଆହୁରି ବ୍ୟସ୍ତ ହୋଇପଡ଼େ । ବାପା ତା ବ୍ୟସ୍ତତା ବୁଝନ୍ତି । ହୋମିଓପ୍ୟାଥିକ୍ ଔଷଧ ଆଣି ଦିଅନ୍ତି । କିଛି ମୁଣ୍ଡରେ ଲଗାଇବା ପାଇଁ ଆଉ କିଛି ଖାଇବା ପାଇଁ । ତାର ଉଜୁଡ଼ି ଯାଉଥିବା କେଶ ରାଶି ପୁଣି ବର୍ଷାରିତୁର ନବ ଦୁର୍ବାଦଲ ପରି କଅଁଲି ଉଠନ୍ତି । କର୍ଣ ମାଲେ ପଞ୍ଚ, ଅର୍ଜୁନ ମାଲେ ପାଞ୍ଚ ପରି ପୁଣି ସେ ଦୀର୍ଘ କେଶୀ ହୋଇଯାଏ ।

ତା ଜୀବନ କାଲ ଭିତରେ ଆମେ ଦେଖିଛୁ ତାର ଦୁଇଟି ଜିନିଷ ପ୍ରତି ଅତିଶୟ ଦୁର୍ବଲତା ଥିଲା । ଗୋଟିଏ ହେଲା ତାର କେଶ ରାଶି ଆଉ ଦ୍ୱିତୀୟ ଦୁର୍ବଲତା ହେଲା ତାର ସନ୍ତାନ । ଆମେ ଗୋଟିଏ ନୁହେଁ କି ଦୁଇଟା ନୁହେଁ ଭାଇଭଉଣୀ ମିଶି ସାତଜଣ । କିନ୍ତୁ ସମସ୍ତଙ୍କ ପ୍ରତି ତାର ସମାନ ଆସକ୍ତି, ସମାନ ଭଲପାଇବା । ସମସ୍ତେ ଯେମିତି ତା' ନୟନର ମଣି । କାହାର ଦେହ ଏତେ ଟିକେ ଖରାପ ହେଲେ ସେ ବିଚଲିତ ହୋଇପଡ଼େ । ଖିଆ ପିଆ ଭୁଲି ସେ ରାତି ରାତି ଉଜାଗର ହୋଇ ଜଗି ବସେ । ଯେମିତି ସେ ତା କେଶରାଶି ପାଇଁ ବ୍ୟସ୍ତ ହୋଇ ପଡ଼େ । ଆମ ଭାଇ ଭଉଣୀଙ୍କ ଭିତରେ ସାମାନ୍ୟତମ ମନୋମାଲିନ୍ୟକୁ ସେ ବରଦାସ୍ତ କରିପାରେ ନାହିଁ । ସମସ୍ତଙ୍କୁ ଜଡ଼େଇ ରଖିଥାଏ ସେ ତା ପଣତ କାନିରେ ।

ଏବେ ସେ ନିରିମାଖ୍ୟ ହୋଇ ପଡ଼ିଛି ଥ୍ୱାଟର ବେଡ଼୍‌ରେ । ତା ପୁଅଝିଅମାନଙ୍କ ମଧ୍ୟରେ ଜଣେ ଅଧେ ମରି ହଜି ବି ଗଲେଣି । ଆଉ ଯେତେ ଜଣ ଅଛନ୍ତି, ଯେତେ ଚେଷ୍ଟା କଲେ ବି ସେମାନଙ୍କ ମଧ୍ୟରେ ସୁସମ୍ପର୍କ ସ୍ଥାପନ କରିହେଉନାହିଁ । ଏଇ ଆଘାତଟା ସେ ସହ୍ୟ କରିପାରୁ ନଥିଲା । ଯଥେଷ୍ଟ ପୀଡ଼ା ଅନୁଭବ କରୁଥିଲା । ତା'

ଆଖିର ଲୁହ ଆମମାନଙ୍କର ଅହଂର ଲୌହ ପ୍ରାଚୀର ଭାଙ୍ଗିବାକୁ ଅସମର୍ଥ ଥିଲା । ତା'କୁ ସାନ୍ତ୍ୱନା ଦେବାପାଇଁ ବାପା ବି ନଥିଲେ ।

ଆମେ ଛଅ ସାତ ଭାଇ ଭଉଣୀଙ୍କୁ ସେ ଝାଲ ଛପର ତଳେ ତା ଛିଣ୍ଡା ପଣତରେ ଆବୋରି ରଖିଥିଲା । ସେଇ ମାଟି କାନ୍ଥ, ମାଟି ଚଟାଣ ଉପରେ ତା ସ୍ନେହ ମମତାର ରେଶମୀ ଡୋରରେ ଆମେ ସବୁ ଝଲମଲ୍ କରୁଥିଲୁ । ଆମକୁ ଗୋଟାଏ ସ୍ନେହ ସୂତାରେ ସେ ବାନ୍ଧି ରଖିଥିଲା । ଏବେ ଆଉ ସେ ମାଟି ଅଗଣା ନାହିଁ କି ଝାଲ ଛପର ନାହିଁ । ଇଟା ସିମେଣ୍ଟର କାନ୍ଥ, କଙ୍କ୍ରିଟ୍ ଛାତ, ଆଉ ମାର୍ବଲ ଚଟାଣ ଉପରେ ବି ଆମେ ତାର ଉପଯୁକ୍ତ ଯତ୍ନ ନେଇ ପାରିଲୁ ନାହିଁ । ସେ ନିରିମାଖ ହୋଇ ପଡ଼ିଛି । ବିଭିନ୍ନ ଆଳ ଦେଖାଇ ଆମେ ଆମର ଦାୟିତ୍ୱ ଓ କର୍ତ୍ତବ୍ୟକୁ ଏଡ଼େଇ ଏଡ଼େଇ ଝୁଲିଛୁ । ବୋଉ ପକ୍ଷାଘାତ ଗ୍ରସ୍ତ । ତାର ସେବା ସୁଶ୍ରୁଷା ପାଇଁ ଆମ ଭିତରେ ଛକା ପନ୍ଝା । କାହାର ଛୁଆପିଲାଙ୍କର ପରୀକ୍ଷା ତ କାହାର ସ୍ତ୍ରୀ କର୍ମଜୀବୀ । ଆଉ କାହାର ଘର ଛୋଟ । କାହାର ଘର ପାଖରେ ଡାକ୍ତରଖାନା ନାହିଁ । କାହାର ଝରି ଚକିଆ ଗାଡ଼ି ନାହିଁ, ଭଲ ମନ୍ଦରେ ବୋଉକୁ ଡାକ୍ତରଖାନା ନେବାପାଇଁ । ଥରେ ଆମେ କେହି ମନେ ପକେଇ ପାରିଲୁ ନାହିଁ ଯେ, ସେ ଏକା ଏକା କେମିତି ଆମ ସମସ୍ତଙ୍କ ପାଇଁ ଯମ ସାଙ୍ଗରେ ଯୁଝୁଥିଲା ।

ଏଥର ସେୟା ହିଁ ହେଲା । ଯାହା ହୁଏ ଅନ୍ୟ ହତଭାଗ୍ୟ ବାପା ମାଆଙ୍କର । ପୁଅ ବୋହୂ ବାଣ୍ଟି ନେଲେ ଜଣକା ତିନି ତିନିମାସ । ସେଇ ଭିତରୁ ମୁଁ ଝୁହିଁଲି, ମୁଁ ବୋଉକୁ ଆଣି ପାଖରେ ରଖିବି । ତାର ସେବା ସୁଶ୍ରୁଷା କରିବି । ମୁଁ ଭଲ ଭାବରେ ଜାଣେ, ବୋଉ ତା ବୋହୂମାନଙ୍କ ପାଖରେ ସନ୍ତୁଷ୍ଟ ନୁହେଁ । ମୋ ଇଚ୍ଛା ମୁଁ ମୋ ସ୍ୱାମୀଙ୍କୁ ଜଣେଇଲି । ସେ ବିରକ୍ତ ହୋଇ କହିଲେ ଏମିତି ଅବାନ୍ତର କଥା ଗୁଡ଼ାକ କାହିଁକି ତମ ମୁଣ୍ଡକୁ ଜୁଟେ ? ଘରେ ବାପା ବୋଉ ଅଛନ୍ତି, ସେମାନେ ବି ତ ଅଧା ରୋଗୀ । ତମେ ପାରାଲିସିସ୍ ପେସେଣ୍ଟକୁ ଘରକୁ ଆଣିବ । ତାଙ୍କ ପାଇଁ ସମୟ ଦେଇପାରିବ ନାହିଁ । ଏଠି ବେଶୀ ଅବହେଳିତ ହେବେ । ଶେଷରେ ତମ ଭାଇମାନେ ଆମକୁ ଦୋଷ ଦେବେ । ସବୁଠୁ ବଡ଼ କଥା ହେଲା, ତାଙ୍କର ପୁଅ ବୋହୂ ଥାଉଥାଉ ସେ କାହିଁକି ଝିଅ ଘରଟାରେ ଆଶ୍ରୟ ନେବେ ? ଲୋକେ କ'ଣ କହିବେ ?

ମୁଁ ବିସ୍ଫୋରଣ କଲାପରି କହିଲି, ସମସ୍ୟାଟା ଆମର । ଆମେ ଯାହା ସମାଧାନ କରିବୁ । ଏତ ଲୋକଙ୍କ କଥା କାହିଁକି ଉଠୁଛି । ସିଏ ଟିକେ କଣ୍ଠ ନରମ କରି କହିଲେ—ତମ ବୋଉ ଏଠିକୁ ଆସିବାକୁ ରାଜି ହେବେ ନାହିଁ କି ତମ ଭାଇମାନେ ତାଙ୍କୁ ଛାଡ଼ିବେ ନାହିଁ । ତା'ଛଡ଼ା ମୁଁ ତ ଘରର ମୁରବୀ ନୁହେଁ ନା । ବାପା ବୋଉ କାହିଁକି ରୁହିଁବେ ତମ ଘରର ରୋଗୀଟିଏ ଆସି ଆମ ଘରେ ଟ୍ରିଟ୍‌ମେଣ୍ଟ ହେଉ । ବରଂ ତମର ଯେତେବେଳେ ଇଚ୍ଛା ତମେ ଯାଥ, ତମ ବୋଉଙ୍କ ପାଖରେ ଦିନେ ଦି ଦିନ ରହି ସେବା ସୁଶ୍ରୂଷା କରି ଆସ । ପଇସା ପତ୍ର ବି ଯଦି କିଛି ଦରକାର ହୁଏ, ମତେ କୁହ, ସେଥିପାଇଁ ବି ମୁଁ ପ୍ରସ୍ତୁତ ଅଛି ।

ମୁଁ ଚିନ୍ତା କଲି, ସେଇ ପୁଅ ବୋହୂଙ୍କ ଅବହେଲା ରାଢ଼ଛାଡ଼ କଥା ବରଂ ସହି ହେବ । କିନ୍ତୁ ଜ୍ୱାଇଁ କିମ୍ବା ଝିଅର ଏତେଟିକେ ଅସନ୍ତୋଷ ତା ଛାତିରେ ଛୁରୀ ଋଲିଗଲା ପରି ହେବ । ନୀରବ ରହିବା ବ୍ୟତୀତ ମୋର ଉପାୟାନ୍ତର ନଥିଲା ।

ଯାହା ପାଖରେ ଥିଲେ ବି ମୁଁ ବୋଉକୁ ଦେଖିବାକୁ ଆସେ । ଆଠ ଦିନ ପନ୍ଦର ଦିନ ବ୍ୟବଧାନରେ । ସେ କିଛି ନ କହିଲେ ବି ମୁଁ ତା' ଅସହାୟତା ହୃଦ୍‌ବୋଧ କରେ । ମତେ ଦେଖୁ ଦେଖୁ ତା ଦୁଇ ଆଖିରୁ ଦୁଇ ଧାର ଲୁହ କାନ ପାଖକୁ ଗଡ଼ିଯାଏ । ଓଠ ଥରି ଉଠେ । ଗୁଡ଼ାଏ କଥା ଯେପରି ସେ କହିବାକୁ ରୁହେ । କିନ୍ତୁ କିଛି କହିପାରେ ନାହିଁ । ତାର ଯନ୍ତ୍ରଣା ଦେଖ ମୋ ଆଖିରୁ ଲୁହ ବୋହି ଆସିଲେ ବି ମୁଁ ତା' ଆଗରେ ଲୁହ ଗଡ଼ାଇବାକୁ ଦିଏ ନାହିଁ । ଭାଉଜମାନଙ୍କର ପୁରା ତାଗିଦ୍ । ଯେଉଁମାନେ ମାଆକୁ ଦେଖିବାକୁ ଆସୁଛନ୍ତି, ସେହି ଦିନ ହିଁ ଫେରି ଯାଆନ୍ତୁ । ରୋଗୀର ସେବା ସହ ଅତିଥିମାନଙ୍କ ସେବା ସେମାନେ କରିପାରିବେ ନାହିଁ । କଥା ପ୍ରସଙ୍ଗରେ ଗୋଟିଏ ଭାଉଜ ହିଁ ଏକଥା ମୋତେ କହିଥିଲା – ସେ କହୁ କହୁ ଏମିତି କହିଦେଇଥିଲା କି ଉଦ୍ଦେଶ୍ୟ ମୂଳକ ଭାବେ କହିଥିଲା କେଜାଣି । ସେ ଯେତେ ଅଟକେଇଲେ ମୁଁ ରହେ ନାହିଁ । ସେଇଦିନ ଯାଇ ସେଇ ଦିନ ଫେରିଆସେ ।

ଏଥର ବୋଉକୁ ଦେଖିବା ପରେ ମୋ ଛାତି ଭିତରୁ ଯେମିତି କଲିଜାଟା କେହି ଟାଣି ଓଟାରି ଛେଡ଼ିଆ ଦେବାପରି ଅନୁଭବ କଲି । ତାର ବାରହାତ ଲମ୍ବ କେଶ ବାର ଆଙ୍ଗୁଲିରେ ବି ନାହିଁ । ଯେଉଁ କେଶ କେରାକୁ ସେ ଏମିତି ଗଣ୍ଡିଧନ

କରି ରଖିଥିଲା, ତାହା ଯେ କେବେ ତା ପାଖରୁ ବିଚ୍ୟୁତ ହେବ, ଏକଥା ମୁଁ ସ୍ୱପ୍ନରେ ସୁଦ୍ଧା କଳ୍ପନା କରିନଥିଲି । କେମିତି ସେ ସହ୍ୟ କଲା ଏତେ ବଡ଼ ପୀଡ଼ା ? ମୋ ଆଖି ଛଳ ଛଳ ହୋଇଗଲା । ଝିଆରୀ ବବି କହିଲା – "ଅପା ! ଦେଖ । ଜେଜିମା ବବ୍‌କଟ୍‌ରେ କେତେ ସ୍ମାର୍ଟ ଦିଶୁଛନ୍ତି । ହି-ହି-ହି" ।

ମୁଁ ଶୁଖିଲା ହସଟିଏ ହସି ତାର ବବ୍‌କଟ୍ ଥିବା କେଶ ଗୁଚ୍ଛରେ ସସ୍ନେହ ପାପୁଲି ଚଳନା କରି କହିଲି – "ହଁ ଠିକ୍ ତୋ ପରି ସ୍ମାର୍ଟ ।"

ଭାଉଜ କହିଲା – "ଅପା ! ବୋଉଙ୍କ ମୁଣ୍ଡରେ ଉକୁଣୀ ସାଲୁ ବାଲୁ ହୋଇଗଲେ, କୁଞ୍ଚେଇ ହେଲାନି, ଜଟ ହୋଇଗଲା । ଗନ୍ଧ ବି ଛାଡ଼ିଲା । ପାନିଆ ପଶିଲାନି, ତମ ଭାଇ କହିଲେ ଚୁଟିତକ କାଟିଦେବା, ପରିଷ୍କାର ରହିବ ।"

ମୁଁ ନିରୁତ୍ସାହ କଣ୍ଠରେ କହିଲି । "ହଁ ଭଲ କଲ । କ'ଣ ଆଉ କରାଯାଇଥା'ନ୍ତା ? ମଇଳା ଜମି ଯଦି ଘା' ହୋଇଯାଇଥା'ନ୍ତା, ସେ ବି ଆହୁରି ଗୋଟିଏ ସମସ୍ୟା ହୋଇଥା'ନ୍ତା ।"

ବୋଉର ସ୍ୱାସ୍ଥ୍ୟରେ ଉନ୍ନତି ଘଟୁ ନଥିଲା । ସ୍ଥିର ରହୁଥିଲା । ଚଢ଼େଇ ଆଧାର ପରି ସେ ଖାଉଥିଲା । ଏତେ ସୁସ୍ଥ ସବଳ ଶରୀରଟା, ଛମାସ ଭିତରେ ସେ ସୁତା ଖିଅକରେ ରହିଲାଣି ।

ମୁଁ ତା ଖଟ ଧାରରେ ବସିଲି । ତା ଦେହରେ ହାତ ବୁଲେଇଲି । ସେ ତା କ୍ଲାନ୍ତ ଆଖିପତା ଟେକି ମୋତେ ଟିକେ ଚାହିଁଲା । ସେ ଚାହାଣୀ ଭିତରେ ଯେମିତି ଅୟୁତ ଅୟୁତ ଯୁଗର ବେଦନା ବାନ୍ଧି ହୋଇ ରହିଥିଲା । ସେ ପୁଣି ଆଖି ବନ୍ଦକଲା । ସେ ଆଖି ପତା ଆପେ ଆପେ ପଡ଼ିଗଲା କି ସେ ବନ୍ଦ କଲା ଜଣା ପଡ଼ିଲା ନାହିଁ । ସେ ତା ଦୁର୍ବଳ ଶିରାଳ ହାତରେ ମୋ ହାତକୁ ଚାପି ଧରିଲା । ମୁଁ ତା ମୁହଁକୁ ଚାହିଁଲି । ତା ଓଠ ଥରୁଥିଲା । ସେ କିଛି କହିବାକୁ ଚାହୁଁଥିଲା କହିପାରିଲା ନାହିଁ କି କହିବାକୁ ଚାହିଁଲା ନାହିଁ ଜାଣି ପାରିଲି ନାହିଁ । ତା ଡାହାଣ ହାତର ପାପୁଲିଟା କିନ୍ତୁ ସେମିତି ମୋ ବାହୁରେ ଜାବ ପଡ଼ି ଯାଇଥିଲା । ମୋ ବାହୁରୁ ତା ହାତଟା ଛଡ଼େଇବା ପାଇଁ ମୋତେ କେତେ ଯେ କଷ୍ଟ ହୋଇଛି ତାହା ଭଗବାନ ହିଁ ଜାଣନ୍ତି । ସେ ଯିବାର ଆଜିକୁ ଦଶ ବର୍ଷ ହେଲାଣି । ତଥାପି ସେ ମୋ ହାତର ଯେଉଁ ଅଂଶକୁ ଜାବୁଡ଼ି ଧରିଥିଲା, ତାକୁ ଚାହିଁଲେ ତା ଆଙ୍ଗୁଳି ଛାପ ଗୁଡ଼ିକ ସେମିତି ଜୀବନ୍ତ ଥିବା ପରି ଅନୁଭୂତ ହୁଏ ।

ବାପା ଝଳିଗଲା ପରେ ମୁଁ ବୋଉର ଶୂନ୍ୟକପାଳ ଦେଖିଥିଲି । ତା ଫୁଙ୍ଗୁଲା ହାତ ଦେଖିଥିଲି । ଧଳାଶାଢ଼ୀରେ ଆବୃତ ତାର ବୈଧବ୍ୟ ମତେ ବେଶ୍ ପୀଡ଼ା ଦେଇଥିଲା । କିନ୍ତୁ ମନକୁ ବୁଝେଇ ଦେଇଥିଲି । ଜୀବନର ସତ୍ୟ ଓ ସଂସାରର ନିୟମକୁ ମୁଁ ମାନିନେଇଥିଲି । କିନ୍ତୁ ମୋ କେଶବତୀ ବୋଉର କେଶହୀନ ରୂପକୁ ମୋ ହୃଦୟ ମନ କିମ୍ଵା ମସ୍ତିଷ୍କ କେହି ଅନୁମୋଦନ କରୁ ନଥିଲେ । ମୋତେ ଆଉ ମୁହୂର୍ତ୍ତେ ରହିବାକୁ ଇଚ୍ଛା ହେଲା ନାହିଁ । ବୋଉକୁ ରହିଁଦେଲା ବେଳକୁ ମୋର ଯେଉଁ କୋହ ଉଠୁଥିଲା ମୁଁ ତାକୁ ଅତି କଷ୍ଟରେ ଦମନ କରି ରଖିଲି । ଭଙ୍ଗା ମନ ନେଇ ଫେରି ଆସିଲି । ପଞ୍ଚ ଛଅ ଘଣ୍ଟାର ଯାତ୍ରା । କ୍ଲାନ୍ତ ହୋଇ ବସି ପଡ଼ିଲି । ଶାଶୁ ପଚାରିଲେ, ଏତେ ଶୀଘ୍ର ଫେରିଆସିଲୁ ଯେ ! ସମୁଦୁଣୀଙ୍କ ଦେହ କେମିତି ଅଛି ? ମୁଁ ତାଙ୍କ ମୁହଁକୁ ଚାହିଁଲି, ସେ କିଛି ଉତ୍ତର ଚାହୁଁଥିଲେ ମୋ ମୁହଁରୁ । ତାଙ୍କୁ କିଛି କହିବା ପୂର୍ବରୁ ମୋ ମୋବାଇଲ ଗର୍ଜି ଉଠିଲା । ଭୟାନିଟ୍ ବ୍ୟାଗଟା ଖୋଲି ଦେଖିଲି, ସାନ ଭାଇର ଫୋନ୍ । ଫୋନ୍ଟା ଅନ୍ କରୁ କରୁ ସେ ଭେଁ କିନା ରଡ଼ିଟାଏ ଦେଇ କହିଲା – ବୋଉ ଆଉ ନାହିଁ ଅପା !

ମୋ ହାତରୁ ଖସି ପଡ଼ିଲା ଫୋନ୍ ।

ପାପଧନ

ସାଲାଇନ୍ ଷ୍ଟାଣ୍ଡର ବୋତଲରୁ ଖସୁଥିଲା ବିନ୍ଦୁ ବିନ୍ଦୁ ସାଲାଇନ୍। ସୁନୀତାର ସତର୍କ ଦୃଷ୍ଟି ତାରି ଉପରେ ନିବଦ୍ଧ ଥିଲା। ଦୁଇଦିନର ଅକଥନୀୟ ଯନ୍ତ୍ରଣା ଭୋଗିବା ପରେ ବିଟୁ ଆଶ୍ୱସ୍ତିରେ ନିଦ୍ରା ଯାଇଛି। ସୁନୀତା ସାଲାଇନ୍ ବୋତଲ ଉପରୁ ଦୃଷ୍ଟି ଫେରାଇ ଆଣିଲା। ବିଟୁ କପାଳ ଉପରେ ପାପୁଲି ସ୍ପର୍ଶ ଦେଲା। ବିଟୁ ତାର କ୍ଲାନ୍ତ ଆଖିପତା ତୋଲି କିଛି ସମୟ ରହିଁଲା ଓ ପୁଣି ଶୋଇପଡ଼ିଲା ନିଶ୍ଚିନ୍ତରେ। ସତ୍ୟାନନ୍ଦ ପଶିଆସିଲା ଭିତରକୁ। ସେ ଚିନ୍ତିତ ଦିଶୁଥିଲା। ହାତରେ ଡାକ୍ତରଙ୍କ ପ୍ରେସ୍କ୍ରିପ୍ସନ୍ ଅନୁସାରେ ଔଷଧ ଓ କିଛି ଫଳ ଧରିଥିଲା।

ସୁନୀତା ଅସହାୟ କଣ୍ଠରେ କହିଲା – “ମୁଁ ବାପାଙ୍କ ପାଖକୁ ଫୋନ୍ କରୁଛି। ସିଏ ହୁଏତ କିଛି ସାହାଯ୍ୟ କରିବେ। ଆମେ ତାଙ୍କୁ ପରେ ସୁଝିଦେବା।” ସତ୍ୟାନନ୍ଦ ନିରୁତ୍ସବ୍ କଣ୍ଠରେ କହିଲା – “ନା ଥାଉ। ପେନ୍ସନ୍ ପଇସାରେ ସେ ଚଳୁଛନ୍ତି। ତାଙ୍କୁ କାହିଁକି ହଇରାଣ କରିବା? ବିଟୁର ଏକ୍ସିଡେଣ୍ଟ କଥା ଶୁଣିଲେ ସେମାନେ ବ୍ୟସ୍ତ ହେବେ।”

ବିଟୁର ଏକ୍ସିଡେଣ୍ଟ ହୋଇଛି ସ୍କୁଲରୁ ଫେରିଲା ବେଳେ। ମାରଣା ଷଣ୍ଢଟା ତା’ ସାଇକେଲ ସହ ତାକୁ ଶିଙ୍ଗରେ ଉଠେଇ ଗଡ଼େଇ ଦେଇଛି ରାସ୍ତାରୁ। ଭାଗ୍ୟ ବଳରୁ ବେଶୀ କିଛି କ୍ଷତି ହୋଇନି ବିଟୁର। ଦଲାଚକଟାରେ ତାର ଗୋଟାଏ

ଗୋଡ଼ ଜଙ୍ଘାପାଖରୁ ଭାଙ୍ଗି ଦି'ଖଣ୍ଡ ହୋଇଗଲା । ଅପରେସନ୍ କରିବାକୁ ପଡ଼ିଲା । ଚାଳିଶ ହଜାର ଟଙ୍କା ଆବଶ୍ୟକ । ପଇସା କଥା ବିଚାର କରିବାକୁ ତର ନଥିଲା । ପ୍ରଥମେ ଓ.ଟି.କୁ ନେଇଗଲେ ତାକୁ । ପଇସା ପୈଠ ନ କଲେ ରୋଗୀ ଡିସ୍‌ଚାର୍ଯ୍ୟ କରିବେନି ଡାକ୍ତର । ଏବେ ପଡ଼ିଛି ଭାଲେଣି ।

ସୁନୀତା ବ୍ୟସ୍ତ ହୋଇ କହିଲା – ଏତେ ଗୁଡ଼ାଏ ଟଙ୍କା ଦରକାର । କେଉଠୁଁ ଆଣିବ ? ବ୍ଲକ୍‌ଗ୍ରାଣ୍ଟ ପାଉଥିବା ପ୍ରାଇଭେଟ୍ କଲେଜରେ ଅଧ୍ୟାପନା କରେ ସତ୍ୟାନନ୍ଦ । ଦରମା ଗଣ୍ଟାକ ମାସ ଶେଷ ପର୍ଯ୍ୟନ୍ତ ଅଣ୍ଟେ ନାହିଁ । ଗାଁରେ ବାପା ବୋଉ ଓ ସାନ ଭଉଣୀଟିଏ ରହନ୍ତି । ସେମାନେ ବି ସତ୍ୟାନନ୍ଦର ରୋଜଗାର ଉପରେ ନିର୍ଭରଶୀଳ । ପରିବାରର ଆବଶ୍ୟକତାକୁ ଲକ୍ଷ୍ୟ କରି ସଂଧ୍ୟାରେ ୫ଟା ପିଲାଙ୍କୁ ଟିଉସନ ଧରିଛି । ତଥାପି ଚାଣ୍ଟୁଣ ହୁଏ । ନିଅଣ୍ଟିଆ ପଣ । ଗୋଟାଏ ଅଧେ ବାହାର ଖର୍ଚ୍ଚ ପଡ଼ିଗଲେ ନାକେଦମ୍ ହୋଇଯାଆନ୍ତି ଦୁହେଁ ।

ସତ୍ୟାନନ୍ଦକୁ ଅବିଚଳିତ ଦେଖି ଆଶ୍ଚର୍ଯ୍ୟ ହୋଇଯାଉଥିଲା ସୁନୀତା । ପୁରୁଷର ଆଶ୍ୱାସନା ନାରୀର ଦମ୍ଭ । ସୁନୀତା ନିଶ୍ଚିନ୍ତ ହେଲା, ନିଶ୍ଚୟ ସତ୍ୟାନନ୍ଦ କିଛି ବ୍ୟବସ୍ଥା କରିଥିବ । ହୁଏତ ଅଫିସରୁ ଆଡଭାନ୍ସ ବି ଆଣିଥାଇପାରେ ।

ସତ୍ୟାନନ୍ଦ ସବୁବେଳେ ଗମ୍ଭୀର । ନିହାତି ଆବଶ୍ୟକ ନହେଲେ ବେଶୀ କଥା ହୁଏନାହିଁ । ସୁନୀତା ଖୋଳିତାଡ଼ି କିଛି ପଚାରିଲେ ସେ ବିରକ୍ତ ହୁଏ । ନିଜ ଇଚ୍ଛାରେ ସେ ଯଦି କିଛି କହେ ତ ସେତିକି ଜାଣେ ସୁନୀତା । ନ ହେଲେ ନୁହେଁ । ପିଲାଦିନୁ ଏମିତି ନଥିଲା ସତ୍ୟାନନ୍ଦ । ସ୍କୁଲରେ ପଢ଼ିବାବେଳେ ତ ସେ ଶିକ୍ଷକ ଓ ସହପାଠୀଙ୍କ ମେଲରେ ଅତି ପ୍ରଗଲ୍ଭ ଥିଲା ଓ ସମସ୍ତଙ୍କର ପ୍ରିୟ ଥିଲା । ତାର ଭଲ ପାଠ ହେଉଥିଲା । ସମସ୍ତଙ୍କ ଭଲମନ୍ଦରେ ସେ ସହଯୋଗର ହାତ ବଢ଼ାଉଥିଲା । ସତ୍ୟାନନ୍ଦ ବଡ଼ ହେଲେ ନିଶ୍ଚୟ ବଡ଼ ଚାକିରି କରି ଗାଁର ନାଁ ରଖିବ, ବାପା ମାଆଙ୍କର ନାଁ ରଖିବ ଏ ଆଶା କରିଥିଲେ ସମସ୍ତେ । କିନ୍ତୁ ହେଲା ନାହିଁ । ପାଠ ପଢ଼ା ସାରି ଚାକିରି ପାଇଁ ଦଉଡ଼ି ଦଉଡ଼ି ବ୍ୟର୍ଥ ହେଲା । ଶେଷରେ ଏଇ ପ୍ରାଇଭେଟ୍ କଲେଜରେ ହିଁ ତା ଭବିଷ୍ୟତ ଝୁଲୁଥିଲା । ସେଇୟାକୁ ଆଶ୍ରା କରି ସେ ପଡ଼ିରହିଛି ଏ ପର୍ଯ୍ୟନ୍ତ । ସବୁ ସ୍ୱପ୍ନ ଆଶା କଳ୍ପନା ଧୂଳିସାତ୍ ହେଲା ପରେ ସେ ନା ଜୀବିକା ପ୍ରତି ଅନୁରକ୍ତ ହୋଇ ପାରୁଛି ନା ଜୀବନ ପ୍ରତି ଅନୁରାଗୀ ହୋଇପାରୁଛି । ଗାଁରେ ବାପ ମାଆ ଓ ବିବାହ ବୟସ ଅତିକ୍ରାନ୍ତ କରୁଥିବା ଭଉଣୀକୁ ଦେଖିଲେ ସେ ଦୁଃଖରେ

ଭାଙ୍ଗିପଡ଼େ । ବୟସ୍କ ଅବିବାହିତା ଝିଅଟି ଥିବାରୁ ବାପା ମାଆ ବି ଲଜ୍ଜାରେ କାହାକୁ ମୁହଁ ଦେଖେଇ ପାରୁନାହାଁନ୍ତି । ସେମାନେ ବି ଧୀରେ ଧୀରେ ସଂକୁଚିତ ହୋଇ ପଡ଼ିଲେଣି । ଘରୁ ଆଉ କୁଆଡ଼େ ବାହାରୁନାହାଁନ୍ତି ଲଜ୍ଜାରେ । ସେମାନଙ୍କ ସବୁଖବର ବୁଝିବାକୁ ହୁଏ ସତ୍ୟାନନ୍ଦକୁ । ସତ୍ୟାନନ୍ଦକୁ ନୀରବ ଦେଖି ସୁନୀତା ଆଉଥରେ ପଚାରିଲା – "କ'ଣ କରିବା ତେବେ ? ପଇସା ନ ପାଇଲେ ତ ଏଠୁ ବିଟୁକୁ ସେମାନେ ଡିସ୍‌ଚାର୍ଜ୍ କରିବେନି ।"

ବସିବା ଜାଗାରୁ ଉଠି ପଡ଼ିଲା ସତ୍ୟାନନ୍ଦ । ବିଟୁ ଉପରେ ସ୍ନେହର ଦୃଷ୍ଟିଟାଏ ଢ଼ାଲି ସେ ନୀରବରେ ବାହାରିଗଲା ବାହାରକୁ । ସୁନୀତା ଶୂନ୍ୟ ଦୃଷ୍ଟିରେ ରହିଁ ରହିଥିଲା ଦାରିଦ୍ର୍ୟ ସାଙ୍ଗରେ ଲଢ଼ି ଲଢ଼ି ଭଗ୍ନଜାନୁ ହୋଇଥିବା ସତ୍ୟାନନ୍ଦକୁ । ବାହାରେ ତା ମଟରସାଇକେଲ ସ୍ଟାର୍ଟ୍ କରିବାର ଶବ୍ଦ ଶୁଣିଲା ।

ସତ୍ୟାନନ୍ଦ ଗାଡ଼ି ସ୍ଟାର୍ଟ୍ କଲା ଓ ସିଧା ଘରମୁହାଁ ଧାଇଁଲା । କବାଟ ଖୋଲି ଘର ଭିତରକୁ ପଶିଲା । ସୁନୀତା ନାହିଁ, ତଥାପି ସତର୍ପଣରେ ସେ ନିଜ ଶୋଇବା ଘରକୁ ଗଲା ଓ ଚୁରିଆଡ଼େ ଥରେ ନିଘା କରିନେଲା । ନିଷିଦ୍ଧ କାର୍ଯ୍ୟଟିଏ କଲାପରି ସେ ଧୀରେ ଧୀରେ ଆଲମିରା ଖୋଲି ଲୁଗାପଟା ଭିତରେ ସୁନୀତା ଆଖି ଆଢ଼ୁଆଲରେ ରଖିଥିବା ୱାଲେଟ୍‌ଟିଏ ବାହାର କରି ଆଣିଲା । ତାକୁ ଖୋଲି କିଛି ସମୟ ଦୃଷ୍ଟି ସମ୍ମୁଖ ଧରି ରଖିଲା । ଟଙ୍କା ବିଡ଼ାକ ଯେମିତି ଥିଲା ସେମିତି ଅଛି । ତା ପାଖରେ ଏଟିଏମ୍ କାର୍ଡ ଓ ପଇସା ପଠାଇବାର ମିନିଷ୍ଟେଟ୍‌ମେଣ୍ଟ କାଗଜ ଖଣ୍ଡେ ବି ଥିଲା । ଆହା– ବିଟୁରା ଏଟିଏମ୍ କାର୍ଡରୁ ପଇସା ଉଠେଇ ନେଉଥିଲା ବୋଧହୁଏ । ଅସାବଧାନତା ବଶତଃ ଖସିପଡ଼ିଛି ତଳେ । ଗତମାସ ପ୍ରଥମ ସପ୍ତାହର କଥା । ଗାଡ଼ି ଅଟକେଇ ସତ୍ୟାନନ୍ଦ ସେଇଟିକୁ ଉଠେଇ ଆଣିଲା । ସେ ଉଠେଇ ନଥିଲେ ହୁଏତ ଯେ କେହି ବି ଉଠେଇ ନେଇଥାନ୍ତା । ଏ ଯୁକ୍ତି ସତ୍ୟାନନ୍ଦ ପାଇଁ ଯଥେଷ୍ଟ ଶକ୍ତି ଯୋଗାଇ ଥିଲା । ବିନା ଦ୍ୱିଧାରେ ସେ ତାକୁ ପକେଟ୍‌ରେ ରଖି ଗାଡ଼ି ସ୍ଟାର୍ଟ୍ କରିଥିଲା । ସେଇ ରାସ୍ତାରେ ଠିଆ ହୋଇ ୱାଲେଟ୍‌ଟିକୁ ଖୋଲି ଦେଖିବାକୁ ସାହସ କରି ନଥିଲା ସତ୍ୟାନନ୍ଦ । ଘରକୁ ଫେରି ସିଧା ସୁନୀତା ହାତରେ ତାହା ଧରେଇ ଦେଇଥିଲା । କୌତୁହଲ ହୋଇ ସୁନୀତା କହିଥିଲା – "ଏଇଟା କାହାର ?" ମତେ କାହିଁକି ଦଉଚ, ସତ୍ୟାନନ୍ଦ କହିଥିଲା – "ଖୋଲି ଦେଖ ।"

ଆଖି ଖୋସି ହୋଇ ଯାଇଥିଲା ସୁନୀତାର । ଏତେ ଗୁଡ଼ାଏ ଟଙ୍କା ? ଫଟୋଟିଏ ବି ଅଛି । ଫଟୋ ଖଣ୍ଡକ ଉଠେଇ ଆଣି ସୁନୀତା ଏପଟ ସେପଟ କଲା । ଆଉ ଫଟୋ ପଛରେ ଫୋନ୍ ନମ୍ବର ବି ଅଛି ।

କୋଉଠୁ ଆଣିଲ ଏଇଟା ?

ଗମ୍ଭୀର ହୋଇ କହିଲା ସତ୍ୟାନନ୍ଦ । ରାସ୍ତାରୁ ପାଇଲି ।

ସୁନୀତା ବ୍ୟସ୍ତ ହୋଇପଡ଼ି କହିଲା – "ଫୋନ୍ ନମ୍ବରଟା ତ ଅଛି, ତାକୁ ଫୋନ୍ କରିଦିଅ, ସେ ଆସି ତା ପଇସାଟା ନେଇଯାଉ ।"

ସତ୍ୟାନନ୍ଦ କହିଥିଲା – ଫଟୋ ଟା ଯେ ଏଇ ପର୍ସ ମାଲିକର । ସେମିତି କିଛି ଗ୍ୟାରେଣ୍ଟି ନାହିଁ । ଆମେ ସିଧା ସଲଖ ଯୋଗାଯୋଗ କଲେ ସେ ଅଧିକ କିଛି ଟଙ୍କା ଥିଲା ବୋଲି ବି ଦାବି କରିପାରେ । ମୁଁ କାଲି ଏଇଟା ପୋଲିସ୍ ଷ୍ଟେସନ୍‌ରେ ଦେଇ ଦେବି । ସେମାନେ ଉପଯୁକ୍ତ ସାକ୍ଷ୍ୟ ପ୍ରମାଣ ରଖି ଠିକଣା ଜାଗାରେ ପହଞ୍ଚେଇ ଦେବେ ଜିନିଷ । ଆମେ କାହିଁକି ସେ ଝାମେଲା ମୁଣ୍ଡେଇବା ?

ସତ୍ୟାନନ୍ଦର ବିଚାର ଓ କାର୍ଯ୍ୟକୁ କେବେ ଅସିଦ୍ଧ ଭାବିନାହିଁ ସୁନୀତା । ତାର ନିଷ୍ପତ୍ତିକୁ ଯଥାର୍ଥ ବୋଲି ସେ ଭାବିଲା । ୱାଲେଟ୍‌ଟି ଯେମିତି ଥିଲା ସେମିତି ସେ ବଢ଼େଇ ଦେଇଥିଲା ସତ୍ୟାନନ୍ଦ ହାତକୁ । ଦରଦୀ କଣ୍ଠରେ କହିଥିଲା – ଆହା – କି କାମପାଇଁ ବିଚରାଟି ପଇସା ଉଠେଇ ନେଇଯାଉଥିଲା । କେତେ ବ୍ୟସ୍ତ ହେଉ ଥିବ ଲୋକଟା । ତମେ କାଲି ଅଫିସ୍ ଗଲାବେଳେ ପୋଲିସ୍ ଷ୍ଟେସନ୍‌ରେ ନେଇ ଦେଇଦେବ ।

ସତ୍ୟାନନ୍ଦ କହିଲା – ହଉ ।

ତା'ପରଦିନ କି ଏକ ଜରୁରୀ କାମରେ ସେ ବ୍ୟସ୍ତ ରହିଲା ଯେ ଯାଇପାରିଲା ନାହିଁ ପୋଲିସ୍ ଷ୍ଟେସନ୍ । ଏମିତି ଗଡ଼ିଗଲା ଦୁଇ ଋତିଦିନ । ସେ ଇଚ୍ଛା କରି ଯାଉନଥିଲା କିମ୍ବା ସତକୁସତ କାମଗୁଡ଼ା ବେଶୀ ଗୁରୁତ୍ୱପୂର୍ଣ୍ଣ ଥିଲା, ସତ୍ୟାନନ୍ଦ ନିଜେ ବି ନିଜକୁ ବୁଝେଇ ପାରୁନଥିଲା ।

ସୁନୀତା ଥରେ ଅଧେ ସେ ବିଷୟରେ ପ୍ରଶ୍ନ କରିଥିଲା । ଅନ୍ୟ ପ୍ରଶ୍ନ ଗୁଡ଼ିକ ପରି ଏ ପ୍ରଶ୍ନର ଉତ୍ତର ବି ତା ଗାମ୍ଭୀର୍ଯ୍ୟର ଭଉଁରୀ ଭିତରେ ହଜିଯାଇଥିଲା । ଏ ଭିତରେ କଟିଗଲାଣି ଦୁଇମାସ ।

ଆଜି ପୁଣି ସେଇ ୱାଲେଟ୍ ହେଉଛି ସଙ୍କଟ ମୋଚନର ମାଧ୍ୟମ । ବିପଦର ବନ୍ଧୁ । ଏତେ ଗୁଡ଼ାଏ ଟଙ୍କା ଯୋଗାଡ଼ କରିବା ପ୍ରକୃତରେ ସତ୍ୟାନନ୍ଦ ପାଇଁ ଦୁଃସାଧ୍ୟ ଥିଲା । ଦୁଇଟି ପରିବାର ମୁହଁରେ ସ୍ୱଚ୍ଛନ୍ଦରେ ଦୁଇବେଳା ଦୁଇମୁଠା ଦାନା ଦେବାପାଇଁ ବି ମାସଶେଷ ବେଳକୁ ବେଳେବେଳେ ହାତ ଉଧାରୀ କରିବାକୁ ପଡ଼ୁଥିଲା ତାକୁ ।

ୱାଲେଟ୍ଟିକୁ ହାତରେ ଧରି ସେ ସୁନୀତା କଥା ଭାବୁଥିଲା । ତା କଥାରେ ପଡ଼ି ଯଦି ସେ ଏଇଟିକୁ ପୋଲିସ୍ ଷ୍ଟେସନରେ ଦେଇଦେଇଥାନ୍ତା ଏବେ ଏତେ ବଡ଼ ବିପଉିର କେମିତି ସାମ୍ନା କରିଥାନ୍ତା ? ଅପରେସନ୍ ବେଳେ ବି ଏଥରୁ ସେ ଦଶହଜାର ବାହାର କରି ନର୍ସହୋମ୍‍ରେ ଡିପୋଜିଟ୍ କରିଥିଲା । ସୁନୀତାକୁ ଏ ସମ୍ପର୍କରେ କିଛି କହିବା ଆବଶ୍ୟକ ମଣିନଥିଲା । ସତ୍ୟାନନ୍ଦ ବାକି ତିରିଶ ହଜାର ଟଙ୍କା ବାହାର କରି ନର୍ସହୋମ୍ ଆଡ଼େ ଛୁଟିଲା ।

ଅପରେସନ୍ ଭଲରେ ହୋଇଥିଲା । ବାକି ଥିବା ପଚିଶ ହଜାର ଟଙ୍କା ଡିପୋଜିଟ୍ କରିବାକୁ ପଡ଼ିଲା । ତା ସଙ୍ଗେ ସଙ୍ଗେ କିଛି ଔଷଧ ବି ଧରେଇ ଦେଲେ । ସପ୍ତାହେ ପର୍ଯ୍ୟନ୍ତ ଖାଇବାକୁ ପଡ଼ିବ । ସେଥିପାଇଁ ବି ହଜାର ବାରଶହ ଦେବାପାଇଁ ହେଲା । ରୁମ୍‍ରେଣ୍ଟ ସର୍ଭିସ୍ ଓ ଫୁଡ଼ିଙ୍ଗ୍ ବାବଦରେ ଏକ ହଜାର ଟଙ୍କା ଦେବାକୁ ପଡ଼ିଲା । ସତ୍ୟାନନ୍ଦ ପକେଟରେ ହାତ ମାରିଲା । ତଥାପି କିଛି ବଳକା ଅଛି । ପୁଅର ମାସଯାକ ପଥ୍ୟଖର୍ଚ୍ଚ ଚଳିଯିବ ।

ସତ୍ୟାନନ୍ଦ ଫେରି ଆସିଲା ।

ସୁନୀତା ସେମିତି ନିଦ୍ରିତ ପୁତ୍ରର କପାଳ ଉପରେ କର ସଂଚାଳନ କରୁଥିଲା । ସତ୍ୟାନନ୍ଦକୁ ଦେଖି ସେ ଉତ୍କଣ୍ଠାର ସହ କହିଲା - "କ'ଣ କିଛି ହେଲା ?"

ସତ୍ୟାନନ୍ଦ ସହଜ କଣ୍ଠରେ କହିଲା - "ହଁ, କ୍ଲିଅରାନ୍ସ କରିଦେଲି ।"

ସୁନୀତା–ଜିଜ୍ଞାସୁ ଦୃଷ୍ଟିରେ ସତ୍ୟାନନ୍ଦ ମୁହଁକୁ ଚାହିଁ କହିଲା କେତେ ପଡ଼ିଲା ?

"ସେଦିନ ଦଶହଜାର ଦେଇଥିଲି । ଏବେ ୨୮ ହଜାର ନେଲେ ।" ଆକାଶରୁ ଖସି ପଡ଼ିଲା ପରି ଅନୁଭବ କଲା ସୁନୀତା । "ଏତେ ଗୁଡ଼ାଏ ଟଙ୍କା ! କୋଉଠୁ ଆଣିଲ ? ମତେ ତ କହିଲନି ପଦଟେ ! ଆହୁରି ମୋ କଥାକୁ ଏଡ଼େଇ ଏଡ଼େଇ ଚାଲିଛ ? କିଏ ଦେଲା ଏତେ ଗୁଡ଼ାଏ ଟଙ୍କା ?"

ସତ୍ୟାନନ୍ଦ ବିରକ୍ତ ହୋଇ କହିଲା – "ତମକୁ କହିବି ?"

"ତମ ବୁଦ୍ଧିରେ ପଡ଼ିଥିଲେ ସର୍ବନାଶ ହୋଇଥା'ନ୍ତା । ପୁଅ ସେମିତି ଛୋଟା ହୋଇ ରହିଥାନ୍ତା ।"

ମୁଁ ସେତିକି ବୁଦ୍ଧିମାନର କାମ କରିଥିଲି ବୋଲି, ଆଜି ଏତେ ବଡ଼ ବିପଦର ସାମ୍ନା କରିପାରିଲି ।

ବିସ୍ମୟ ବିସ୍ଫାରିତ ନୟନରେ ସୁନୀତା ଚାହିଁଲା ସତ୍ୟାନନ୍ଦ ମୁହଁକୁ ! କ'ଣ କହୁଚି ସତ୍ୟାନନ୍ଦ ? କି ବୁଦ୍ଧିମାନର କାମ କରିଛି ସେ ? ମୁଁ କି ସର୍ବନାଶୀ ବୁଦ୍ଧି ତାକୁ ଶିଖାଉଥିଲି ? ବେଳକୁ ବେଳ ସୁନୀତା ଅସ୍ଥିର ହୋଇଯାଉଥିଲା ।

ସତ୍ୟାନନ୍ଦ ସୁନୀତାକୁ ଆଉ ବେଶୀ ଅନ୍ଧାର ଭିତରେ ରଖିବାକୁ ଚାହିଁଲା ନାହିଁ । ସୁନୀତା ସାମ୍ନାରେ ସତ୍ୟ ପ୍ରକାଶ ପାଇଁ ଯ଼ାଠାରୁ ବଳି ଆଉ ସୁଯୋଗ ମିଳିବ ନାହିଁ । ସେ ଛେପ ଢୋକି କହିଲା । "ସେଇ ଯୋଉ ପଇସାଟା ମୁଁ ପାଇଥିଲି । ତାକୁ ପୋଲିସ୍‌ର ଜିମା ଦେଇ ନଥିଲି । ସେଇଥିରେ କାମ ଚଳିଗଲା । ତମ ବୁଦ୍ଧିରେ ମୁଁ ଯଦି ତରବର ହୋଇ ସେ ପଇସାଟା ପୋଲିସ୍‌ ଷ୍ଟେସନ୍‌ରେ ଦେଇ ଦେଇଥା'ନ୍ତି, ଏବେ କେତେ ସମସ୍ୟା ହୋଇଥାନ୍ତା କହିଲ ? ଏତେ ଶୀଘ୍ର କୋଉଠୁ ଯୋଗାଡ଼ ହୋଇଥାନ୍ତା ଏତେ ଟଙ୍କା ? ପିଲାଟା ସାରା ଜୀବନ ଭୋଗିଥାନ୍ତା ।"

ସ୍ତବ୍ଧ ହୋଇଗଲ ସୁନୀତା । ତା' ନିଜ କାନକୁ ବିଶ୍ୱାସ କରୁନଥିଲା । ତା ହୃତ୍‌ ସ୍ପନ୍ଦନ ବନ୍ଦ ହୋଇଯିବା ପରି ଲାଗିଲା । ଏତେ ବଡ଼ ଧୋକା ? ଏପରି ଆଚରଣ ସେ ସତ୍ୟାନନ୍ଦ ଠାରୁ ଆଦୌ ଆଶା କରିନଥିଲା । ସତ୍ୟାନନ୍ଦର ମୁହଁ ଚାହିଁବାକୁ ତାର ଇଚ୍ଛା ହେଉନଥିଲା । ତାର କଣ୍ଠ ଅବରୋଧ ହୋଇଆସୁଥିଲା । ସେ ଗମ୍ଭୀର ଗଳାରେ କହିଲା – "ପଇସାଟା ଫେରେଇ ଦେଇଥିଲେ ହୁଏତ ଏତେ ବଡ଼ ଅଘଟଣ ଘଟି ନଥା'ନ୍ତା । ଏତିକି ଯନ୍ତ୍ରଣା ଭୋଗିବାକୁ ପଡ଼ିନଥାନ୍ତା ମୋ ପୁଅକୁ ।" ତା' ଆଖିରୁ ଗଡ଼ି ପଡ଼ିଲା ଦୁଇଧାର ଲୁହ ।

ସତ୍ୟାନନ୍ଦର ଚେତନ୍ୟ ଉଦୟ ହେଲା । ସେ ଆଖି ତଳକୁ କଲା । ବୋଧହୁଏ ସୁନୀତା ଠିକ୍‌ କଥା କହୁଛି ।

❑❑❑

କିନ୍ନର

ଚିନୁ ସ୍ତ୍ରୀ ରୁକର ପିଲା ସହ ଘରଛାଡ଼ି ରୁଲି ଯାଇଛି । ତାର ଯାହା ସୁନାରୂପା ଗହଣାଗାଣ୍ଠି ଥିଲା ସବୁ ନେଇଯାଇଛି । ମୁଣ୍ଡ ବାଡ଼େଇ ବାହୁନି ହେଉଚି ଚିନୁ ବୋଉ । ଘରେ ଚିନୁ ନାହିଁ । ରହୁଚି ଭୁବନେଶ୍ୱରରେ ।

ମୁଁ ଏମିତି କିଛି ଗୋଟାଏ ଆଶଙ୍କା କରୁଥିଲି । ସମ୍ବାଦଟା ମୋତେ ପୀଡା ଦେଲା ସତ କିନ୍ତୁ ବିସ୍ମିତ ହେଲିନାହିଁ । ବୋହୂଟାକୁ ମୁଁ ଆଦୌ ଦୋଷ ଦେଇପାରୁ ନଥିଲି । ବରଂ ତାକୁ ବାହାବା ଦେଉଥିଲି ମନେ ମନେ । ଏଇଥିପାଇଁ ଯେ ସେ ଆମ୍ଭହତ୍ୟା ନକରି ବେଶ୍ ସାହସିକ କାର୍ଯ୍ୟ କରିଛି । ସମାଜ ଅପନିନ୍ଦା ଦେଉ, ଶାଶୁ ଘର ଲୋକେ ଅଭିସମ୍ପାତ ଦିଅନ୍ତୁ ପଛେ ସେ କେମିତି ବଞ୍ଚିବ ସେ ନିଷ୍ପତ୍ତି ନିଜେ ହିଁ ନେଇଛି । ତା ଜୀବନକୁ ନେଇ ଯେଉଁମାନେ ସଉଦା କରୁଥିଲେ ସେମାନଙ୍କୁ ବ୍ରହ୍ମ ରୁପୁଥା ଦେଇଛି ।

ମୋ ସ୍ମୃତି ଫର୍ଦ୍ଦରୁ ଚେନାଏ ମୋ ଆଖି ଆଗରେ ଉଦ୍ଭାସିତ ହୋଇ ଉଠିଲା ।

ସେଦିନ ମୋ ହାତକୁ ମିଠା ପ୍ୟାକେଟ୍ ସହ ବାହାଘର ନିମନ୍ତ୍ରଣ ପତ୍ରଟି ବଢ଼େଇ ଦେଇ ଚିନୁ କହିଥିଲା – ୨୩ ତାରିଖରେ ଭୋଜି । ଲଫାପାଟାକୁ ଖୋଲୁ ଖୋଲୁ ମୁଁ ତାକୁ ପଚରିଲି କାହା ବାହାଘର ?

ସେ ସଲ୍‌ଜ କଣ୍ଠରେ କହିଲା, ଦେଖନ୍ତୁ !

ମୁଁ ଆଶ୍ଚର୍ଯ୍ୟ ହେଲି । ଚିନୁର ବାହାଘର ।

ମୁଁ ତା ମୁହଁକୁ ଚାହିଁଲି । ତା ମୁହଁରେ ମେଞ୍ଚାଏ କିଶୋରୀ ସୁଲଭ ହସ ଲେସି ହୋଇଥିଲା । ସେ ମୁହଁ ତଳକୁ କରିଥିଲା । ମୁଁ ଲଘୁ ହାସ୍ୟକରି କହିଲି ତୁ ବର ନା କନିଆଁ ? ମୋ ପ୍ରଶ୍ନର ଉତ୍ତରରେ ସେ କେବଳ ସ୍ମିତ ହାସ୍ୟଟିଏ ଦେଲା ।

ମୁଁ ଏଥର ଗମ୍ଭୀର ହୋଇ କହିଲି ତୁ ପରା ରେଜେଷ୍ଟ୍ରି ମ୍ୟାରେଜ୍ କରିଥିଲୁ ବୋଲି କହୁଥିଲୁ ? ପୁଣି ଥରେ କି ବାହାଘର ?

ସେ ଏଥର ସହଜ ହୋଇ କହିଲା, ମୋର ତ ଆଦୌ ଇଚ୍ଛା ନଥିଲା । ବାପା ବୋଉ ବାଧ୍ୟ କଲେ । ଘରେ ସବୁବେଳେ ଅଶାନ୍ତି ହେଲା । ମୁଁ ବାହାହେବାକୁ ରାଜି ନହେଲେ ବୋଉ ବିଷଖାଇବ ବୋଲି ଅଡ଼ି ବସିଲା । ତାକୁ ବି ମାଇଲଡ୍ ପାରାଲିସିସ୍ ଆଟାକ୍ କଲା । ତା ଦେହ ଭଲ ରହୁନି । ତା ପାଇଁ ଲୋକଟିଏ ଦରକାର ।

ତୋ ବୋଉ ସେବା କରିବାକୁ ତୁ ତାହେଲେ ବାହା ହେଉଛୁ ?

ସେ କହିଲା – ହଁ – ସେୟା ବୋଲି ଜାଣ ! ଆଉ ବେଶୀ କିଛି ବାକ୍ୟ ବ୍ୟୟ ନକରି ସେ ଚାଲିଗଲା । ହାତରେ ସମୟ କମ୍ ଥିଲା । ଅନ୍ୟ ଦିନପରି ଗାଁ କଥା ଗପିବା ପାଇଁ ସେ ମୋତେ ସମୟ ଦେଇପାରିଲା ନାହିଁ । ଗୁଡ଼ାଏ କାର୍ଡ ବଣ୍ଟିବାର ଥିଲା । ତାର ଏଇ ନିମନ୍ତ୍ରଣ ପତ୍ର ଖଣ୍ଡକ ମୋତେ ଅଜସ୍ର ଭାବନାର ଜାଲରେ ଛନ୍ଦି ଦେଲା ।

ଚିନୁ ଆମ ଗାଁ ପିଲାଟିଏ । ଲେଖା ଯୋଖାରେ ପୁତୁରା । ପାଠଶାଠ ତା ଦ୍ୱାରା ହେଲାନାହିଁ । ଗାଁରେ ବୁଲୁଥିଲା । ଗାଁ ଝିଅ ବୋହୂଙ୍କ ସାଙ୍ଗରେ ସାଙ୍ଗ । ସେମାନଙ୍କ ବୋଲହାକ କରିବା, ଝୋଟି ମୁରୁଜ ଦେବା, ପିଠାପଣା ତିଆରି କରିବା, ରଜ କୁଆଁରପୂର୍ଣ୍ଣିମା ଆଦି ଦିନମାନଙ୍କରେ ସେମାନଙ୍କୁ ଭିନ୍ନ ଭିନ୍ନ ଶୈଳୀରେ ଶାଢ଼ୀ ପିନ୍ଧାଇବା, କେଶ ସଜ୍ଜା କରାଇବା, ଚନ୍ଦନ ଟିପା କରିବା ପରି ଯାବତୀୟ ଝିଅମାନଙ୍କ କାମରେ ଧୁରନ୍ଧର । ଚିନୁ ମାଇଚିଆ ନାଁରେ ସେ ସମସ୍ତଙ୍କ ପାଖରେ ପରିଚିତ । ସେହି ନାଁରେ ସମସ୍ତେ ତାକୁ ଡାକନ୍ତି । ତାକୁ ଖରାପ ଲାଗେ କି ନାହିଁ କେଜାଣି ? ସେ ସେଥିପ୍ରତି କର୍ଣ୍ଣପାତ କଲାପରି ଜଣାପଡ଼େ ନାହିଁ । ବେଶ୍ ସ୍ନେହୀ ପିଲାଟ । କଥାରେ କିଶି ନେଇଯିବ ।

ମୋ ପୁଅ ଇଲୁ ଠାରୁ ଖରି ପାଞ୍ଚବର୍ଷରେ ବଡ଼ ହେବ । ମୁଁ ଗାଁକୁ ଗଲେ ସେ ତା ପାଖ ଛାଡ଼େ ନାହିଁ । ତାକୁ ନେଇ ଗାଁର ତୋଟା, ନଇପଠା, ମଠ ବିଲ ବଣ ବୁଲେଇ ଆଣେ । ତା ସାଙ୍ଗରେ ଇଲୁକୁ ଛାଡ଼ି ମୁଁ ନିଶ୍ଚିନ୍ତ ହୋଇ ରହେ । ଏମିତି ଦିନେ ଥଟ୍ଟାରେ କହୁ କହୁ ମୁଁ କହିଦେଲି – ତୁ ଯିବୁ ଆମ ସାଙ୍ଗରେ ? ଇଲୁ ପାଠ ପଢୁଛି ଭୁବନେଶ୍ୱରରେ । ତା ପାଖରେ ରହିବୁ । ସେ ଇଲୁ ସହ ଏତେ ଘନିଷ୍ଠ ହୋଇଯାଇଥିଲା ଯେ ସଙ୍ଗେ ସଙ୍ଗେ ରାଜି ହୋଇଗଲା । ସେତେବେଳେ ଆମେ ଦୁହେଁ ଭିନ୍ନଭିନ୍ନ ଜାଗାରେ ଖିକିରି କରୁଥିଲୁ । ଇଲୁ ପାଖରେ ତା ଜେଜେମା ଜେଜେ ବାପା ରହୁଥିଲେ । ମୁଁ ଚିନ୍ତା କଲି ମନ୍ଦ ନୁହେଁ, ପିଲାଟା ସବୁକାମ ଜାଣିଛି । ଇଲୁର ଯତ୍ନ ନେବ । ରୋଷେଇ କରିବ । ଅଧାରୁ ପାଠ ଛାଡ଼ିଛି । କୋଉଠି କେମିତି କିଛି ବ୍ୟବସ୍ଥା କରିଦେଲେ ତା ପାଠପଢ଼ା ବି ଜାରି ରହିବ । କହିବାକୁ ଗଲେ ମୁଁ ତା ସୁବିଧା ପାଇଁ ଯେତିକି ଭାବୁନଥିଲି, ସେ ଏଠୁ ଗଲେ ମୋର କ'ଣ ସୁବିଧା ହେବ, ସେଇକଥା ତଉଲି ବସିଲି । ତା ମା'ର ଆପତ୍ତି ନଥିଲା । ପିଲାଟା ଗାଁରେ ପଢ଼ିଛି, ସହରକୁ ଗଲେ ମୁହଁ ଫିଟିବ । ପାଠ ଦି ଅକ୍ଷର ପଢ଼ିବ ।

ବାହାର ଦୁନିଆ ଦେଖିନଥିବା ଚିନୁକୁ ମୁଁ ଧରି ଆସିଲି ଭୁବନେଶ୍ୱର । ଘରେ ପାଦ ଦେଉ ଦେଉ ଘରର ସବୁ ଦାୟିତ୍ୱ ଆପେ ସେ ମୁଣ୍ଡକୁ ନେଇଗଲା । ତା ସହ ନବମ କ୍ଲାସରେ ପଢୁଥିବା ମୋ ପୁଅର ଦାୟିତ୍ୱ । ବୟସ ତୁଳନାରେ ବେଶ୍ ପରିପକ୍ୱ ଥିଲା ଚିନୁ । ସବୁଠାରୁ ବଡ଼ କଥା ହେଲା, ସେ ଭଲ ରୋଷେଇ ଜାଣେ । ପ୍ରତିଦିନ ଭିନ୍ନ ଭିନ୍ନ ସ୍ୱାଦିଷ୍ଟ ବ୍ୟଞ୍ଜନ ତିଆରି କରି ସେ ଶାଶୁ ଶ୍ୱଶୁର ଓ ଇଲୁର ମନ କିଣି ନେଇଗଲା ।

ଖୁବ୍ କମ୍ ଦିନ ଭିତରେ ଚିନୁ ଆଉ ଗାଉଁଲି ମଫସଲୀ ଚିନୁ ହୋଇ ରହିଲା ନାହିଁ । ଭୁବନେଶ୍ୱର ଅବହାଓ୍ଵା ଭିତରେ ନିଜକୁ ସାମିଲ କରିନେଇଗଲା । ତାର ସେଇଟା ଥିଲା ବଢ଼ନ୍ତା ସମୟ ।

ହଁ – କହିରଖେ । ଶାରୀରିକ ଦୃଷ୍ଟିରୁ ବେଶ୍ ହୃଷ୍ଟପୁଷ୍ଟ ଥିଲା ସେ । ଚିକ୍କଣ କଳା, କୁଞ୍ଚକୁଞ୍ଚିଆ କେଶ, ସାଢ଼େ ପାଞ୍ଚ ଫୁଟ୍ ଉଚ୍ଚତା, ବଳିଆ ବଳିଆ ଦେହ । କିନ୍ତୁ ଏଇ ପୁରୁଷର ଅଙ୍ଗ ଭିତରେ ଗୋଟିଏ ସୂକ୍ଷ୍ମ ନାରୀ ସତ୍ତାଟିଏ ତାକୁ କବଳିତ କରୁଥିଲା । କଥା କହିବାର ଶୈଳୀ ତ ସଂପୂର୍ଣ୍ଣ ଭାବରେ ସ୍ତ୍ରୀ ସୁଲଭ । ଖେଳୁଥିଲା

ଅଣ୍ଟା ହୋଇଯାଇ । ବେଶଭୂଷା କଥା ତ ଛାଡ଼ । ବାଥରୁମ୍‌ରେ କଟୁଥିଲା ଘଣ୍ଟା ଘଣ୍ଟା । ମୁହଁରେ ବିଭିନ୍ନ ପ୍ରକାର କ୍ରିମ୍ ଲଗାଉଥିଲା । ଆଇ ବ୍ରୋ ସେପ୍ କରୁଥିଲା । ଓଠରେ ହାଲ୍‌କା ଲିପ୍‌ଷ୍ଟିକ୍ ଲଗାଉଥିଲା । ରାତିରେ ଶୋଇଲା ବେଳେ ମୁହଁରେ ହଳଦୀ ଚନ୍ଦନ ବେସନ ଆଦି ଲଗାଉଥିଲା । ସେ କେବଳ ନିଜେ ସଜବାଜ ହେଉଥିଲା ନୁହେଁ, ମୋ ସାଙ୍ଗମାନେ କେହି ଆସିଲେ, ସେମାନଙ୍କ ସହ ଝିଅଟିଏ ପରି ମିଶୁଥିଲା, ଗପସପ କରୁଥିଲା, ରାନ୍ଧଣା ପାଖରୁ ରୂପଚର୍ଯ୍ୟା ପର୍ଯ୍ୟନ୍ତ । ସବୁଥରେ ଖୋଲାମେଲା ଆଲୋଚନା କରୁଥିଲା । ଆଦୌ ଲଜ୍ଜା ସଂକୋଚ କରୁନଥିଲା, ଅଥଚ କେହି ପୁରୁଷ ଲୋକ ଘରକୁ ଆସିଲେ ସେ କିଶୋରୀ ସୁଲଭ ଲଜ୍ଜା ସଂକୋଚରେ ସଢ଼ିଗଲା ପରି ହେଉଥିଲା । ସେମାନଙ୍କ ସହ ସେଇପରି ବ୍ୟବହାର କରୁଥିଲା । ଛଇ ଛଟକରେ କଥା ହେଉଥିଲା । ସେମାନଙ୍କ ମନ କିଣିନେବାପାଇଁ ବିଭିନ୍ନ ଅଙ୍ଗ ଭଙ୍ଗୀ କରୁଥିଲା । ମୁଁ କହିବା ଆଗରୁ ବିଭିନ୍ନ ପ୍ରକାର ଖାଦ୍ୟ ପଦାର୍ଥ ତିଆରି କରି ଆଣୁଥିଲା । ଏସବୁ କିନ୍ତୁ ମୋ ସ୍ୱାମୀଙ୍କୁ ଆଦୌ ଭଲ ଲାଗୁନଥିଲା । ମୁଁ ତାକୁ ଅନେକ ଥର ଏଥିପାଇଁ ତାଗିଦ୍ ବି କରିଛି । ସମସ୍ତଙ୍କ ସହ ସ୍ୱାଭାବିକ୍ ବ୍ୟବହାର କରିବାକୁ କହିଛି । ଝଲୁ ବି ତାକୁ ଅନେକ ଥର ଝିଅଙ୍କ ପରି କାହିଁକି ଝୁଲୁଛ, ସିଧା ଚଲୁନ କାହିଁକି, ମୁହଁକୁ ମୋଡ଼ି ମୋଡ଼ି କାହିଁକି କଥା ହେଉଚ ଇତ୍ୟାଦି ତାଗିଦ୍ କରେ । କିନ୍ତୁ କିଛି ଫଳ ହୁଏନାହିଁ । ରାତିସାରା ସେ ମୋବାଇଲରେ ଗପେ । ଝିଅମାନଙ୍କ ସହ ନୁହେଁ ପୁଅମାନଙ୍କ ସହ । ଝିଅମାନଙ୍କ ପରି କୋମଳ କଣ୍ଠରେ । ବେଳେବେଳେ ମୋ କାନରେ ବି ପଡ଼ିଯାଏ ତା କଥାବାର୍ତ୍ତା । ପ୍ରେମିକାଟିଏ ପରି ସେ ମାନ ଅଭିମାନ କରି କଥା ହେଉଥାଏ । ଧୀରେ ଧୀରେ ତା ଭିତରେ ନାରୀ ସୁଲଭ ସତ୍ତାଟିଏ ଦ୍ରୁତ ଗତିରେ ବିସ୍ତାର କରିବାର ମୁଁ ଅନୁଭବ କରେ । ତାକୁ ତାଗିଦ୍ କଲେ ସେ କହେ – ମୁଁ ଜାଣିପାରୁନି ଆପା କାହିଁକି ମୋର ଏମିତି ହେଉଛି । ମତେ ଝିଅପରି ବେଶଭୂଷା ହେବାପାଇଁ ଇଚ୍ଛା ହେଉଛି । ମୁଁ ବିରକ୍ତ ହୁଏ । ସ୍ୱାଭାବିକ ଜୀବନ ଯାପନ କରିବାକୁ କହେ । ସେ ଦୁଇ ଚରି ଦିନ ଚଲିଚଲଣିରେ ସ୍ୱାଭାବିକତା ଆସେ । କିନ୍ତୁ ବେଶିଦିନ ନୁହେଁ । ସେ ପୁଣି ଫେରିଆସେ ତା ଜଗତକୁ । ସେମିତି ରଖିବାପାଇଁ ତାକୁ ଭଲଲାଗେ, ସ୍ୱଛନ୍ଦ ଲାଗେ ।

ରେଡ୍‌କ୍ରସ୍ କାଉନ୍‌ସେଲର ଭାବେ ଏଡ୍‌ସ କଣ୍ଟ୍ରୋଲ ବୋର୍ଡ଼ ତରଫରୁ କର୍ମଶାଳାଟିଏରେ ଯୋଗ ଦେବାର ସୁଯୋଗ ମିଳିଥିଲା । ଦୁଇ ତିନି ଜଣ କିନ୍ନର

ମଧ ସେଠାରେ ଯୋଗଦାନ କରିଥିଲେ । ସେମାନଙ୍କର ବ୍ୟକ୍ତିଗତ ଜୀବନର ଅନୁଭୂତି ସହ କିନ୍ନରଙ୍କ ସଂଗଠନ ସଖା' ସମ୍ପର୍କରେ ଆଲୋଚନା କରିଥିଲେ ସେମାନେ । ମୁଁ ଏ ସମ୍ପର୍କରେ ବିନ୍ଦୁ ବିସର୍ଗ ଚିନୁକୁ କହିଲି ନାହିଁ । ତା ଋଲିଚଲଣୀର କ୍ରମବର୍ଦ୍ଧିଷ୍ଣୁ ଅସ୍ୱାଭାବିକତା ଦେଖି ମୋତେ ଭୟ ହେଲା । କାଲେ ସେ ଏହି ଅନୁଷ୍ଠାନ ସହ ଜଡ଼ିତ ହୋଇଯିବ ଆଉ ପଛକୁ ଫେରି ରହିଁବ ନାହିଁ । ଏମାନେ ଜୀବନକୁ ଯେମିତି ସେମିତି ସ୍ୱାଭାବିକ ଢଙ୍ଗରେ ଗଡ଼ି ଋଲିବାକୁ ଛାଡ଼ି ଦିଅନ୍ତି । ଗୋଟିଏ ଶରୀର ଥାଇ ବିପରୀତ ସତ୍ତା ଥିବା ମଣିଷର ବିଖଣ୍ଡିତ ବ୍ୟକ୍ତିତ୍ୱ କେତେ ପୀଡ଼ାଜନକ ମୁଁ ଦୁଇବର୍ଷ ହେଲା ତାକୁ ଅନୁଧ୍ୟାନ କରି ବେଶ୍ ହୃଦ୍‌ବୋଧ କରିପାରିଥିଲି । ମୁଁ ଋହୁଁ ନଥିଲି ସେ ଲୋକଙ୍କ ଭିତରେ ଏମିତି ହାସ୍ୟାସ୍ପଦ ହୋଇ ବଞ୍ଚୁ । ଗୋଟିଏ ସୁସ୍ଥ ଦୀର୍ଘ ଜୀବନଟିଏ ବଞ୍ଚୁ । ତାକୁ ପାଠ ପଢ଼ାଇବାର ପ୍ରତିଶ୍ରୁତି ଦେଇ ମୁଁ ଆସିଥିଲି । ସେ ଏମାନଙ୍କ ସହ ମିଶିଗଲେ ମୁଁ କି ଜବାବ୍ ତା ମାଆକୁ ଦେବି ?

ମୁଁ ଗୋଟାଏ ବିଜ୍ଞାନ ପତ୍ରିକାରେ ପଢ଼ିଥିଲି, ଶରୀରରେ ହରମୋନ୍ ସ୍ରବଣଜନିତ ଅସଂଗତି ହେତୁ ଯେଉଁଠି ପୁରୁଷ କଲେବର ଭିତରେ ନାରୀ ସତ୍ତା ଅଥବା ନାରୀ କଲେବର ଭିତରେ ପୁରୁଷ ସତ୍ତା ବିକଶିତ ହେଉଥାଏ ଅସ୍ତ୍ରୋପଚାର ତାର ଏକମାତ୍ର ସମାଧାନ ନୁହେଁ । କ୍ରମାଗତ କାଉନ୍‌ସେଲିଂ, ଅଭିଭାବକମାନଙ୍କ ପ୍ରୋତ୍ସାହନ ଓ ପାରିପାର୍ଶ୍ୱିକ ପ୍ରଭାବ ଦ୍ୱାରା ଏସବୁକୁ ନିୟନ୍ତ୍ରିତ କରିହେବ । ଏମିତି ଅସଙ୍ଗତି ଜୀବନଟିଏ ସେ ବଞ୍ଚୁ ମୁଁ ଆଦୌ ଋହୁଁ ନଥିଲି ।

ଇଲୁର ସବୁ ଦାୟିତ୍ୱ ସେ ବହନ କରିବା ଦେଖି ଶାଶୁ ଶ୍ୱଶୁର ଆଶ୍ୱସ୍ତ ହେଲେ । ସେମାନେ ଫେରିଗଲେ ଗାଁକୁ । ଏଥର ଇଲୁ ପାଖରେ ସେ ରହିଲା ଏକା । ସେ ଯେ ଇଲୁର ଯତ୍ନ ନେବାରେ ଆଦୌ ଅବହେଲା କରିନାହିଁ, ସେ ବିଷୟରେ ମୁଁ ନିଶ୍ଚିତ ଥିଲି । କିନ୍ତୁ ସେ ଆହୁରି ଗୋଟାଏ ଭିନ୍ନ ସମସ୍ୟା ସୃଷ୍ଟି କରିବସିଲା । ମାନସିକ ସ୍ତରରେ ସେ ତାକୁ ସଂପୂର୍ଣ୍ଣ କବଳିତ କରିନେଲା । ଅଷ୍ଟମ, ନବମ ପଢୁଥିବା ପିଲାଟା । ଆମେ ଦୁହେଁ ନଥିଲୁ ତା ପାଖରେ । ସେ ତାକୁ ପୁରାପୁରି ବଚ୍ସର କରି ରଖିବାକୁ ଚେଷ୍ଟା କଲା । ଟିକେ ଟିକେ କଥାରେ ସେ ତା ସହ କଥା ବନ୍ଦ କରି ଦେଉଥିଲା । ତାକୁ କାହା ସହ ମିଶିବାକୁ ଦେଉନଥିଲା । ଏମିତିକି ସେ ତା ସାଙ୍ଗମାନଙ୍କ ସାମ୍ନାରେ ତା ଉପରକୁ ଥରେ ହାତ ବି ଉଠେଇ ଦେଇଥିଲା । ଏକଥା ମୋତେ ନ କହିବା

ପାଇଁ ତାକୁ ବାରମ୍ବାର ତାଗିଦ୍‌ ବି କରିଥିଲା । ତା ଭୟରେ ଇଲୁ ମୋ ପାଖରୁ ଏକଥା ଗୋପନ ରଖିଥିଲା । ମୁଁ ଖୁବ୍‌ ଡେରିରେ ଶୁଣିଲି ତା ସାଙ୍ଗମାନଙ୍କଠାରୁ ।

ପିଲାଦିନୁ ଭିନ୍ନ ବାଗରେ ଗଢ଼ି ହେଉଥିବା ଇଲୁ ଧୀରେ ଧୀରେ ଭୟାଳୁ ହୋଇଯିବା ମୁଁ ଲକ୍ଷ୍ୟ କରୁଥିଲି । ପରିସ୍ଥିତି ଜଟିଳ ଆଡ଼କୁ ଗତି କରୁଛି ଭାବି ମୁଁ ଛୁଟି ନେଇ ତା ପାଖରେ ରହିବାର ନିଷ୍ପତ୍ତି ନେଲି । ତା ମୁଣ୍ଡରୁ ଚିନୁ ପ୍ରତିଥିବା ଭୟ ଦୂର କରିବାପାଇଁ ମୋତେ ବହୁତ କଷ୍ଟ ସ୍ୱୀକାର କରିବାକୁ ପଡ଼ିଥିଲା ।

ଏ ଭିତରେ ଚିନୁ ତା ପଢ଼ାପଢ଼ି ଜାରି ରଖିଥିଲା । ଇଲୁ ନିଜ ପାଠ ପଢ଼ିବା ସଙ୍ଗେ ସଙ୍ଗେ ତାକୁ ଏ.ବି.ସି.ଡ଼ି. ପାଖରୁ ପଣିକିଆ ମିଶାଣ ଫେଡ଼ାଣ ହରଣ ଗୁଣନ ପର୍ଯ୍ୟନ୍ତ ଶିଖାଇ ଗୋଟିଏ ସ୍ତରକୁ ଆଣି ସାରିଥିଲା । ସଂସ୍କୃତ ଟୋଲରେ ନାଁ ଲେଖି ସେ ମେଟ୍ରିକ୍‌ ଓ +୨ ପାସ୍‌ କଲା । ଆମେ ରହୁଥିବା ଅଞ୍ଚଳରେ ଆଇଟିଆଇ ଅନୁଷ୍ଠାନଟିଏ ଥିଲା । ସେଇଠି ଆଡ଼ମିଶନ୍‌ ନେଇ ପାଠ ପଢ଼ିଲା ଚିନୁ ।

ଇଲୁ ଭଲ ନମ୍ବର ରଖି ଦଶମ ଶ୍ରେଣୀ ପାସ୍‌ କଲା । ବିଜେବି କଲେଜରେ +୨ ବିଜ୍ଞାନ ପଢ଼ିଲା । ତା ସୁବିଧା ପାଇଁ ଆମେ ଚାଲିଆସିଲୁ କଲେଜ ପାଖକୁ । ତା ବାପା ବି ବଦଳି ହୋଇ ଆସିଥିଲେ ଭୁବନେଶ୍ୱର । ସେତେବେଳକୁ ସେ ଟିକେ ବଡ଼ ହୋଇଯାଇଥିଲା । ବାପପୁଅ ଦୁହିଁକୁ ଚିନୁ ବିନା ଚଲିବାକୁ ଅସୁବିଧା ହେଲାନାହିଁ ।

ସେ ତା ସାଙ୍ଗ ସହ ରୁମ୍‌ଟିଏ ନେଇ ରହିଲା । ମୋ ନିୟନ୍ତ୍ରଣରୁ ବାହାରି ଗଲା ଚିନୁ । ତା'ପରେ ତା ଜୀବନ ଅବ୍ୟବସ୍ଥିତ ହୋଇଗଲା । ଆଉ ଶୃଙ୍ଖଳିତ ହୋଇ ରହିଲା ନାହିଁ । ହାତରେ ଦାମୀ ମୋବାଇଲ୍‌ ଧରିଲା, ଲ୍ୟାପଟପ୍‌ କିଣିଲା । ଦାମୀ ପୋଷାକ ପିନ୍ଧିଲା । ସୁନାଅଳଙ୍କାର ବ୍ୟବହାର କଲା, ତା ଚାଲିଚଳଣି ଦେଖି ମୁଁ ଆଶ୍ଚର୍ଯ୍ୟ ହେବା ସଙ୍ଗେ ସଙ୍ଗେ ଭୟ ବି ପାଇଗଲି । ଭୁବନେଶ୍ୱରରେ ଯେମିତି ଅପରାଧୀଙ୍କ ସଂଖ୍ୟା ବଢ଼ି ବଢ଼ି ଚାଲିଛି, ପିଲାଟା ସେମାନଙ୍କ ସାଙ୍ଗରେ କୋଉଠି ଭୁଲ୍‌ କାମ କରୁନାହିଁ ତ ? ଦିନେ ମୋ ପ୍ରଶ୍ନର ଉତ୍ତରରେ ସେ କହିଲା – ଅପା ମୁଁ ଚାକିରି କରିଛି ।'

ମୁଁ ତା କଥାକୁ ହସରେ ଉଡ଼େଇ ଦେଇ କହିଲି – ଧୂତ୍‌, ତତେ କିଏ ଚାକିରିଟାଏ ଦେଲା ଯେ ତୁ ଚାକିରି କରିଥିବେଇଛୁ ?

ଡ. ବାସନ୍ତୀ ମହାନ୍ତି ❖ ୮୧

ସେ ଟିକେ ସମୟ ନିରବ ରହି କହିଲା ମୁଁଅ‍ପା 'ସଖୀ'ରେ ଚ‍କିରି କରିଛି ।

ମୁଁ ଆକାଶରୁ ଖସି ପଡ଼ିଲା ପରି ଅନୁଭବ କଲି । ଯେଉଁ ସଂସ୍ଥାଟି କଥା ମୁଁ ଏ ପର୍ଯ୍ୟନ୍ତ ତା ପାଖରୁ ଲୁଚେଇ ଆସିଥିଲି ଏବେ ସେ ଯାଇ ସେଇଠି ପହଞ୍ଚ ଗଲାଣି । ପୁରୁଷମାନଙ୍କ ପ୍ରତି ତାର ଦୁର୍ବଳତା ସମ୍ପର୍କରେ ମୁଁ ଆଗରୁ ଅବଗତ ଥିଲି । ମତେ କଷ୍ଟ ହେଲା । ଆଉ କିଛି କହିଲି ନାହିଁ । ସଖୀରେ ଚ‍କିରି କରି ରୋଜଗାର କରୁଥିବା ପଇସାରେ ଯେ ସେ ଏତେ ବିଳାସପୂର୍ଣ୍ଣ ଜୀବନ ବଞ୍ଚୁଛି, ମୋତେ ବିଶ୍ୱାସ ହେଲାନାହିଁ । ସେ ଯେଉଁଠି ପହଞ୍ଚିଲାଣି ସେ ଯେ ଆଉ ସ୍ୱାଭାବିକ ଜୀବନ ବଞ୍ଚିବ ସେ ଆଶା ମୋର ନଥିଲା ।

ପ୍ରତିଥର ସେ ଯେତେବେଳେ ମୋତେ ଦେଖା କରୁଥିଲା ଗୋଟାଏ ନୂଆ ନୂଆ ସରପ୍ରାଇଜ୍ ଦେଉଥିଲା । ତା ଭଉଣୀ ବାହାଘର, ଗାଁରେ ଘର ତିଆରି କରିବା, ପୋଖରୀପୁଟ୍‌ରେ ଫ୍ଲାଟ୍ କିଣିବା କେତେ ନା କେତେ କଥା । ଥରେ ସେ ଗୋଟିଏ ଆମ୍ବାସଡର କାର‍‍ଟିଏ ଧରି ପହଞ୍ଚିଗଲା ମୋ କଲେଜରେ । ମୁଁ ଆଶ୍ଚର୍ଯ୍ୟ ହେଲି, ଭୁବନେଶ୍ୱରରୁ ୬୦୦ କିଲୋମିଟର ଦୂର ତୁ ଭଡ଼ା କରି ଆସିଛୁ ? ଏଥର ସେ ଯେଉଁ ସରପ୍ରାଇଜ୍ ଦେଲା ମୁଁ ହତବାକ୍ ହୋଇଗଲି । ସେ ପ୍ରଥମେ କହିଲା ମୁଁ ଏଗ୍ରିକଲଚର ଡିପାଟ୍‌ମେଣ୍ଟରେ ଚ‍କିରି କରିଛି । ଅଫିସ୍ ଗାଡ଼ି ଧରି ଆସିଛି ।

ମୁଁ କହିଲି - "ମିଛୁଆ ରାଧୁଆ । ସବୁବେଳେ ସେଇ ମିଛ କଥା"! ସେ ସବୁବେଳେ ଅଜସ୍ର ମିଛ କଥା କହେ ମୁଁ ଜାଣିଛି । ତେଣୁ ତାର କୌଣସି କଥା ମୁଁ ଗୁରୁତ୍ୱ ଦିଏନାହିଁ । ଏବେ ଆଖି ଆଗରେ ଗାଡ଼ିଟାକୁ ଦେଖି କେମିତି ଅବିଶ୍ୱାସ କରିବି ?

ମୁଁ ତା ଶିକ୍ଷାଗତ ଯୋଗ୍ୟତା ଜାଣିଛି । ସେ ଏମିତି କିଛି ଚ‍କିରି ଆଦୌ କରିପାରିବନାହିଁ । ଯେଉଁଠି ତାକୁ ଗାଡ଼ିଟାଏ ମିଳିବ । ସେ ଡ୍ରାଇଭିଁ କରୁନଥିଲା, ଆଉ ଜଣେ ଡ୍ରାଇଭର ଥିଲା ତା ଗାଡ଼ିରେ ।

ମୁଁ ଏଥର ଖୋଲିତାଡ଼ି ତାକୁ ପଚରିଲି । ତା ପାଟିରୁ ସତ କଥା ବାହାର କରିବାପାଇଁ । ମୁଁ କେତେଟା କୌଶଳ ଅବଲମ୍ବନ କଲି । ମୁଁ ହଠାତ୍ ତାକୁ କହିଲି, ଗଞ୍ଜେଇ କାରବାର ଆରମ୍ଭ କରିଛୁ କିରେ ? ମରିଯିବୁ । ଯଦି ସେମିତି କିଛି ଧନ୍ଦା କରୁଛୁ ଏବେ ଠାରୁ ବନ୍ଦ କର । ମାଲକାନଗିରି ନକ୍ସଲ ପ୍ରବଣ ଅଞ୍ଚଳ । ଥରେ ଯଦି

ଫସିଲ୍ ସେ ଗଞ୍ଜେଇ ଧନ୍ଦାରେ, ଆଉ ନିସ୍ତାର ନାହିଁ । ଏଥର ସେ ସତ କଥା କହିଲା – “ମୁଁ ବାହା ହେଇଯାଇଛି ।”

“ଶ୍ୱଶୁର ଦେଇଛି ଯୌତୁକ ଆମ୍ୱାସଡର ଗାଡ଼ି ? ମିଛୁଆ । କହିଥିଲି ନା ତତେ! ଆଉ ଯେଉଁଠି ମିଛି କଥା କହ ପଛେ, ଅନ୍ତତଃ ମୋ ପାଖରେ ସତ କଥା କହିବୁ ।”

ସେ ଗମ୍ଭୀର ହୋଇ କହିଲା – “ସତ କଥା ଅପା! ମୁଁ ବାହାହୋଇଯାଇଛି ।”

ମୁଁ ଆହୁରି ଜୋରରେ ହସି ହସି କହିଲି । “ତୁ ଆଉ ହେବୁନି । ତୋ ମାଆ ପରା ଏବେ ମୋ ସହ କଥା ହେଇଥିଲା । ସେ ତ ତୋ ବାହାଘର କଥା କିଛି କହୁନଥିଲା ।”

ଚିନୁ ଅବିଚଳିତ କଣ୍ଠରେ କହିଲା – “ସେ ଜାଣିନି । ମୁଁ ରେଜେଷ୍ଟ୍ରି ମ୍ୟାରେଜ୍ କରିଛି ।”

ତଥାପି ମତେ ତା କଥା ବିଶ୍ୱାସଯୋଗ୍ୟ ହେଉନଥିଲା । ମୁଁ ତାକୁ ଗମ୍ଭୀର ହୋଇ ପଚାରିଲି । କୋଉଠିକାର ଝିଅ ? ସେ ଇଷତ୍ ହସି ସେ କହିଲା, ଝିଅ ନୁହେଁ ପୁଅ । ସେ ଏଗ୍ରିକଲଚର ଡିପାର୍ଟମେଣ୍ଟରେ କ୍ଲାସ୍ ଟୁ ଅଫିସର । ଯା – ବଦମାସ୍ । ମୋ ସାଙ୍ଗେ ଠଟ୍ଟା ହେଉଚୁ! ହଠାତ୍ ସେ ମତେ ବିଶ୍ୱାସ ଜନ୍ମେଇବା ପାଇଁ କହିଲା, “ତମ ଦେହ ଛୁଇଁଚି ଅପା! ସତ କଥା ।”

ତା ଦାମୀ ମୋବାଇଲ୍ ଅନ୍ କରି ସେ ମୋତେ ତା ବାହାଘରର ଫଟୋ ଦେଖାଇଲା । ପରଞ୍ଚ ପଞ୍ଚାବନ ବର୍ଷ ପାଖାପାଖି ଜଣେ ପୁରୁଷ ଲୋକ ପାଖରେ ବିଭିନ୍ନ ଅଳଙ୍କାରରେ ବିଭୂଷିତା ବଧୂ ବେଶରେ ସେ ଠିଆ ହୋଇଛି । ଦୁହିଁଙ୍କ ବେକରେ ଦୁଇଟା ଫୁଲମାଳ ।

ମୁଁ ତା ମୁହଁକୁ ରୁହିଁଲି, ସେ ହସୁଥିଲା ଆମ୍ୱତୃପ୍ତିର ହସ ।

ମୁଁ କହିଲି “ଏ ଗହଣା ସବୁ ସୁନା ନା ଇମିଟେସନ୍ ?”

ସେ ଝମ୍ପି ପଡ଼ିଲା ପରି କହିଲା – “ଇମିଟେସନ୍ କାହିଁକି ହେବ ? ସବୁ ତକ ସୁନା । ଏଇ ଯେଉଁ ମଥାମଣି ଦେଖୁଚ ସେଠି ତ ଡାଇମଣ୍ଡ ଲାଗିଛି । ମତେ ସେ ରହିବାକୁ ଘରଟିଏ ଦେଇଛି । ଟିଭି, ଫ୍ରିଜ୍, ଗଦ୍ରେଜ୍, ଏସି, ଡବଲବେଡ୍

ଡ. ବାସନ୍ତୀ ମହାନ୍ତି ❖ ୮୩

ଖଟ, ସୋଫା । ସବୁ କିଣି ଦେଇଛି । ମୋ ଚଳିବାପାଇଁ ମାସକୁ ୧୫ ହଜାର ଟଙ୍କା
ବି ଦେଉଛି, କଟକନା ଏରିଆରେ ପ୍ଲାଟ୍‌ ଟିଏ କିଣିଦେବ ବୋଲ କହିଛି । ମୁଁ ତା
ମୁହଁକୁ ରହିଁଲି । ଇଏ ଅଭାବ ଅନଟନରେ ସଢ଼ୁଥିବା ହାୟପ୍ୟାଣ୍ଡ ପିନ୍ଧା ଚିନୁ
ନୁହେଁ । ଯାହକୁ ମୁଁ ପାଠ ପଢ଼ାଇ ମଣିଷ କରିବି ବୋଲି ଆଣିଥିଲି । ମାତ୍ର
ଚାରିପାଞ୍ଚବର୍ଷ ଭିତରେ ସେ ଯଥେଷ୍ଟ ଚଲାକ୍‌ ଚତୁର ହୋଇଯାଇଛି । ତା ଆଗରେ
ମୁଁ ପାଲଟି ଯାଇଛି ଗାଉଁଲି ମୁର୍ଖ ମଫସଲି । ସେ ପ୍ରକୃତରେ ମଣିଷ ହୋଇଚି କି
ଅମଣିଷ ହୋଇଛି ତଥାପି ମୁଁ ପହଞ୍ଚ ପାରୁନଥିଲି କୌଣସି ନିଷ୍କର୍ଷରେ । ମୁଁ ତାକୁ
ଗାଁରୁ ଆଣି ଠିକ୍‌ କରିଛି କି ଭୁଲ୍‌ କରିଛି ସେ କଥା ବି ତର୍ଜମା କଲି ମନେ ମନେ ।
ତା ମାଆ ଏ କଥା ଜାଣିଲେ ମତେ କ୍ଷମା ଦେବ ତ ! ମୁଁ କି ଜବାବ୍‌ ଦେବି ତାକୁ ?

ମୁଁ ଗମ୍ଭୀର ସ୍ୱରରେ କହିଲି – ତୁ ରେଜେଷ୍ଟ୍ରି ମ୍ୟାରେଜ୍‌ କାହିଁକି କଲୁ ? ଖାଲି
ସେମିତି ବାହା ହୋଇଥିଲେ ହୋଇନଥାନ୍ତା ?

ସେ ମୋତେ ବୁଝାଇବାକୁ ଚେଷ୍ଟା କଲା – କିଏ ଜାଣିଛି ମୁଁ ତାକୁ ରେଜେଷ୍ଟ୍ରି
ମ୍ୟାରେଜ୍‌ କରିଛି ବୋଲି ? ସିଏ ତ ସେମିତି ରହିଁଲା, ମୋର କ'ଣ କ୍ଷତି ହେଉଛି ?
ମତେ ତ ପଇସା ମିଳିଯାଉଛି ନା ।

ମୁଁ ଗମ୍ଭୀର ହୋଇ କହିଲି, ତୁ କ'ଣ ବାହାସାହା ହୋଇ ଘର ସଂସାର
କରିବୁ ନି ? ସେ ହସି ହସି କହିଲା – ମୁଁ ଆଉ କ'ଣ ବାହା ହେବି ? ମୋ
ଶରୀରଟାକୁ ସିନା ତମେ ଦେଖୁଚ ପୃଥ ପିଲାର । କିନ୍ତୁ ମୋ ଭିତରେ ଗୋଟାଏ
ଝିଅର ଅସ୍ତିତ୍ୱ ମୁଁ ଅନୁଭବ କରେ । ଝିଅମାନଙ୍କୁ ଦେଖିଲେ ମୋ ଭିତରେ ସେମିତି
କିଛି ଭାବ ମୁଁ ଅନୁଭବ କରେ ନାହିଁ । ଅଯଥା ଝିଅଟାକୁ ବାହା ହେଇ ତା ଜୀବନ
କାହିଁକି ନଷ୍ଟ କରିବି ? ବରଂ ମୁଁ ଏବେ ଯେମିତି ଅଛି, ବେଶ୍‌ ଭଲରେ ଅଛି,
ବିଲାସ ଜୀବନ ବଞ୍ଚୁଛି । ପଇସାର ଅଭାବ ନାହିଁ । ଶୈଶବରେ ମୋ ପାଇଁ ଯାହା
ଅପହଞ୍ଚ ଥିଲା, ଯାହା ପାଇଁ ଝୁରି ହେଉଥିଲି, ସେ ସବୁ ଏବେ ମୋ ହାତ ପାହାନ୍ତାରେ ।
ଭଲ ଖାଉଚି, ଭଲ ପିନ୍ଧୁଚି, ମୋ ପାଖରେ ପଇସାର ଅଭାବ ନାହିଁ ।

ମୋର ଆଉ କିଛି କହିବାର ନଥିଲା । ସେ ଯେଉଁଠି ପହଞ୍ଚିଲାଣି, ସେଠୁ
ତାକୁ ଆଉ ଫେରାଇ ଆଣି ହେବନାହିଁ । ଆଣିଲେ ବି ସେ ଯାହାକୁ ଜୀବନ କହୁଚି
ସେଇ ଜୀବନ ବଞ୍ଚିବା ପାଇଁ ଯେତିକି ଅର୍ଥ ଦରକାର ସେ ଅର୍ଥ ବି ମୁଁ ତାକୁ

ଦେଇପାରିବି ନାହିଁ । ତାକୁ ସହରକୁ ଆଣି ବୋଧହୁଏ ମୁଁ ଭୁଲ୍‌ଟାଏ କରିଦେଲି ।
ଗାଁ ଗହଳିରେ ବି ନାରୀସ୍ୱଭାବର ପୁରୁଷମାନେ ଅଛନ୍ତି । ଯେଉଁମାନଙ୍କର ସଂଘ
ନଥାଏ କି ସେମାନେ ସଂସାର ଛଡ଼ା ଜୀବନ ବଞ୍ଚନ୍ତି ନାହିଁ । ସମଲିଙ୍ଗୀ ବିବାହର
ଆବଶ୍ୟକତା ହୁଏ ନାହିଁ । କୌଣସି ପୁରୁଷ ଭିତରେ ଯଦି ନାରୀ ଭାବ ରହିଲା
ଅଥବା ନାରୀ ଭିତରେ ପୁରୁଷ ଭାବର ଆଧିକ୍ୟ ରହିଲା ସେଥିରେ କିଛି ଅସ୍ୱାଭାବିକତା
ନାହିଁ । ଏହା ଅପରାଧ ନୁହେଁ, କି ଲଜ୍ଜାଜନକ ବ୍ୟାପାର ନୁହେଁ । ବରଂ ଏହି
ଭାବର ଯଥାର୍ଥ ଉପଯୋଗ କଲେ ଆମେ ଧନ୍ୟ ହୋଇପାରିବା । ମହାତ୍ମାଗାନ୍ଧି
ପରା କହିଥିଲେ – ଅହିଂସା ଆନ୍ଦୋଳନରେ ସେ ଯେଉଁ ସଫଳତା ପାଇଲେ ତାର
ହେତୁ ହେଉଛି ତାଙ୍କ ଭିତରେ ଥିବା ନାରୀ ଭାବ । କିନ୍ତୁ ଏକଥା କେହି ବୁଝିବାର
ପ୍ରୟାସ କରନ୍ତିନାହିଁ । ଯେଉଁମାନଙ୍କ ଭିତରେ ଏମିତି ବ୍ୟତିକ୍ରମ ଥାଏ ସେମାନଙ୍କୁ
ଅନେକ ବ୍ୟଙ୍ଗ, ବିଦ୍ରୁପ ସହ୍ୟ କରିବାପାଇଁ ପଡ଼େ । ଲୋକେ ସେମାନଙ୍କୁ ମଣିଷ
ପଣରେ ଗଣନ୍ତି ନାହିଁ । ତେଣୁ ସେମାନେ ନିଜର ଅସ୍ତିତ୍ୱ ସାବ୍ୟସ୍ତ କରିବାପାଇଁ
ସଂଘ ଗଢ଼ି, ବଞ୍ଚିବାପାଇଁ ଭିନ୍ନ ଉପାୟ ଅବଲମ୍ବନ କରନ୍ତି ।

ଏବେ ଚିନୁର ଜୀବନ ଧାରା ଭିନ୍ନ ମୁଖୀ ହେଉଛି, ଏ ଭିତରେ ସେ ଖୁବ୍‌
ପଇସା ଜମେଇଲାଣି । ଯେଉଁ ଦିଗରେ ଓ ଯେଉଁ ଭଳି ସେ ପଇସାସବୁ ଖର୍ଚ୍ଚ କରୁଛି
ତାହା ଯେ ତାର ଝାଲବୁହା ରୋଜଗାର ନୁହେଁ ତାହା ଯେକେହି ଅନାୟାସରେ
ବୁଝିପାରିବ । ସେ ସୁସ୍ଥ ଜୀବନ ବଞ୍ଚୁନାହିଁ, ଏକଥା ମୁଁ ସ୍ପଷ୍ଟ ଅନୁଭବ କଲେ ସୁଦ୍ଧା
ତାକୁ ସେଥାରୁ ମୁକ୍ତ କରି ଆଣିବା ଥିଲା ମୋ ସାଧ ବାହାରେ ।

ସେଦିନ ତା ହାତରେ ବାହାଘର ନିମନ୍ତ୍ରଣ ପତ୍ର ଦେଖି ମୁଁ ଆଶ୍ୱସ୍ତ ହୋଇଥିଲି
ଯେ, ଯାହା ହେଉ ସେ ଏବେ ଘରମୁହାଁ ହୋଇଛି । ସ୍ୱାଭାବିକ ଜୀବନ ବଞ୍ଚିବ ।
ମୁଁ ତାକୁ ସହରକୁ ଆଣିବା ଦ୍ୱାରା ତା ଜୀବନ ଧାରାର ଯେଉଁ ବ୍ୟତିକ୍ରମ ସୃଷ୍ଟି
ହୋଇଥିଲା, ସେଥିରେ ପୂର୍ଣ୍ଣଚ୍ଛେଦ ପଡ଼ିବ ।

ଏବେ ପୁଣି ଆଉ ଗୋଟାଏ ମର୍ମଦାହୀ ସମ୍ବାଦ ।

□□□

ଡ. ବାସନ୍ତୀ ମହାନ୍ତି ❖ ୮୫

ମୁଁ କ୍ୱାରେଣ୍ଟାଇନ୍‌ରୁ କହୁଛି

ଅଜଣା ନମ୍ବରରୁ ଫୋନ୍ କଲ୍ ପାଇବା ମୋ ପାଇଁ ଅପ୍ରତ୍ୟାଶିତ ନ ଥିଲା । କିନ୍ତୁ ବହୁ ପ୍ରତ୍ୟାଶିତ ବୋଲି କହିବି । ଲେଖାଟିଏ ବାହାରିବା ପରେ ଏମିତି ଆସେ ଅଜଣା ନମ୍ବରରୁ ଫୋନ୍ । ବହି କିମ୍ବା ମାଗାଜିନ୍ ଅପେକ୍ଷା ଦୈନିକ ସମ୍ବାଦ ପତ୍ରରେ ସ୍ୱମତି, ବାହାରିଲେ । ଦୁଇତିନି ଦିନ ପର୍ଯ୍ୟନ୍ତ ଅଜଣା ଫୋନ୍ ଆସେ । ମୁଁ ଉଲ୍ଲସିତ ହୋଇ ଅପେକ୍ଷା କରିଥାଏ ମୋ ଶ୍ରଦ୍ଧେୟ ପାଠକମାନଙ୍କ ପ୍ରତିକ୍ରିୟାକୁ ।

ଲେଖାଟି ମୋର ଥିଲା କରୋନା କବଳିତ ପୃଥିବୀରେ ମଣିଷର ମଣିଷ ପ୍ରତି ବ୍ୟବହାରରେ ପରିବର୍ତ୍ତନ । ସେମାନେ ମାନବିକତାର ଜାଗରୁକ ସମ୍ପର୍କରେ କିଛି ସକରାତ୍ମକ ବାର୍ତ୍ତା ଥିଲା ମୋ ଲେଖାରେ । ଯାହା ରାଜ୍ୟର ଏକ ପ୍ରତିଷ୍ଠିତ ଖବର କାଗଜରେ ବାହାରିଥିଲା ସ୍ତମ୍ଭ ରୂପେ ।

ଲୋକଟି ପ୍ରାରମ୍ଭିକ ସମ୍ଭାଷଣ ଓ ନିଜ ପରିଚୟ ଦେଇ କହିଲା ଆପଣ କ'ଣ ଭାବୁଛନ୍ତି କରୋନା ମହାମାରୀ ମଣିଷର ଅହଂକାର, ହିଂସା ଲୋଭ ମୋହ ସବୁକୁ ମାରିଦେଇଛି । ମୁଁ ହଠାତ୍ ତା କଥା ଠିକ୍ ଭାବେ ଧରିପାରିଲି ନାହିଁ ।

ତଥାପି କହିଲି ହଁ ତ, ମୁଁ ଏମିତି କିଛି ଅନୁଭବ କରୁଛି । ଦେଖୁନାହାଁନ୍ତି ରାସ୍ତାଘାଟରେ ବୁଲା ଗାଇଗୋରୁ, ଷଣ୍ଡ, କୁକୁର, ମାଙ୍କଡ଼, କୁଆ, କୋଇଲି, ଚଢ଼େଇ ଚିରୁଗୁଣୀର ପେଟ୍ କଥା ବି ସେମାନେ ବୁଝୁଛନ୍ତି କେମିତି ।

"କିନ୍ତୁ ମଣିଷ ପାଇଁ କାହାର ଦରଦ ନାହିଁ ।"

"ନାଇଁ ନାଇଁ ସେମିତି ନୁହେଁ, ଭୋକିଲା ମଣିଷକୁ ବାଟ ଭିକାରୀମାନଙ୍କୁ ବି ଲୋକେ ରନ୍ଧା ଖାଦ୍ୟ ଦେଉଛନ୍ତି । ତମେ ସେମିତି କହିଲେ ହେବ ?"

ଶୁଣିବେ ମାଡ଼ାମ୍ ମଣିଷର ମଣିଷ ପଣିଆ କଥା । ମୁଁ କହିଲି କଣ ହେଲା ? କେଉଁଠି ତମପ୍ରତି କିଏ ଅବିଚାର କଲା ? "ଅବିଚାର ନୁହେଁ ମାଡ଼ାମ୍ ପୁରାପୁରି ଅତ୍ୟାଚାର ।"

"କାହିଁକି, କିଏ ତମପ୍ରତି ଅତ୍ୟାଚାର କଲା ?"

ଆମ ଗାଁ ଝିଅ ଆଙ୍କା । ମୋ ଠାରୁ ରିଢ଼ି ପାଞ୍ଚବର୍ଷରେ ସାନ ହେବ । ମତେ ସେ ଆଣିଥିଲା ତା ସ୍ୱାମୀର କଲ୍ୟାଣ ମଣ୍ଟପଟିଏ ଅଛି, ତାକୁ ଦେଖା ରଖା କରିବାକୁ । ମାସକୁ ଖାଇପିଇ ଟଙ୍କା ବାରହଜାର ଦେଉଥିଲା । ସେଇ କଲ୍ୟାଣ ମଣ୍ଟପ ଭିତରେ ରୁମ୍‌ଟିଏ ଦେଇଥିଲା । ସେଇଠି ମୁଁ ରହୁଥିଲି, ଆମ ପଡ଼ିଶା ଘର ଝିଅଟା । ଗାଁରେ ମୋତେ ବଡ଼ଭାଇ ମାନ୍ୟ କରେ । ଘର ପରି ତାଙ୍କ ଘରେ ଚଳପ୍ରଚଳ ହୁଏ । କଲ୍ୟାଣ ମଣ୍ଟପରେ ଯେଉଁ ଦିନ କିଛି କାମ ନଥାଏ, ଘର କାମ କିଛି କିଛି ବି କରେ । ବଜାରରୁ ସଉଦା ଆଣିବା ପାଖରୁ ଇଲେକ୍‌ଟ୍ରି ବିଲ୍ ବାନ୍ଧିବା, ବ୍ୟାଙ୍କ କାମ, ପୋଷ୍ଟ ଅଫିସ୍ କାମ, ତା' ଶାଶୁ ଶ୍ୱଶୁରଙ୍କୁ ଡାକ୍ତରଖାନା ନେବା ଛୁଆମାନଙ୍କ ପାଇଁ ଜଲଖିଆ ଆଣିବା ଆଦି କାମ ମୁଁ କରେ ।

"ହଁ–ଗାଁ ଝିଅଟା ଘରପରି ଚଳୁଥିଲ । ଏସବୁ କରିବାରେ କ୍ଷତି କ'ଣ ?" ମୁଁ ଜୋର ଦେଇ କହିଲି ।

"କ୍ଷତି ସେଇଠି ନାହିଁ ମାଡ଼ାମ୍ । କରୋନା ଆସିଲା ପରେ ଯେବେ ଲକ୍ ଡାଉନ୍ ଘୋଷଣା ହେଲା, ଏଇ ଗାଁ ଝିଅଟାର ମଣିଷପଣ ପ୍ରଥମେ ମରିଗଲା ।" ସେ ବିଦ୍ରୋହାମ୍ନକ ସ୍ୱରରେ କହିଲା,

"କାହିଁକି କ'ଣ କଲା କି ତମ ଗାଁ ଝିଅ !" ମୁଁ ଟିକେ ଚିଡ଼େଇବା ପାଇଁ ତାକୁ କହିଲି ?

ସେ ସେମିତି ଉତ୍ତେଜିତ ହେଇ କହୁଥିଲା –

"ଲକ୍‌ଡାଉନ୍ ଘୋଷଣା ହେଲା ପରେ ପ୍ରଥମେ ବନ୍ଦ ହୋଇଥିଲା ହୋଟେଲ । ଲକ୍‌ଡାଉନ୍ ଘୋଷଣା ହେବାର ମାସେ ଦୁଇମାସ ଆଗରୁ କଲ୍ୟାଣ ମଣ୍ଟପ ବନ୍ଦ

ହୋଇ ସାରିଥିଲା, ଆପଣ ଜାଣିଥିବେ । ବାହାଘର, ବ୍ରତଘର ସବୁ ବନ୍ଦ ହୋଇଥିଲା ।"

ମୁଁ କହିଲି "ହଁ ତ । ସମ୍ବାଦ ପତ୍ର ଓ ଟିଭିରେ ସେ ସବୁ ପ୍ରଚାର ହୋଇଥିଲା । ତମେ କ'ଣ କରୁଥିଲ ତାହେଲେ ?"

"ଯାହା ଟହଲ ଟୁକୁରା କାମ ମୁଁ କରୁଥିଲି" ସେ ନିରାସକ୍ତ କଣ୍ଠରେ କହିଲା ।

ମୁଁ ଜିଜ୍ଞାସୁ କଣ୍ଠରେ ପଚାରିଲି, "ପଇସା ପତ୍ର ଠିକ୍‍ରେ ଦେଉଥିଲେ ?"

ଦୁଇମାସ ହେଲା ବନ୍ଦଥିଲା କଲ୍ୟାଣ ମଣ୍ଡପ, ମୋତେ ସେଇ ଦୁଇ ମାସ ଦରମା ଦେଇ ନଥିଲେ । ମୁଁ ପଇସା ମାଗିବାରୁ ତାଙ୍କର ସବୁ ମଣିଷ ପଣିଆ ଲୋପ ପାଇଗଲା । ମତେ ଦୂର ଦୂର ମାର ମାର କଲେ ।

"ତମକୁ ମାରୁଥିଲେ ?"

"ହାତରେ ନୁହେଁ ଭାତରେ ।"

"ଅର୍ଥାତ୍‍"- ମୁଁ କୌତୁହଳୀ ହୋଇ ପଚାରିଲି ।

ସେ କହିଲା, "ବାହାରେ ହୋଟେଲ ବନ୍ଦ । ଦୋକାନ ବଜାର ସବୁ ବନ୍ଦ । ମୁଁ ଖାଇଚି କି ନାହିଁ କେହି ପଚାରିଲେ ନାହିଁ । କି ଖାଇବାକୁ ଡାକିଲେ ନାହିଁ । ମୋ ରୁମ୍‍ରେ ବିସ୍କୁଟ୍‍ ପ୍ୟାକେଟ୍‍ଟିଏ ଥିଲା, ସେଇଟା ଖାଇଦେଇ ଶୋଇପଡ଼ିଲି ରାତିରେ ।"

"ତା' ପରଦିନ" ମୁଁ ପଚାରିଲି,

"ତା'ପରଦିନ ବାଧ୍ୟ ହୋଇ ମୁଁ ପୂର୍ବଦିନ ଉପାସ ଥିବା କଥା କହିଲି । ତାହା ପୁଣି ଦିନ ତିନିଟାରେ ।"

ସୁଧା କହିଲା, "ଆମେ ସମସ୍ତେ ଖାଇ ସାରିଲୁଣି । ଫ୍ରିଜ୍‍ରେ ପଖାଳ ଅଛି, ଆଉର ଟିକେ ଦେବି ଖାଇଦିଅ ।"

କେତେ ଦିନର ବାସୀ ଭାତ ଥିଲା କେଜାଣି, ସେଇଥିରେ ଗରମ ପାଣି ଟିକେ ପକେଇ ପଖାଳ ବେଲାଟା ମୋ ହାତକୁ ବଢ଼େଇ କହିଲା, ରଘୁଭାଇ ସେଇ ପିଣ୍ଡାରେ ବସି ଖାଇଦିଅ । ଅନ୍ୟ ଦିନମାନଙ୍କରେ, ପୂଜା ପାର୍ବଣରେ ସେ ମୋତେ ଡାକେ ତାଙ୍କ ଟେବୁଲ୍‍ ଉପରେ ଖାଇବାକୁ ବାଢ଼ିଦିଏ । ସେଦିନ ବାହାର ପିଣ୍ଡାରେ ଖାଇବାକୁ କହିଲା । ତଳେ ବସି ପଖାଳ କଂସାରେ ହାତ ପୁରେଇ ଦେଲି ଯେ ସେ ଭାତସବୁ ମରି ପୂଜପରି ହୋଇଯାଇଥିଲା । କେତେ ଦିନର ସେ ଭାତ କେଜାଣି ।

ମୁଁ ଗୁଣ୍ଠାଟିଏ ବି ପାଟିକୁ ନେଇପାରିଲି ନାହିଁ । ଭାତତକ ନେଇ ଫିଙ୍ଗିଦେଲି ନଲାରେ । ମୋ ଦୁଇ ଆଖ‍ିରୁ ଦୁଇ ବୁନ୍ଦା ଲୁହ ଟପ୍‌ଟପ୍ ହେଇ ନିଗିଡ଼ି ପଡ଼ିଲା । କଂସା ଓ ଗିନାକୁ ସେଇ ଡ଼ାଲ ପାଣିରେ ଧୋଇ ଦେଇ ସେଇଠି ଉଗ୍‌ଡ଼େଇ ଦେଲି । ମୋ ରୁମ୍‌ରେ ଆସି ଗଡ଼ି ପଡ଼ିଲି ସପରେ ।

"ରାତିରେ ସେମାନେ ଡାକିଲେନି ଖାଇବାକୁ ।" ମୁଁ ଦରଦୀ କଣ୍ଠରେ କହିଲି । ନାଁ ମୁଁ ବିଛଣାରେ ଶୋଇ ଶୋଇ କାନ୍ଦିଲି । ତା' ପରଦିନ ବାରଟା ଗୋଟାଏରେ ମୋ ସ୍ତ୍ରୀ ଫୋନ୍ କଲା । ମୁଁ ଖାଇଚି କି ନାହିଁ ପଚରି ବୁଝିଲା । ଦୁଇ ଦିନର ଉପାସ ଲୁଚ‍ାଇବାକୁ ଚେଷ୍ଟା କରି ବି ପାରିଲି ନାହିଁ । କୋହ ଉଠିଲା, ମୁଁ କାନ୍ଦି ପକେଇଲି । ସଙ୍ଗେ ସଙ୍ଗେ ସେ ମୋ ଫୋନ୍‌କୁ କାଟିଦେଇ ସୁଧାପାଖକୁ ଫୋନ୍ ଲଗାଇଲା । ଗାଁ ଠିଅଟା ମୋ ସ୍ତ୍ରୀକୁ ବଡ଼ ଭାଉଜ ବୋଲି ଡାକେ । ସେଇ ଅଧିକାରରେ ମୋ ସ୍ତ୍ରୀ ଖୁବ୍ ଗୁଡ଼ାଏ ତାକୁ ଗାଲିଦେଲା । ଯେତେ ଶୀଘ୍ର ବାକି ଦରମାତକ ଦେଇ ମୋତେ ବିଦା କରିବାପାଇଁ ଧମକ୍ ଦେଲା ସୁଧାକୁ । ମୋ ସ୍ତ୍ରୀ ଆଜ୍ଞା ଭାରି ମୁଖରା । ସେ କାହାକୁ ଡରେ ନାହିଁ । ମୁଁ ସିନା ଏଠି ମୁଣ୍ଡ ବିକିଥିଲି ଯେ ଏମାନଙ୍କୁ ଡରିମରି ରହିଥିଲି । ସେ କାହିଁକି ଡରିବ ?

"ତମ ପଇସା ଦେଲେ ?" "ଦେଲେ ଆଉ କୋଉଠି ?" ଯାହା ଦେଇଥାଆନ୍ତେ ତା ଗାଲିରେ ସେ ଆହୁରି କଠୋର ହୋଇଗଲା ସୁଧା । ତା ବରକୁ ବି କ'ଣ ସବୁ ଚିହାଇ ଦେଲା ଯେ ତା ବ୍ୟବହାର ବି ବଦଲିଗଲା । ସେମାନେ କହିଲେ ତୁ କି କାମ କରିଛୁ ଯେ ତତେ ବାରହଜାର ଲେଖା ଗଣି ଦେବୁ । ମଣ୍ଡପ ତ ବନ୍ଦ ଥିଲା । ପାଞ୍ଚହଜାର ଟଙ୍କା ସେଦିନ ସୁଧା ମୋ ଉପରକୁ ଫିଙ୍ଗିଦେଇ କହିଲା, ରଘୁଭାଇ ନିଅ । ଏଇ ତମର ଦରମା ।

"ଆଛା ତମକୁ କିଛି ଖାଇବାକୁ ମିଲିଲା ନା ନାହିଁ ?"

"ହଁ ସେଦିନ ସେତକ ଦୟା ସେ କରିଥିଲା, ଆଉ ପଖାଲ ନୁହେଁ ।"

ଗରମ ଭାତ, ଡାଲି, ମାଂସ ତରକାରୀ ସେ ଗୋଟିଏ ଥାଲିରେ ବାଢ଼ିଦେଇ କହିଲା ଆମର ଖିଆପିଆ ସରି ପୋଛାପୋଛି ସରିଲାଣି । ସେଇ ଗ୍ୟାରେଜରେ ବସି ଖାଇଦିଅ । ଅନ୍ୟ କୋଉଦିନ ହୋଇଥିଲେ ମୁଁ ଆଦୌ ଖାଇ ନ ଥାନ୍ତି ଆଜ୍ଞା ।

ଦୁଇଦିନ ହେଲା ଖାଇ ନ ଥିଲି, ଭୋକରେ ପେଟ ଜଳୁଥିଲା, ମୁଁ ସେତକ ଗ୍ୟାରେଣ୍ଟର ବସି ଖାଇଦେଲି ।

ସେଇ ପାଞ୍ଚ ହଜାର ଟଙ୍କା ଧରି ଫେରି ଆସିଲ ?

ନା’ ସେ ଟଙ୍କା ମୁଁ ଆଣିଲି ନାହିଁ । ସୁଧା ଓ ତା ସ୍ୱାମୀ ଅଡ଼ି ବସିଲେ, ସେଇ ପାଞ୍ଚହଜାର ଟଙ୍କା ନେବ ତ ନିଅ । ନ ହେଲେ ତୁମକୁ କିଛି ଦିଆଯିବନି ।

ଦୁଇମାସ ହେଲା ଦରମା ଦେଇ ନ ଥିଲେ ଆଖା । ଗାଁରେ ପରିବାରଟି ଧାର ଉଧାର କରି ଚଳୁଥିଲେ । ଦୋକାନ ବାକି ଖାଲି ଦୁଇ ମାସରେ ପାଞ୍ଚହଜାର ଟଙ୍କା ହୋଇଥିଲା । ବାପା ରୋଗିଣା ମଣିଷ । ତାଙ୍କର ଔଷଧ ପତ୍ର ଖର୍ଚ୍ଚ । ଦୁଇବର୍ଷର ଛୁଆଟା ଘରେ । ତା’ ପାଇଁ ଅମୂଲ କ୍ଷୀର ଦରକାର । ତା’ ଖାଦ୍ୟ ଦରକାର । ତା’ପାଇଁ ବି ଔଷଧ ପତ୍ର ଖର୍ଚ୍ଚ । ଏ ପାଞ୍ଚହଜାର ଟଙ୍କା ନେଇ ମୁଁ କ’ଣ କରିବି ? ମତେ ଆଖା କିଛି ବୁଦ୍ଧିବାଟ ଦିଶିଲାନି । ମୋର ଯାହା ଲୁଗାପଟା ଦି’ଖଣ୍ଡ ଥିଲା, ଗୋଟିଏ ଆଟାଚ୍ରେ ପୁରେଇ ପଳେଇ ଆସିଲି ସିଧା ଥାନାକୁ । ଥାନା ବାବୁଙ୍କୁ ସବୁ କଥା କହିଲି । ଥାନାବାବୁ ଡକେଇଲେ ସୁଧାର ସ୍ୱାମୀକୁ । ଦୁଇମାସର ପୁରା ଦରମା ଦେବାପାଇଁ ଆଦେଶ ଦେଲେ । ତଥାପି ସେ ଯୁକ୍ତି କରିବାକୁ ଛାଡ଼ି ନ ଥିଲା । ଦୁଇମାସ ହେଲା ମଣ୍ଡପ ଚଳୁନି, କୋଉଠୁ ଆଣିବି ତା ପଇସା । ପୋଲିସ ତାକୁ ଧମକ୍ ଦେଇ କହିଲା, ଏବେ ଆଖୁଖଣ୍ଡେ ଦେଉନ, ପରେ ଗୁଡ଼ ମାଠିଆଏ ଦେବାକୁ ବାଧ୍ୟ ହେବ । ସରକାରଙ୍କ ନିର୍ଦ୍ଦେଶ, କାହାରି ଦରମା ତମେ ବନ୍ଦ କରିପାରିବନି କି କାହାରିକୁ ଚକିରିରୁ ବାହାର କରିପାରିବନି ।

ମୋର ଆଉ ତାଙ୍କ ଘରେ ଚକିରି କରିବାକୁ ଇଚ୍ଛା ନ ଥିଲା । ମୋ ପଇସା ଗଣ୍ଠାକ ମିଳିଗଲେ ମୁଁ ଚଳିଯିବି । ମୋର ଆଉ ଚକିରି କରିବା ଦରକାର ନାହିଁ ।

ପୋଲିସ୍ ସମ୍ମୁଖରେ ପଇସା ଦିଆ ନିଆ ହୋଇଗଲା । ସେ ୧୦ ହଜାର ଟଙ୍କା ମୋ ହାତକୁ ବଢ଼ାଇଲା । ଦୁଇ ମାସ ଭିତରେ କେବେ କେମିତି ଥରେ ଅଧେ ଖାଇଥିଲି ସେ ବାବଦକୁ ୩ ହଜାର ଟଙ୍କା କାଟିଲା । ଇଲେକ୍ଟ୍ରିବିଲ୍ ଓ ଘରଭଡ଼ା ବାବଦକୁ ୫ ହଜାର କାଟିଲା । ତା ପୂର୍ବରୁ ଘରଭଡ଼ା ଓ ଇଲେକ୍ଟ୍ରିକ୍ ବିଲ୍ କଥା କେବେ ଉଠି ନ ଥିଲା । ସେଇ ମଣ୍ଡପ ଭିତର ଗୋଟାଏ ଛୋଟିଆ କୋଣିକିଆ

କୋଠରୀରେ ମୁଁ ରହୁଥିଲି । ଦୁଇ ଦୁଇ ହଜାର ରହିହଜାର ଓ ୫୦୦ ଲେଖାଁ ହଜାରେ ଟଙ୍କା ମିଶେଇ ପାଞ୍ଚ ହଜାର କଲା । ମୁଁ ତା' ପାଖରୁ ପୂର୍ବରୁ ୫ ହଜାର ଟଙ୍କା ନେଇ ଥିଲି । ମାସକୁ ମାସ ପାଞ୍ଚଶହ ଲେଖା ସୁଝିବା ପାଇଁ । ସେ ସବୁ ପଇସା ସେ ଏକାବେଳେ କାଟିଦେଲା । ମୋର ଆଉ ଆସିବାର ନଥିଲା । ତେଣୁ ମୁଁ ତାର ସବୁ କଥାରେ ରାଜି ହୋଇଗଲି ।

ଏଗାର ହଜାର ଟଙ୍କା ପାଇବା ପରେ ଏବେ ମୋ କୁନି ଝିଅର ମୁହଁ ମୋ ଆଖି ଆଗରେ ନାଚି ଉଠିଲା । ମୋତେ ଲାଗିଲା ସେ ମୋତେ ହାତଠାରି ଡାକୁଛି । କିଛି ପଇସା ନଥିଲା । ଲକ୍ ଡାଉନ୍‌ରେ ଦୋକାନ ବଜାର ବନ୍ଦ । କଣ ସେମାନେ ଖାଇବେ । ବାପାଙ୍କର ଔଷଧ କିଣା । ଖୁବ୍ ବ୍ୟସ୍ତ ଲାଗିଲା । ମତେ ଯେମିତି ହେଲେ ଯିବାପାଇଁ ପଡ଼ିବ । କିନ୍ତୁ କେମିତି ? ଉପାୟ ନାହିଁ । ଗାଡ଼ିଘୋଡ଼ା ସବୁ ବନ୍ଦ । ମୋର ଜଣେ ପୁରୁଣା ସାଙ୍ଗ ଥିଲା କଟକରେ । ଭୁବନେଶ୍ୱରରୁ ଚାଲି ଚାଲି ଆସି ପହଞ୍ଚିଲି କଟକରେ ।

ଲୋକଟା କ୍ଲାନ୍ତହୀନ ଭାବରେ କହି ଚାଲିଥିଲା ତା ଦୁର୍ଦ୍ଦଶାର କଥା । ମୁଁ ନୀରବ ଶ୍ରୋତା ଥିଲି । ଭୋର ପାଞ୍ଚଟାରୁ ବାହାରି ଆସିଥିଲି ଯେ କଟକରେ ପହଞ୍ଚିଲା ବେଲକୁ ଦିନ ବାରଟା । ସେ ଖଣ୍ଡେ ସାଇକଲ୍ ମୋତେ ଧେରାରେ କିଣେଇ ଦେଲା । ତିନି ହଜାର ଟଙ୍କାର ସାଇକେଲକୁ ମୁଁ ପାଞ୍ଚ ହଜାର ଟଙ୍କା ଦେଇ କିଣିବାକୁ ବାଧ୍ୟ ହେଲି । ମୋ ଏୟାର ବ୍ୟାଗ୍‌ଟା ସେଥିରେ ଗଲେଇ ଦେଇ ମୁଁ ରାସ୍ତାକୁ ଗଡ଼ିଲି । ଠିକ୍ ଗୋଟାଏ ବେଳେ ମୁଁ ବାହାରିଲି କଟକରୁ ଭଦ୍ରକ ଯିବାପାଇଁ ।

କି ଅଜ୍ଞାତ ଶକ୍ତି ମୋ ଉପରେ ସବାର ହୋଇଥିଲା କେଜାଣି ? ବାଟସାରା କୋଉଠି ପୋଲିସର ଲାଠି ତ ଆଉ କୋଉଠି ଉଠ୍ ବସ୍ ହେବାକୁ ପଡ଼ିଥିଲା । ଲକ୍‌ଡାଉନ୍‌ରେ କେମିତି ବାହାରକୁ ବାହାରିଲି ବୋଲି ବି ଧମକ୍ ଚମକ୍ । କୋଉଠି ନେହୁରା ନିଉଛାଲି ହେଇ ତ ଆଉ କୋଉଠି ସତ କଥା କହି ମୁଁ ଆସି ପହଞ୍ଚିଗଲି । ସେତେବେଳକୁ ରାତି ଗୋଟାଏ । ଭଦ୍ରକ ଟାଉନ୍‌ର ପ୍ରବେଶ ପଥରେ ଦୁଇଟା ପୋଲିସ୍ ପହରା ଦେଉଥିଲେ । ମୁଁ ସାଇକେଲରୁ ଓହ୍ଲାଇ ଭିତରକୁ ଯିବାପାଇଁ

ବାହାରିଲି । ଜଣେ ପୋଲିସ୍ ଖପ୍ କିନା ଧରିଦେଲା ମୋ ସାଇକେଲ୍ ହ୍ୟାଣ୍ଡଲ୍ । ମୁଁ କେତେ ନେହୁରା ନିଉଛାଲି ହେଲି, ମୋ ଗାଁ ଏଇ ୪ କିଲୋମିଟିର । ମୁଁ ରଖିଯିବି, ମତେ ଟିକେ ଦୟାକର । ମୁଁ ଭୁବନେଶ୍ୱରରୁ ଆସିଛି । ମୋ ଛୁଆ ପିଲା ଅଛନ୍ତି ଘରେ ।

ଯେମିତି ସେମାନେ ଶୁଣିଛନ୍ତି ଭୁବନେଶ୍ୱର କଥା, ଛାନିଆ ହେଲାପରି କହିଲେ, ଆରେ ଆରେ ରଖ କ୍ୱାରେଣ୍ଟାଇନ୍‌କୁ । ତୁ ସେଠି ରହିବୁ ୧୪ ଦିନ । ଡାକ୍ତରୀ ପରୀକ୍ଷା ପରେ ଯିବୁ ତୋ ଗାଁକୁ ।

ସେମାନେ ଆଉ ଛାଡ଼ିଲେ ନାହିଁ ଗାଁକୁ । ମୁଁ ଏବେ କ୍ୱାରେଣ୍ଟାଇନ୍ ସେଣ୍ଟରରେ । ଖାଇବା ପାଇଁ ମିଳିଯାଉଛି ଦୁଇବେଳା । ଜଳଖିଆ ବି ମିଳୁଛି । ମୋ ସ୍ୱାବ୍ ନେଇଚନ୍ତି ପରୀକ୍ଷା କରିବାକୁ । ରିପୋର୍ଟ ଆସିନି ।

ଆପଣଙ୍କ ଲେଖାଟିଏ ପଢ଼ିଲି କରୋନା ମଣିଷ ପଣିଆକୁ ଫେରେଇ ଦେଇଛି ବୋଲି । ସେଥିପାଇଁ ଫୋନ୍‌ଟିଏ କରିଦେଲି । ଖରାପ ଭାବିବେନି ମାଡ଼ାମ୍ ରହୁଛି ।

ଲୋକଟା ଫୋନ୍ ରଖିଦେଲା ।

ମୁଁ ଅନ୍ୟମନସ୍କ ହୋଇପଡ଼ିଲି । ମୃତ୍ୟୁ ଦ୍ୱାର ଦେଶରେ ଆଘାତ କଲାଣି ତଥାପି ଆମେ ବୁଝିଲୁ ନାହିଁ ମଣିଷ ଜୀବନର ମୂଲ୍ୟ । ଆମ ତୁଚ୍ଛ ଅହଂକାର ଆମ ପିଛା ଛାଡ଼ିଲାନି । ମୋହଗ୍ରସ୍ତ ହେଇ ରହିଲୁ ଧନ ସଂପତ୍ତି ପାଇଁ ।

❑❑❑

କୋଟିବସ୍ତ

ଓକିଲ ନୋଟିସ୍‌ଟା ସୁଶୋଭନର ଦିନଟାକୁ ନଷ୍ଟ କରିବାକୁ ଯଥେଷ୍ଟ ଥିଲା । ସେ କ୍ଲାସରେ ମନଯୋଗୀ ହୋଇପାରିଲା ନାହିଁ । ପିଲାମାନେ ତା ଅନ୍ୟ ମନସ୍କତାର ସୁଯୋଗ ନେଲେ । ନୋଟିସରେ ଅକ୍ଷର ଗୁଡ଼ାକ ତା ସ୍ନାୟୁମାନଙ୍କୁ ଉତ୍ତେଜିତ କରି ରଖିଥିଲା, ତା ସାଙ୍ଗକୁ କ୍ଲାସର ପିଲାମାନଙ୍କର ପାଟିତୁଣ୍ଡ ସେଥିରେ ଘିଅ ଢାଳିବା ସଦୃଶ ହେଲା । ସେ ଆଉ ପାଠପଢ଼ାଇବା ମାନସିକ ସ୍ଥିତିରେ ନଥିଲା । ସେମାନଙ୍କ ଉପରେ ବିରକ୍ତ ହୋଇ ଝୁଲିଆସିଲା କମନ ରୁମ୍‌କୁ । ପିଅନକୁ ମାରି ପାଣି ଗ୍ଲାସେ ପିଇ ହାତ ଘଣ୍ଟାକୁ ରୁହିଁଲା । ଦୁଇଟା ବାଜିଲାଣି । ତାକୁ ମନେ ହେଲା, କମନ୍‌ ରୁମ୍‌ରେ ସମସ୍ତେ ଯେମିତି ତା କଥା ହେଉଥିଲେ । ସେ ଆସିବାରୁ ଚୁପ୍‌ଚାପ୍‌ ହୋଇଯାଇଛନ୍ତି । ଆଟେଣ୍ଡାନ୍‌ ରେଜିଷ୍ଟାର ଥାକ ଉପରେ ରଖି ଦେଇ ସେ ଫେରିବାକୁ ବାହାରୁଛି, ପିଅନ ତା ହାତକୁ ସର୍କୁଲାରଟା ବଢ଼ାଇଦେଲା । ତିନିଟାବେଳେ ଷ୍ଟାଫ୍‌ ମିଟିଂ । ଅଗତ୍ୟା ଚୁପ୍‌ଚୁପ୍‌ ବସିରହିଲା । ଅନ୍ୟ ଷ୍ଟାଫ୍‌ମାନେ ଯେ ଯାହାର କାମରେ ବ୍ୟସ୍ତ ଥିଲେ ବି ସୁଶୋଭନକୁ ଲାଗୁଥିଲା, ସମସ୍ତେ ଯେମିତି ତାରି ଆଡ଼କୁ ଚାହୁଁଛନ୍ତି । ଆଉ ଏଠୁ ସେ ଝୁଲିଗଲା ପରେ କେବଳ ତାରି କଥା ହିଁ କଥାହେବେ । ତା ପାଖକୁ ଯେଉଁ ଓକିଲ ନୋଟିସ୍‌ ଆସିଛି ତା ମୂଳରେ ଏଇ ଅଧାପକମାନଙ୍କର ହାତ ଅଛି । ସେ ଯେ ଏଗାର ଲକ୍ଷ ଟଙ୍କାର ଗୋଟାଏ ଏରିଅର୍‌ ପାଇଛି । ସେ କଥା ଏଇମାନେ

ଡ. ବାସନ୍ତୀ ମହାନ୍ତି ❖ ୯୩

ଫୋଡ଼ିଥିବେ ଗାୟତ୍ରୀ କାନରେ । ଏମାନଙ୍କ ଉଦ୍ଦେଶ୍ୟରେ ଆହୁରି କ'ଣ ବାହାରୁ ଥିଲା ତା ପାଟିରୁ ସେ ନିଜକୁ ରୋକି ନେଲା ।

ମିଟିଂରେ ସେ ଆଦୌ ମନଯୋଗୀ ହୋଇପାରିଲା ନାହିଁ । ପ୍ରିନ୍ସିପାଲ୍ କ'ଣ କହୁଥିଲେ ପଶୁ ନଥିଲା ତା କାନରେ । ସେ ଅନ୍ୟମନସ୍କ ଭାବରେ ମୋବାଇଲ୍ ସ୍କ୍ରିନ୍ ଉପରେ ଅଙ୍ଗୁଲି ଚଳନା କରୁଥିଲା । ତାର ଅନ୍ୟମନସ୍କତାକୁ ଅଧ୍ୟକ୍ଷଙ୍କ ଆକ୍ଷେପ ବି ସେ ଶୁଣିପାରି ନଥିଲା କି ସହକର୍ମୀମାନଙ୍କ ରୂପା ହସର ଅର୍ଥ ସେ କିଛି ବୁଝିପାରି ନଥିଲା ।

ଘରେ ପହଞ୍ଚିଲା ବେଳକୁ ଅପରାହ୍ନ ହୋଇ ଯାଇଥିଲେ ବି ସୁଶୀଳା ନଖାଇ ତା ପାଇଁ ଅପେକ୍ଷା କରିଥିଲା ମଧ୍ୟାହ୍ନ ଭୋଜନ ପାଇଁ । ସୁଶୋଭନକୁ ଆସିବା ଦେଖି ସେ ଉଠିଗଲା ରୋଷେଇ ଘରକୁ । ବଡ଼ାବଡ଼ି କରି ସେ ରୋଷେଇ ଘରୁ ବାହାରି ଆସିଲା ବେଳକୁ ସୁଶୋଭନ ବାଥରୁମରୁ ଧୁଆଧୋଇ ହୋଇ ଆସିସାରିଥିଲା । ସୁଶୀଳା ରହିଁଲା ଶୁଖୀ କଳାକାଠ ପଡ଼ିଯାଇଥିବା ସୁଶୋଭନ ମୁହଁକୁ । ଯେଉଁ ଆକର୍ଷଣୀୟ ଚେହେରାରେ ମୁଗ୍ଧ ହୋଇ ସୁଶୀଳା ସୁଶୋଭନର ସଂସାର ଭିତରକୁ ପଶି ଆସିଥିଲା, ସେ ଚେହେରା ଆଉ କଡ଼ାକରେ ନାହିଁ । ତାର ଭଙ୍ଗା ଗଡ଼ା ସଂସାର ଭିତରେ ସେ ଟୁକୁଡ଼ା ଟୁକୁଡ଼ା ହୋଇଯାଇଛି । ଦୁଇ ଆଖି କୋରଡ଼ରେ ଦୁଇ ପୋଷ ଲେଖାଁ ରେଉଳ ଧରିବ । ଦୁଇ ହନୁହାଡ଼ ବାହାରକୁ ବାହାରି ପଡ଼ିଲାଣି । ଗାଲ ପଶିଗଲାଣି ଭିତରକୁ । ମୁହଁର ରୂଢ଼ ସବୁ ହଠାତ୍ ଚାଁଆସ ହେଲ ପାଟି ଗଲାଣି । ଯେଉଁ ସୁଖ ଆଶାରେ ସେ ଏ ଘରକୁ ଆସିଥିଲା ସେ ସବୁ ସରି ସରି ଆସୁଥିଲା । ସେଥିପାଇଁ ସେ ଦାୟୀ କରୁଥିଲା ନିଜକୁ ।

ତାର ଦୟା ହେଲା ସୁଶୋଭନ ପ୍ରତି । ଯଥାସମ୍ଭବ କଣ୍ଠଟାକୁ ନରମ କରି କହିଲା– ତମେ ଆଜିକାଲି ଖୁବ୍ ଅନ୍ୟମନସ୍କ ରହୁଛ । ସେମିତି କିଛି ସମସ୍ୟା ଅଛି କି, ଯାହା ମତେ କୁହାଯାଇପାରିବନି ? ମୁଁ ଯଦି ସେଇ ସମସ୍ୟାର ମୂଳ ହେଇଥାଏ, ତାହେଲେ ମୁଁ କଥା ଦେଉଚି ତମେ ଯାହା କହିବ ମୁଁ ସବୁଥିରେ ରାଜି । ତମର ଏମିତି ଡିପ୍ରେସନ୍ ମୁଁ ଦେଖିପାରୁନି ।

ସୁଶୋଭନ ସୁଶୀଳା ମୁହଁକୁ ରହିଁଲା । ଅତି ସୁନ୍ଦର । ଅନ୍ୟକୁ ସମ୍ମୋହିତ କରିଦେବାପରି । ସୁଶୋଭନ ପଡ଼ିଯାଇଥିଲା ତା ପ୍ରେମରେ । ତା ପରଠାରୁ ପତ୍ନୀ

ଗାୟତ୍ରୀର ସବୁକିଛି ଖରାପ ଦିଶିଲା ତା ଆଖିରେ । ତାର ସରଳ ନିରୀହ ଚେହେରା, ଅତ୍ୟନ୍ତ ଗାଉଁଲି ମନେ ହେଲା ତାକୁ । ଶାଶୁ ଶ୍ୱଶୁରଙ୍କ ପାଖରୁ ଭଲ ରାନ୍ଧୁଣୀର ପ୍ରଶଂସା ପତ୍ର ପାଇଥିବା ସ୍ତ୍ରୀଟାର ତରକାରୀ ସୁଆଦିଆ ହେଲାନି । ଭାତ କୋଉଦିନ ଟାଣ ହେଇଗଲା ତ ଆଉ କୋଉଦିନ ଡାଲି ପାଣିଚିଆ । ଭଜା କୋଉଦିନ କଞ୍ଚା ତ କୋଉଦିନ ପୋଡ଼ା । ଏମିତି ସେମିତି ଗୁଡ଼ାଏ ଦୋଷଗୁଣ । ସବୁଦିନ ଘରେ ଏମିତି ଝିକିଝିକି କରି ଶେଷରେ ସତମିଛ କରି ଡାଇଭର୍ସ କରିବାରେ ସକ୍ଷମ ହେଲା ସୁଶୋଭନ । ଭରଣ ପୋଷଣ ବାବଦରେ ମାସକୁ ମାସ ତା ଦରମାରୁ କଟି ଯାଉଥିଲା । ସୁଶୋଭନ ଏକପ୍ରକାର ନିଶ୍ଚିନ୍ତ ଥିଲା ଗାୟତ୍ରୀ ପଟରୁ । ସେ ଆଉ କିଛି ବେଶୀ ହଇରାଣ କରିବ ନାହିଁ ତାକୁ । ଗାୟତ୍ରୀ ଦୁଷ୍ଟା ନୁହେଁ । ଖୁବ୍ ନିରୀହ ଓ ସରଳା । ସେଇ ସରଳତାର ସୁଯୋଗ ତ ନେଇଥିଲା ସୁଭୋଭନ । ତାକୁ ମାନସିକ ନିର୍ଯ୍ୟାତନା ଦେଇ ପ୍ରାୟ ଅର୍ଦ୍ଧପାଗଳୀ ପରି କରିଦେଇଥିଲା ।

ସୁଶୀଲାକୁ ନେଇ ତାର ସୁଖ ସଂସାର ଝୁଲିଥିଲା । ଏବେ ଗାୟତ୍ରୀ ହଠାତ୍ କେସ୍ ଗୋଟାଏ ଫାଇଲ୍ କରିଛି ।

ଝିଅ ବଡ଼ ହେଲାଣି । ତା ପାଠପଢ଼ା ଓ ବିବାହ ପାଇଁ ତାକୁ ଏକ ମୁଷ୍ତରୀରେ କିଛି ଟଙ୍କା ଦରକାର । ପୁଣି ମାସିକ ନିଆଯାଉଥିବା ଅର୍ଥରାଶିର ବୃଦ୍ଧିପାଇଁ ନିର୍ଦ୍ଦେଶ ।

ପନ୍ଦର ବର୍ଷକାଳ ମ୍ୟାନେଜମେଣ୍ଟରୁ ପାଞ୍ଚ ହଜାର ଟଙ୍କାରେ ଖଟି ଖଟି ଏବେ ରେଗୁଲାର ହେଇଛି ଚାକିରି । କିଛି ଏରିଅର୍ ବି ମିଲିଛି । ଏ ଖବର ବୋଧେ କୌଣସି ସୂତ୍ରରୁ ଗାୟତ୍ରୀ ପାଖରେ ପହଞ୍ଚ ଯାଇଛି ବୋଲି ସୁଶୋଭନର ବିଶ୍ୱାସ । ସେ କିନ୍ତୁ ଏଥରୁ କାଣିକଉଡ଼ିଟିଏ ଗାୟତ୍ରୀକୁ ଦେବାକୁ ପ୍ରସ୍ତୁତ ନୁହେଁ ।

ଓକିଲ ପରାମର୍ଶ କଲା ସୁଶୋଭନ । ଏମିତି ଅଛି କି କିଛି ଉପାୟ ? ଏ ଦାବିକୁ ସାମ୍ନା କରିବାପାଇଁ । ଓକିଲ ସୁରେଶ ପଟ୍ଟନାୟକ କହିଲେ, ହଁ ଅଛି । ତେବେ ସେ ଅନୈତିକ ଉପାୟରେ ଅର୍ଥ ରୋଜଗାର କରୁଚି ବୋଲି ସାବ୍ୟସ୍ତ କରିଦେଲେ ଆପଣଙ୍କୁ କିଛି ଅର୍ଥ ଦେବାପାଇଁ ପଡ଼ିବ ନାହିଁ ।

କହ ହେଉନଥିବା ଯନ୍ତ୍ରଣାଟିଏ ସୁଶୋଭନର ଶରୀର ସାରା ବିଛାଡ଼ି ହୋଇପଡ଼ିଲା । ସେ ଟିକେ ଦବିଗଲା । ନା ଗାୟତ୍ରୀକୁ ଅନ୍ୟ କେଉଁ ଦୋଷରେ ଦୋଷୀ କରିହେବ ସିନା, ଚରିତ୍ର ଦୋଷରେ ଆଦୌ ନୁହେଁ । ସେ କିଛି ସମୟ

ନୀରବ ରହିଲା । କଥାଟା ଶୁଣିବା ପାଇଁ ତାକୁ ଆଦୌ ଭଲ ଲାଗିଲା ନାହିଁ । ତାର ମାନସିକ ସ୍ଥିତି ଅନୁଭବ କଲେ ଓକିଲ ସୁରେଶ । ସେ କିଛି କହିବା ପୂର୍ବରୁ ଗାୟତ୍ରୀ ପ୍ରତି ତା' ମନର କେଉଁ ନିଭୃତ କୋଣରେ ତଥାପି ଲୁଚି ରହିଥିବା ଦରଦ ଟିକେ ତା ବିବେକବୋଧକୁ ଶତଦଂଶନ କଲା । ସେ ବିଧ୍ୱସ୍ତ କଣ୍ଠରେ କହିଲା – 'ସମ୍ଭବ ନୁହେଁ' ।

"କାହିଁକି" ? ଓକିଲଙ୍କ କଣ୍ଠରେ ଜିଜ୍ଞାସା ।

"ଗାୟତ୍ରୀ ସେମିତି ଝିଅ ନୁହେଁ ।" ଅସହାୟ କଣ୍ଠରେ କହିଲା ସୁଶୋଭନ ।

"ନହେଲେ ଆମେ କରିଦବା"

ଓକିଲଙ୍କ କଣ୍ଠ ସ୍ୱରରେ ଦୃଢ଼ତା ଦେଖି ବିସ୍ମୟାଭିଭୂତ ହୋଇ ତାଙ୍କ ମୁହଁକୁ ରୁହିଁ ରହିଲା ସୁଶୋଭନ । ଲୋକେ ପ୍ରମାଣ ଦେବେ । ସେ ବିଷୟରେ ନିଶ୍ଚିନ୍ତ ରହନ୍ତୁ ଆପଣ । ଯଦି ଆପଣ କେସ୍ ଜିତିବାକୁ ଚାହୁଁଛନ୍ତି ତ । ନହେଲେ କୌଣସି ଉପାୟ ନାହିଁ । ଗାୟତ୍ରୀ ଦାବୀ କରୁଥିବା ଅର୍ଥରାଶି ଆପଣଙ୍କୁ ଦେବାକୁ ପଡ଼ିବ । ଆପଣ ରୋଜିରି କରୁଛନ୍ତି, ଇନ୍କମ୍ ଅଛି । ସେଥିରୁ ତାକୁ କେହି କାଟି ପାରିବେନି ।

ସୁଶୋଭନ ଆଉ ଆଗକୁ ଚିନ୍ତା କରିପାରିଲା ନାହିଁ । ତା କାନମୁଣ୍ଡ ଭାଁ ଭାଁ କରିଦେଲା । ମୁହୂର୍ତକ ପାଇଁ ସେ ସ୍ତାଣୁ ପାଲଟିଗଲା । ମୌନଂ ସମ୍ମତି ଲକ୍ଷଣ ବୋଲି ଧରିନେଲେ ଓକିଲ ବାବୁ ।

କାଠଗଡ଼ାରେ ଠିଆ ହୋଇଥିଲା ଗାୟତ୍ରୀ । କୁରୁସଭାରେ ଦ୍ରୌପଦୀ ପରି । କି ପ୍ରକାର ନିର୍ଲଜ୍ଜ ପ୍ରଶ୍ନବାଣରେ ତାକୁ ନିର୍ବସ୍ତ୍ର କରିବାର ଅପଚେଷ୍ଟା କରାଯିବ, ତାର ଗୋଟିଏ କାଳ୍ପନିକ ଚିତ୍ର ସେ ଆଙ୍କି ସାରିଥିଲା । ସେଥିପାଇଁ ସେ ଯଥେଷ୍ଟ ମାନସିକ ପ୍ରସ୍ତୁତି ରଖିଥିଲା । ବାପା ମାଆ ଓ ଭାଇମାନେ ତାକୁ ବାରଣ କରୁଥିଲେ, କୋର୍ଟକୁ ଆସିବା ପାଇଁ । ଗାୟତ୍ରୀ ଜାଣିଥିଲା, ସେ ଯଦି କୋର୍ଟକୁ ନ ଆସେ କେସ୍ ଏକ ତରଫା ହୋଇଯିବ । ସୁଶୋଭନ ଡିଗ୍ରୀ ପାଇବ । ଫଳରେ ଦୁଇଟା କଥା ହେବ । ଏକରେ ଭରଣ ପୋଷଣ ବାବଦରେ ଟଙ୍କାଟିଏ ବି ମିଳିବ ନାହିଁ । ଆଗରେ ଅନିଶ୍ଚିତ ଭବିଷ୍ୟତ । ଝିଅଟାର ପାଠପଢ଼ା । ତାର ବିବାହ । ତାର ସୁରକ୍ଷିତ ଭବିଷ୍ୟତ ପାଇଁ ଅର୍ଥର ବହୁତ ଆବଶ୍ୟକତା ରହିଛି । ତା ନିଜପାଇଁ ହୋଇଥିଲେ ସେ ପଇସାଟିଏ ସୁଦ୍ଧା ଦାବି କରିନଥାନ୍ତା । କିନ୍ତୁ ଦୁହିଁଙ୍କ ସଂଘର୍ଷରେ ଝିଅଟା

ବଲିପଡ଼ୁ ସେ ଆଦୌ ଚାହୁଁ ନଥିଲା । ଝିଅଟା ଅନ୍ୟ କାହାର ଦୟା ଦକ୍ଷିଣାରେ ବଞ୍ଚୁ, ଜୀବନ ସାରା କାହାପ୍ରତି କୃତଜ୍ଞତାର ବୋଝରେ କୁଣ୍ଢ ପାଲଟି ଯାଉ ଏହା ବି ସେ ରୁହୁଁ ନଥିଲା । ବାପା ଅବସରପ୍ରାପ୍ତ ପ୍ରାଥମିକ ଶିକ୍ଷକ । ଦୁଇ ଭାଇଙ୍କର ମଧ୍ୟ ସେମିତି ଉଦ୍‌ବୃତ୍ତ ଅର୍ଥ ନାହିଁ, ଯାହାକୁ ସେ ଅନାୟାସରେ ଖର୍ଚ କରିପାରିବ । ଏବେ ଭାଇମାନେ ବାହାସାହା ହୋଇନାହାଁନ୍ତି ଯେ ତା’ ପାଇଁ ପଟେ ହୋଇ ଠିଆ ହେଉଛନ୍ତି । ଆଗକୁ କ’ଣ ହେବ କହି ହେଉନାହିଁ । ଦ୍ୱିତୀୟରେ ସେ କୋର୍ଟକୁ ନ ଆସିଲେ ତା ନାଁରେ ସୁଶୋଭନ କରିଥିବା ଅଭିଯୋଗ ସବୁ ସତ୍ୟ ପ୍ରମାଣିତ ହୋଇଯିବ ।

ବାପା କହିଥିଲେ, "ତୁ ପାରିବୁ ନାହିଁ ଲୋ ମାୟା । ସେ ଓକିଲ ଗୁଡ଼ାକଙ୍କ ଜିଭରେ ବାଡ଼ବତା ନଥାଏ" ।

ଆଉ କିଛି କହିନଥିଲେ ବାପା । ସେଇ ନ କହିବା ଭିତରେ ସେ ଅନେକ କଥା କହିଗଲେ । ବୋଉର ମତାମତ ବି ସେୟା ଥିଲା । ସାନ ଭାଇଟା ଅଜ୍ଞାନ ହୋଇ ଶୋଧା ଶୋଧ୍‌ କରୁଥିଲା ସୁଶୋଭନକୁ । ସେ କହୁଥିଲା, ଅପା ! ତୁ ସେ ନୋଟିସକୁ ଚିରି ଫୋପାଡ଼ି ଦେ । ସୁଶୋଭନକୁ କି ଭାଷାରେ ବୁଝେଇବାକୁ ହୁଏ ମୁଁ ଜାଣିଛି । କୁକୁର ବିଲୁଆ ବି ତାର ଲାସର ପଶା ପାଇବେନି ।

ସେମିତି କିଛି ରୁହୁଁ ନଥିଲା ଗାୟତ୍ରୀ । ନିଜ ପାଇଁ ନୁହେଁ ଝିଅ ଖୁସି ପାଇଁ ସବୁ ବିଷକୁ ପିଇଯିବାପାଇଁ ସେ ପ୍ରସ୍ତୁତ ଥିଲା ।

କାଠଗଡ଼ାରେ ଠିଆ ହୋଇଥିଲା ଗାୟତ୍ରୀ । ଓକିଲ ଆରମ୍ଭ କରିଦେଲା ଜବାବ ସୁଆଲ । ମି. ଲର୍ଡ ! ମୋ ମହକିଲ ତାଙ୍କ ପୂର୍ବତନ ପତ୍ନୀକୁ ମାନ୍ୟବର କୋର୍ଟଙ୍କ ଆଦେଶ ଅନୁସାରେ ପ୍ରତିମାସରେ ଭରଣ ପୋଷଣ ବାବଦରେ କିଛି ଅର୍ଥରାଶି ପ୍ରଦାନ କରିଆସୁଛନ୍ତି । ଏବେ ସେ ସେହି ଅର୍ଥରାଶିକୁ ଆହୁରି ବୃଦ୍ଧି କରିବାକୁ ଦାବି କରୁଛନ୍ତି ବୋଲି ମୋ ମହକିଲ ଅଭିଯୋଗ କରିଛନ୍ତି ମି. ଲର୍ଡ ! ଯେହେତୁ ସେ ପୂର୍ବତନ ସ୍ୱାମୀଙ୍କଠାରୁ ତାଙ୍କ ପାଇଁ ଓ ତାଙ୍କ ଝିଅପାଇଁ ଭରଣପୋଷଣ ପାଉଥିବା ସତ୍ତ୍ୱେ ଅନୈତିକ ଉପାୟରେ ଅର୍ଥ ରୋଜଗାର କରୁଛନ୍ତି, ସର୍ତ ଅନୁସାରେ ସେ ଯେଉଁ ଟଙ୍କା ପାଉଛନ୍ତି, ସେଥିରେ ମଧ୍ୟ ସେ ହକ୍‌ଦାର ନୁହଁନ୍ତି । ତାଙ୍କର ଅଧିକ ଅର୍ଥଦାବି ମଧ୍ୟ ସଂପୂର୍ଣ୍ଣ ଅଯଥାର୍ଥ ।

କାଠଗଡ଼ାରେ ଠିଆ ହୋଇଥିବା ଗାୟତ୍ରୀ ଦେହରୁ ଗୋଟାଏ ଶ୍ରୀମଣ୍ଡଳ ନିଗିଡ଼ି ପଡ଼ିଲା । କି ଅନୀତି ଉପାୟରେ ସେ ଅର୍ଥ ଉପାର୍ଜନ କରୁଛି ? ଲଜ୍ଜା ସଂକୋଚରେ ଝାଉଁଳି ପଡ଼ିଲା । ଦୃଷ୍ଟି ତୋଳି ସେ ସୁଶୋଭନ ଆଡ଼େ ଚାହିଁଲା । ସୁଶୋଭନ ବି ସେତିକି ବେଳକୁ ତା ପ୍ରତିକ୍ରିୟା ଜାଣିବାପାଇଁ ଚାହିଁଦେଇଥିଲା ଗାୟତ୍ରୀ ମୁହଁକୁ । ଚାରିଚକ୍ଷୁ ମିଳିଗଲା । କି ତେଜ ଥିଲା ଗାୟତ୍ରୀର ଚକ୍ଷୁରେ କେଜାଣି ଚାହିଁପାରିଲା ନାହିଁ ସୁଶୋଭନ । ସେ ଆଖିରେ କ୍ରୋଧ ନଥିଲା, ଘୃଣା ନଥିଲା, ଅବଜ୍ଞା ନଥିଲା, ଆପଣି ଅଭିଯୋଗ ବି ନଥିଲା । ତଥାପି ସେ ଦୃଷ୍ଟିର ତୀବ୍ରତାରେ ସୁଶୋଭନର ସବୁ ଅହଂକାର ଗୋଟାଏ ମୁହୂର୍ତ୍ତରେ ଭୁଲୁଣ୍ଠିତ ହୋଇଗଲା । ସେ ସାଙ୍କୁଡ଼ି ଯାଇ ଏତେଟିକେ ହୋଇଗଲା । ଗାୟତ୍ରୀ ସହ ଦଶ ବର୍ଷର ଘର ସଂସାର କରିଥିଲା ସୁଶୋଭନ । ସମ୍ପୂର୍ଣ୍ଣ ସମର୍ପିତାର ଜୀବନଟିଏ ସେ ଦେଇଥିଲା ସୁଶୋଭନକୁ । ପରିବାରରେ ନିଜ ଖୁସି ନୁହେଁ ସୁଶୋଭନର ଖୁସି ପାଇଁ ସେ ତାର ପ୍ରତି ମୁହୂର୍ତ୍ତକୁ ସଜାଗ କରି ରଖିଥିଲା । ସେଇ ତନୁପାତଳୀ ଈଷତ୍ ଗୋରୀ ଅପେକ୍ଷାକୃତ କମ୍ ସୁନ୍ଦର ଢିଅଟାର ଶରୀର ଭିତରେ ଯେଉଁ ମଣିଷ ପଣଟିଏ ଥିଲା, ତାହା ହୋମଶିଖା ଠାରୁ ବି ଆହୁରି ପବିତ୍ର ଏହା ସୁଶୋଭନ ଠାରୁ ଅଧିକ କେହି ଜାଣିନଥିଲେ ।

ଗାୟତ୍ରୀକୁ ନିଷ୍ପାପ ଓ ସରଳ ବୋଲି ଭଲ ଭାବରେ ଜାଣେ ସୁଶୋଭନ । ଜଣେ ଆଦର୍ଶ ପ୍ରାଇମେରୀ ଶିକ୍ଷକଙ୍କ କନ୍ୟା ଭାବରେ ସେ ଖୁବ୍ ସଂସ୍କାରୀ । ସେ ଯେ ଆଦୌ କୌଣସି ବିବେକ ବିରୋଧୀ କାର୍ଯ୍ୟ କରିପାରେ ନା ଏ ବିଶ୍ୱାସ ଅଛି ସୁଶୋଭନର । ଅଥଚ ନିର୍ବିକାର ଭାବରେ ସୁଶୋଭନ ମିଛ କହିପାରେ । ନିଜ ସ୍ୱାର୍ଥପାଇଁ ସେ ଯେକୌଣସି ନୀତିକୁ ଅନୀତି ଓ ଅନୀତିକୁ ନୀତି କରିବା ପାଇଁ, ସତକୁ ମିଛ ଓ ମିଛକୁ ସତ କରିବାକୁ ତିଳାର୍ଦ୍ଧେ କୁଣ୍ଠାବୋଧ କରେ ନାହିଁ । ଗୋଟାଏ ଅଜ୍ଞାତକୁଳଶୀଳା ସ୍ତ୍ରୀଟିଏ ପାଇଁ ସେ ଗାୟତ୍ରୀ ପରି ସଂସ୍କାରୀ ସୁଶୀଳା ସମର୍ପିତା ସ୍ତ୍ରୀକୁ ଅନାୟାସରେ ପରିତ୍ୟାଗ କରିପାରେ । ସେ ଦଶବର୍ଷ ଭିତରେ ଗାୟତ୍ରୀକୁ ଯେତିକି ଜାଣିଥିଲା ସେ ଧାରଣା ତାର କେହି ବଦଳେଇ ପାରିବେ ନାହିଁ । ତଥାପି ସେ ଗାୟତ୍ରୀ ଚରିତ୍ରକୁ ଆକ୍ଷେପ କରି ଲଢ଼ିବା ପାଇଁ ଓକିଲର ପରାମର୍ଶକୁ ପ୍ରତିବାଦ କଲାନାହିଁ । ତା' ଚରିତ୍ର ଉପରେ ଦାଗ ଲଗେଇ ଦେଲା । ଡାଇଭର୍ସ ହେବାର ପାଞ୍ଚବର୍ଷ ବିତିଗଲାଣି ଏ ଭିତରେ । ସୁଶୋଭନ ତା'ପ୍ରତି

ଯେତେ ଅବିଷ୍କାର କଲେ ସୁଦ୍ଧା ! ତା ହୃଦୟର କେଉଁ ନିଭୃତ କୋଣରେ ତା' ପ୍ରତି ଆବେଗଟିକେ ସାଇତି ରଖିଥିଲା ସମସ୍ତଙ୍କ ଅଗୋଚରରେ । ସାମାଜିକ ସ୍ତରରେ ସେ ଡିଭୋର୍ସୀ । କାଗଜପତ୍ରରେ ସୁଶୋଭନ ସହ ତାର କୌଣସି ସମ୍ପର୍କ ନଥିଲା । ତଥାପି ସେ ମଥାରେ ସିନ୍ଦୁର ବିନ୍ଦୁଟିଏ ଦେଉଥିଲା । ଦୁଇ ହାତରେ ସଧବାର ସନ୍ତକ ରୂପେ ସେ ଦୁଇ ଋରିପଟ ପାଣିକାଚ ପିନ୍ଧୁଥିଲା । ହାତ ଆଦୌ ଖାଲି କରୁନଥିଲା । ଏପରିକି ପୁରୁଣା ଚୁଡ଼ି ବାହାର କରି ନୂଆ ପିନ୍ଧିବା ବେଳେ ସେ ହାତରେ ଘଣ୍ଟା କିମ୍ବା ରବର ବ୍ୟାଣ୍ଡଟିଏ ଲଗେଇ ନହେଲେ ରୁମାଲଟିଏ ବାନ୍ଧି ଚୁଡ଼ି ବଦଲୁ ଥିଲା । ସେଇ ଝିଅଟୀ ମଥାରେ ତା ପୂର୍ବତନ ସ୍ୱାମୀ କଳଙ୍କ ଲଗାଇବାକୁ ଚେଷ୍ଟା କରିଚି । ଜଜ୍ଙ୍କ ନିର୍ଦ୍ଦେଶ ଅନୁସାରେ ସାକ୍ଷୀମାନେ ଜଣକ ପରେ ଜଣେ କାଠ ଘଡ଼ାରେ ଠିଆ ହେଲେ ଗାୟତ୍ରୀର ଅସତୀତ୍ୱ ପ୍ରମାଣ କରିବାପାଇଁ ।

ପ୍ରଥମ ସାକ୍ଷୀ କହିଲା, ସେ ଏ ମହିଳା ଜଣକୁ ସୁନା ଦୋକାନରେ ଜଣେ ଧନୀ ପୁରୁଷଙ୍କ ସହ ସୁନା କିଣିବାର ଦେଖିଛି । ଆଉ ଜଣେ ସାକ୍ଷୀ କହିଲା, ଜଣେ ଧନୀକଙ୍କ ସହ କାରରେ ବସି କୁଆଡ଼େ ଯାଉଥିବାର ସେ ଦେଖିଛି । ଆଉ ଜଣେ କହିଲା ଗୋଟାଏ ବୁଢ଼ା ଧନୀ ଲୋକ ସହ ପାର୍କରେ ବସିଥିବା ତାକୁ ସେ ଦେଖିଛି । ଆଉ ତା ହାତରୁ କିଛି ଟଙ୍କା ନେବାର ମଧ ଦେଖିଛି । ତେଣୁ ଧନୀ ଲୋକଙ୍କ ହାତରୁ କାହିଁକି ପଇସା ନିଅନ୍ତି ପରଣରନ୍ତୁ ମାଡ଼ାମ୍‌କୁ । ତିନିକି ତିନିହେଁ ଗୀତାଛୁଇଁ କେବଳ ସତ କହିବେ, ସତଛଡ଼ା ଆଉ କିଛି କହିବେ ନାହିଁ ବୋଲି ଶପଥ କରିଥିଲେ ।

ଆଉ ଜଣେ ସାକ୍ଷୀ ଦେଲା ବିସ୍ଫୋରକ ଭାବରେ । ସେ କାଠଘଡ଼ା ଭିତରେ ଠିଆ ହେଇ ଗାୟତ୍ରୀର ମୁହଁକୁ କିଛି ସମୟ ଭଲ ଭାବରେ ଚାହିଁଲା । ତା'ପରେ ଗୋଟାଏ ବ୍ୟଇଗତ ହସଟିଏ ହସିଲା । କୋର୍ଟର ପ୍ରଥା ଅନୁସାରେ ସେ ଗୀତା ଉପରେ ହାତ ରଖି ଶପଥ ପାଠ ବି କଲା । ସେ ଯାହା କହିବ ସତ କହିବ ସତ ଛଡ଼ା ଆଉ କିଛି କହିବ ନାହିଁ ।

ପ୍ରତିପକ୍ଷ ଓକିଲଙ୍କ ପ୍ରଶ୍ନ –

"ଆପଣ ଚିହ୍ନନ୍ତି ଏ ଭଦ୍ର ମହିଳାଙ୍କୁ ।"

ସାକ୍ଷୀ ଜନକ ଅଟ୍ଟହାସ୍ୟ କରି କହିଲା, ଏ ମହିଲାଙ୍କୁ କିଏ ନ ଜାଣିଚି ? ସହର ଗଳିକନ୍ଦିରେ ସମସ୍ତେ ଜାଣିଛନ୍ତି ଆଜ୍ଞା, ଧନ୍ଦାବାଲୀ । ଧନ୍ଦାରେ ଚଳେ, ଦେହ ବ୍ୟବସାୟ ।

“ପ୍ରମାଣ ଦେଇପାରିବ ?”

“ସାରା ସହର ଦେଇ ପାରିବ ସେ ପ୍ରମାଣ” !

“ତମ ପାଖରେ କ’ଣ ପ୍ରମାଣ ଅଛି କୁହ” ।

ଲୋକଟା ଦୁଇହାତ ମଳି ମଳି କହିଲା । ମୁଁ ଆଜ୍ଞା ବିପନ୍ନୀକ । ମୋ ସ୍ତ୍ରୀ ପାଞ୍ଚବର୍ଷ ହେଲା ମତେ ଛାଡ଼ି ଚାଲିଗଲାଣି ସେ ପୁରକୁ । ସେ ଗଲାପରେ ମୋର ନିଶାପାଣି ଟିକେ ନ ପଡ଼ିଲେ ରାତିରେ ନିଦ ହୁଏନି । ଏବେ କିନ୍ତୁ ମୁଁ ପୁରା ହୋସ୍‌ରେ ଅଛି । ବିନ୍ଦୁଏ ବି ପିଇନି । ଡାକ୍ତରୀ ପରୀକ୍ଷା କରିପାରନ୍ତି ।

“ତମକୁ ଯାହା ପଚରାଯାଉଛି, ସେ ପ୍ରଶ୍ନର ଉତ୍ତର ଦିଅ । ଆଜେ ବାଜେ କଥା କାହିଁକି କହୁଚ ? ସେ କି ଭୁଲ ଉପାୟରେ ପଇସା ରୋଜଗାର କରନ୍ତି, ତାର ପ୍ରମାଣ ଦିଅ” ।

“ସେଇ କଥା ତ କହୁଚି ଆଜ୍ଞା” ।

“ମୁଁ ଆଜ୍ଞା - ହେଁ - ହେଁ - ଯେଉଁଦିନ ମଦ ପାଣି ଟିକେ ପିଇଦିଏ, ଦେହର ପରାସ ମେଣ୍ଟାଇବା ପାଇଁ ଆଜ୍ଞା, ହେଁ - ହେଁ - ହେଁ ।

ଆପଣମାନେ ତ ଜାଣିଛନ୍ତି ସବୁ ଆଜ୍ଞା । ମାଡ଼ାମ୍‌କୁ ପରରନ୍ତୁ । ସବୁ ପଇସା ତୁଟେଇ ଦେଇଛି ସାର୍ । ପାଞ୍ଚଟଙ୍କା ବି ବାକି ରଖିନି । ମାଡ଼ାମ୍ ଟିକେ ମତେ ରିହାତି ଦିଅନ୍ତି । ମୁଁ ସବୁ ଦିନିଆ ଗରାଖ କି ନା !”

ହଠାତ୍ ବିସ୍ଫୋରଣଟିଏ ଘଟିଗଲା କୋର୍ଟ ପରିସରରେ । ଗାୟତ୍ରୀର ଓକିଲ, ସୁଶୋଭନର ଓକିଲ ସହ ଜଜ୍ ଓ ଦେଖଣାହାରୀଙ୍କୁ ସ୍ତବ୍ଧ କରିଦେଲା ଘଟଣାଟା ।

ସୁଶୋଭନ ବିଜୁଳି ବେଗରେ ନିଜ ଚେୟାରରୁ ଉଠି ପଡ଼ି ସାକ୍ଷୀ ଜନକ ପାଖରେ ପହଞ୍ଚ ଧରି ପକେଇଲା ତା କଲରକୁ । ଚିକ୍କାର କରି କହିଲା - ମିଛ ମିଛ - ସବୁ ମିଛ କଥା କହୁଚ୍ଛୁ ତୁ । ଆଉ ପଦେ ଯଦି ତୁ ଗାୟତ୍ରୀ ନାଁରେ କହୁ ତ ତୋ ତଣ୍ଡି କଣା କରି ରକ୍ତ ପିଇଯିବି । ତୋ ଜିଭଟାକୁ ଟାଣି ଓଟାରି ଫିଙ୍ଗି ଦେବି ।

ତୋର ଏଡେ ସାହସ, ଗାୟତ୍ରୀ ଚରିତ୍ରକୁ ନେଇ କଥା କହିବୁ ? ଆହୁରି କ'ଣ ସବୁ ଗର୍ଜନ ତର୍ଜନ କରି କହୁଥିଲା । ସେ କ୍ରୋଧରେ ଏମିତି ଅଜ୍ଞାନ ହୋଇ ଯାଇଥିଲା ଯେ ତାର ଶରୀର ବରଡ଼ା ପତ୍ରପରି ଥରୁଥିଲା । ତା ମୁହଁର ଶବ୍ଦ ଗୁଡ଼ାକ କେବଳ ଶୁଭୁଥିଲା ଗର୍ଜନ ପରି ।

ଜଜ୍ ଟେବୁଲ୍ ଉପରେ ହାତୁଡ଼ି ପିଟି ପିଟି କହୁଥିଲେ, ଅର୍ଡର ଅର୍ଡର । ଅର୍ଡର ଅର୍ଡର । ସୁଶୋଭନ କୌଣସି କଥା ଶୁଣିବା ଅବସ୍ଥାରେ ନଥିଲା । ଜଜ୍ଙ୍କ ହାତୁଡ଼ି ପିଟା ଶବ୍ଦବି ତା କାନରେ ପଡ଼ୁ ନଥିଲା । ସେ କେବଳ ଚିତ୍କାର କରୁଥିଲା ।

ସୁଶୋଭନର ଚିତ୍କାର ଜଜ୍ଙ୍କର ସେ ଅର୍ଡର ଅର୍ଡର ଶବ୍ଦକୁ ବି ନିସ୍ତବ୍ଧ କରିଦେଉଥିଲା ।

❑❑❑

ହାରିଯାଇଥିବା ମଣିଷ

ତା ସହ ଏମିତି ଦେଖା ହେଇଗଲା ଯେ, ତା ଜାଗାରେ ଆଉ ଯିଏ ଥିଲେ ବି କେବଳ କାନ୍ଦିବା ବ୍ୟତୀତ ଆଉ କିଛି କରିପାରିନଥାନ୍ତା । ସେ କାନ୍ଦିଲା । ତା ଅନ୍ତର ଭିତରୁ ଚିପୁଡ଼ି ନିଗାଡ଼ି ହୋଇଆସିଲା କେଇଧାର ଲୁହ । ପ୍ରକୃତିସ୍ଥ ହେଲା ପରେ ସେ କିଛି କହିବାକୁ ରହିଲା ତ କହିଲା – "ଦୁଇଦିନ ହେଲା ଜ୍ୱର, ଦେହହାତ ବିନ୍ଧୁଛି, କିଛି ଖାଇ ପାରୁନି କି ଶୋଇ ପାରୁନି ।"

ତଥାପି ସେ ଆସି ତା ଡିଉଟି କରୁଥିଲା । ମୁଁ ନଇଁପଡ଼ି ତା ଦେହ ସ୍ପର୍ଶ କଲି ସତକୁ ସତ ଖାଇଫୁଟା ତାତି । ମୁଁ ପ୍ରଶ୍ନ କଲି, ଔଷଧ ଖାଇଚୁ ନୂଆବୋଉ ? ତା ଦୁଇ ଆଖି ଠେଲି ପ୍ରସ୍ରବଣ ପରି ପୁଣି ଥରେ ଉବୁକି ଆସୁଥିବା ଲୁହକୁ ରୋକିବାକୁ ଚେଷ୍ଟା କରି ସେ କହିଲା ଭାଇ ଗଲାପରଠୁଁ ପାଟିକୁ ଦାନା ଦେହକୁ କନା ଖଣ୍ଡେ ଯୋଗାଡ଼ କରିବା କଷ୍ଟ ହୋଇପଡୁଛି । ଆଉ ଔଷଧ କଥା କିଏ ପଚରୁଛି ?

ଗାଁ ଲେଖା ଯୋଖାରେ ତା ସ୍ୱାମୀଙ୍କୁ ମୁଁ ରଘୁ ଭାଇ ବୋଲି ଡାକେ ।

"ତୋ ପୁଅମାନେ ? ସେମାନେ କ'ଣ ବୁଝୁନାହାଁନ୍ତି ତୋ ଖବର ?"

"ପୁଅମାନେ ମୋ କଥା ବୁଝୁଥିଲେ ମୁଁ କ'ଣ ଆଜି ଏମିତି ଦହର୍ଯ୍ୟ ହେଇଥାନ୍ତି ?"

ତାର ଲୁହଗ୍ରନ୍ତି ଆଉ ତା ବୋଲ ମାନୁ ନଥିଲେ । ବାଁ'ହାତରେ ବାଲ୍‌ଟିରୁ ପାଣି ମଗେ ବାହାର କରି କଳା ପାଉଁଶ ସାଲ୍‌ବାଲୁ ଡାହାଣ ହାତ ଉପରେ ଢାଲି ସଫା କରିଦେଲା ।

ଆମ ଗାଁ ସ୍କୁଲର ମଧାହ୍ନ ଭୋଜନରେ ବ୍ୟବହୃତ ହାଣ୍ଡି ଡେକ୍‌ଚି କଢ଼େଇ ସବୁ ସେ ସଫା କରୁଥିଲା । ସେଇଟା ଥିଲା ତା ବଞ୍ଚିବାର ରାହା ।

ତା ମଇଲା ମକନ୍ଦରା ଶାଢ଼ୀ କାନିରେ ହାତ ପୋଛୁ ପୋଛୁ ସେ ଉଠି ଠିଆ ହେଲା ।

ପୁଅ କଥା କହୁଚ! ତିନି ତିନିଟା ପୁଅ ଜନ୍ମ କରିଥିଲି । ବରଂ ବାନ୍ଝ ହୋଇଥିଲେ ଭଲ ହୋଇଥା'ନ୍ତା । ସେମାନଙ୍କ ମୁଣ୍ଡ ଉପରେ ମୁଁ ଏବେ ବୋଝ ହେଇଚି, ବୋହୂମାନଙ୍କ ଆଖିରେ କଣ୍ଟା । ସାତ ଭଗାରୀ ପରି ମତେ ପୁଅମାନେ ଛିଣ୍ଡାଳୀ ଖାନ୍‌କୀ କହି ଝିଙ୍ଗାସୁଛନ୍ତି । ମୁଁ କୁଆଡେ କଳଙ୍କିନୀ, ତାଙ୍କ ବଅଁଶରେ କଳଙ୍କ ଲଗେଇଚି । ହାତବି ଉଠେଇ ଦେଉଛନ୍ତି ମୋ ଉପରେ । ବୋହୂମାନଙ୍କ ଉଲୁଗୁଣାରେ ତ ହାଡ଼ରୁ ମାଉଁସ ଖସିପଡ଼ୁଛି । ତମ ଭାଇଥିଲେ ଏମାନଙ୍କୁ ଠିଆ ଫାଡିଦେଇଥା'ନ୍ତା ।

ହାଁ ସେ ନିଶ୍ଚୟ ସେଇୟା କରି ଦେଇଥା'ନ୍ତା ।

ରଘୁଆ ଭାଇର ମଣିଷ ପଣିଆରେ ଅହଲ୍ୟା ପରି ସତୀ ତାଲିକାକୁ ଯାଇଥିବା ସୁଲୀ ନୂଆବୋଉକୁ ନେଇ ମୁଁ ଗପଟିଏ ଲେଖିଥିଲି । ପାପ ଶିରୋନାମାରେ । ଆପଣମାନଙ୍କ ଦୃଷ୍ଟିରେ ହୁଏତ ପଡ଼ିଥାଇପାରେ । ତଥାପି ଆଉଟିକେ ତାର ସୂଚନା ଦେଉଛି ।

ରଘୁଆ ଭାଇ ଥିଲା ସୁରାଟରେ । ଲୁଗା କଳରେ କାମ କରୁଥିଲା । ବିଭିନ୍ନ ସମସ୍ୟାରେ ପଡ଼ି ବର୍ଷେ ଦୁଇ ବର୍ଷ ପର୍ଯ୍ୟନ୍ତ ସେ ତା ସହ ସମ୍ପର୍କ ରଖିପାରିନଥିଲା । ଛୁଆମାନଙ୍କୁ ମୁହଁରେ ଦାନା ଦେବାପାଇଁ ସେ କେମିତି ନ୍ୟସ୍ତ ହୋଇ ପଡ଼ିଥିଲା ତାହା ଭାଷାରେ କହିହେବ ନାହିଁ । ଶେଷରେ ସେ ପାପଗର୍ଭା ହେଲା ଓ ମାଲାପିଲାଟାକୁ ଜନ୍ମ ଦେଇଥିଲା । ଗାଁ ଲୋକେ ଅଢ଼ି ବସିଥିଲେ । ତାକୁ ନିଆଁ ପାଣି ବାଛନ୍ଦ କରିଥିଲେ । ଖବର ଗଲା ରଘୁଆ'ଇ ପାଖକୁ । ସେ ଫେରି ଆସିଲା ଗାଁକୁ । ହାଣୁଆ ରଘୁଆ'ଇକୁ ସମସ୍ତେ ଜାଣିଥିଲେ । ଭାବିଥିଲେ ସୁଲୀର ଆଉ ଏଥର ରକ୍ଷା

ଡ. ବାସନ୍ତୀ ମହାନ୍ତି ❖ ୧୦୩

ନାହିଁ । କିନ୍ତୁ ଫଳ ହେଲା ବିପରୀତ । ସେ ପଞ୍ଚୁଆତି ସଭାରେ ରକ୍ତମୁଖା ହୋଇଗଲା । ହାତରେ ଠେଙ୍ଗାଟାଏ ଧରି ସମସ୍ତଙ୍କୁ ଧିକ୍କାର କରି କହିଲା ମୋ ସ୍ତ୍ରୀଟା ଯେତେବେଳେ ଭୋକ ଉପାସରେ ସଢ଼ୁଥିଲା, ଛୁଆଙ୍କ ତୁଣ୍ଡରେ ଅଧାରଟିକେ ଦେଇପାରୁନଥିଲା କେଉ ପଞ୍ଚୁଆତି ତାକୁ ସାହାଯ୍ୟ କରିବାକୁ ଆଗେଇ ଆସିଥିଲେ । ତା ଛୁଆକୁ ବଞ୍ଚେଇବାକୁ ସେ ଯାହା କରିଛି, ସେଥିପାଇଁ ତମମାନଙ୍କର ଏତେ ଓଜରହାକର କାହିଁକି ? ମୋର ତ କିଛି ଆପତ୍ତି ନାହିଁ । ପଞ୍ଚୁଆତି ସଭାରୁ ସୁଲୀ ନୂଆବୋଉକୁ ଟାଣି ଟାଣି ଘରକୁ ଧରି ଆସିଥିଲା । ଏ ଘଟଣା ଆମ ଅଞ୍ଚଳରେ ରଙ୍ଗଲୀଳ ସୃଷ୍ଟି କରିଥିଲା ସେତେବେଳେ ।

ସେଇଦିନ ଠୁଁ ରଘୁଆ'ଇ ଆଉ ସୁରାଟ ଯାଇନଥିଲା । ଚୁଡ଼ା କୁଟି, ମୂଲପାତି ଲାଗି ଛୁଆମାନଙ୍କୁ ମଣିଷ କରିଥିଲା । ସୁଲୀ ପ୍ରତି ତାର ଭଲ ପାଇବା ଆହୁରି ବଢ଼ି ଯାଇଥିଲା । ଏଇ ଘଟଣା ପରେ । ମୁହୂର୍ତ୍ତେ ଦୁହେଁ ଛାଡ଼ବାଡ଼ ହେଉନଥିଲେ ।

ସେଇ ଛୁଆଙ୍କର ଏବେ ମୁଣ୍ଡକୁ ହାତ ପାଇଲାଣି । ବାହାଚୁଡ଼ା ହେଲେଣି । ଘର ସଂସାର କଲେଣି । ରଘୁଆ'ଇ କେବେଠୁଁ ଆରପାରିକୁ ଗଲାଣି ସୁଲୀ ନୂଆବୋଉକୁ ନିରିମାଖୀ କରି ।

ମୁଁ ତାର ଆପାଦ ମସ୍ତକ ନିରୀକ୍ଷଣ କଲି,

ସାମନ୍ତ ତ କୋଉକାଳୁ ଶୂନ୍ୟ ଥିଲା । ଝୁରୁଝୁରୁ ମୁଣ୍ଡରେ ତେଲଟିକେ କି ପାନିଆଟିକେ ବି ଯେମିତି କେତେ ଯୁଗରୁ ବାଜିନଥିଲା । ଦରଛିଣ୍ଡା ମଇଲା କୋଚଟ ଶାଢ଼ୀରେ ସେ ଦେହ ଢ଼ାଙ୍କିବାକୁ ଚେଷ୍ଟା କରିଥିଲା ଯାହା । ବାର୍ଦ୍ଧକ୍ୟ ତା ଶରୀରକୁ ଯେତିକି ଶ୍ରୀହୀନ କରିନଥିଲା, ତା' ଠାରୁ ଅଧିକ ଅସହାୟ କରିଥିଲା ତା ପୁଅମାନଙ୍କର ଅକୃତଜ୍ଞତା । ଅମଣିଷ ପଣିଆ । ସେ ସଂପୂର୍ଣ୍ଣ ଭାଙ୍ଗିତୁଟି ଯାଇଥିଲା ।

ମୋ ସାଙ୍ଗରେ ଥିଲା ଇଲୁ । ତାଙ୍କୁ କହିଲି – ଇୟେ ତୋର ଗୋଟିଏ ମାଈଁ ହେବ । ଯାକୁ ନେଇ ମୁଁ ଗୋଟିଏ ଗପ ଲେଖିଥିଲି, ମୋ ଗଣ୍ଠର ଚରିତ୍ର ମାନଙ୍କର ଫଟୋ ଉଠାଇବା ତାର ଗୋଟିଏ ସଉକ । ସିଏ ସାଙ୍ଗେ ସାଙ୍ଗେ ତା ମୋବାଇଲର କ୍ୟାମେରା ଅନ୍‍ କରି ଫଟୋଟାଏ ନେବାପାଇଁ ଇଙ୍ଗିତ ଦେଲା ।

ମୁଁ ତାକୁ କହିଲି, ଆ–ନୂଆବୋଉ ଫଟୋଟିଏ ନେବା । ଆଉ କେବେ ତୋ ସାଙ୍ଗରେ ଦେଖା ହେବ କି ନାହିଁ ।

ତା ମୁହଁଟା ଉଜ୍ଜ୍ୱଳି ଉଠିଲା । ମଇଳା ମକନ୍ଦରା ଶାଢ଼ୀ କାନିରେ ଲୁହ ସାଲୁବାଲୁ ମୁହଁକୁ ରଗଡେଇ ପୋଛି ପକାଇଲା । ଶାଢ଼ୀଟିକୁ ଟିକେ ଭଲକରି ସଜାଡ଼ି ସେ ମୋ ପାଖକୁ ଲାଗି ଆସିଲା ।

ଇଲ୍ୟୁ ସ୍ୱାୟତ୍ୟ ନେଲା ।

ମୁଁ ତା ହାତରୁ ମୋବାଇଲ୍ ଆଣିଫଟୋଟାକୁ ସୁଲୀ ନୂଆବୋଉକୁ ଦେଖାଇଲି । ରଙ୍ଗଡ଼ାୟ ଗଙ୍ଗାଶିଉଳି ବୁଣି ହୋଇଗଲା ତା ମୁହଁରେ । ସେ ଭାବ କିନ୍ତୁ ରହିଲାନି ବେଶୀ ସମୟ । ତା ଚକ୍ଷୁ କୋଣରୁ ପୁଣି ଥରେ ଗଡ଼ି ପଡ଼ିଲା ଦୁଇଧାର ଲୁହ । ଦୁଇ ପାପୁଲିରେ ସେ ଲୁହ ଦୁଇ ଧାରକୁ ପୋଛୁ ପୋଛୁ କହିଲା –

ଫଟ ରଖିଥିବ, ମତେ ମନେ ପକାଉଥିବ । ଏଇ ବୋଧେ ତମ ସହ ମୋର ଶେଷ ଦେଖା । ଅଲକ୍ଷିତ ଯମ ବି ମୋତେ ପାଶୋରି ଦେଲାଣି । ଏ ଦହଗଞ୍ଜିଆ ଜୀବନ ଆଉ ମୁଁ ଜିଇଁ ପାରିବିନି । ବୋଝ ହୋଇଗଲାଣି ମତେ । କୃଷ୍ଣ ପୋଖରୀକୁ ଡେଇଁ ପଡ଼ିବି କି ବିଷ ଜହର ଖାଇଦେବି ।

ମୁଁ ତା କାନ୍ଧରେ ପାପୁଲି ରଖିଲି । ଆଶ୍ୱାସନା ଦେବାପାଇଁ ମୋ ପାଖରେ ଶବ୍ଦ ନଥିଲା ।

ସ୍ୱାମୀ ସୋହାଗିନୀ ସୁଲୀ ନୂଆବୋଉ ସତକୁ ସତ ହାରିଯାଇଛି ଜୀବନ ଯୁଦ୍ଧରେ । ମୋ ମନଟା ବହୁତ ଖରାପ ହୋଇଗଲା ।

ମୁଁ ଫେରିଆସିଲି ନୀରବରେ ।

ଗୋଟାଏ ଅସ୍ୱସ୍ତିର ଇତିକଥା

କୋରିଅରବାଲାଠାରୁ ପ୍ୟାକେଟ୍‌ଟି ଗ୍ରହଣ କରିସାରି ମୁଁ ସୋଫା ଉପରେ ବସିପଡ଼ିଲି । ପିଙ୍କିପାଇଁ ବାଙ୍ଗାଲୋରରୁ ଇଲୁ ବାହାଘର ଉପହାର ପଠେଇଥିଲା । ପିଙ୍କି ଘରେ ନଥିଲା, ତା ବାହାଘର ପାଇଁ ବ୍ୟସ୍ତଥିଲା । ଆଉ ଦୁଇଦିନ ପରେ ତା ବାହାଘର । ପ୍ୟାକେଟ୍‌ଟିକୁ ଖୋଲିଲି । ଗୋଲାପି ରଙ୍ଗର ଡବାଟିଏ, ଡବା ଭିତରେ ହୀରା ପଥର ବସା ମୁଦି । କାଗଜ ଖଣ୍ଡକରେ ଲେଖା ହେଇଚି ବରପାଇଁ ବାଟବରଣ ମୁଦି । ହୀରା ପଥରରୁ ବିଚ୍ଛୁରିତ ତେଜରେ ମୁହୂର୍ତ୍କ ପାଇଁ ମୋ ଆଖି ଝଲସି ଉଠିଲା । ଏତେ ମୂଲ୍ୟବାନ୍ ଉପହାର କାହିଁକି ପଠେଇଲା ବଦମାସ୍‌ଟା । ଶ୍ରଦ୍ଧାଶୀଳ ସ୍ୱଗତୋକ୍ତିଟିଏ କଲି । ଇଲୁ ମୋ ମାଉସୀ ପୁଅ ଭାଇ । ପ୍ରତି ରାଖୀ ପୂର୍ଣ୍ଣିମାରେ ମୋ ଠୁଁ ରାଖୀ ପାଇ କିଛି ନା କିଛି ଉପହାର ପଠେଇ ଥାଏ । ଏବେ ପୁଣି ମୋ ଝିଅ ପିଙ୍କି ପାଇଁ ଏତେ ମୂଲ୍ୟବାନ୍ ଉପହାର । ଅଥଚ ଗୋଟିଏ ସାମାନ୍ୟ ଖେଳନାଟିଏ ମୁଁ ତାକୁ ମୂଲ୍ଛ ପାରିନଥିଲି । ମନେ ମନେ ଲଜ୍ଜିତା ହେଲି । ଯେଉଁ ଗ୍ଲାନିକର ଅନୁଭବଟି ମୋତେ ବର୍ଷ ବର୍ଷ ଧରି ପୀଡ଼ା ଦେଇ ଆସୁଥିଲା ତାହା ପୁଣି ଥରେ ମୋତେ ଆବୋରି ବସିଲା । ଗୋଟାଏ ଅସ୍ୱସ୍ତିବୋଧ ମୋ ସର୍ବାଙ୍ଗରେ ଖେଳିଗଲା ।

କୋଡ଼ିଏ ବର୍ଷ ତଳର ଛୋଟ ଘଟଣାଟିଏ । ଏମିତି ବଟବୃକ୍ଷର ବୀଜଭଳି ମହୀରୁହରେ ପରିଣତ ହେବ ବୋଲି ମୁଁ ସ୍ୱପ୍ନରେ ସୁଦ୍ଧା କଳ୍ପନା କରିନଥିଲି । ବି.ଏ.

ପାସ୍ ପରେ ମୋର ଜଣେ ସମ୍ପର୍କୀୟ ଭାଉଜଙ୍କ ଠାରୁ ତୁଲା ଓ କପଡ଼ାର ସଫ୍ଟଟୟ ତିଆରି ଶିଖିଲି । ଟେଡିବିଅର୍, ବିଲେଇ, ବାଘ, ହରିଣ, ମାଙ୍କଡ଼ ଆଦି ବିଭିନ୍ନ ପ୍ରକାର ଖେଳନା ତିଆରି କରୁଥିଲି । ସେଇ ଭିତରେ ଥିଲା ମାଙ୍କଡ଼ଟିଏ । ଯେତେ ସବୁ ଖେଳନା ମୁଁ ତିଆରି କରିଥିଲି, ଏଇଟା ସବୁଠୁଁ ସୁନ୍ଦର ଓ ଆକର୍ଷଣୀୟ ଥିଲା । ପରଦାରେ ଝୁଲେଇ ଦେଲେ ମାଙ୍କଡ଼ଟି ପରଦାଟିକୁ ଜାବୁଡ଼ି ଧରେ । ଏ ଭିତରେ ମୋ ବାହାଘର, ଦିଲ୍ଲୀ ରହଣୀ । ଦୁଇ ତିନି ବର୍ଷ କଟିଗଲା । ଡେଲିଭରି ପାଇଁ ମୁଁ ଦିଲ୍ଲୀରୁ ଆସିଥାଏ ଓଡ଼ିଶା । ଖରାଛୁଟି ଥିବାରୁ ଇଲୁ ଆସିଥିଲା ମଉସା ମାଉସୀଙ୍କ ସହ । ସେତେବେଳେ ସେ ତିନି ଋରିବର୍ଷର ଶିଶୁ । ତା ଦୃଷ୍ଟି ପଡ଼ିଗଲା ଏଇ ମାଙ୍କଡ଼ଟି ଉପରେ । ଯେତେଦିନ ସେ ରହିଥିଲା ତାର ମୁଖ୍ୟ ମନୋରଞ୍ଜନ ବସ୍ତୁଥିଲା ଏଇ ମାଙ୍କଡ଼ । ତାକୁ ପିଠିରେ ଝୁଲେଇ, କେତେବେଳେ ମୁଣ୍ଡରେ ବସେଇ, କେତେବେଳେ ଛାତିରେ ଜାବୁଡ଼ି ଧରି ସେ ଖେଳୁଥିଲା । ମାଙ୍କଡ଼ ନରୁଲିଙ୍ଗ ଭଳି ସେ ନିଜେ ତା ସହ ଖେଳୁଥିଲା ଓ ଅନ୍ୟମାନଙ୍କର ମନୋରଂଜନ ପାଇଁ ବି ଖୋରାକ ଯୋଗାଉଥିଲା ।

ଯିବା ଦିନ ଯେତେ ପାଖେଇ ଆସୁଥିଲା, ମାଙ୍କଡ଼ଟି ପ୍ରତି ତାର ଆକର୍ଷଣ ସେତେ ବଢ଼ି ବଢ଼ି ଋଲିଥିଲା । ଗୋଟାଏ ମୁହୂର୍ତ୍ତ ବି ସେ ତାକୁ ଛାଡ଼ୁନଥିଲା । ଏପରିକି ଶୋଇଲାବେଳେ ବି ସେ ମାଙ୍କଡ଼ଟିକୁ କୋଳରେ ରଖି ଶୋଉଥିଲା । ଗପ ନଶୁଣିଲେ ନ ଖାଇବା, ନ ଶୋଇବା, ନ ଗାଧୋଇବା ପିଲା ମାଙ୍କଡ଼ଟି ପାଇଁ ସବୁକାମ ସୁରୁଖୁରୁରେ କରିଦେଉଥିଲା ।

ମାଉସୀଙ୍କ ଛୁଟି ପୁରିଆସିଲା । ଇଲୁର ମାଙ୍କଡ଼ ପ୍ରୀତିରେ ମୁଁ ପ୍ରମାଦ ଗଣିଲି । ସିଏ ଯଦି ଗଲାବେଳେ ମାଙ୍କଡ଼ଟିକୁ ହାତରୁ ନଛାଡ଼େ, ଅଋଟ କରି ନେଇଯିବାପାଇଁ ଜିଦ୍ କରେ, ମନା ତ କରିହେବନି, ଖେଳନାଟି ହାତରୁ ଋଲିଯିବ । ମୁଁ ଆଦୌ ଋହୁଁ ନଥିଲି ଖେଳନାଟି ତାକୁ ଦେଇଦେବାପାଇଁ । ମୋର ପ୍ରଥମ ହାତ ତିଆରି ଜିନିଷ । ମୋର ସ୍ୱତନ୍ତ୍ର ଦୁର୍ବଲତା ଥିଲା ତା'ପାଇଁ । ଅନ୍ୟ ଗୁଡ଼ାଏ ଜିନିଷ ମୁଁ ତିଆରି କରିଥିଲି ସେଗୁଡ଼ାକରୁ କୌଣସିଟାକୁ ସେ ଋହିଁଲେ ଦେଇପାରିଥାନ୍ତି, କିନ୍ତୁ ସେଇଟିକୁ ନୁହେଁ । ମନେ ମନେ ସ୍ଥିର କଲି ଯଦି ସେ ଅତି ଅଋଟ କରେ ତାକୁ ଆଉ ଗୋଟିଏ ଖେଳନା ଧରେଇ ଦେବି । ଆବଶ୍ୟକ ପଡ଼ିଲେ ମାଉସୀଙ୍କ ସାହାଯ୍ୟ ବି

ନିଆଯାଇପାରେ । ଅନ୍ୟ ପିଲାଙ୍କ ପରି ସେ ଜିଦ୍‌ଖୋର କି ଦୁଷ୍ଟ ନଥିଲା । ବେଶ୍‌ ଶାନ୍ତ ସ୍ୱଭାବର ଥିଲା । ତେଣୁ ତାକୁ ବୁଝାଇବା କଷ୍ଟ ହେବନାହିଁ ବୋଲି ମନେ ମନେ ଆଶ୍ୱସ୍ତ ହେଲି ।

ଏ ସବୁ ସଙ୍ଗେ ଗୋଟାଏ ଅପ୍ରୀତିକର ପରିସ୍ଥିତିକୁ ସାମ୍ନା କରିବା ପାଇଁ ମାନସିକ ପ୍ରସ୍ତୁତି ନେଉଥିଲି ।

ଶେଷକୁ ସେଇ ଉଦ୍‌ବେଗଜନକ ମୁହୂର୍ତ୍ତ ଆସିଗଲା । ମୁଁ ଆଶଙ୍କା ବିଜଡ଼ିତ ହୋଇ ରହିଥାଏ । ସେମାନଙ୍କ ଜିନିଷପତ୍ର ପ୍ୟାକିଂ ସରିଥାଏ । ଷ୍ଟେସନ ଯିବା ପାଇଁ କାର୍ ସୁଦ୍ଧା ଆସିଗଲା । ଜିନିଷ ପତ୍ର ଲଦା ସରିଲା । ତଥାପି ଇଲୁର ସେଥିପ୍ରତି ନଜର ନଥିଲା । ସିଏ ତା ଖେଳନା ସହ ବ୍ୟସ୍ତଥିଲା । କେତେବେଳେ ମୁହଁରେ ଲଗେଇ ଗେଲା କରିଦେଉଥାଏ ତ ପୁଣି କେତେବେଳେ ଛୁଆମାନଙ୍କୁ ଉପରକୁ ଟେକିଲାପରି ନଚେଉଥାଏ । ବାହାରେ ଗାଡ଼ି ହର୍ଣ୍ଣ ଦେଲା । ଏଥର ଯିବାପାଇଁ ପଡ଼ିବ । ଏବେ ସମସ୍ତଙ୍କର ଆଶଙ୍କା ଓ ଉତ୍କଣ୍ଠା । ମାଙ୍କଡ଼ଟିକୁ କେମିତି ଉଦ୍ଧାର କରାଯିବ । ଇଲୁ କବଲରେ ମାଙ୍କଡ଼ ନା ମାଙ୍କଡ଼ କବଲରେ ଇଲୁ ? ମନେ ହେଉଥିଲା ସତେ ଯେମିତି ମାଙ୍କଡ଼ଟି ଗୋଟାଏ ସତ ସତିକା ମାଙ୍କଡ଼ରେ ପରିଣତ ହୋଇଯାଇଥିଲା ଓ ଇଲୁ ହୋଇଯାଇଥିଲା ଗୋଟାଏ ଛୋଟ ଦୁଗ୍‌ଧ ପୋଷ୍ୟ ଶିଶୁ । ମାଙ୍କଡ଼ଟି ଇଲୁକୁ ନେଇ ଗଛର ଅଗଡ଼ାଲକୁ ଉଠିଯାଇଥିଲା । ତଳେ ହାହାକାର ପଡ଼ିଯାଇଥିଲା । କାହାରି ମୁହଁରେ ଭାଷା ନଥିଲା । ସମସ୍ତେ ଆତଙ୍କଗ୍ରସ୍ତ ଓ କିଂକର୍ଭ୍ୟବିମୂଢ଼ । କିଏ ବାନ୍ଧିବ ବିଲେଇ ବେକରେ ଘଣ୍ଟି । ତା ପାଖରୁ ମାଙ୍କଡ଼ଟି ଛଡ଼େଇ ଆଣିଲେ ମାଉସୀ ମନ ଦୁଃଖ କରିବେ । ମାଙ୍କଡ଼ଟି ପାଇଁ ଯେ ଇଲୁ କାଦିକାଦି ଯାଉ ଏ କଥା ତ ମୁଁ ଆଦୌ ରଖୁଁ ନଥିଲି, ତା ଛଡ଼ା ମୁଁ ମାଙ୍କଡ଼ର ଲୋଭ ସମ୍ୱରଣ କରିପାରୁନଥିଲି । ମୁଁ ପୁରାପୁରି ଧର୍ମ ସଂକଟରେ ପଡ଼ିଯାଇଥିଲି । ତିନି ଋରି ଦିନ ରହଣି ଭିତରେ ଇଲୁ ତାର ସ୍ୱଭାବ ସୁଲଭ ବ୍ୟବହାରରେ ସମସ୍ତଙ୍କୁ ଏମିତି ମୁଗ୍‌ଧ କରିଦେଇଥିଲା ଯେ ତା ମନରେ ଏତେ ଟିକିଏ ଆଘାତ ଦେବାର ମାନସିକତା କାହାର ନଥିଲା ।

ଆଉ ଥରେ ଗାଡ଼ି ହର୍ଣ୍ଣ ଶୁଭିଲା ।

ହଠାତ୍‌ ପରିସ୍ଥିତିକୁ ଗୁରୁ ଗମ୍ଭୀର କରିଦେଇ ଜଣେ ଦାର୍ଶନିକ ଭଳି ପ୍ରଶ୍ନଟିଏ ପଚରି ବସିଲା ଇଲୁ!

ମାମୁନି ଅପା ! ମୁଁ ଏ ମାଙ୍କଡ଼ଟିକୁ ନେଇପାରେ କି ? ମୁଁ ହଡ଼ବଡ଼େଇ ଗଲି । ତାର ,ପ୍ରଶ୍ନର ଉତ୍ତର ଯେ ମୋ ପାଖରେ ନଥିଲା ତା ନୁହେଁ । କିନ୍ତୁ ସେମିତି ଗୋଟାଏ ନିଷ୍ଠୁର ସତ୍ୟଟିଏ ପ୍ରକାଶ କରିବାର ସାମର୍ଥ୍ୟ ମୋ ପାଖରେ ନଥିଲା । ମୁଁ ଗୋଟାଏ ମୁହୂର୍ତ୍ତ ସ୍ତବ୍ଧ ହୋଇଗଲି । ଅନ୍ୟମାନେ ନିଶବ୍ଦ ହୋଇ ଇଲୁ ପ୍ରଶ୍ନର ଉତ୍ତରକୁ ଅପେକ୍ଷା କରିଥାନ୍ତି । ମୁଁ ଧର୍ମ ସଂକଟରେ ପଡ଼ିଗଲି । ମୋ ଆଡ଼େ ସମସ୍ତଙ୍କର ଦୃଷ୍ଟି ଲମ୍ବିଯାଇଥିବା ମୁଁ ଅନୁଭବ କରୁଥିଲି । କିଛି କହିବା ପୂର୍ବରୁ ମୁଁ ଧୀରେ ଧୀରେ କପ୍‌ବୋର୍ଡ଼ ଆଡ଼କୁ ଆଗେଇ ଗଲି ଗୋଟିଏ ଟେଡ଼ିବିୟର ବାହାରକରି ଆଣି ତା ହାତରେ ଧରେଇ ଦେଲି ଓ ତା ହାତରୁ ମାଙ୍କଡ଼ଟା ଆଣ୍ତୁ ଆଣ୍ତୁ କହିଲି – ଏଇଟା ଥାଉ ତୁ ଏଇ ଭାଲୁଟା ଦେଖିଲୁ କେଡ଼େ ସୁନ୍ଦର ହୋଇଛି । ଏଇଟାକୁ ନେଇ ଯା ।

ଇଲୁ ତା କୁନି କୁନି ହାତରେ ବିଅର୍‌ଟାକୁ ଧରିଲା ଓ ଏପଟ ସେପଟ କରି ଦୁଇ ତିନିଥର ଦେଖିଲା । ତାପରେ ହଠାତ୍‌ କ'ଣ ଭାବିଲା କେଜାଣି, ଚଟାଣ ଉପରକୁ ଛାଟି ଫିଙ୍ଗିଦେଲା ଓ ଗାଡ଼ି ପାଖକୁ ଧାଇଁ ଧାଇଁ ଋଲିଗଲା । ଡ୍ରାଇଭର କାରର ଡୋର ଖୋଲି ଦେଲା ଓ ସେ ଯାଇ ଭିତରେ ବସିପଡ଼ିଲା ।

ଏପରି ଗୋଟାଏ ପରିସ୍ଥିତିର ସମ୍ମୁଖୀନ ହେବାପାଇଁ କାହାରି ମାନସିକ ପ୍ରସ୍ତୁତି ନଥିଲା । ଅନ୍ୟଦିନମାନଙ୍କ ପରି ସେଦିନର ମାଉସୀଙ୍କ ବିଦାୟ ମୁହୂର୍ତ୍ତ ଭାବବିହ୍ବଳ ନଥିଲା । ଗୋଟାଏ ଅସ୍ବସ୍ତି ଭାବ ସମସ୍ତଙ୍କୁ ବିଷଣ୍ଣ କରିଦେଇଥିଲା । ମାଉସୀ ଧୀରେ ଧୀରେ ଆଗକୁ ପାଦ ବଢ଼େଇଲେ ମୁଁ ସେମିତି ନିଶ୍ବାସ ହୋଇ ଠିଆ ହୋଇଥିଲି । ସତେ ଯେମିତି ଗୋଟାଏ ସୁନାମୀ ପରର ନୀରବତା ।

ଡ୍ରାଇଭର ଗାଡ଼ି ଛାଡ଼ିଦେବାପରେ ମୁଁ ଅନୁଭବ କଲି ଇଲୁ ଋଲିଯାଇଛି ଚଟାଣରେ ଟେଡ଼ି ବିୟର୍‌ଟା ଅସହାୟ ହୋଇ ପଡ଼ିଛି ମୋ ହାତରେ ଇଲୁର ପ୍ରିୟ ମାଙ୍କଡ଼ଟା ମୋ ଆଡ଼କୁ ଅନେଇ ଖଟେଇ ହେଇ କହୁଛି ଛୁଆଟାର ହୃଦୟଟାକୁ ଏମିତି ଭାଙ୍ଗି ଖଣ୍ଡ ଖଣ୍ଡ କରିଦେଲୁ ? ମୋ ହୃଦୟଟା ମନ୍ଥରଚକଟି ହୋଇଗଲା । କଣ୍ଠ ଅବରୋଧ ହେଇ ଆସିଲା । ମୋ ଆଖିରେ ଜକେଇ ଆସିଲା ଲୁହ । କିନ୍ତୁ ମୋର ଆଉ କିଛି କରିବାର ନଥିଲା, ଗାଡ଼ି ଛାଡ଼ି ସାରିଥିଲା ।

ମୁଁ ମୋ ହାତ ପାପୁଲିକୁ ଋହିଁଲି, ମୋ ହାତରେ ସେଇ କୋଡ଼ିଏ ବର୍ଷ ତଳର ସପ୍ତ ଚୟ ମାଙ୍କଡ଼ ନଥିଲା, ଥିଲା ପିକ୍‌ର ବାତବରଣ ମୁଦି । ଇଲୁ ପଠେଇ

ଥିଲା । ଇଲୁ ଏ ଭିତରେ ବହୁତ ବଡ଼ ହୋଇଯାଇଛି । ତାର ଆଉ ଖେଳନାର ଆବଶ୍ୟକତା ନାହିଁ ବରଂ ଅନ୍ୟମାନଙ୍କର ଆବଶ୍ୟକତା ବୁଝିବା ପାଇଁ ଯଥେଷ୍ଟ ସାମର୍ଥ୍ୟ ଆସିଗଲାଣି ।

ସମୟର ସୁଅରେ ଅନେକ ସ୍ମୃତି ଓ ବିସ୍ମୃତି ବହିଯାଇଛି । ଅନେକ ଅନୁଭବ ହାସଲ କରିଛି । ଅନେକ ଅଭିଜ୍ଞତା ମୋତେ ପରିପକ୍ୱ କରିଛି । କିନ୍ତୁ ସେଦିନର ଅବଶେଷ ଓ ଅବସାଦ ମୁଁ ଭୁଲିପାରିନାହିଁ । ସେଇ ଆତ୍ମ ଦହନ ସୁଯୋଗ ପାଇବା ମାତ୍ରେ ମୋତେ ଯନ୍ତ୍ରଣାସିକ୍ତ କରିଛି । ସେଇ କୋଡ଼ିଏ ବର୍ଷ ତଳର ଅନୁଭୂତି ଘୁଣ ହୋଇ ମତେ ଅହରହ ଖାଇ ଚାଲିଛି । ସେ ଦିନର ସେ ସଂକୀର୍ଣ୍ଣତା ହେତୁ ମୁଁ ନିଜକୁ ନିଜେ ଧିକ୍କାରିଛି, ଅଭିଶାପ ଦେଇଛି ନିଜକୁ । ନିଜ ଭିତରର ହୀନମନ୍ୟତାକୁ ଅଭିସଂପାତ ଦେଇଛି । ତଥାପି ଯନ୍ତ୍ରଣାର ଉପଶମ ହୋଇନାହିଁ । ଇଲୁ ବଡ଼ ହୋଇଯାଇଛି । ଖେଳନାଟିକୁ ତାକୁ ଦେଇ ଆତ୍ମଦହନକୁ ଉଣା କରିବାର ଅବସର ଆଉ ନାହିଁ ।

"ମାମା ! କୋରିଅର ବାଲା କାହିଁକି ଆସିଥିଲା ?" ଘର ଭିତରକୁ ପ୍ରବେଶ କରୁ କରୁ ପିଙ୍କି ମତେ ପ୍ରଶ୍ନ କଲା । ପିଙ୍କି ହାତକୁ ଡବାଟି ବଢ଼େଇ ଦେଉ ଦେଉ ମୁଁ କହିଲି– ଇଲୁ ମାମୁଁ ଜ୍ୱାଁ ପାଇଁ ବାଟବରଣ ମୁଦି ପଠେଇଛି । ତା ସ୍ୱାମୀର ଡେଲିଭରି ଡେଟ୍ ଅଛି । ବାହାଘରକୁ ସେ ଆସିପାରିବ ନାହିଁ ।

ପିଙ୍କି ଉପହାରଟାକୁ ବହୁତ ତାରିଫ୍ କଲା । ତା ବରକୁ ବି ବହୁତ ପସନ୍ଦ ହୋଇଥିଲା ମୁଦିଟା । ପିଙ୍କିର ବାହାଘର ସୁରୁଖୁରୁରେ ହୋଇଗଲା । ସେ ତା ବରସହ ଖୁସିରେ ଅଛି ତା ଶାଶୁଘରେ ।

ବାପା ଫୋନ୍ କରିଥିଲେ । ତାଙ୍କର ସୁଗାର ଆଜିକାଲି କଣ୍ଟ୍ରୋଲରେ ରହୁନାହିଁ । ବ୍ଲଡ୍ ପ୍ରେସର ବି ନର୍ମାଲ ନାହିଁ । କିଛି ଦିନ ବାପାଙ୍କ ପାଖରେ କଟେଇବା ନିଷ୍ପତ୍ତି ନେଲି । ବାପା ସୁସ୍ଥ ହେଲେ । ଜିନିଷପତ୍ର ପ୍ୟାକିଂ କରି ସୁଟକେସ୍ ଧରି ବାହାରକୁ ଆସିବା ବେଳକୁ ଡ୍ରଇଂ ରୁମ୍‌ରେ ଥିବା ମାଙ୍କଡ଼ ଉପରେ ଦୃଷ୍ଟି ପଡ଼ିଲା । ମୁଁ ଟିକେ ଅନ୍ୟମନସ୍କ ହୋଇଗଲି । ସୁଟକେସ୍ ତଳେ ଥୋଇ ମୁଁ କପଭୋର୍ଡ଼ ପାଖକୁ ଚାଲିଗଲି । ମାଙ୍କଡ଼ଟିକୁ ବାହାର କରି ଆଣି ମୋ ସୁଟକେସ୍ ଭିତରେ ଭରି ମୁଁ ଫେରି ଆସିଲି ।

ଦଶହରା ଛୁଟି ସରିଆସୁଛି । ପିଙ୍କି ଓ ତା ବର ଆସିବା ଶୁଣି ଇଲୁ ବି ତା ସ୍ତ୍ରୀ ଓ ପୁଅକୁ ଧରି ଆସିଥିଲା । ଆଜିସବୁ ଫେରୁଛନ୍ତି । ସେମିତି କୋଡ଼ିଏ ବର୍ଷ ତଳର ସ୍ମୃତି ଭଳି ଆବେଗ ପ୍ରବଣ ମୁହୂର୍ତ୍ତିଏ । ଗାଡ଼ିରେ ଜିନିଷ ଲଦା ସରିଲାଣି । ସମସ୍ତେ ଗାଡ଼ି ପାଖରେ ଠିଆ ହେଇଲୁ । ମୋ ଚେତନା ଭିତରେ ଅସ୍ୱସ୍ତି ଭାବଟିଏ ମୋତେ ଅସ୍ତବ୍ୟସ୍ତ କଲା । ମୁଁ ଅନୁଭବ କଲି ଏ ଭାବ ଏବର ନୁହେଁ । କୋଡ଼ିଏ ବର୍ଷ ତଳର ସେଇ ଅସ୍ୱସ୍ତିପଣ ଏବେ ବିସ୍ଫୋରଣର ରୂପ ନେଉଛି । ଏବେ ଯଦି ମୁଁ ତାପାଇଁ କିଛି ପ୍ରତିକାର ନକରୁଛି, ଆଉ କେବେ ତାହା ସମ୍ଭବ ହେବନାହିଁ । ଗୋଟାଏ ଅଜଣା ଶିହରଣରେ ମୁଁ ଶିହରି ଉଠିଲି । କାହାକୁ କିଛି ନ କହି ମୁଁ ଝଡ଼ ବେଗରେ ଘର ଭିତରକୁ ପଶିଗଲି ।

ସୁଟ୍‌କେଶ୍‌ ଭିତରୁ ମାଙ୍କଡ଼ଟିକୁ ବାହାର କରିଆଣି ମୁଁ ଇଲୁ ପୁଅ ଆଗରେ ନଚେଇ ନଚେଇ କହିଲି – ଏମ୍‌ ଫର୍‌ –

ତା ମାଆ କୋଳରେ ଥାଇ ସେ କହିଲା – ମଙ୍କି । ମୁଁ କିଛି କହିବା ପୂର୍ବରୁ ସେ ମୋ ହାତରୁ ମାଙ୍କଡ଼ଟିକୁ ଝାମ୍ପି ନେଇ ସାରିଥିଲା ।

❑❑❑

କ୍ଵାରେଣ୍ଟାଇନ୍‌ରେ ଦୁପର୍ତ୍ତି

ଦୁପର୍ତ୍ତି ଟି.ଆର୍.ଡବ୍ଲ୍ୟୁ ସ୍କୁଲରୁ ୧୦ମ କ୍ଲାସ୍ ପାସ୍ ପରେ ରହି ଯାଇଥିଲା ଘରେ । ଅର୍ଥାଭାବରୁ ପଢ଼ିପାରି ନଥିଲା । ଦୁଇତିନି ବର୍ଷ ପରେ ଆଉ ଥରେ ଜଏନ୍ ହେଲା କଲେଜରେ । ଝିଅଟା ସେତେ ମେଧାବୀ ନଥିଲା ସତ, କିନ୍ତୁ ତାର ପାଠ ପଢ଼ିବାର ଝୁକ୍ ଥିଲା ଖୁବ୍ ବେଶୀ । ଖୁବ୍ ଉଦ୍‌ଯୋଗୀ ବି ଥିଲା । ଅନ୍ୟପିଲାମାନେ ଗପସପ କରି ସମୟ ବିତାଉଥିବାବେଳେ ସେ କମନ୍ ରୁମ୍‌ରେ ବସି କିଛି ନା କିଛି ପଢ଼ୁଥିବାର କିମ୍ୱା ଲେଖୁଥିବାର ମୁଁ ତାକୁ ଦେଖେ । ପ୍ରାଇଜ୍ ମିଳୁ କି ନ ମିଳୁ, ସ୍ୱର ଲୟ ତାଳ ଜ୍ଞାନ ଥାଉ କି ନଥାଉ, ସେ ପ୍ରତିଯୋଗିତାରେ ଠିଆ ହୋଇ ଗୀତ ଗାଇଦିଏ । ବକ୍ତୃତା ପ୍ରତିଯୋଗିତାରେ ଠିଆ ହୋଇ ଯାହା ତାହା କହିଦିଏ । ନାଚ ଖେଳ କୁଦ ଅଭିନୟ ସବୁଠି ଆଗୁସାର ହେଇ ବାହାରି ପଡ଼େ । ଅପପୁଷ୍ଟିର ଶିକାର ହେଇଥିବା ଏକଦମ୍ ପତଲା ଝିଅଟାଏ । ଆଖି ଦୁଇଟା ବାହାରକୁ ବାହାରି ଆସିବା ପରି ଲାଗେ । ଚିକ୍କଣ କଳା ଶରୀର । ତା ଆମ୍‌ବିଶ୍ୱାସତା କିନ୍ତୁ ଖୁବ୍ ଦୃଢ଼ । ଭିନ୍ନକ୍ଷମ ହେତୁ ତାକୁ କିଛି ଭତ୍ତା ମିଳୁଥିଲା । ତାହା ପୁଣି ଚରିଶହ / ପାଞ୍ଚଶହ ଭିତରେ । ସେତିକି ଥିଲା ତାର ଦମ୍ଭ । ସେଇ ଦମ୍ଭରେ ସେ ଆଗକୁ ବଢ଼ୁଥିଲା । ଅନ୍ୟପିଲାମାନଙ୍କ ସହ ସାମିଲ ହେବା ପାଇଁ ସେ ଅହରହ କସରତ କରୁଥିଲା ।

ତଥାପି ସେ ସର୍ବଦା ହସ ହସ ଥିଲା । ନିଃସଙ୍କୋଚରେ ସମସ୍ତଙ୍କ ସହ ମିଶିପାରୁଥିଲା । ନିଜ ସୁବିଧା ଅସୁବିଧାକୁ ସମସ୍ତଙ୍କ ପାଖରେ କହିପାରୁଥିଲା । ସେଥିପାଇଁ ସେ ମୋର ଦୃଷ୍ଟି ଆକର୍ଷଣ କରିଥିଲା ।

ଦୁପର୍ଣ୍ଣି ମୋ ସହ ଅନ୍ତରଙ୍ଗ ହେବାର ଆଉ ଏକ କାରଣ ଥିଲା । ଆଡ୍‌ମିଶନ ସମୟରେ ସେ ଯେତିକି ପଇସା ଧରି ଆସିଥିଲା ତାହା ଯଥେଷ୍ଟ ନଥିଲା । ଆଡ୍‌ମିଶନ୍ ବେଞ୍ଚ ତାକୁ ଫେରାଇ ଦେଇଥିଲା । ଆଖିରୁ ଲୁହ ପୋଛି ପୋଛି ସେ ଫେରି ଯାଉଥିବା ବେଳେ ମୋ ଦୃଷ୍ଟିରେ ପଡ଼ିଥିଲା । ମୁଁ ତା ପାଖରୁ ସବୁ କଥା ଶୁଣିବା ପରେ ଅଧ୍ୟକ୍ଷଙ୍କ ପାଖକୁ ଯାଇଥିଲି ଓ ତାର ଡୋନେସନ୍ ଫ୍ରି କରିଦେବାପାଇଁ ଅନୁରୋଧ କରିଥିଲି । ଶେଷରେ ଡୋନେସନ୍ ବାବଦକୁ ପଞ୍ଚ ହଜାର ଟଙ୍କା ଫ୍ରି କରି ଦିଆଯାଇଥିଲା ଓ କେବଳ ଆଡ୍‌ମିଶନ୍ ଫିଜ୍ ଦେଇ ସେ ନାଁ ଲେଖାଇଥିଲା । ସେଇ ଆଡମିଶନ ଦିନଠାରୁ ହିଁ ଅନ୍ୟ ଛାତ୍ରଛାତ୍ରୀଙ୍କ ଅପେକ୍ଷା ଟିକେ ମୋର ଅଧିକ ନିକଟତର ହୋଇ ପଡ଼ିଥିଲା ଦୁପର୍ଣ୍ଣି ।

ଝିଅଟାର ନାଁ ସାର୍ଟିଫିକେଟ୍‌ରେ ଲେଖା ହେଇଥିଲା ଦୁପର୍ଣ୍ଣି । ଦ୍ରୌପଦୀ ପରି ସୁନ୍ଦର ନାଁଟିର ଅପଭ୍ରଂଶ । ଦେଶୀୟ ଉଚ୍ଚାରଣରେ ସିନା ଦୁପର୍ଣ୍ଣି । ପ୍ରଥମ ଶ୍ରେଣୀରେ ତାର ନାଁ ଲେଖାଇ ଥିବା ଶିକ୍ଷକଟି ଦ୍ରୌପଦୀ ଲେଖି ପାରିଥା’ନ୍ତା, ସେ ବି ଦୁପର୍ଣ୍ଣି ମାଛୀ ବୋଲି ଲେଖିଦେଇଥିଲା । ସେହି ଅନୁସାରେ ତାର ନାଁ ରହିଗଲା ଦୁପର୍ଣ୍ଣି । ମୁଁ କିନ୍ତୁ ତାକୁ ଦ୍ରୌପଦୀ ବୋଲି ଡାକେ । ସେ ଡାକରେ ସେ ଲାଜେଇ ଯାଏ ।

ତା ସମ୍ପର୍କରେ ମୁଁ ଯାହା କହିବି, ଯେ ଯେଉଁ ନାଁରେ ସମସ୍ତଙ୍କ ପାଖରେ ପରିଚିତ ସେହି ନାଁରେ ହିଁ କହିବି ।

ଦୁପର୍ଣ୍ଣି ଛୋଟ ଛୋଟ କଥାରେ ଧାଇଁ ଆସୁଥିଲା ମୋ ପାଖକୁ । ବେଳେବେଳେ ବିରକ୍ତି ବୋଧ ହେଲେ ବି ତା ମନ ଭାଙ୍ଗିଯିବା ଆଶଙ୍କାରେ ମୁଁ ତାକୁ କିଛି କହୁ ନ ଥିଲି । ବରଂ ଖୁସିରେ ତା ସହ କଥା ହେଉଥିଲି । ତା ସମସ୍ୟାକଥା ଶୁଣୁଥିଲି । ମୋ ସାମର୍ଥ୍ୟ ଭିତରେ ଥିଲେ ସମାଧାନ କରିବାକୁ ଚେଷ୍ଟା କରୁଥିଲି ।

ସେ ଯେଉଁ ବର୍ଷ ପ୍ଲସ୍ ଟୁ ଫାଇନାଲ୍ ପରୀକ୍ଷା ଦେଲା ସେହିବର୍ଷ ପରୀକ୍ଷା ହଲରେ ସି.ସି. ଟିଭି. ବ୍ୟବସ୍ଥା ହୋଇଥିଲା । କଡ଼ା ନଜର ଭିତରେ ହେଲା ପରୀକ୍ଷା ।

ଡ. ବାସନ୍ତୀ ମହାନ୍ତି ❖ ୧୧୩

ସାରା ଓଡ଼ିଶା +୨ ପରୀକ୍ଷା ରେଜଲ୍ଟ ଖରାପ ହେଲା । ଦ୍ରୌପଦୀ ବି ସେଇଥିରେ ବଳି ପଡ଼ିଗଲା । ସବୁ ବିଷୟରେ ପାସ୍ ମାର୍କ ରଖି ବି ମାତ୍ର ପଞ୍ଚନମ୍ବର ପାଇଁ ଇଂରାଜୀରେ ଫେଲ୍ ହୋଇଗଲା ।

ଖୁବ୍ ଭାଙ୍ଗି ପଡ଼ିଥିଲା ଦ୍ରୌପଦୀ । ଖୁବ୍ କାନ୍ଦିଲା । ବହୁତ କଷ୍ଟରେ ତାକୁ ସମ୍ଭାଳିଥିଲି । ପଢ଼ାପଢ଼ି କରି ପରୀକ୍ଷା ଦେବା ପାଇଁ ପରାମର୍ଶ ଦେଇଥିଲି । ଶେଷରେ ସେ ସ୍ୱାଭାବିକ ହୋଇଥିଲା । ପଢ଼ାପଢ଼ି କରି ଏ ବର୍ଷ ଯେମିତି ହେଉ ପାସ୍ କରିବା ପାଇଁ ପ୍ରତିଶ୍ରୁତି ବଦ୍ଧ ହୋଇଥିଲା ।

ଏବେ ସେ ବାହାରିଛି ଯିବ ଚେନ୍ନାଇ ।

ଦ୍ରୌପଦୀ ଚେନ୍ନାଇ ଯିବା ପୂର୍ବରୁ ଆସିଥିଲା ମୋ ପାଖକୁ ଦେଖାକରିବାକୁ । ମୁଁ ତାକୁ ତାଗିଦ୍ କରି କହିଲି – ପାଠ ପଢ଼ିବୁନି ? ଚେନ୍ନାଇ ଯାଉଛୁ ଯେ! ସେ ମନ ଦୁଃଖରେ କହିଲା, ପାସ୍ କରିଥିଲେ +୩ରେ ଜଏନ୍ କରିଥାନ୍ତି । ଏବେ ଗୋଟାଏ ବର୍ଷ । କ'ଣ କରିବି ଘରେ ବସି ? ଅନ୍ୟ ବିଷୟରେ ଭଲ ନମ୍ବର ଆସିଛି । କେବଳ ସେଇ ଇଂରାଜୀଟା ଗୋଟାଏ ପେପର, ସେଇଟାକୁ ଟିକେ ପଢ଼ିବାକୁ ପଡ଼ିବ ଭଲକରି ।

ମୁଁ ତାକୁ କହିଲି, ଏଠି ପଢ଼ିଥାନ୍ତୁ ବସି । ସେଠିକି ଯାଉଚୁ ଯେ କାମ କରିବୁ ନା ମାଲିକ ତତେ ପାଠ ପଢ଼େଇବ ? ନା, ତୁ ଯା' ନା ଦ୍ରୌପଦୀ । ଏଠି ରହି ପଢ଼ାପଢ଼ି କର ।

ସେ ବେଶ୍ ଖୁସିରେ କହିଲା, ଆମ ଗାଁରୁ କେତେଜଣ ପୁଅ ଝିଅ ଯାଉଛନ୍ତି ।ମୁଁ ଭାବୁଛି, କିଛି ପଇସା ଧରି ଆସିଲେ ମୋର +୩ ଆଡ଼ମିଶନ ପାଇଁ କାମ ଦେବ ।

"କି କାମ କରିବୁ ତୁ ଚେନ୍ନାଇରେ !"

"ମୁଁ ଛୋଟ କାମ କରୁ ନି ମାଡ଼ାମ୍ । ଅଫିସ୍ରେ କାଗଜ ପତ୍ର କାମକରିବି ।"

"ଏଠି କରନ୍ତୁ । ଏତେ ଦୂର କାହିଁକି ଯାଉଚୁ ?" ମୁଁ କହିଲି । "ଏଠି କିଏ କାମ ଦେବ ମାଡ଼ାମ୍ । ଏଠି କୁଲିକାମ କଲେ ଦିନକୁ ଶହେ ଟଙ୍କା ବି ଦେଉନି କଣ୍ଟ୍ରାକ୍ଟର । କେବେ କେବେ ସତୁରି ଟଙ୍କା । କେବେ ଅଶୀ ଟଙ୍କା । ସବୁବେଳେ କୋଉଠି ମିଳୁଚି କାମ ? ସହଜେ ତ ମୋ ହାତଟା ଖରାପ ।"

ଝିଅଟା ଥିଲା ଭିନ୍ନକ୍ଷମ । ବାଁ ହାତ ପାପୁଲିରେ ଆଙ୍ଗୁଠିମାନେ ଉଠିବାକୁ ଯେମିତି ଭୁଲି ଯାଇଥିଲେ । ସେଥିରେ ପୁଣି ତାକୁ ଶୁଭେନି ଭଲଭାବରେ । ଗୋଟାଏ ଏନ୍‌ଜିଓ ସଂସ୍ଥା ତାକୁ ହିଅରିଂ ଏଡ୍‌ଟିଏ ଦେଇଥିଲେ । ସେଇଟାକୁ ସବୁବେଳେ କାନରେ ଗେଞ୍ଜିଥାଏ ଦୁପର୍ଣ୍ଣ । ।

ମୁଁ ତାକୁ କହିଲି, ତୁ ଆଉ +୨ ଟୁ ପାଇଁ ଏତେ ବ୍ୟସ୍ତ ନ ହୋଇ କିଛି କମ୍ପ୍ୟୁଟର କୋର୍ସ କର । କୋଉଠି ନା କୋଉଠି ମିଳିଯିବ ଚାକିରି । ପରୀକ୍ଷା ପାଇଁ ଧୀରେ ଧୀରେ ପ୍ରସ୍ତୁତ ହେଉ ଥାଆ । ଦୁଇଟା ଯାକ ଚଳିଥାଉ । ସେ ତା ପରିବାରର ଦାରିଦ୍ର୍ୟ କଥା କହିଲା । ପଢ଼ିବା ପାଇଁ ତାର ଆର୍ଥିକ ସମ୍ବଳ ନାହିଁ, ଯାହା କରିବା କଥା ସେ ନିଜେ ହିଁ କରିବ ।

ଘରେ ରହି ଛୋଟ ପିଲାମାନଙ୍କୁ ଟିଉସନ କରେ । ସମସ୍ତେ ଦିଅନ୍ତି ନାହିଁ ପଇସା । ମାସ ସରିଲା ବେଳକୁ କେହି ଚାଉଳ ପାଞ୍ଚ କେଜି, କାନ୍ଦୁଲ ମାଣ୍ଡେ, ବିରି, ମୁଗ, ମାଣ୍ଡିଆ, କୁକୁଡ଼ାଟାଏ ବି ଜୁଟିଥାଏ ଭାଗ୍ୟରେ । ଆଉ କେତେବେଳେ ଆମ୍ବ ଡାଲାଏ, କଖାରୁ, ବାଇଗଣ, ଜହ୍ନି, ଭେଣ୍ଡି, କାକୁଡ଼ି ଆଦି ବି ମିଳିଥାଏ । ଏଇଥିରେ ସିନା ଘର ଚଳିଯିବ, ପାଠ ପଢ଼ିବା କାମ କେମିତି ହେବ । ସେଥିପାଇଁ ସେ ସ୍ଥିର କଲା ଚେନ୍ନାଇ ଯିବ । ତାକୁ କିଛି ପଇସା ଦରକାର । ପାଠ ପଢ଼ିବାପାଇଁ ଓ ଘର ଚଳିବା ପାଇଁ ।

ମୁଁ କହିଲି, ତୁ ଏ ବର୍ଷ ଏକ୍ ରେଗୁଲାଲ୍ ହେବୁ, ତୋ ଫର୍ମଫିଲପ୍ ଆଗ ହେବ ।

ତୁ ଠିକଣା ସମୟରେ ନ ଆସିଲେ ତୋର ଆଉ ଗୋଟାଏ ବର୍ଷ ନଷ୍ଟ ହେବ ।

ଗଭୀର ଆମ୍‌ବିଶ୍ୱାସ ସହ ସେ କହିଲା,

ମୁଁ ଚଳି ଆସିବି ମାଡ଼ାମ୍ ସେତେବେଳକୁ ।

ମୁଁ ବିଷଣ୍ଣ କଣ୍ଠରେ କହିଲି, ହଉ ତୋ ଇଚ୍ଛା ।

ଦୁପର୍ଣ୍ଣ ଚେନ୍ନାଇ ଚଳିଗଲା । ମାସକୁ ମାତ୍ର ପାଞ୍ଚହଜାର ଟଙ୍କା ପାଇଁ ସେ ଗୋଟାଏ ବଡ଼ ରିସ୍କ ନେଇ ଚଳିଗଲା ।

ଫର୍ମ ଫିଲଅପ୍ ପାଇଁ ସେ ଆସିପାରିଲା ନାହିଁ । ପୁଣି ଥରେ ମୋତେ ସେ ପକେଇଲା ଅଡ଼ୁଆରେ ।

ଫୋନ୍‌ରେ ଖୁବ୍ ବିକଳ ହେଇ କହିଲା, ମୋ ଦେହ ଖୁବ୍ ଖରାପ । ମୁଁ ଯାଇପାରିବି ନାହିଁ ଆଦୌ । ମୋ ଫର୍ମ ଫିଲଅପ୍ ଟିକେ କରିଦେବେ । ଆବଶ୍ୟକୀୟ କାଗଜପତ୍ର ସେ ପଠେଇ ଦେଇଥିଲା ହ୍ୱାଟସପ୍‌ରେ ।

ଠିକ୍ ପରୀକ୍ଷା ବେଳକୁ ଆସିଲା ଦୁର୍ଗା । ସହଜେ ତ ପତଳା ପିଲାଟା । ସେଠୁ ଫେରିଲା ବେଳକୁ ପୁରାପୁରି କଙ୍କାଳସାର ହୋଇ ଫେରିଥିଲା । ନଅଙ୍କରୁ ଫେରିବା ପରି ।

ସେ ପରୀକ୍ଷା ଦେଲା । ଏଥର ବି ତା ଆଶା ଫଳବତୀ ହେଇପାରିଲା ନାହିଁ । ଦିନ ଆଠରୁ ରାତି ଆଠ ପର୍ଯ୍ୟନ୍ତ ତାକୁ ବସିବାକୁ ହୁଏ ଦୋକାନରେ । ମଝିରେ ଖାଲି ଯାହା ଟିକେ ଲଞ୍ଚ ଆଓ୍ୱାର । ଘରକୁ ଆସି ରାତି ଭୋଜନଟା ଯାହି ତାହି ସାରିଦେଲା ପରେ ବହି ଧରୁ ଧରୁ ନିଦ ଲାଗିଯାଏ । ସବୁଦିନ ସେଇ ଏକା କଥା । ପାଠପଢ଼ା ଆଦୌ ହୋଇପାରିଲା ନାହିଁ । ଫର୍ମଟା ଯେହେତୁ ପୂରଣ କରିଛି, ପରୀକ୍ଷାଟା ଦେଇଦେବା ଉଚିତ ହେବ ବୋଲି ସେ ମନେ କଲା, ମୁଁ ବି ତାକୁ ସେହି ଉପଦେଶ ଦେଲି । ପରୀକ୍ଷାଦେଲା । ଆଗଥର ଅପେକ୍ଷା ଆହୁରି କମ୍ ନମ୍ବର ରହିଲା ପରୀକ୍ଷାରେ । ତା ମନ ଭାଙ୍ଗି ଗଲା । ଆଉ ପରୀକ୍ଷା ଦେବାପାଇଁ ରହିଲା ନାହିଁ ।

ହଠାତ୍ ଶୁଣିଲି ଦୁର୍ଗା ଆଉଥରେ ଝୁଲିଗଲା ଚେନ୍ନାଇ । ତା ପାଠପଢ଼ାରେ ଡୋରି ବନ୍ଧା ହେଇଗଲା । ସେଇଠି ରହି ଦି'ପଇସା ରୋଜଗାର କରେ । ଘରେ ରୋଗିଣା ମାଆ ଓ ବୁଢ଼ା ବାପ । ସାନଭାଇଟା ପଢ଼େ କଲେଜରେ ।

ସେ ଏବେ ତା' ପରିବାରର ପୋଷଣାହାରୀ । ତାରି ପଇସାରେ ଘର ଚଳେ । ମାସକୁ ମାସ ପଇସା ପଠେଇ ଦେଉଥିଲା ମୋବାଇଲ୍ ଫୋନ୍‌ରେ । ପାଠଟା ପଢ଼ା ନହେଉ ପଛେ, ଆଉ ସବୁ ଠିକ୍ ଝୁଲୁଥିଲା । କାହୁଁ ମାଡ଼ିଆସିଲା ଏ କରୋନା ! ଦୁର୍ଗାର ସ୍ୱାଭାବିକ ଜୀବନ ବିପର୍ଯ୍ୟସ୍ତ ହୋଇପଡ଼ିଲା ।

ହଠାତ୍ ଲକ୍ ଡାଉନ୍ ଘୋଷଣା କରିଦେଲେ ସରକାର । ଦରମା ମିଳିବାକୁ ଆହୁରି ଆଠଦିନ ଅଛି । ଯାହା ପଇସା ଥିଲା ଏକାଉଣ୍ଟରେ, ପଠେଇ ଦେଇଥିଲା ବାପା ମୋବାଇଲକୁ । ତାର କାରଖାନା ବନ୍ଦ ହେଇଗଲା । ଘର ମାଲିକ ଘର

ଛାଡ଼ିବାକୁ ବାଧ୍ୟ କଲା । ତା' ପାଖରେ ନେହୁରା ନିଉଛାଲି ହେଲା ଦୁର୍ପର୍ଣ୍ଣ । ମାନିଲା ନାହିଁ ଘର ମାଲିକ । ଘର ଭଡ଼ା ଦେବାକୁ ପଇସା ନାହିଁ, ରହିପାରିବ ନାହିଁ ଘରେ । ଗୋଟାଏ ଏୟାର ବ୍ୟାଗ୍ ଆଉ ଗୋଟାଏ ହ୍ୟାଣ୍ଡବ୍ୟାଗ୍ ହିଁ ତାର ସର୍ବସ୍ୱ । ଘର ମାଲିକାଣୀ ଆସି ସେଗୁଡ଼ିକୁ ବାହାରକୁ ଫିଙ୍ଗିଦେଲା । ଯେତେ ଶୀଘ୍ର ଘରଛାଡ଼ି ଜାଗାଛାଡ଼ି ଚାଲିଯିବାକୁ କହିଲା, ଦଶଦିଗ ଅନ୍ଧାର ଦିଶିଲା ଦୁର୍ପର୍ଣ୍ଣକୁ । ଲକ୍ ଡାଉନ୍ ପାଇଁ ମାଲିକ ପାଖକୁ ପଇସା ମାଗିବାକୁ ଯାଇହେଉ ନାହିଁ । ତା ଫାଟକ ଭିତରକୁ ଯିବାପାଇଁ କାହାକୁ ଅନୁମତି ନାହିଁ । ଦଶଦିଗ ଅନ୍ଧାର ଦିଶିଲା ଦୁର୍ପର୍ଣ୍ଣକୁ । ରୁମ୍‌ରେ ରହୁଥିବା ଆଉ ଦୁଇଜଣ ସାଙ୍ଗ ପାର୍ବତୀ ଓ ମନ୍ତ୍ରୀ ତାକୁ ହିମ୍ମତ ଦେଲେ । ହାତରେ ପଇସା ନାହିଁ । ଯାହା ରୁମ୍‌ରେ ବଳକା ବଳକି ଶୁଖିଲା ଖାଦ୍ୟ ଥିଲା ତାକୁ ଧରି ବାହାରି ଆସିଲେ । ନବରଙ୍ଗପୁର ଅଞ୍ଚଳରୁ ଯାଇଥିବା ଅନ୍ୟ ସହଯାତ୍ରୀଙ୍କ ସହ ଯୋଗାଯୋଗ କଲା । ସମସ୍ତଙ୍କର ସେହି ଏକା ଅବସ୍ଥା, କେହି କାହାକୁ ଦିନେ ଓଳିଏ ରଖିବା ଅବସ୍ଥାରେ ନାହାନ୍ତି । ସେମାନେ ପାଦଦେଲେ ରାଜରାସ୍ତାରେ । ରାସ୍ତାସାରା ପୋକମାଛି ପରି ଦଳଦଳ ଲୋକ । ସତେ ଯେମିତି ମହୁ ଫେଣାଟିଏରେ କେହି ନିଆଁ ହୁଲାଟା ମାଡ଼ି ଦେଇଛି । ଗାଡ଼ି ଘୋଡ଼ା ଦୋକାନ ବଜାର ସବୁ ବନ୍ଦ ! ନିଜ ପାଦ ଉପରେ ଭରସା କରି ଚାଲିଛନ୍ତି ଲକ୍ଷ୍ୟହୀନ ଭାବରେ । ଦିନେ ଦୁଇଦିନ ଚାଲିଲା ପରେ ମିଲିଲା ଗୋଟାଏ ମାଲବୁହା ଗାଡ଼ି । ଡ୍ରାଇଭର ଏମାନଙ୍କୁ ଅତିକ୍ରମ କରିଯାଉଥିଲା, ହଠାତ୍ ଗୋଟାଏ ଯାନ୍ତ୍ରିକ ଶବ୍ଦ କରି ଗାଡ଼ିଟା ଅଟକି ଗଲା । ପ୍ରାଣ ବିକଳରେ ସମସ୍ତେ ଧାଇଁଲେ ସେଇ ଆଡ଼କୁ । ଡ୍ରାଇଭର ଝରକା ଫାଙ୍କରେ ମୁଣ୍ଡ ଗଲେଇ ଏମାନଙ୍କୁ ପଚାରିଲା, କୁଆଡେ ଯିବ ? ସତେ ଯେମିତି ଭବସାଗରରେ ଭାସୁଥିବାବେଳେ କେହି ହୁଲି ଡଙ୍ଗାଟିଏ ପଠେଇ ଦେଲା । ଯେ ଯାହାର ଗନ୍ତବ୍ୟସ୍ଥଳ କଥା କହିଲେ । ଡ୍ରାଇଭର ବିଜୟନଗର ପର୍ଯ୍ୟନ୍ତ ଏମାନଙ୍କୁ ନେଇ ପାରିବ ବୋଲି କହିଲା । ଜଣ ଜଣକା ପନ୍ଦରଶହ ଟଙ୍କା ଲେଖା ଦେବାକୁ ହେବ । ପାଞ୍ଚଜଣକ ପାଖରୁ ମାପଚୁପ ହୋଇ ସାତହଜାର ଟଙ୍କା ବାହାରିଲା । ବିଜୟନଗର ପର୍ଯ୍ୟନ୍ତ ଗାଡ଼ି ଆଣି ଛାଡ଼ିଦେଲା ।

ବିଜୟ ନଗରର ବଜାର ଘାଟ ସବୁ ବନ୍ଦ । ତେଲୁଗୁ ଓ ଇଂଲିସିରେ ବଡ଼ ବଡ଼ ଅକ୍ଷରରେ ଲେଖା ହେଇଚି ବିଜୟ ନଗର । ଦୁର୍ପର୍ଣ୍ଣ ତା କଲେଜ ଆସିଲାବେଳେ

ଦେଖେ ଦିନ ନଅଟାରେ ବିଜୟନଗର ବସ୍ କଲେଜ ପାଖରେ ଅତିକ୍ରମ କରି ଯାଉଛି ବିଜୟନଗର । ବିଜୟ ନଗରରେ ରାତି ଦଶଟାରେ ପହଞ୍ଚେ ବୋଲି ସେ ଶୁଣିଥିଲା । ଚେନ୍ନାଇରୁ ଦୁଇଦିନର ପଥଶ୍ରମ ପରେ ସେମାନେ ପାଇଥିଲେ ମାଲବାହୀ ଟ୍ରକ୍ । ସେଇଥିରେ ଆସି ପହଞ୍ଚିଗଲେ ଏଠି । ଏଠିକୁ ଆସେ ଦୁପର୍ଭିର ଗାଁରୁ ବସ୍ । ତେଣୁ ତା ସଙ୍ଗେ ତା ଦଳରେ ଥିବା ସମସ୍ତଙ୍କର ମନୋବଳ ବଢ଼ିଗଲା । ଗାଁ ଆଉ ବେଶୀ ଦୂର ନୁହେଁ ।

ବିଜୟନଗରରେ ପହଞ୍ଚିଲା ବେଳକୁ ସଂଧ୍ୟା ସାତଟା । ଅଯାଚିତ ଭାବରେ ଟ୍ରକ୍‌ଟିଏ ଯେ ମିଳିଗଲା ସେଇଟା ମା ପେଣ୍ଠାଣୀଙ୍କ ଆଶୀର୍ବାଦ ଛଡ଼ା ଆଉ କିଛି ନୁହେଁ । ଘର ତ ଏବେ ହାତ ପାହାନ୍ତା । ଆଉ ଅପେକ୍ଷା କରି ଲାଭ ନାହିଁ । ରାତି ପାହିଲେ ପୋଲିସର ଗାଳିଗୁଲଜ । ଆବଶ୍ୟକ ନଥାଇ ବି ବାଟରେ ଅଟକେଇ ଜୁଲମ କରି ଫଟୋ ଉଠେଇବ । ଦୁପର୍ଭି ଓ ତା ସାଙ୍ଗମାନେ ଅନେକ ଭୋଗିଲେଣି ପୋଲିସର ଜୁଲମ୍ । ସେମାନଙ୍କ ଆଖିରେ ନ ପଡ଼ିବ ବୋଲି ଯେତେ ଲୁଚିଛପି ଆସିଲେ ବି ବଞ୍ଚେଇ ହେଉନି ସହଜରେ ସେଇ ଶାଗୁଣାମାନଙ୍କ ଦୃଷ୍ଟିରୁ । ରାସ୍ତାରେ ଦୁଇଥର ପାର୍ବତୀ ଓ ମନ୍‌କୀ ସହ ଦୁପର୍ଭି କାନ୍‌ଧରି ଉଠ୍‌ବସ ହୋଇ ସାରିଲାଣି । ଥରେ ଆଣ୍ଠେଇବାକୁ ପଡ଼ିଥିଲା । ଆଉଥରେ ମହିଳା ପୋଲିସଟା ତାକୁ ଗହଲି ଭିତରେ ଲାଠି ଉଠେଇଥିଲା ପିଟିବା ପାଇଁ । ଦୁପର୍ଭିର ଦୁର୍ବଳିଆ ଶରୀର ଦେଖି କି କ'ଣ କେଜାଣି, ହାତଟା ତଳକୁ କରିନେଲା । ପରସ୍ପର ଦୂରତା ରକ୍ଷା କରି ଓ ମୁହଁରେ ମୁଖାଦେଇ ଚଳିବା ପାଇଁ ନିର୍ଦ୍ଦେଶ ଦେଇଥିଲା । ଦୁର୍ଗ କାନ୍ଧରେ ପକାଇଥିବା ଓଢ଼ଣୀଟାକୁ ମୁଣ୍ଡରେ ପକେଇ ନାକ ଓ ମୁହଁ ଝରିପଟେ ଭଲ କରି ବାନ୍ଧି ଦେଲା । ରାତିସାରା ଚଳିବାର ନିଷ୍ପତ୍ତି ନେଲେ ସେମାନେ । ଦିନରେ ପୋଲିସର ଜୁଲମ ବେଶୀ । ଦୁପର୍ଭିର ଗୋଟାଏ ଗୋଡ଼ର ଚପଲ ଗାଡ଼ିରେ ଚଢ଼ିବା ଆଗରୁ ଛିଣ୍ଡିଯାଇଥିଲା । ସେ ତାକୁ ଫିଙ୍ଗି ନ ଦେଇ ମୋଡ଼ିମାଡ଼ି ଏୟାର ବ୍ୟାଗ୍‌ରେ ଭର୍ତ୍ତି କରିଦେଇଥିଲା । ବାଟରେ କୌଠି ମୋଚି ମିଳିଲେ ରିପେୟାର କରିଥାନ୍ତା । କିନ୍ତୁ ମୋଚିଙ୍କର ଦେଖା ଦର୍ଶନ ମିଳିଲା ନାହିଁ । ଯୋତା ହେଲେ ରହିଲେ ସେମିତି ଏୟାର ବ୍ୟାଗ୍‌ରେ । ଆଉ ଅପେକ୍ଷା କରିବାର ବେଳନାହିଁ । ସହର ଭିତରେ କୌଠି ବିଶ୍ରାମ କରିବାକୁ ଦେବ ନାହିଁ ପୋଲିସ । ସେମାନେ ସହର ଛାଡ଼ି ମାଡ଼ି

ରୁଳିଲେ ଆଗକୁ । କୌଣସି ବଦାନ୍ୟ ବ୍ୟକ୍ତି ବାଣ୍ଟୁଥିଲେ ଖିଚିଡ଼ି ସହ କିଛି ଆଚାର । ଗୋଟାଏ ଗୋଟାଏ ପଲିଥିନ୍ ପ୍ୟାକେଟ୍ ମିଳିଲା ସମସ୍ତଙ୍କୁ । ବାସ୍ ଗୋଟାଏ ଦିନର ଭୋକର ଦାଉକୁ ସମ୍ଭାଳି ହେବ । ଆସନ୍ତା କାଲି କ'ଣ ହେବ ସେ କଥା ଭଗବାନ ଜାଣନ୍ତି । କିନ୍ତୁ ଲକ୍ଷ୍ୟ ସ୍ଥଳରେ ପହଞ୍ଚିବାକୁ ପଡ଼ିବ ନିଶ୍ଚୟ । ଦୁର୍ପଦ୍ଧିର ପାଦରେ ଓହ୍ଲି ପଡ଼ିଲାଣି ଫୋଟକା । ପାଦ ଥୋଇ ହେଉନି ରାସ୍ତାରେ । ସହଯାତ୍ରୀମାନେ ଆଗକୁ ଆଗେଇ ଗଲେଣି । ତାକୁ ବୁଦ୍ଧିବାଟ ଦିଶିଲା ନାହିଁ । ଶେଷରେ ଓଢ଼ଣିଟା କାନ୍ଧରୁ ବାହାର କରି ଆଣିଲା ଦୁପର୍ଦ୍ଧି । ତାକୁ ଦୁଇଗଡ଼ କରିଦେଲା ଦାନ୍ତରେ । ରୁମାଲ ପରି ଛୋଟ ଖଣ୍ଡେ କରି ମୁହଁରେ ମୁଖାଟିଏ ଢ଼ାଙ୍କି ଦେଲା । ବାକି ତକ ଓଢ଼ଣିକୁ କାଟି ଦୁଇ ପାଦରେ ବ୍ୟାଣ୍ଡେଜ୍ କରି ବାନ୍ଧି ଦେଲା । ସହଯାତ୍ରୀ ଆଗକୁ ମାଡ଼ି ଯାଉଥିଲେ । ସହଯାତ୍ରୀମାନଙ୍କ ଭିତରୁ କେହିଜଣେ ପଛକୁ ଫେରି ରୁହଁ ଚିଲ୍ଲେଇ ଉଠିଲା ।

ହେ-ଦୁପର୍ଦ୍ଧି ରହିଗଲା ପଛରେ । ହେ-ଦୁପର୍ଦ୍ଧି ! କ'ଣ କରୁଚୁ ? ଆଗକୁ ମାଡ଼ିଆ ! ବସି ପଡ଼ିଥିଲା ଦୁପର୍ଦ୍ଧି । ଲଚ୍ଛଦୀ ଓ ମନ୍କୀ ଧାଇଁ ଆସିଲେ ତା ପାଖକୁ । ଦୁଇଗୋଡ଼ରେ ଓଢ଼ଣୀ ବାନ୍ଧି ସାରିଲା ପରେ ଦୁପର୍ଦ୍ଧିକୁ ଟିକେ ଭଲ ଲାଗିଲା, ସେ ପୁଣି ଥରେ ସାମିଲ ହୋଇଗଲା ସେମାନଙ୍କ ସହ । ବିଜୟନଗର ଛାଡ଼ିବା ପରେ ସମସ୍ତେ ବେଶ୍ ଉସ୍ସାହିତ ଥିଲେ । ଦଶଟା ପର୍ଯ୍ୟନ୍ତ ସେମାନେ ରୁଳିଥିଲେ । ରାତିଟା ବେଲି ସିନା ସୂର୍ଯ୍ୟକିରଣ ବାଧୁ ନଥିଲା କିନ୍ତୁ ପଥଶ୍ରମ ହେତୁ ସମସ୍ତେ କ୍ଲାନ୍ତ ହୋଇପଡ଼ିଥିଲେ । କେଉଠି ଟିକେ ବିଶ୍ରାମ ନ ନେଲେ ଆଉ ପାଦେ ବି ରୁଳିହେବ ନାହିଁ ଆଗକୁ । ସମସ୍ତଙ୍କ ଆଖି ପତାରେ ମହଣେ ମହଣେ ନିଦ । ହେଲେ ଏ ବଣ ରାସ୍ତାରେ କୋଉଠି କାଟି ହେବ ରାତି ? ଦୁଇ ପଟରେ ଘଞ୍ଚ ବଣ । କାଁ ଭାଁ କେଉଠି କେମିତି ଇଲେକ୍ଟ୍ରିକ୍ ଖୁଣ୍ଟି । ନା ଆଗକୁ ଆଉଟିକେ ରୁଳ । ସ୍କୁଲ ଘରଫର କେଉଠି ମିଳିଲେ ସେଇ ପିଣ୍ଡାରେ ଟିକେ ଗଡ଼ପଡ଼ ହୋଇଯିବା । ସତକୁ ସତ ଟିକେ ଆଗକୁ ଗଲାପରେ ସ୍କୁଲ ଘରଟିଏ ପଡ଼ିଲା । ସ୍କୁଲ ହତାର ଗେଟ୍ ଖୋଲି ସମସ୍ତେ ପଶିଗଲେ ଭିତରକୁ । ସ୍କୁଲ ଘର ପିଣ୍ଡାମାନଙ୍କରେ ଯିଏ ଯେମିତି ଯେଉଁ ଅବସ୍ଥାରେ ଥିଲେ ଗଡ଼ିପଡ଼ିଲେ ସେମିତି ।

ରାତି ପାହିଲା ପରେ ସମସ୍ତେ ଦିଶୁଥିଲେ ଅପେକ୍ଷାକୃତ ସତେଜ । କିଛି ଦୂର ଯିବାପରେ ଓଡ଼ିଶା ସୀମା ଆସିଗଲା । ସେମାନେ ଆହୁରି ଉସ୍ସାହିତ

ହୋଇପଡ଼ିଲେ । କେମିତି କୋଉ ଜୋସ୍‌ରେ ପହଞ୍ଚିଗଲେ ପଟ୍ଟାଙ୍ଗୀ ପର୍ଯ୍ୟନ୍ତ ଜଣାପଡ଼ିଲା ନାହିଁ । ପଟ୍ଟାଙ୍ଗୀ ଆସିଲା ପରେ ସମସ୍ତେ ଆଶ୍ୱସ୍ତ ହୋଇପଡ଼ିଲେ । କେତେଜଣ ଆବେଗ ପ୍ରବଣ ହୋଇ ଗଡ଼ିଗଲେ ଭୂଇଁରେ ତ ଆଉ କେତେଜଣ ଆଣ୍ଠେଇ କି ମୁଣ୍ଡିଆ ମାରି ପକେଇଲେ । ଏସବୁ ଫଟୋ ଉଠିବା ପାଇଁ ସେମାନେ କରୁନଥିଲେ । ଏସବୁ ଥିଲା ସ୍ୱତଃସ୍ପୁର୍ତ । ସେମାନଙ୍କ କ୍ଲାନ୍ତ କଣ୍ଠରେ କୋଉଠି ଏତେ ବଳଥିଲା କେଜାଣି ଆମ ଦେଶ ଆସିଗଲା, ଆମ ଦେଶ ଆସିଗଲା ଧ୍ୱନିରେ ଗଗନ ପବନ ମୁଖରିତ କରିଦେଲେ ।

ଓଡ଼ିଶା ଆସିଲା ପରେ ଗାଡ଼ି ଘୋଡ଼ା ମିଳିଲା ନାହିଁ ସିନା, ଯାହା ଯେଉଁଠି ହେଉ ଦାନା ଗଣ୍ଡାଏ ମିଳି ଯାଉଥିଲା । ଦୁପର୍ଦ୍ଦି ତା ଯୋତା ହଲକ ବି ମରାମତି କରିପାରିଲା । ଋରିଦିନ ପରେ ଆସି ଗାଁରେ ପହଞ୍ଚିଲା ଦୁପର୍ଦ୍ଦି । ଗାଁ ଋରିପଟେ ବେଡ଼ା ହୋଇଛି ବାଉଁଶ, ଦିନରାତି ପାଳି କରି ଗାଁ ଯୁବଗୋଷ୍ଠୀ ଜଗୁଥିଲେ । ପୋଲିସ ସହାୟତା କରୁଥିଲେ । ଦୁଇଜଣ ପୋଲିସ୍ ମୃତବ୍ୟନ ହୋଇଥିଲେ ।

ଦୁପର୍ଦ୍ଦିକୁ ଦେଖ ଭୂତ ଦେଖିଲା ପରି ଆଶ୍ଚର୍ଯ୍ୟ ହୋଇଗଲେ ସମସ୍ତେ ।

ତୁ କେମିତି ଆସିଲୁ ଏତେ ସକାଳୁ ଦୁପର୍ଦ୍ଦି । ରାସ୍ତାସାରା ଘଟିଥିବା ଅନୁଭବକୁ ଠିକେ ଠିକେ କହିଦେଲା । ନବରଙ୍ଗପୁରରୁ ପେପର ଗାଡ଼ି ଆସୁଥିଲା, ସେଇ ଗାଡ଼ିରେ ସେ ଗାଁକୁ ଆସିଲା ବୋଲି କହିଲା । ଆଉ ପଦୁଟିଏ ବି କହିବାକୁ ତାର ଧୈର୍ଯ୍ୟ ନଥିଲା ।

ପୋଲିସ୍ ଓ ଗାଁ ପିଲାମାନେ ତାକୁ ଛାଡ଼ିଲେ ନାହିଁ ଗାଁ ଭିତରକୁ । ସେ ଏବେ ୨୧ ଦିନ କ୍ୱାରେଣ୍ଟାଇନ୍‌ରେ ରହିବ । ତାହା ପୁଣି ତା’ ଗାଁରେ ନୁହେଁ ତା’ ପାଇଁ ନିର୍ଦ୍ଧାରିତ ହେଇଚି ରାଇଘର କ୍ୱାରେଣ୍ଟାଇନ୍ ସେଣ୍ଟରରେ । ସେଠି ତାର ସ୍ୱାସ୍ଥ୍ୟ ପରୀକ୍ଷା କରାଯିବ ।

ଉପାୟ ନ ଥିଲା ଦୁପର୍ଦ୍ଦିର । ସୁଦୂର ଚେନ୍ନାଇ ସହରରୁ ତା ଗାଁ ମାଟି ପର୍ଯ୍ୟନ୍ତ ସେ ଆସିଥିଲା କେବଳ ତାର ଏଇ ଗୋଡ଼ ଦୁଇଟା ଉପରେ ଭରସା କରି । ପାଦ ଦୁଇଟା ଥିଲା ତାର ଦମ୍ଭ । ତା ଆତ୍ମବିଶ୍ୱାସ, ତା ସମ୍ବଳ । କିନ୍ତୁ ଏବେ ସେ ଆଉ ତାର ହୋଇନାହିଁ । ସେ ନିଜ ଇଚ୍ଛାରେ କୁଆଡ଼େ ଯାଇ ପାରିବ ନାହିଁ । ନିଜ ଇଚ୍ଛାରେ କିଛି କରିପାରିବ ନାହିଁ । ଖୁବ୍ କାନ୍ଦ ଲାଗିଲା ତାକୁ । ଆଉ ଋରିପଖ

ଜଣଙ୍କ ସହ ସେ ଯେତେବେଳେ ରାଇଘର କ୍ୱାରେଣ୍ଟାଇନ୍ ସେଣ୍ଟରକୁ ଯାଉଥିଲା, ଖୁବ୍ କଷ୍ଟ ହେଉଥିଲା ତାକୁ । ତା ମାଆ ଖୁବ୍ ମନେ ପଡୁଥିଲା । ବାପା ଓ ଭାଇଭଉଣୀମାନେ ମନେ ପଡୁଥିଲେ । ମାଆ ହାତରୁ ମାଣ୍ଡିଆ ପେଜ ଟିକେ ପିଇଥାନ୍ତା । ମାଆ କୋଳରେ ମୁଣ୍ଡ ଦେଇ ଥକ୍କା ମାରିଥାନ୍ତା । ଦେଖା ବି ଟିକେ ହେଇପାରିଲାନି କାହା ସହିତ । ପୋଲିସ୍ ଶୁଣିଲା ନାହିଁ କାହା କଥା । ସେମାନଙ୍କୁ ଜବରଦସ୍ତ ନିଆଗଲା ସରକାରୀ ଗାଡ଼ିରେ । ତାକୁ ପାଟିକରି କାନ୍ଦିବାକୁ ଇଚ୍ଛା ହେଉଥିଲା । କାନ୍ଦିଲା ନାହିଁ । ନୀରବରେ ପିଇଗଲା ସବୁ ଲୁହ । କେଜାଣି ଆଗକୁ ଆଉ କେତେ ଲୁହ ଗଡ଼ାଇବାକୁ ପଡ଼ିବ !

କ୍ୱାରେଣ୍ଟାଇନ୍‌ରେ ରହିବା ପରଦିନ ତାର ସ୍ୱାବ୍ ଟେଷ୍ଟ ପାଇଁ ନିଆଗଲା । ପାଞ୍ଚଦିନ ପରେ ଆସିଲା ରିପୋର୍ଟ, କରୋନା ପଜିଟିଭ୍ । ସଙ୍ଗେ ସଙ୍ଗେ ସରକାରୀ ଗାଡ଼ିରେ ତାକୁ ନିଆଗଲା ଭୁବନେଶ୍ୱର ।

ଟିଭି, ଖବର କାଗଜ, ରେଡିଓ ଓ ସୋସିଆଲ୍ ମିଡିଆରେ ଘନ ଘନ ପ୍ରଚାର । ନବରଙ୍ଗପୁରରେ ପ୍ରଥମ କରୋନା ରୋଗୀ । ଦୁର୍ଗୀର ସେଇ ଅଖ୍ୟାତପଲ୍ଲୀ ମେଦାନା ଗାଁର ନାଁ ଗୋଟିଏ ଦିନ ଭିତରେ ଝରିଆଡେ ରାଷ୍ଟ୍ର ହୋଇଗଲା ।

ଏ ଖବର ମେଦାନାରେ ପହଞ୍ଚିବାକୁ ବେଶୀ ସମୟ ନେଲା ନାହିଁ ।

ବେରାମଣ୍ଡରେ ଗାଁ ମୁଖିଆ ଜାନୀର ଆହ୍ୱାନ କ୍ରମେ ବସିଲା ଗ୍ରାମ ସଭା । ସାମାଜିକ ଦୂରତ୍ୱ ରକ୍ଷା କରି ବେରମଣ୍ଡର ଗୋଟାଏ କୋଣକୁ ହାତଯୋଡ଼ି କାକୁସ୍ତ ହୋଇ ବସିଥିଲେ ଦୁର୍ଗୀର ବାପାମାଆ ।

ଅଭିଯୁକ୍ତ ହତ୍ୟାକାରୀକୁ ଫାଶୀ ଆଦେଶ ଶୁଣାଇବା ପରି ଜାନୀ ଶୁଣେଇଦେଲା ରାୟ । ଦୁର୍ଗୀର ପରିବାରକୁ ନିଆଁ ପାଣି ବନ୍ଦ । ଗାଁରୁ ସମସ୍ତେ ଯେଉଁ କଳରୁ ପାଣି ଖାଉଛନ୍ତି, ସେମାନେ ସେଠାରୁ ପାଣି ଆଣିପାରିବେ ନାହିଁ । ଝରଣାରୁ ଆସିବେ ପାଣି । ଗାଧୁଆ ପାଧୁଆ ବି କରିବେ ସେଠି, ଲୁଗାପଟା ସଫା କରିବେ ସେଠି, ତାହା ପୁଣି ଅଧୁଆରେ । ଦୋକାନରୁ ସଉଦା ନେଇ ପାରିବେ ନାହିଁ । କେହି ଆଣି ତାଙ୍କ ଦୁଆର ମୁହଁରେ ଥୋଇଦେଇଯିବ । ତାଙ୍କ ଗାଈ ଗୋଠରେ ଯିବ ନାହିଁ । ସେମାନେ ନିଜେ ନିଜେ ଚରେଇବେ । ସେମାନେ

ଡ. ବାସନ୍ତୀ ମହାନ୍ତି ❖ ୧୨୧

ମୂଳପାତି ଲାଗି ପାରିବେ ନାହିଁ । ଦୁପର୍ଦ୍ଦି ଭଲହେଇ ଫେରିବା ପର୍ଯ୍ୟନ୍ତ ସେମାନେ ରହିବେ ଏକ ଘରିକିଆ ହୋଇ । ତାଙ୍କ ଘର ଝରିପଟେ ମୁଖ୍ୟଆଙ୍କ ଆଦେଶରେ ବାଉଁଶିର ବାଡ଼ ଦିଆଗଲା ।

ଭାତ ନାୟକକୁ ଡାକି ସେମାନେ ଜାତି ହେବେ । ପୁରୁଷ ଲୋକମାନେ ଲଣ୍ଡା ହେବେ । କିନ୍ତୁ ଏସବୁ ଏବେ ନୁହେଁ । ଦୁପର୍ଦ୍ଦି ଫେରିବା ପରେ । ଦୁପର୍ଦ୍ଦି ଆମ ସମସ୍ତଙ୍କର ଝିଅ । ସେ ବିପଦରେ ପଡ଼ିଛି । ତା ମାଆ ବାପାଙ୍କୁ ହଇରାଣ କରିବା ଠିକ୍ ହେବନାହିଁ । ମୁଖ୍ୟଆ କହିଲେ, ଅନ୍ୟମାନେ ତା କଥାରେ ସଇଦେଇ କହିଲେ–

“ହଇ ହଇ” ।

ଗାଁରେ ଅଦିନରେ ଗୋଟାଏ ଭୋଜି ଖାଇବାର ଲୋଭରେ ସମସ୍ତେ ଓଠରେ ଜିଭ ବୁଲେଇ ଆଣିଲେ ।

□□□

ସରୁପ୍ରାଇଜ୍

ପୋଷ୍ଟମ୍ୟାନ୍ ଶ୍ରୁତିହାତକୁ ପୋଷ୍ଟକାର୍ଡଟିକୁ ବଢ଼େଇ ଦେଉଦେଉ ଚିଲପରି ଝାଂପି ନେଇଗଲା ଅନିନ୍ଦିତା । କାର୍ଡଟିକୁ ଏପଟ ସେପଟ କରି ଦୁଇଥର ଓଲଟେଇ ଆଖି ନଟେଇ କହିଲା –

ସତରେ ଶ୍ରୁତି ! ମୋର ଭାରି ଈର୍ଷା ହୁଏ ତତେ । ମୋ ପାଖକୁ ଯଦି ଏତେ ସୁନ୍ଦର ଅକ୍ଷରରେ ଏମିତି ପ୍ରେମ ପତ୍ର ସବୁ ଆସିଥା'ନ୍ତା ନା, ମୁଁ ମୋ ଜୀବନଟାକୁ ପ୍ରେମମୟ କରିଦେଇଥା'ନ୍ତି । ଶାଢ଼ୀ ବଦଲେଇଲା ଭଳି ପ୍ରତି ଘଣ୍ଟାକୁ ଗୋଟିଏ ଗୋଟିଏ ପ୍ରେମିକ ବଦଲ କରି ବିଶ୍ୱ ରେକର୍ଡ଼ ସୃଷ୍ଟି କରିଥାନ୍ତି । କି ଧାତୁରେ ଗଢ଼ା ତୋ ପିଣ୍ଡ କେଜାଣି ନା ତରଙ୍ଗ ଅଛି ନା ତଡ଼ିତ୍ ! ଏତେ ପ୍ରେମପତ୍ର ପାଉଛୁ, ହେଲେ କାହାରି ପାଇଁ ତୋ ହୃଦୟରେ କମ୍ପନଟିଏ ବି ସୃଷ୍ଟି ହେଉନାହିଁ ।

କାହିଁକି ଏମିତି ପାଗଲଙ୍କ ଭଳି ପ୍ରଲାପ କରୁଛୁ, ଦେଲୁ ମତେ ସେ ଚିଠିଟା । କୃତ୍ରିମ କ୍ରୋଧ ପ୍ରକାଶ କରି କହିଲା ଶ୍ରୁତି । ଦୁଷ୍ଟାମିର ହସଟିଏ ଅନିନ୍ଦିତାର ଓଠ ଧାରରେ ଖେଳିଗଲା । କିଛି ଗୋଟିଏ ସିରିଅସ୍ ନିଷ୍ପତି ନେବା ଭଙ୍ଗୀରେ ସେ ମୁଣ୍ଡ ହଲେଇ ହଲେଇ କହିଲା – ଆଜି ଗୋଟିଏ ବଡ଼ ଶିକାର ମିଳିଛି, ତୁ ନ ପାରିଲୁ ନାହିଁ, ମୁଁ କିନ୍ତୁ ଏ ସୁଯୋଗକୁ ହାତଛଡ଼ା କରୁନି ।

ଡ. ବାସନ୍ତୀ ମହାନ୍ତି ❖ ୧୨୩

କ’ଣ ହେଇଛି ତୋର ? ଏମିତି ଫୁଲେଇ ହଉଚୁ ଯେ ?

ଶ୍ରୁତି ହାତକୁ ଚିଠିଟା ବଢ଼େଇ ଦେଉ ଦେଉ ସେ କହିଲା – ହେଇନି ଲୋ ହେବ । ଦେଖ୍ ଦେଖ୍ । ତୋ ସ୍ତାବକ ଜଣକ କ’ଣ ଲେଖିଛନ୍ତି ।

ଶ୍ରୁତି ପାଇଁ ଚିଠିର ଏ ମଧୁର ବାର୍ତ୍ତା ସବୁ ନୂଆ କଥା ନୁହେଁ । ତାର ପ୍ରତିଟି ଲେଖା ପ୍ରକାଶ ପାଇବା ପରେ ଏମିତି ଅଜସ୍ର ଭାବ ବହନ କରି ଆସେ ପୋଷ୍ଟକାର୍ଡ ଖଣ୍ଡେ ଖଣ୍ଡେ । କୌଣସି ଚିଠିକୁ ହତାଦର ନକଲେ ବି ଭାବଗତ ସ୍ତରରେ ସେ ପ୍ରଲିପ୍ତ ହୁଏ ନାହିଁ ପତ୍ର ପ୍ରେରକ ପ୍ରତି ।

କିନ୍ତୁ ଏ ଚିଠିଟି ଥିଲା ତାର ବ୍ୟତିକ୍ରମ ।

ସୁନ୍ଦର ହସ୍ତାକ୍ଷର ସାଙ୍ଗକୁ ଭାବରେ ଆବେଗ ପ୍ରବଣତା ଶ୍ରୁତି ମହାପାତ୍ର ଦେହରେ ଏକ ଅପୂର୍ବ ପୁଲକ ଖେଳେଇ ଦେଲା । ପ୍ରତିଟି ଶବ୍ଦର ଗଭୀର ଆବେଦନ ତା ସ୍ନାୟୁମାନଙ୍କରେ ବିସ୍ଫୋରଣ ସୃଷ୍ଟି କରିଦେଲା ଯେମିତି । ନିଜକୁ ସେ ସମ୍ଭାଳି ନେଲା । ଭାବସିକ୍ତ ଅନୁଭବ ପ୍ରକାଶନୀୟ ନୁହେଁ । ଅନ୍ତତଃ ପ୍ରଗଲ୍ଭା ଅନିନ୍ଦିତା ପାଖରେ ତ ଆଦୌ ନୁହେଁ । ନିଜକୁ ଯଥାସମ୍ଭବ ସଂଯତ କରି ସେ ନିରାସକ୍ତ କଣ୍ଠରେ କହିଲା –

କଣଟା ଏ ଚିଠିରେ ଅଛି ଯେ ତୁ ଏମିତି ଉଛୁଳି ଉଠୁଛୁ ଶୁଣେ ! ଉତ୍ଫୁଲ୍ଲିତ ହୋଇ ଅନିନ୍ଦିତା ଉତ୍ତର ଦେଲା, ଏମାସ ଶେଷ ଆଡ଼କୁ ତୋର କ’ଣ ଗୋଟିଏ ସାହିତ୍ୟ ସମ୍ମିଳନୀ ପୁରୀରେ ଅଛି ବୋଲି କହୁଥିଲୁ, ତୋ ପାଇଁ ନୁହେଁ ଲୋ, ମୋ ପାଇଁ ନିମନ୍ତ୍ରଣ କରିବୁ ତୋର ଏ ଦର୍ଶନାଭିଳାଷୀ ସ୍ତାବକଙ୍କୁ ।

“ସିଏ ତ ତୋ ପାଇଁ ସମ୍ପୂର୍ଣ୍ଣ ଅପରିଚିତ । କି ରୋମାନ୍ସ ତୁ କରିବୁ ତାଙ୍କ ସାଙ୍ଗରେ ?” ବିରକ୍ତ ହୋଇ କହିଲା ଶ୍ରୁତି ।

ଆଃ– ତୁ ଆଗ ଡାକ୍ ନା । ଦେଖିବୁ ମୋ ଦ୍ୱାରା କ’ଣ ହେଇ ନପାରେ । ପ୍ଲଟ୍ ମୋର, ନିର୍ଦ୍ଦେଶନା ମୋର । ତୁ ଅଭିନୟ ନ କଲେ ନାହିଁ କେବଳ ନିରବ ରହିବୁ ଶେଷ ପର୍ଯ୍ୟନ୍ତ । ଅନୁନୟ କଣ୍ଠରେ କହିଲା ଅନିନ୍ଦିତା ।

ହଉ – ତୋର ଯାହା ଇଚ୍ଛା ହେଉଛି କରିବୁ । ମୁଁ ଯେମିତି ଅପଦସ୍ତ ନହୁଏ । ସତର୍କ କରିଦେଲା ଶ୍ରୁତି ।

ସେଇ ବହୁ ପ୍ରତୀକ୍ଷିତ ମୁହୂର୍ତ୍ତ । ସୌମେନ୍ ସାମନ୍ତ ଆସୁଛନ୍ତି । ମନରେ ଅହେତୁକ ଉଦ୍ଧାପନା । ଅସରନ୍ତି ଉତ୍କଣ୍ଠା । ଶ୍ରୁତି ମହାପାତ୍ର । ନାଁ ଭଳି ଚେହେରାରେ ବି ଥିବ ଆଭିଜାତ୍ୟର ଛାପ ।

ସୌମେନ୍ ପରିକଳ୍ପନା କରୁଥିଲେ ମିସ୍ ଶ୍ରୁତି ମହାପାତ୍ରଙ୍କୁ । ତା ଲେଖା ଭଲି ସେ ମାପିଚୁପି କହୁଥିବ କଥା । ଦାନ୍ତ ଟିପିଟିପି ହସୁଥିବ । ତା ଗପ ଭଲି ସେ ଲାଗୁଥିବ କ୍ଲାସିକ୍ । ଉଗ୍ର ଆଧୁନିକ ବେଶଭୂଷାରେ ସଜିତା ପ୍ରଗଲ୍ଭା ଝିଅମାନଙ୍କୁ ସେ ଆଦୌ ସହ୍ୟ କରିପାରନ୍ତିନି । ସେଇଥିପାଇଁ ତ ତାଙ୍କର ଏ ଦୀର୍ଘ ପଥ ଯାତ୍ରା । କାଲ୍କାଟାରୁ ପୁରୀ । ଆଃ କ୍ଲାନ୍ତିକର । ଅତ୍ୟନ୍ତ କ୍ଲାନ୍ତିକର । ସରକାରୀ କାର୍ଯ୍ୟ ଅନୁରୋଧରେ ଅନେକ ଥର ସେ ଆସିଛନ୍ତି । ଅବଶ୍ୟ ଶ୍ରୁତି ମହାପାତ୍ରର ସାନ୍ନିଧ୍ୟର ପ୍ରଲୋଭନ ଏଥରର ଯାତ୍ରାଟାରେ କିଛିଟା ଉଷ୍ଣତା ଭରିଦେଇଛି । ସେଲ୍‌ଫୋନ୍‌ର ଆଓ୍ୱାଜ୍‌ରେ ଧ୍ୟାନ ଭଗ୍ନ ହେଲା ସୌମେନ୍‌ଙ୍କର । ବଟମ୍ ଟିପିଲେ । ସେପଟରୁ ଭାସି ଆସୁଛି ନାରୀ କଣ୍ଠର ମଧୁର ସ୍ୱର ।

        ହ୍ୟାଲୋ ! ମୁଁ ଶ୍ରୁତି ମହାପାତ୍ର କହୁଛି । ମୁଁ ଏବେ ଚକ୍ରତୀର୍ଥ ରୋଡ ସମୁଦ୍ର ବେଲାରେ । ଆପଣଙ୍କୁ ଅପେକ୍ଷା କରିଛି । ପିନ୍ଧିଛି କଳା ଶାଢ଼ୀଟିଏ । ମତେ ଚିହ୍ନିବାରେ ଅସୁବିଧା ହେବନାହିଁ । ନିଜ ଶରୀର ଆଡ଼କୁ ରୁହଁ ମନେ ମନେ ହସିଲେ ସୌମେନ୍ ।   ଧଲା ପୋଷାକ ପ୍ରତି ତାଙ୍କର ସବୁବେଳେ ଦୁର୍ବଲତା । ଆଜିବି ପିନ୍ଧିଛନ୍ତି ଧଲା ପ୍ୟାଣ୍ଟ ସାଙ୍ଗକୁ ଛୋଟ ଛୋଟ ଚେକ୍ ଥିବା ସଂପୂର୍ଣ୍ଣ ଧଲା ସାର୍ଟ ।

        ଶ୍ରୁତି ମହାପାତ୍ର ପିନ୍ଧିଛି କଳା ଶାଢ଼ୀ ।

        ପ୍ରଥମରୁ ଅମେଲ । ବ୍ଲାକ୍ ଆଣ୍ଡ ହ୍ୱାଇଟ୍ ।

        ନର୍ଥ ପୋଲ୍ ସାଉଥ ପୋଲ୍ ।

        ରିକ୍ସା ଅଟକିଲା ଚକ୍ରତୀର୍ଥ ରୋଡ୍ ସମୁଦ୍ର ବେଲା ଭୂମିରେ ।

        ଦୁଇଜଣ ମହିଲା ପାଖାପାଖି ଠିଆ ହୋଇଛନ୍ତି, ଜଣେ ପିନ୍ଧିଛନ୍ତି ବର୍ଡ଼ର ଓ ଆଞ୍ଚଲରେ ନାଲି ଏମ୍ବ୍ରୋଡୋରୀ ହୋଇଥିବା କଳାଶାଢ଼ୀଟିଏ ଓ ଆଉଜଣକର ଇଷତ୍ ଗେରୁ ରଙ୍ଗର ଦେହସାରା ଛୋଟ ଛୋଟ ଚିତ୍ର ବିଚିତ୍ର ହୋଇଥିବା କଳାଶାଢ଼ୀ ।

        ସଦେହରେ ପଡ଼ିଲେ ସୌମେନ୍ ।

        ହଠାତ୍ ପ୍ରାଣ ଉଚ୍ଛୁଲା ହସ ସାଙ୍ଗକୁ ନାରୀକଣ୍ଠର ଆବାହନୀ ।

        ଆସନ୍ତୁ– ଆସନ୍ତୁ ସୌମେନ୍ ବାବୁ ।

ଡ. ବାସନ୍ତୀ ମହାନ୍ତି ❖ ୧୨୫

ଆମେ ଆପଣଙ୍କୁ ଅପେକ୍ଷା କରିଛୁ ଅନେକ ବେଳୁ ।

ସାମାନ୍ୟ ଲଜ୍ଜିତ ହୋଇ କ୍ଷମା ମାଗିବା ଶୈଳୀରେ କହିଲେ ସୌମେନ୍‌- ଟ୍ରେନ୍‌ ପ୍ରାୟ ଘଣ୍ଟାଟେ ଲେଟ୍‌ ଥିଲା ।

ମୁଁ ଶ୍ରୁତି ମହାପାତ୍ର ଆଉ ଇୟେ ମୋ ସାଙ୍ଗ ଅନିନ୍ଦିତା ଦାସ । ମୋ ବାଲ୍ୟ ସହଚରୀ ଆଉ ଗୋଟିଏ କଲେଜରେ ଅଧ୍ୟାପନା କରୁ । ଏମ୍ବ୍ରୋଡୋରୀ ଶାଢ଼ୀ ପିନ୍ଧିଥିବା ମହିଲାଟି ହସି ହସି କହିଲା ।

ନମସ୍କାରରେ ଭାବର ଆଦାନ ପ୍ରଦାନ ହେଲା । ମୋର ବଡ଼ ଭାଗ୍ୟ, ଆପଣଙ୍କ ଦର୍ଶନରେ ଆସିଥିଲି, ଆପଣଙ୍କ ବାନ୍ଧବୀଙ୍କ ସହ ବି ପରିଚୟ ହେଲା । ଦ୍ୱିତୀୟ ମହିଲାଟି ସଲଜ୍ଜ ହସି ଅଭିବାଦନ ଜଣାଇଲା । ସାମାନ୍ୟ ଲୌକିକତା ପରେ ପ୍ରସ୍ତାବ ଦେଲା ସମଗ୍ର ଦ୍ୱିପହରଟା ସମୁଦ୍ର କୂଳରେ କଟାଯିବ ।

ସମୁଦ୍ରର ବେଲାଭୂଇଁ ।

ବିସ୍ତୀର୍ଣ୍ଣ ବାଲି ପ୍ରାନ୍ତର ।

ସମୁଦ୍ରର ଅଶାନ୍ତ ଲହରୀ ଭିତରେ ଜୀବନର ସଂଜ୍ଞା ଖୋଜୁଥିଲେ ତିନୋଟୀ ଆଗ୍ରହରା ମଣିଷ ।

ମନେ ହେଉଥିଲେ ଆକାଶ ପରି ମୁକ୍ତ, ଲହରୀ ଭଳି ସଂଘର୍ଷଶୀଳ ଆଉ ବେଲାଭୂଇଁ ଭଳି ନିର୍ଲିପ୍ତ ।

ମୁହୂର୍ତ୍ତକ ପାଇଁ ସେମାନେ ବାହ୍ୟଜ୍ଞାନ ଶୂନ୍ୟ ହୋଇପଡ଼ିଥିଲେ । ପ୍ରତିଟି ମୁହୂର୍ତ୍ତର ଅନ୍ତରଙ୍ଗ ଅନୁଭବ ସେମାନଙ୍କୁ ଉଦ୍‌ଭ୍ରାନ୍ତ କରୁଥିଲା ।

ସବୁ ଅସ୍ମିତା, ସାମାଜିକ ପ୍ରତିଷ୍ଠା, ସବୁ ଅହଂବୋଧ ନିଜ ଭିତରୁ କାଢ଼ି ଫିଙ୍ଗିଦେଇ ଥିଲେ ସମୁଦ୍ରର ବେଲାଭୂଇଁକୁ । ସମୁଦ୍ର ଲହରୀକୁ ଆହ୍ୱାନ କରୁଥିଲେ । ମୁଠାମୁଠା ଓଦା ବାଲି ଫିଙ୍ଗାଫିଙ୍ଗି ଦେଉଥିଲେ । ବାଲି କଙ୍କଡ଼ା ପଛରେ ଧାଉଁଥିଲେ ।

ପ୍ରଥମେ ସୌମେନ୍‌ ଫେରିଆସିଲେ ବାସ୍ତବ ଜଗତକୁ । ଦୁଇବାନ୍ଧବୀଙ୍କ ଆଡ଼କୁ ରୁହେଁ କହିଲେ –

କ'ଣ ଏମିତି ଖେଳୁଥିବା ନା କିଛି ଅନ୍ତରଙ୍ଗ ଆଲାପ କରିବା । ସମୟ ଆହ୍ୱାନ ଦେଲାଣି । ଏଥର ଫେରିବାକୁ ହେବ ଯେ ! ହାତରେ ମୁଠାଏ ଓଦା ବାଲିକୁ

ଏ ହାତ ସେ ହାତ କରୁ କରୁ ସେ କହିଲେ – ହଁ ଶ୍ରୁତି ଦେବୀ, ଆପଣଙ୍କ ଅଭିମାନ ଗଞ୍ଜର ପରିସମାପ୍ତି ମତେ ଟିକେ ଯନ୍ତ୍ରଣା ଦେଇଛି । ଗଞ୍ଜର ନାୟିକାଙ୍କୁ ଏମିତି ସର୍ପାଘାତରେ ମାରିଦେଲେ କାହିଁକି ?

ଏମିତି ଏକ ଅପ୍ରୀତିକର ପରିସ୍ଥିତି ପାଇଁ ଦୁହେଁ ଆଦୌ ପ୍ରସ୍ତୁତ ନଥିଲେ ଯେମିତି । ପ୍ରସଙ୍ଗଟିକୁ ଏଡ଼େଇ ଯିବାପାଇଁ ପ୍ରଥମ ମହିଲାଟି ହାଲ୍‌କା ଭାବରେ କହିଲା – ଏଥିରେ ଅସ୍ୱାଭାବିକତା କ’ଣ ଅଛି ? ସର୍ପାଘାତରେ କ’ଣ ଲୋକ ମରନ୍ତି ନାହିଁ ?

ରସିକତା କରି ସୌମେନ୍ କହିଲେ –

କିନ୍ତୁ ଗାଳ୍ଜିକାକୁ ବଞ୍ଜେଇବାକୁ ନିଶ୍ଚୟ ନୁହେଁ । ସୌମେନଙ୍କ କଥନ ଚାତୁର୍ଯ୍ୟକୁ ଉପଭୋଗ କରୁଥିଲା ଅନ୍ୟ ମହିଲାଟି । ପରିସ୍ଥିତି ଆୟତ୍ତ କରିବାକୁ ଯାଇ କହିଲା, ସେ ଯଦି ସର୍ପାଘାତରେ ମରିନଥାନ୍ତା ଆପଣମାନେ ତାକୁ ଆତ୍ମହତ୍ୟା କରିବାକୁ ବାଧ୍ୟ କରିଥାନ୍ତେ ।

ଉତ୍ତରଟିର ଯଥାର୍ଥତା ଅନୁଭବ କରି ସଂଶୟାତ୍ମକ ଦୃଷ୍ଟିରେ ସେ ଦୃଷ୍ଟି ନିବନ୍ଧ କଲେ ଗଭୀର ଆତ୍ମ ବିଶ୍ୱାସରେ ଚକ୍ ଚକ୍ କରୁଥିବା ତାର ଦୁଇ ଉଜ୍ଜ୍ୱଲ ଆଖି ଭିତରକୁ ।

ସେ ଅପ୍ରସ୍ତୁତ ହୋଇପଡ଼ିଲା । କଣ୍ଠରେ ବ୍ୟସ୍ତତା ଫୁଟେଇ କହିଲା, ନାଇଁ– ମାନେ – ମୁଁ ମୁଁ ଶ୍ରୁତିର ସବୁ ଗଞ୍ଜ ମନଯୋଗ ଦେଇ ପଢ଼େ ତ, ଚରିତ୍ରମାନଙ୍କ ସହିତ ମୋର ଟିକେ ଏମିତି ଅନ୍ତରଙ୍ଗତା ବଢ଼ିଯାଇଛି ।

ଶ୍ରୁତି ଓ ଅନିନ୍ଦିତା ଉଭୟେ ଅନୁଭବ କଲେ ଏ ସାହିତ୍ୟ ଆଲୋଚନା ବେଶୀ ସମୟ ଚାଲିବା ନିରାପଦ ନୁହେଁ । ଦୁହେଁ କଥାର ମୋଡ଼ ବଦଳେଇବାକୁ ଚେଷ୍ଟା କଲାବେଳକୁ ସତକୁ ସତ କଳାହାଣ୍ଡିଆ ମେଘ ଖଣ୍ଡେ କେଇ ବୁନ୍ଦା ବରକୋଲିଆ ଟୋପା ଅଜାଡ଼ିବାକୁ ଆରମ୍ଭ କରିଦେଇଥିଲା । ଅଗତ୍ୟା ତିନିହେଁ ଧାଈଁ ଧାଈଁ ରେଷ୍ଟୁରାଣ୍ଟ ଭିତରେ ପଶିଯାଇଥିଲେ ।

ରଢ଼ ପର୍ବ ଶେଷ ହେଲା ।

ସୌମେନ୍ ବ୍ୟସ୍ତ ହେଲେ । ହାତରେ ସମୟର ଶାସନ । ମୋର ଅନେକ ସନ୍ଦେହ ମୋଚନ ହେଲା ନାହିଁ ଶ୍ରୁତିଦେବୀ । ରଙ୍ଗଢ଼ାଏ ଗଙ୍ଗଶିଉଳି ଅଗଣାରେ

ବିଶ୍ୱ ହୋଇଗଲା ଭଳି ହସି ହସି ନିୟନ୍ତ ହୋଇଗଲା ସେ । ସେମିତି ହସୁ ହସୁ ସେ କହିଲା–

ହଁ –ହଁ– ଆପଣଙ୍କୁ ଆଉଥରେ ଆସିବାକୁ ହିଁ ପଡ଼ିବ । ହାତରେ କିନ୍ତୁ ଯଥେଷ୍ଟ ସମୟ ଧରି ଆସିବେ । ଆପଣଙ୍କ ସବୁ ପ୍ରଶ୍ନର ଉତ୍ତର ସେତେବେଲେ ଠିକ୍ ଠିକ୍ ମିଲିଯିବ ।

ତେବେ ? ଆଜି କ’ଣ ମୋ ପ୍ରଶ୍ନର ସବୁ ଭୁଲ ଭୁଲ ଉତ୍ତର ମିଲୁଛି ? ସୌମେନଙ୍କର ଏ ବକ୍ତବ୍ୟରେ ଆହୁରି ଜୋରରେ ହସୁ ହସୁ ସେ କହିଲା,

ସେ କଥା ତ ସମୟ କହିବ । ଆପଣ ଧୈର୍ଯ୍ୟ ଧରନ୍ତୁନା ! ଆଶ୍ଚର୍ଯ୍ୟ ହେଇ ଏଇ ରହସ୍ୟମୟୀ ମହିଲାଟିକୁ ଅନୁଭବ କରୁଥିଲେ ସୌମେନ୍ ।

ଖୁବ୍ କମ୍ ଭାଷାରେ ଗୁଢ଼ା ଏ ଭାବବ୍ୟକ୍ତ କରୁଥିବା ଗାଲ୍ଫିକାଟି ଏତେ ପ୍ରଗଲ୍ଭା ? ଗଳ୍ପର ଆବେଦନରେ ପ୍ରଶାନ୍ତ ମହାସାଗର ଭଳି ଗୁରୁ ଗମ୍ଭୀର ଚେତନା ସୃଷ୍ଟି କରୁଥିବା ଗାଲ୍ଫିକାଟିଏ ବ୍ୟକ୍ତିଗତ ଜୀବନରେ ପାହାଡ଼ 1 ଝରଣା ଭଳି ଏମିତି ଚପଲ ଛନ୍ଦ ?

ତାଙ୍କର ସବୁ ଅନୁମାନ ଓଲଟ ପାଲଟ ହେଇ ଯାଉଥିଲା ।

ସବୁ ଜ୍ୟାମିତିକ ଗଣନା ଭୁଲ ହୋଇଯାଉଥିଲା ।

ଶ୍ରୁତି ମହାପାତ୍ରର ଏକ ମୁଗ୍ଧ ପାଠକ ଭାବରେ ସେ ତାର ଚିନ୍ତା ଚେତନା, ଜୀବନ ପ୍ରତି ଦୃଷ୍ଟି କୋଣ, ତାର ଆବେଗ ଓ ଭାବପ୍ରବଣତା ସହ ଏମିତି ଏକାମ୍ର ହୋଇ ପଡ଼ିଥିଲେ ଯେ ଗାଲ୍ଫିକା ଓ ପାଠକର ସୀମା ସରହଦ ଡେଇଁ ଆଉ ଏକ ସମ୍ପର୍କର ସେତୁ ପାଇଁ ବ୍ୟାକୁଲ ହୋଇପଡ଼ିଥିଲେ ।

ପୁଅର ଭବିଷ୍ୟତ ନେଇ ସଦା ବ୍ୟସ୍ତ ଓ ବିବ୍ରତ ହେଉଥିବା ବିଧବା ମାଆକୁ, ଏଠୁ ଫେରିଲା ପରେ ଜୀବନର ସବୁଠାରୁ ବଡ଼ ନିଷ୍ପତିଟିଏ ଶୁଣେଇବେ ବୋଲି ପ୍ରତିଶ୍ରୁତି ଦେଇ ଆସିଥିଲେ ।

କିନ୍ତୁ ସବୁ ଭାବନା ତାଙ୍କର ପାଣିଚିଆ ଧରିଗଲା ।

ଆଃ–ଶ୍ରୁତି ଶ୍ରୁତି ନହୋଇ ଯଦି ଅନିନ୍ଦିତା ଶ୍ରୁତି ହେଇଥା’ନ୍ତା ! ନିୟତିର ଏ ନିଷ୍ଠୁର ପରିହାସକୁ ସହ୍ୟ କରିବା ଛଡ଼ା ତାଙ୍କର ଉପାୟନ୍ତର ନଥିଲା ।

ତାଙ୍କର ଅନ୍ୟମନସ୍କତାକୁ ଲକ୍ଷ୍ୟ କରି ସେମିତି ସେ ହସୁ ହସୁ ପୁଣି କହିଲା, ଦୁଇପଟେ ଦୁଇଜଣ ରୂପସୀ ଯୁବତୀ ଥାଉ ଥାଉ ଆପଣ ଏମିତି ଧାନସ୍ତ ହୋଇଗଲେ କାହିଁକି ସୌମେନ୍ ବାବୁ ?

ତା'ପରେ ନିଜ ଭ୍ୟାନିଟି ବ୍ୟାଗ୍ ଖୋଲି ଖଣ୍ଡେ ମୁଦା ଲଫାପା ସୌମେନ୍‌ଙ୍କ ପକେଟରେ ଭରି ଦେଉ ଦେଉ କହିଲା, ଏଇ ହେଉଚି ଆପଣଙ୍କ ସବୁ ଅସମାଧିତ ପ୍ରଶ୍ନର ସହଜ ସମାଧାନ ।

ଏକ ଅଜଣା ଆବେଗରେ ଶିହରି ଉଠିଲେ ସୌମେନ୍ । ପ୍ରଥମ ସାକ୍ଷାତରେ ଜଣେ ପ୍ରତିଷ୍ଠିତା ମହିଲାଙ୍କଠାରୁ ଏମିତି ମୁଦା ଲଫାପାଟିଏ ତାଙ୍କୁ ଅସୌଜନ୍ୟ ବୋଧ ହେଉଥିଲା । ଜଣେ ସୁନ୍ଦର, ସୁଠାମ ଭାରତ ସରକାରଙ୍କ ଅଧୀନରେ ଉଚ୍ଚ ପଦବୀରେ ଅଧିଷ୍ଠିତ ଅବିବାହିତ ଯୁବକପାଇଁ ଜଣେ ପ୍ରତିଷ୍ଠିତା ଅବିବାହିତା ଯୁବତୀର ମୁଦା ଲଫାପା କି ସନ୍ଦେଶ ବହନ କରିପାରେ ?

ତାଙ୍କ ହୃତ୍ ସ୍ପନ୍ଦନ ବଢ଼ିଚାଲିଲା । ଅନେକ ବେଳୁ ସମୁଦ୍ରକୁ ପଛ କରି ଛାଡ଼ି ଆସିଥିବା ସମୁଦ୍ରର ଢେଉଟିଏ ମାଡ଼ି ଆସି ତାର ହାବୁକା ହାବୁକା ଜଳ ରାଶିରେ ତାଙ୍କୁ ଯେମିତି ଜଡ଼େଇ ଦେଲା, ସେମିତି ସେ ଅନୁଭବ କଲେ । କପାଳରେ ଫୁଟି ଉଠିଲା ବିନ୍ଦୁ ବିନ୍ଦୁ ଝାଲ । ପକେଟରୁ ଏକ ସଫେଦ ରୁମାଲ ବାହାର କରି ସେ ମୁହଁ ସାରା ବୁଲେଇ ଆଣିଲେ ।

ସ୍ମୃତି ଓ ଅନିନ୍ଦିତା ଷ୍ଟେସନ ପର୍ଯ୍ୟନ୍ତ ଆସିଥିଲେ ।

ଟ୍ରେନ୍ ଭିତରକୁ ପଶିବା ପୂର୍ବରୁ ଆଉଥରେ ମୁଦା ଲଫାପା ଥିବା ଛାତି ପକେଟରେ ସେ ହାତ ମାରିଲେ ଏବଂ ତାପରେ ନିଜ ସିଟ୍‌ରେ ବସିପଡ଼ି ଉଦାସ ଦୃଷ୍ଟିରେ ଝରକା ଦେଇ ବାହାରକୁ ଚାହିଁଲେ ।

ଦୁଇ ବାନ୍ଧବୀ ତାଙ୍କୁ ହାତ ହଲେଇ ବିଦାୟ ଦେଉଛନ୍ତି ।

ଏଥର ଟ୍ରେନ୍ ଛାଡ଼ିବାର ଶେଷ ଘଣ୍ଟି ବାଜିଲା ।

ଛୁକ୍ ଛୁକ୍ କରି ଟ୍ରେନ୍‌ଟି ଧୀରେ ଧୀରେ ତାର ଗତି ଆରମ୍ଭ କଲା । ସୌମେନ୍‌ଙ୍କର ଆଉ ଧୈର୍ଯ୍ୟ ନଥିଲା ।

ଛାତି ପକେଟରୁ ଲଫାପାଟିକୁ କାଢ଼ି ଅତି ସତର୍ପଣରେ ସେ ଖୋଲିଲେ । ଭିତରେ ଝରି ଚଉତା ହୋଇଥିବା ଛୋଟ କାଗଜଟିଏ ।

ଡ. ବାସନ୍ତୀ ମହାନ୍ତି ❖ ୧୩୯

ତାଙ୍କର ଉଦ୍‌ବେଗର ସୀମା ନାହିଁ । ମୁହଁ ଆଗରେ ମେଲେଇ ଧରିଲେ କାଗଜଟି । ବଡ଼ ବଡ଼ ଅକ୍ଷରରେ ଲେଖା ହେଇଚି, "ମୁଁ ଶ୍ରୁତି ନୁହେଁ ଅନିଦିତା । ଆଉ ମୋ ବାନ୍ଧବୀ ହେଉଛନ୍ତି ଆପଣଙ୍କ ପ୍ରିୟ ଗାୟିକା ଶ୍ରୁତି ମହାପାତ୍ର ।"

ଆକାଶର ଫୁଙ୍କୁଲା ଛାତିରୁ ଖସିପଡ଼ି ଯେମିତି ସେ ଅଟକି ଯାଇଛନ୍ତି କେଉଁ ନା ନଜଣା ସୁନ୍ଦର ଦ୍ୱୀପରେ । ଯେଉଁଠି ଭରପୂର ହୋଇଛି ଜୀବନର ଅନେକ ପ୍ରତିଶ୍ରୁତି । ଖାଲି ଗଛ ଭର୍ତ୍ତି ଲାଲ୍ ଲାଲ୍ କୃଷ୍ଣଚୂଡ଼ା ସ୍ତବକରେ । ଅଜାଡ଼ି ହେଇ ପଡ଼ୁଛି ଗୁଛ ଗୁଛ ରଜନୀ ଗନ୍ଧା । ଯାହାର ମହକରେ ତାଙ୍କ ପୃଥିବୀ ଅନ୍ତର୍ଗର୍ଭା ହୋଇଯାଉଛି ।

ସେ ଆଉ ସ୍ୱପ୍ନ ଦେଖୁ ନାହାଁନ୍ତି ତ ?

❐❐❐

ଦୁଃଖର ପରିସୀମା

କଲେଜରୁ ଫେରି ଆପ୍ରନ୍‌ଟା ଖୋଲୁ ଖୋଲୁ ଇଲୁ ଉଦାସ କଣ୍ଠରେ କହିଲା—
ମାମା ସେ ପିଲାଟା ମରିଗଲା ।

ମୁଁ ଆଶ୍ଚର୍ଯ୍ୟ ହୋଇ କହିଲି, କୋଉପିଲା କଥା କହୁଚୁ ? ମୁଁ ତା ମୁହଁକୁ
ରୁହିଁଲି । ସେ ବି ଟିକେ ବିଷଣ୍ଣ ଦିଶୁଥିଲା । ତାର ଏବେ ଏମ୍.ବି.ବି.ଏସ୍‌ର ଶେଷ
ବର୍ଷ । ବେଶୀ ସମୟ ୱାର୍ଡ ଡିଉଟି । ପ୍ରତିମାସରେ ଭିନ୍ନ ଭିନ୍ନ ୱାର୍ଡକୁ ପରିବର୍ତ୍ତନ
ହେଉଚି ତାର ଡିଉଟି ।

ଏବେ ସେ ଆସିଚି ଶିଶୁ ବିଭାଗକୁ । ପ୍ରତିଦିନ କେତେ ନୂଆ ନୂଆ ଶିଶୁଙ୍କ
ସଂସ୍ପର୍ଶରେ ଆସୁଚ୍ଛି, ନୂଆ ନୂଆ ରୋଗ ସମ୍ପର୍କରେ ଜାଣୁଚ୍ଛି । ଯେଉଁ ଶିଶୁମାନଙ୍କର
ଅବସ୍ଥା ତାକୁ ବେଦନା ବିଦଗ୍ଧ କରିଦିଏ, ମୋ ପାଖରେ ସେମାନଙ୍କ କଥା କହେ ।
କାହାର କପାଳରେ ହାଡଖଣ୍ଡେ ନାହିଁ ତ କାହା ମୁଣ୍ଡରେ ଦୁଇଟା ଶିଙ୍ଗ ପରି ମାଂସ
ବଢ଼ିଚ୍ଛି । କେଉଁ ଛୁଆର ଆଣ୍ଠୁ ପାଖରୁ ତଳ ପର୍ଯ୍ୟନ୍ତ ନାହିଁ ତ କାହାର ପିଠିରେ
ବାହାରିଚ୍ଛି ଗୋଟାଏ ଗୋଡ଼, କେଉଁ ଛୁଆର ଆଦୌ ମଳଦ୍ୱାର ନାହିଁ । କେହି ଜନ୍ମ
ହେଉ ହେଉ ତା ହୃତ୍‌ପିଣ୍ଡରେ ଗୋଟାଏ କଣା ।

କେତେବେଳେ ସେଇ ଶିଶୁମାନଙ୍କର ଫଟୋ ଉଠେଇ ସେ ମୋ ପାଖକୁ
ପଠେଇ ଦିଏ ତ ଆଉ କେତେବେଳେ ଏମିତି ଛୁଆ ଜନ୍ମ ହେବାର ସମ୍ଭାବ୍ୟ

ଡ. ବାସନ୍ତୀ ମହାନ୍ତି ❖ ୧୩୧

କାରଣ ସବୁ କ'ଣ ହୋଇପାରେ ସେ ସମ୍ପର୍କରେ ମୋତେ ବୁଝେଇଥାଏ । ମୁଁ ତାର ଡାକ୍ତରୀ ଭାଷାକୁ ଅଧାବୁଝେ, ଅଧା ବୁଝେନାହିଁ । କିନ୍ତୁ ତାଠୁଁ ସବୁ ଶୁଣି ସାରିବା ପରେ ମୋ ମନଟା ଉଦାସ ହୋଇଯାଏ । ଈଶ୍ୱରଙ୍କ ସୃଷ୍ଟିରେ କାହିଁକି ଏମିତି ମର୍ମାନ୍ତିକ ବ୍ୟତିକ୍ରମ ହୁଏ ଭାବି ଭାବି ଥଳକୂଳ ପାଏନାହିଁ, ଦୁଇ ତିନିଦିନ ପର୍ଯ୍ୟନ୍ତ ଏସବୁ ମୋତେ ଗଭୀର ଯନ୍ତ୍ରଣା ଦିଏ, ମୋ ଦିନ ଚର୍ଯ୍ୟାର ସ୍ୱାଭାବିକ କ୍ରିୟା କଳାପ ଭିତରେ ମୁଁ ଭାବାଚ୍ଛନ୍ନ ହୋଇରହେ । ସେଇ ହତଭାଗ୍ୟ ଶିଶୁମାନେ ମୋତେ ଆକ୍ରାନ୍ତ କରି ରଖନ୍ତି । ତା'ପରେ ସବୁ ଠିକ୍ ହୋଇଯାଏ ।

ତେବେ ସେ କେଉଁ ଶିଶୁ କଥା କହୁଛି, ମୁଁ ଠିକ୍ ଧରିପାରିଲି ନାହିଁ ।

ଆଗ୍ରନଟା ହ୍ୟାଙ୍ଗରରେ ଟାଙ୍ଗିସାରି ବାଥ୍‌ରୁମ୍‌କୁ ପଶୁ ପଶୁ ସେ କହିଲା, ସେଇ ପିଲାଟା ମାମା ! ଯାହାର ବ୍ରେନ୍ ହାମ୍‌ରେଜ୍ ହୋଇଯାଇଥିଲା । ତା ମାଉସୀ ତାକୁ ପାଳିଥିଲା ।

ସେ ବାଥ୍‌ରୁମ୍ ଭିତରକୁ ଯାଇ ଧଡ୍‌କରି ବନ୍ଦ କରିଦେଲା କବାଟ । ସତେ ଅବା ହାତୁଡ଼ିଟାଏ କେହି ପିଟିଦେଲା ମୋ ଛାତିରେ । ମୁଁ ନୀରବରେ ଅର୍ଥନାଦ କରି ଉଠିଲି । ଅବ୍ୟକ୍ତ ଯନ୍ତ୍ରଣାଟିଏ ମୋ ସର୍ବାଙ୍ଗ ସଞ୍ଚରିଗଲା । ମୋ ଦେହ ଥରିଗଲା ।

ପିଲାଟାକୁ ମୁଁ ଆଦୌ ଦେଖି ନଥିଲି, ଇଲୁଠୁଁ ତା ସମ୍ପର୍କରେ ଶୁଣି ଶୁଣି ତା ପ୍ରତି ଗୋଟାଏ ଅହେତୁକ ମମତାରେ ମୁଁ ବିଗଳିତ ହୋଇ ଯାଇଥିଲି । ପୌଷ ସକାଳର କୁହୁଡ଼ିପରି ଯନ୍ତ୍ରଣାର ହାଲକା ଆସ୍ତରଣଟିଏ ମୋତେ ବେଢ଼ିଯାଇଥିଲା । ଇଲୁ ମୋତେ ସେ ଶିଶୁ ଓ ତା ପରିବାର ସମ୍ପର୍କରେ ଯାହାସବୁ କହିଥିଲା, ତାକୁ ଯଦି ଗୋଟାଏ ଗଳ୍ପରୂପ ଦିଆଯାଏ ତାହା ଏମିତି ହେବ ।

ପିଲାଟି ଥିବ ମାଆ ଛେଉଣ୍ଡ । ତାକୁ ଯେତେବେଳେ ଦୁଇମାସ ହୋଇଥିବ, ତା ମାଆ ଜଣ୍ଡିସରେ ଆକ୍ରାନ୍ତ ହୋଇଥିବ । ଛୁଆଟାକୁ ଯତ୍ନନେବାରେ ସେ ଖୁବ୍ ତତ୍ପରତା ପ୍ରକାଶ କରୁଥିବ । ତାର ଖାଇବା ପିଇବା, ତାର ଝାଡ଼ା ପରିସ୍ରା ସଫା କରିବା, ତାର ଶେଜ ଠିକ୍ କରିବା, ତା' ଦେହରେ ତେଲ ମାଲିସ୍ କରିବା ପରି ଯାବତୀୟ କାମରେ ସେ ନିଜକୁ ଏମିତି ନିମଗ୍ନ ରଖୁଥିବ ଯେ ବାହାରେ ଯେ ଗୋଟାଏ ଦୁନିଆଁ ଅଛି ସେ କଥା ସେ ଭୁଲି ଯାଇଥିବ । ଶାଶୁ ନଣନ୍ଦ ସ୍ୱାମୀ ଶ୍ୱଶୁର ସମସ୍ତେ ବ୍ୟସ୍ତ ହେଉଥିବେ । ଶାଶୁ ଅକ୍ଷେପ କରି କହୁଥିବେ ଦୁନିଆରେ କ'ଣ

ଆଉ କେହି ଛୁଆ ଜନମ କରିଛନ୍ତି ? ତୁ ଏକୁଟିଆ ଜନମ କରିଛୁ । ନଣନ୍ଦ କହୁଥିବ ଭାଉଜ ! ମୋତେ ଟିକେ ପୁଅକୁ ଦିଅ, ମୁଁ ଧରିବି ।

ସେ ବିରକ୍ତ ହୋଇ କହୁଥିବ, ତମେ ପିଲା ଲୋକ, ପକେଇ ଦବ । ଦେଖୁନ କେତେ ନରମ ତା ଦେହ । ତଳେ ପଡ଼ିଗଲେ କେତେ କଷ୍ଟ ହେବ ତାକୁ । ଛୁଆଟାର ବାପା ହାତକୁ ବି ଦେଉନଥିବ ପୁଅକୁ । ଅହରହ ସେ ଶିଶୁ ମନସ୍କ ହୋଇ ରହୁଥିବ । ପରିବାର ଠୁଁ ମାନସିକ ସ୍ତରରେ ବିଚ୍ଛିନ୍ନ ହୋଇ ସେ ତା ନିଜସ୍ୱ ପୃଥିବୀରେ ବଞ୍ଚୁଥିବ । ଶିଶୁଟି ଛଡ଼ା ତା ଦୃଷ୍ଟିରେ ଆଉ କିଛି ଦିଶୁ ନଥିବ । ଦୃଷ୍ଟିକଟୁ ହେଉଥିଲେ ବି ପରିବାର ଲୋକେ ଏସବୁ ବରଦାସ୍ତ କରୁଥିଲେ । କାରଣ ଶିଶୁଟି ଥିବ ପରିବାରର ବହୁ ବାଞ୍ଛିତ । ବିବାହର ୭/୮ ବର୍ଷ ପରେ ଯେତେବେଲେ ତାର ମାଆ ହେବାର ଆଶା ସଂପୂର୍ଣ୍ଣ ମଉଳି ଯାଇଥିଲା, ପରିବାର ଲୋକେ ବି ବଂଶ ଆଗକୁ ବଢ଼ିବାର ଆଶା ଛାଡ଼ି ଦେଇଥିଲେ, ସେମିତି ଏକ ହତାଶାଜନକ ପରିସ୍ଥିତିରେ ତା କୋଳପୂର୍ଣ୍ଣ କରେ ପୁତ୍ର ସନ୍ତାନଟିଏ । ସ୍ୱାମୀ ଶାଶୁ ଶ୍ୱଶୁର ନଣନ୍ଦ ବି ଉଲ୍ଲସି ଉଠିଥିବେ ।

କିନ୍ତୁ ବୋହୂଟାର , ପୁତ୍ର ରକ୍ଷଣା ମନ ବେଶୀ ଦିନ ରହିଲା ନାହିଁ । ଦିନେ ଜଣା ପଡ଼ିଲା, ବୋହୂଟା ସାଂଘାତିକ ଜଣ୍ଡିସ୍ ରୋଗରେ ଆକ୍ରାନ୍ତ । ଲିଭର ଆଉ କାମ କରୁନି । ବୋହୂଟା ଛୁଆଟା ପାଇଁ ଏତେ ବ୍ୟସ୍ତ ରହିଥିବ ଯେ ନିଜ ଦେହ ମୁଣ୍ଡ କଥା ଭୁଲିଯାଇଥିବ ।

ପରିବାର ଲୋକେ ଜାଣିବାବେଲକୁ ଆଉ କିଛି ନଥବ । ତା' ଆୟୁଷବଲ ବି ତାକୁ ଅଟକେଇ ପାରିନଥିବ । ଛୁଆଟା ଅନାଥ ହୋଇଯାଇଥିବ ।

ଛୁଆଟା ମୁହଁରୁ ମାଆ ଡାକ ଶୁଣିବା ଆଗରୁ ସେ ଝୁଲିଯାଇଥିବ । ଶାଶୁ ଲୁହ ପୋଛି କହୁଥିବେ, ବୋହୂଟା ଜାଣପଶୁ ଥିଲା । ସେ ମରିବ ବୋଲି ଆଗରୁ ଜାଣି ପାରୁଥିଲା । ସେଇଥିପାଇଁ ସେ ଛୁଆଟାକୁ ଏତେ ଭଲ ପାଉଥିଲା । ଏଇ କଥା ପଦକ ଯେମିତି ଗୋଟାଏ ଦୁଃଖାନ୍ତ ନାଟକର ଶେଷ ଦୃଶ୍ୟଥିବ । ବୋହୂଟା ପ୍ରତି ସମସ୍ତଙ୍କ ହୃଦୟରେ ସହାନୁଭୂତିର କରୁଣାକ୍ତ ରେଖାଟିଏ ଆଙ୍କି ହୋଇଯାଇଥିବ । ଛୁଆଟା ପ୍ରତି ମମତା ଜାଗୁଥିବ । ଅଢ଼େଇ ଦିନର ସ୍ନେହ ମମତା ଦେଇ ମାଆ

ତନ୍ତିକାଟି ବାଟ କାଟିଲା । କଅଣ ହେବ ଏ ଛୁଆର ଭବିଷ୍ୟତ ? କେମିତି ସେ ମଣିଷ ହେବ ? ସେତିକିବେଳେ ଅଣ୍ଟା ଭିଡ଼ି ଆଗକୁ ଆସିଥିବ ତା ବଡ଼ ଭଉଣୀ । ଛୁଆଟାକୁ କୋଳେଇ ନେଇଥିବ । ତାର ଯୁକ୍ତି ବି ଥିବ ଅକାଟ୍ୟ । ପାଣିହାଣ୍ଟିର ଛୁଆଟା ପାଇଁ ବାପଟା କାହିଁକି ସାରା ଜୀବନ ଏକେଲା କାଟିବ ? ସେ ବାହାସାହା ହେଇ ଘରଦ୍ୱାର କରୁ । ଛୁଆଟାକୁ ମୁଁ ସାବତ ମାଆ ପାଖରେ ବଡ଼ିବାକୁ ଦେବିନି । ମୁଁ ତାକୁ ପାଖରେ ରଖିବି । ମୋ ପିଲା ମାନେ ବଡ଼ ହେଇଗଲେଣି । ମୋର ଆଉ ଛୁଆ ନେଞ୍ଜେରା ନାହିଁ । ମୁଁ ତାକୁ ମଣିଷ କରିବି । ହାତୀ ବନସ୍ତରେ ବୁଲିଲେ ବି ରାଜାର । ତା ଉପରୁ ତମର ଅଧିକାର ତୁଟିବନି ।

ବଡ଼ ମାଉସୀ ପାଖରେ ବଡ଼ିଥିବ ପିଲା । ମାଆଛେଉଣ୍ଡ ବୋଲି ଆବଶ୍ୟକତା ଠୁଁ ଅଧିକ ସ୍ନେହମମତାରେ ପୋତିପକାଇଥିବ ମାଉସୀ । ମାଆର ଅଭାବ କାଣିଋ ଏ ଉଣା କରୁନଥିବ । ଛୁଆ ଖୋଜୁଥିବ ମାଆକୋଳ । ଚିଡ଼ି ଚିଡ଼ି ହେଇ କାନ୍ଦୁଥିବ । ରାତିରେ ଶୋଉନଥିବ । ଛଟଛଟ ନିଦରୁ ଉଠି ଚିହିରା ଛାଡ଼ି କାନ୍ଦୁଥିବ । କ୍ଷୀର ବୋତଲ ମୁହଁରେ ଦେଉନଥିବ । ମଲାଗଲା ହୋଇ ପଡ଼ିରହୁଥିବ । ଦେହରୁ ଖସୁନଥିବ ତାତି । ଉଇଆଣୀ ଛୁଆଟା । କେମିତି ବଞ୍ଚିବ ? ବିଚଲିତ ହେଉଥିବ ମାଉସୀ । କେହି କେହି କହୁଥିବେ ମାଆକୁ ଝୁରୁଛି । ଆଉ କେହି କହୁଥିବେ, ମାଆଝୁରୁଛି ତାକୁ । ଛୁଆଟାକୁ ଆଖିର କଳା କରି ରଖିଥିଲା । ସିଏ କ'ଣ ତା ଉପରୁ ଏତେ ଶୀଘ୍ର ଲୋଭ ଛଡ଼େଇ ପାରିବ ?

ଆଶଙ୍କାରେ ଶିହରୀ ଉଠୁଥିବ ମାଉସୀ । ସତରେ କ'ଣ ଚଣ୍ଡାଲୁଣୀର ଆମ୍ଭା ଏଠି ଆସି ଅଛି ? ଛୁଆଟାର ଯଦି କିଛି ଅଘଟଣ ଘଟେ ? ସମସ୍ତେ ଦୋଷ ଦେବେ ତାକୁ । ଆବୁଢ଼ା ପଡ଼ି ତ ଛୁଆଟାକୁ ନେଲୁ, ବଞ୍ଜେଇପାରିଲୁନି କାହିଁକି ?

ଅତି ଆଦରର ସାନ ଭଉଣୀର ମୃତ୍ୟୁଜନିତ ଶୋକକୁ ସେ ବାଲୁତ ଛୁଆର ସୁରକ୍ଷା ଚିନ୍ତାରେ ରୂପାନ୍ତରିତ କରିଦେଇଥିବ । ଛୁଆଟାର ଜୀବନ ବିପନ୍ନ । ହୃଦୟ ମନ୍ଥୁ ଚକଟି ହୋଇଯାଉଥିବ ମାଉସୀର । ଛାତି ଫଟେଇ ବାହାରି ଆସୁଥିବ କୋହ । ସେ କୋହରୁ ଉଦ୍‍ଗୀରଣ ହେଉଥିବ କ୍ରୋଧ । ଆର୍ତ୍ତିଚିତ୍କାର କଲାପରି ମାଉସୀ କହୁଥିବ, ହତଭାଗିନୀଟା ତୁ ତ ଗଲୁ, ପାଣିହାଣ୍ଟି ଛୁଆଟାକୁ ଅନାଥ କରିଦେଲୁ । ଆହୁରି ମରିବି ଲୋଭ ଛାଡ଼ନୁ ତୋର ? ତୋ ଦୃଷ୍ଟି ଫେରେଇ ନେ ଲୋ

ହୀନକପାଳୀ ! ମୁଁ କ'ଣ ମରିଗଲିଣି ନା ମୋ ଉପରେ ତୋର ଭରସା ନାହିଁ ? ତୋ ଛୁଆଟା ଅନାଥ ହୋଇଯିବ ବୋଲି ତା ପାଖଛାଡ଼ୁନୁ ? ସତ କହୁଛି, ରାତି ପାହିଲା ବେଳକୁ ଯଦି ଛୁଆଟା ସୁସ୍ଥ ହେଇ ନଥିବ, ମୁଁ ତତେ ଘର କିଲେଇବି । ତୁ ମୋ ଏରୁଣ୍ଡି ଡେଇଁ ପାରିବୁନି । ତୁ କ'ଣ ଭାବୁଛୁ ଛୁଆଟାର ଜୀବନ ନେଲେ ତୁ ଶାନ୍ତି ପାଇବୁ ? ମୁ ଅଣ୍ଟା ଭିଡ଼ିଛି ଲୋ ଚଣ୍ଡାଲୁଣୀ । ଦେଖିବି କେମିତି ତୁ ଛଡ଼େଇ ନେବୁ ମୋ ଠୁଁ । ମୁ ଜୀବନ ବାଜି ଲଗେଇ ଦେବି ତା'ପାଇଁ ।

ସତକୁ ସତ ରାତି ପାହିଲା ବେଳକୁ ପୁଅର ଦେହ ଭଲ ହୋଇଯାଇଥିବ । ତଥାପି ମାଉସୀ ଛାଡ଼ି ନଥିବ । ଗୁଣିଆ ଡାକି ଘର କିଲେଇଥିବ । ମନ୍ତ୍ରାପାଣି ଘର ଚାରିପଟ ସିଞ୍ଚିଥିବ । କୁଲାରେ ଗଇଁଠା ପାଉଁଶ ଆଣି ଘର ଚାରିପଟ କୁଲାଟା ଧରି ପାଉଁଡ଼ି ଥିବ ।

ମାଉସୀ ଏବେ ନିଶ୍ଚିନ୍ତ ହୋଇଯାଇଥିବ ଯେ ଛୁଆଟା ଉପରେ ଆଉ ବିପଦ ନାହିଁ । ଚନ୍ଦ୍ରକଳା ପରି ବଢ଼ୁଥିବ ପୁଅ । ମାଉସୀକୁ ଜଣାପଡ଼ୁ ନଥିବ ଦିନରାତି ଯଶୋଦା ପରି ଶୟନେ ସ୍ୱପନେ ଜାଗରଣେ ସେ ପିଲା ପଛରେ ଲାଗି ରହୁଥିବ । ପିଲାଟି ପେଟଉଥିବ, ଆଣ୍ଠୋଉଥିବ ଠୁକ୍ ଠୁକ୍ ଚାଲୁଥିବ । ତା ନାଲି ନାଲି ଓଠ ଫାଙ୍କରୁ ଟିକି ଟିକି ଦାନ୍ତ ଦି'ଧାଡ଼ି ଅରୁଆ ଚାଉଳ ପରି ଦିଶୁଥିବ । ତାର ଦରୋଟି ବଚନରେ ମାଉସୀ ମୁଗ୍ଧ ହେଉଥିବ । ତା ଟଲମଲ ପାଦ ଭୂଇଁରେ ରଖି ସେ ଚାଲିବାକୁ ଚେଷ୍ଟା କରିବ । ମାଉସୀ ନିଜ ଦୁଇପାଦ ଉପରେ ତା ପାଦରଖି ଚାଲି ଶିଖାଇବ । ତା ଆଙ୍ଗୁଳି ଧରି ତାକୁ ଏରୁଣ୍ଡି ଡିଆଁଇ ଦାଣ୍ଡକୁ ବାହର କରୁଥିବ । ଏଥର ସେ ଯିବ ଅଙ୍ଗନବାଡ଼ି ପାଠପଢ଼ି । ଅଙ୍ଗନବାଡ଼ିର କାହ୍ନାଥିବ ସମସ୍ତଙ୍କର ପ୍ରିୟ । ଗୀତ ଗାଉଥିବ ନାଚୁଥିବ । ଗୀତନାଚ ଆଗରେ ଅନ୍ୟପିଲାମାନେ ଫିକା ପଡ଼ିଯାଉଥିବେ । ମାଉସୀର ଛାତି କୁଣ୍ଢେମୋଟ ହୋଇଯାଉଥିବ । ମାଆ ଛେଉଣ୍ଡ ଛୁଆଟା, ଠାକୁରେ ତାକୁ କୋଟି ପରମାୟୁ ଦିଅନ୍ତୁ । ଛୁଆଟାକୁ କୋଳକୁ ଟାଣି ଆଣି ଲଣ୍ଡାେ ଚେପ ପକେଇ ଦେଉଥିବ ମାଉସୀ ।

ଅଙ୍ଗନବାଡ଼ି ପାଠ ସାରି କାହ୍ନାଯିବ ସ୍କୁଲ । ତାର ପାଠପଢ଼ା ଆରମ୍ଭ ହୋଇଯିବ । ନିତି ସକାଳୁ ଉଠି ମାଉସୀ ଖୁଆଇ ପିଆଇ ପଠେଇ ଦେଉଥିବ । ବେଳବୁଡ଼କୁ ତା ଆସିବା ବେଳ ହେଲେ ସିଏ ଦାଣ୍ଡ ବାଡ଼ି ହେଉଥିବ । କାହ୍ନ

ସ୍କୁଲରୁ ଫେରିଲା ପରେ ତା ଦେହରୁ ସ୍କୁଲ ୟୁନିଫର୍ମ ବାହାର କରି, ପିଢ଼ାରେ ବସେଇ ତା ମୁହଁରେ କ'ଣ ଦି'ଟା ନ ଦେବା ପର୍ଯ୍ୟନ୍ତ ତା କାମ ସରୁନଥିବ ।

ସେଦିନ ଥିବ ଗୋଟାଏ ଅଶୁଭ ମୁହୂର୍ତ୍ତ । କାହ୍ନା ସବୁଦିନ ପରି ସ୍କୁଲ ଯାଇଥିବ । ମାଉସୀ କାହ୍ନାକୁ ସ୍କୁଲ ପଠେଇ ସାରି ଘରକାମରେ ଲାଗିପଡ଼ିଥିବ । ହଠାତ୍ କେହି ଜଣେ ଆସି କହିଥିବ, ସ୍କୁଲର ପାଚିରୀ ଭୁଷୁଡ଼ି କାହ୍ନା ମୁଣ୍ଡ ଉପରେ ପଡ଼ିଛି । ସେ ପାଚିରୀ ପାଖ ପାଣି ପାଇପରୁ ନଇଁପଡ଼ି ପାଣି ପିଉଥିଲା । ତା ମୁଣ୍ଡ ଉପରେ ଅଜାଡ଼ି ହୋଇପଡ଼ିଛି ପାଚିରି । ତାକୁ ସିଧା ନିଆ ହୋଇଛି ଡାକ୍ତରଖାନା ।

ଦୁଇଦିନ ପରେ ଚେତା ଫେରିଥିବ କାହ୍ନାର । କିନ୍ତୁ ସେ ଚେତା ଫେରିବା ନ ଫେରିବା ସହ ସମାନ । ମୁତୁ ମୁତୁ ରହୁଁଥିବ ସମସ୍ତଙ୍କୁ । ପାଟିରୁ ଭାଷା ବାହାରୁ ନଥିବ କି ହାତଗୋଡ଼ ହଲଚଲ୍ କରିପାରୁନଥିବ । ସେମିତି ପଡ଼ି ରହୁଥିବ ବିଛଣାରେ । ଅଧାପାଗଳିନୀ ହୋଇଯାଇଥିବ ମାଉସୀ । ତାର ବଦ୍ଧମୂଳ ଧାରଣା ସବୁ ସେଇ ଚଣ୍ଡାଳୁଣୀର କାମ । ଘରଟା ସିନା କିଲେଇ ଦେଇଥିଲା ବାହାରେ ତାକୁ କେମିତି ବାଡ଼ବତା ଦେଇଥା'ନ୍ତା ? ଚଣ୍ଡାଳୁଣୀଟା ଜୀବନଠୁଁ ବେଶୀ ଭଲପାଉଥିଲା ଛୁଆଟାକୁ । ତା ଜୀବନ ନେବାକୁ କେତେ ଫନ୍ଦିଫିକର କରିଚାଲିଛି ତଣ୍ଡିକାଟି ।

ଏଇଟାଥିଲା ସେଇ ହତଭାଗ୍ୟ ବାଳକର ଶେଷ କଥା । ତା ମାଉସୀ ଯାହା କହିଥିଲା ଇଲୁକୁ, ଇଲୁ ସବୁ ମୋ ଆଗରେ ବୟାନ କରିଥିଲା ।

ମୁଁ ଦ୍ରବୀଭୂତ ହୋଇଯାଇଥିଲି ପିଲାଟାର ଦୁର୍ଭାଗ୍ୟରେ ?

ଛୁଆଟା କ'ଣ ଆଉ ଭଲ ହେବ ନାହିଁ ? ସେ ତାର କେତେଟା ଡାକ୍ତରୀ ଭାଷା ପ୍ରୟୋଗ କରି ମୋତେ ବୁଝେଇଥିଲା – ଶରୀରର ଅନ୍ୟ ଯେକୌଣସି ଅଂଶ ନଷ୍ଟ ହୋଇଗଲେ ନୂଆ କୋଷସୃଷ୍ଟି ହୁଏ, କିନ୍ତୁ ମସ୍ତିଷ୍କର ନୁହେଁ । ତେଣୁ ସେ ଯେମିତି ଅଛି ସେମିତି ହିଁ ରହିବ । ବେଶୀ କିଛି ଉନ୍ନତି ହେବନାହିଁ ।

ମୋ ମନଟା ଆହୁରି ଦୁଃଖୀ ହୋଇ ପଡ଼ିଥିଲା । ଛୁଆ କଥା ଭାବି ଅଯଥାରେ ମନ ଦୁଃଖ କରିବି ନାହିଁ ବୋଲି ଯେତେ ମନକୁ ବୁଝେଇଲେ ବି ପାରିନଥିଲି । କିଛି ଦିନ ପର୍ଯ୍ୟନ୍ତ ଏ ଦୁଃଖ ମତେ ଘାରିରଖିଥିଲା ।

ଆଜି ସେଇ ହତଭାଗ୍ୟ ବାଳକର ମୃତ୍ୟୁ ଖବର ଶୁଣି ମୁଁ ଭାବୁଥିଲି - ଏ ମୃତ୍ୟୁଟା କାହ୍ନା ପାଇଁ ତା ମାଉସୀ ପାଇଁ ତା ପରିବାରପାଇଁ ଈଶ୍ୱରଙ୍କର ନିର୍ଦ୍ଦୟତା ନା ସହୃଦୟତା ? ମୁଁ କୌଣସି କୂଳ କିନାରା ପାଉନଥିଲି । ତଥାପି ଈଶ୍ୱରଙ୍କ ଇଚ୍ଛାକୁ ନତମସ୍ତକରେ ଗ୍ରହଣ କରିବା ଛଡ଼ା ମୋର ଆଉ ଉପାୟାନ୍ତର ନଥିଲା । ମୁଁ ଦୁଇ ହାତ ଟେକି ସେଇ ରହସ୍ୟମୟଙ୍କ ଉଦ୍ଦେଶ୍ୟରେ ପ୍ରଣାମଟିଏ ଜଣେଇଲି ।

□□□

ଡ. ବାସନ୍ତୀ ମହାନ୍ତି ❖ ୧୩୭

ମାଙ୍କଡ଼

ହୁରି ପଡ଼ିଛି ଗାଁଟା ସାରା, ସୁଭଦ୍ରା ପୁଅକୁ ମାଙ୍କଡ଼ ନେଇଗଲା । "ମାଙ୍କଡ଼ ନେଇଗଲା ?" ମାଆ ଚଣ୍ଡାଲୁଣୀର କ'ଣ ସରଘର ପିଣ୍ଡୁଡ଼ି ବୋହି ନେଇଯାଉଥିଲେ ଯେ, ସେ ବ୍ୟସ୍ତ ଥିଲା, ଇୟାଡେ ମାଙ୍କଡ଼ ଟେକି ନେଇଗଲା ଛୁଆଟାକୁ ? "ପାଣିହାଣ୍ଡି ଛୁଆଟା, ତାକୁ ଅଗଣାରେ ଫିଙ୍ଗିଦେଇ ଥିଲା ନା କ'ଣ ? ମାଙ୍କଡ଼ ଆସି ଏତେ କାଣ୍ଡ କଲା ସେ ଜାଣିପାରିଲା ନାହିଁ ?" "ମାଆ ହେବା କ'ଣ ସହଜ କଥା ? ଛୁଆ ପାଳିବା ପରା ମନ୍ଦିର ଗଢ଼ିବା ସଙ୍ଗେ ସମାନ । ଖାଲି ଜନମ କରିଦେଲେ କେହି ମାଆ ହେଇ ଯାଆନ୍ତିନି ମ !"

ସମସ୍ତେ ଅଙ୍ଗୁଳି ଦେଖାଉଥିଲେ ସୁଭଦ୍ରାକୁ, "ସେ ମାଆ ନା କୁମ୍ଭକର୍ଣ୍ଣର ମାଉସୀ ?" ଏମିତି ନିଘୋଡ଼ ନିଦରେ ଶୋଇଥିଲା ଯେ ମାଙ୍କଡ଼ ଆସି ଛୁଆଟାକୁ ଉଠେଇ ନେଲା ସେ ଜାଣିପାରିଲା ନାହିଁ ? ସମସ୍ତଙ୍କ ଆଖିରେ ଜଳ ଜଳ ହୋଇ ଦିଶୁଥିଲା ସୁଭଦ୍ରାର ଦୋଷ । ମଶାରୀ ଭିତରେ ଶୋଇଛି ଛୁଆ, ମାଙ୍କଡ଼ ଆସିଲା, ଛୁଆଟାକୁ ଟେକି ନେଇଗଲା ମାଆ ଜାଣିବାକୁ ପାଇଲା ନାହିଁ ? ଛି ଛି ସେ ମାଆକୁ । ଧିକ୍ ତା ମାଆ ପଣକୁ ।

ମାଆ ଆଖିରେ ଲୁହ ରହୁନଥିଲା । ଗଙ୍ଗା ଯମୁନା ପରି ଦୁଇଧାର ଆଖି ଫଟେଇ ଅନବରତ ଗଡ଼ି ଝୁଲିଥିଲା । କେତେବେଳେ ମୁଣ୍ଡକୁ କାନ୍ଥରେ ପିଟୁଥିଲା

ତ ଆଉ କେତେବେଳେ ଭୂଇଁରେ । ଲୋକେ କିଏ କ'ଣ ତା ସମ୍ପର୍କରେ କହୁଥିଲେ ସେ କଥା ତା କାନରେ ପଡୁନଥିଲା । ସେ ଯାହାକୁ ୧୦ ମାସ ଦଶଦିନ ଗର୍ଭରେ ଧାରଣ କରିଥିଲା, ଅନ୍ତଫାଡ଼ି ଯାହାକୁ ଜନ୍ମ ଦେଇଥିଲା, ଯାହାର କୁଆଁ କୁଆଁ ରାବରେ ତାର ଜୀବନର ପୂର୍ଣ୍ଣତା ଆସିଲା ବୋଲି ଭାବୁଥିଲା, ତାକୁ ଛାତିରେ ଜାକି ଅମୃତର ଧାରା ତା ମୁହଁରେ ଅଜାଡ଼ି ଦେଇଥିଲା, ତା ମୁହଁରୁ ମାଆ ଡାକ ଶୁଣିବା ପୂର୍ବରୁ ସେ କୁଆଡେ ଉଭିଗଲା । ତା'ଛାତି ଫାଟିଯାଉଥିଲା । କେହି କେହି ତା ଲୁହକୁ ସହୃଦୟତାର ସହ ଗ୍ରହଣ କଲା ବେଳକୁ ଆଉ କେହି କହୁଥିଲେ ଛାଇ ବାହାର କରୁଛି, ଜନମ କଲା ଛୁଆଟାକୁ ସମ୍ଭାଳି ପାରିଲା ନାହିଁ ଯେ ମାଙ୍କଡ଼ ନେଇଗଲା, ଏଣେ କୁମ୍ଭୀର କାନ୍ଦଣା କାନ୍ଦୁଛି ।

ତଥାପି ସେ କାନ୍ଦୁଥିଲା । ସେ କାନ୍ଦ କୁମ୍ଭୀର କାନ୍ଦଣା ନଥିଲା । ତା ଅନ୍ତର ଫଟେଇ ଉଠୁଥିଲା କୋହ । ପିଲାଟା ସଞ୍ଚରିଲା ଦିନ ଠୁ ଯେମିତି ତାଆଡ଼କୁ ମାଡ଼ି ଆସୁଥିବା ସବୁ ବିପତ୍ତିକୁ ସାମ୍ନା କରି କରି ସେ ଯାହାପାଇଁ ବଞ୍ଚ ରହିଥିଲା, ସେ ଏବେ ନାହିଁ । ତାର ସବୁ ସ୍ୱପ୍ନ ଅକାରଣ ହୋଇପଡ଼ିଛି । ତାର ଆତ୍ମବଳ ଭାଙ୍ଗି ପଡ଼ିଛି । ସେ ଭାଙ୍ଗିଚୁଟି ଏତେ ଟିକେ ହୋଇ ପଡ଼ିଛି ।

ପେଟରେ ପଡ଼ିଲା ଦିନଠୁଁ ତା ଉପରକୁ ଯେମିତି ସବୁ ବିପଦ ମାଡ଼ିଆସିଛି । ପ୍ରଥମ ଦୁଇ ମାସ ଏମିତି ବାନ୍ତି ଯେ ପାଣି ଟୋପାଏ ରହିଲାନି ପେଟରେ । ଆଲିଜା ଦେଇ ପଡ଼ିରହିଲା ମାଟି ଉପରେ । ଶାଶୁ କହିଲେ, ପୋଢୁଆଁ ପୋଖତି, ଏମିତି ହୁଏ । ତୁ ଏକା ଜନମ କରିବୁ ? ଦୁନିଆଁ ସାରା ମାଇପେ ଛୁଆ ଜନମ କରୁଛନ୍ତି ନା ଏମିତି ଢଙ୍ଗ ବାହାର କରୁଛନ୍ତି ? ସୁଭଦ୍ରା ଦାନ୍ତପାଟି କାମୁଡ଼ି ସବୁ ସମ୍ଭାଳି ନେଲା ସିନା ଶୁଖ୍ ଶୁଖ୍ ସଲିତା ହୋଇଗଲା । ଆଖି ଦୁଇଟା ଡିମା ଡିମା ହୋଇ ବରକୋଲି ପରି ବାହାରି ଆସିଲା ବାହାରକୁ । ଦାନ୍ତ ନିକୁଟି ହୋଇଗଲା । ଅଙ୍ଗନବାଡ଼ି ଦିଦି, ଏଏନ୍ଏମ୍ ଦିଦିଙ୍କଠୁଁ ଯେତେ ଔଷଧ ପତ୍ର ଆଣି ଖାଇଲେ ବି କାହିଁରେ କିଛି ଫଳ ହେଲାନାହିଁ । କତରା ଲଗା ହେଇ ବଞ୍ଚ ରହିଲା ସୁଭଦ୍ରା । ସାତମାସ ପର୍ଯ୍ୟନ୍ତ ପେଟରେ ଛୁଆ ବୁଲିଲା ନାହିଁ । ମା'ଟା ତ ନଖାଇ ନପିଇ ସେମେତି ଯାଇଥିଲା, ଛୁଆ ଦେହରେ ଶକ୍ତି କେଉଁଠି ଆସିବ ଯେ ସେ ପାଚି ଫଳି ସୁସ୍ଥ ସବଳ ହୋଇ ଜନ୍ମନେବ । ତିନି ଦିନ କଷ୍ଟ ପାଇଲା ପରେ ଆଠମାସର ଛୁଆଟା ଜନ୍ମ ହୋଇପଡ଼ିଲା ।

ଡ. ବାସନ୍ତୀ ମହାନ୍ତି ❖ ୧୩୯

ଜିଆ ନାଡ଼ ପରି ହାତଗୋଡ, ଆଖି ତ ନୁହେଁ ଦୁଇଟା କଟାଦାଗ, ତାଳ ସଜ ପରି ଦେହର ରଙ୍ଗ । ଝିଟିପିଟି ପରି ଲୁତୁ ଲୁତୁ । ଅସାଡ ହୋଇ ପଡ଼ିରହିଥିଲା ଛୁଆଟା । ଊଁ ନାଇଁ କି ଚୁଁ ନାଇଁ, ଡାକ୍ତର ନର୍ସଙ୍କ ଅକ୍ଲାନ୍ତ ପରିଶ୍ରମ ପରେ ଛୁଆଟା କେଁ କରିଥିଲା । ପନ୍ଦର ଦିନ ଡାକ୍ତରଖାନାରେ ରହିବା ପରେ ସେ ଫେରିଥିଲା ଘରକୁ ।

ପିଲାଟା ବଞ୍ଚୁଥିଲା, କିନ୍ତୁ ଶଶୀକଳା ପରି ନୁହେଁ । ଆଜି ଜ୍ୱର ତ କାଲି ହଗଣା । ପରଦିନକୁ ହାଡ଼ଫୁଟି କି ମିଳିମିଳା । ସେଥିକୁ ପୁଣି କି ଚନ୍ଦ୍ରକଳାରେ ଜନମ ହେଇଚି ଯେ ମିଁ ମିଁ କା ଛୁଆଟା ସିନା କାହାର ଟିକେ ଦୃଷ୍ଟି ପଡ଼ିଗଲେ ତା ଦେହରେ ତାତି ଭର୍ତି ହେଇଯାଉଛି । ବାନ୍ତି ଉଚ୍ଛାଳ କରି ନଯ୍ୟାନ୍ତ ହୋଇ ପଡୁଛି । କାନ୍ଦି କାନ୍ଦି ଉଚ୍ଛନ୍ନ ହୋଇପଡୁଛି । ସାରାରାତି ତା ପାଇଁ ଅନିଦ୍ରା ହେଇ ବସୁଥିଲା ସୁଭଦ୍ରା । ଶାଶୁ ବୁଢ଼ୀ ନିଦ ମଳ ମଳ ଆଖିରେ ଆସି କହେ, ଦେ ମୋ ହାତକୁ ତାକୁ । ଯାଆ ମୁଣ୍ଠି ଛାଙ୍ଗୁଣୀଟା ଆଣ । ଆଉ ଶୁଖିଲା ଲଙ୍କା ଦି'ଟା ଆଣ । ବୁଢ଼ୀ ମୁଣ୍ଠି ଛାଙ୍ଗୁଣୀରେ ଛୁଆକୁ ଝାଡ଼ି ଦେଇ ଝାଡୁଟାକୁ ଘର ଡିଆଁଇ ବାହାରକୁ ଫିଙ୍ଗିଦିଏ । ଲଙ୍କା ଦୁଇଟା ଛୁଆଟାର ମୁଣ୍ଠୁଁ ଗୋଡ଼ଯାଏ ବୁଲେଇ ଆଣି, କହେ ଯାଆ ଚୁଲୀରେ ନିଆଁଥିବ, ପକେଇ ଦେବୁ । ନିର୍ଦ୍ଧେଶ ମୁତାବକ କାମ କରେ ସୁଭଦ୍ରା ।

ମୁହଁ ଅନ୍ଧାରୁ ଡକାହୁଏ ଗୁଣିଆକୁ । ସେ ଲୁଣ ମନ୍ତ୍ରେଇ ଦିଏ । ଅତୁରୁ ପାଣି ଢାଳେ ଆଣିବାକୁ ବରାଦ ଦିଏ । ସେଇ ପାଣିକୁ ସେ ମନ୍ତ୍ରେଇ କାଟପାଣି କରିଦିଏ । ସେଇ ପାଣିକୁ ମାଆ ଛୁଆ ମୁଣ୍ଠରେ ଛିଞ୍ଚି ହୁଅନ୍ତି । ଗାଧେଇଲା ବେଳେ ସେଇ ପାଣିରୁ ଟିକେ ମିଶେଇ ଛୁଆକୁ ଗାଧେଇ ଦିଆହୁଏ । ଏମିତି ଝୁଲିଥାଏ ନବଜ । ଏମିତି ଦୁଇ ଝରି ଦିନ ଯାଇଥିବ କି ନାହିଁ, ଆରମ୍ଭ ହୋଇଯିବ ଆଉ ଗୋଟିଏ ପାଲା । ଅତିଷ୍ଠ ହୋଇ ପଡ଼ିଲାଣି ସୁଭଦ୍ରା । ତାକୁ ଛୁଆ ନେଞ୍ଚେରା ଯେତିକି ବାଧୁ ନଥିଲା ଅଧିକ ବାଧୁଥିଲା, ଶାଶୁ ନଣନ୍ଦଙ୍କ ରାଢ଼ଛାଡ଼ କଥା ।

ସତକୁ ସତ କେତେ ସହିବ ଯେ ମଣିଷ । ଘରଟା ଭିତରେ ସଦା ସର୍ବଦା ରୋଗିଣା ଛୁଆଟା କେଁ କେଁ । ଭଲ ମଣିଷ ଗୁଡ଼ାକ ବି ରୋଗୀଣା ହେଇ ଯିବେ ଅସହିଷ୍ଣୁ ହୋଇପଡ଼େ ଶାଶୁ ବୁଢ଼ୀ । ହେଇଥାନ୍ତା ହେଲେ ପୁଅଟା! କୁଳକୁ ବିହନ ହୋଇଥା'ନ୍ତା । ଝିଅ ଛୁଆଟା ବୋଝ ଉପରେ ନଳିତା ବିଡ଼ା । ଜନମ ହେଲା କାଳରୁ ପଥ୍ୟ ଔଷଧରେ ବଞ୍ଚିଛି । ନାକେଦମ୍ କରି ସାରିଲାଣି ମଣିଷକୁ । ଜନମ

ଆଗରୁ ମାଆଟା ପଛରେ ମୁଠା ମୁଠା ପଇସା ସରୁଥିଲା । ଏବେ ଛୁଆଟା ପଛରେ ପାଣିପରି ବୋହିଯାଉଛି ପଇସା । ଗେରସ୍ତଟା ରୋଜଗାର କରୁଛି କ'ଣ ଏଇ ମାଆ ଛୁଆଙ୍କ ପଛରେ ଏମିତି ଉଡାଇବା ପାଇଁ ?

ସୁଭଦ୍ରାର ଅଲକ୍ଷ୍ୟରେ ଅନେକଥର ମନ୍ତ୍ରଣା ବସିଲାଣି । ଏସବୁର ଗୋଟାଏ ସ୍ଥାୟୀ ସମାଧାନ ନିହାତି ଦରକାର । ଯୋଡ଼ା ଯୋଡ଼ା ଭଉଣୀ ବାହାହେବାପାଇଁ ବସିଛନ୍ତି । ସାନଭାଇଟା ପାଠ ପଢୁଛି । ବୋପାଟା ସବୁବେଳେ ରୋଗୀଣା । ସବୁ ରୋଜଗାର ଯଦି ତାରି ମୂଳରେ ସରିବ ଏସବୁ ହବ କେମିତି ? ପୁଅଟା ତ ମାଆ ଝିଅଙ୍କ ପାଇଁ ପାଗଳ ହେଇଯାଉଛି । ଆଗ ପଛ କିଛି ଦେଖୁନି । ଛୁଆଟା ପଛରେ ଉଡ଼େଇ ରଖିଛି, ବୋହୂଟା ବି ଭଲା ପୁଅଟାକୁ ଟିକେ ବୁଝି ଶୁଝି ଦିଅନ୍ତା । କି ଅଲକ୍ଷଣା ଛୁଆଟା ଜନ୍ମ କଲା ଯେ, ଭୂଇଁରେ ପଡୁ ନପଡୁ ଲକ୍ଷ୍ମୀ ସାଆନ୍ତାଣୀ ସଙ୍ଗେ ବାଦ କରିବା ଆରମ୍ଭ କରିଦେଇଛି । ଅଲକ୍ଷଣୀଟା ଘରେ କଳାକନା ବୁଲେଇ ହିଁ ଯିବ ।

ଶାଶୁ ବୁଢ଼ୀର ବିଡ଼୍ ବିଡ଼୍ କଥାରୁ କି ଭୂତ ସବାର ହେଲା କେଜାଣି, +୨ ଫେଲ୍ ହୋଇ ଘରେ ବସିଥିବା ବଡ଼ ନଣନ୍ଦଟା ଚଟାପଟ୍ କହି ପକାଇଲା ନାହାକକୁ ଡାକି ଝିଅର କୋଷ୍ଠୀଟା ଠିକ୍ ଦେଖଉନୁ, ଛୁଆଟାର ଭାଗ୍ୟ ଭବିଷ୍ୟତ କ'ଣ ସେ କହି ଦିଅନ୍ତା ।

ଶାଶୁ ବୁଢ଼ୀ କହିଲା, ଛୁଆଟାର ଏବେ କି ଜାତକ ଗୋଷ୍ଠୀ, ତା ବାପର ଭାଗ୍ୟରେ ଯାହା ଥବ ସେୟା ହିଁ ଭୋଗିବ ।

ହଉ-ଭାଇର ଜାତକଟା ତ ଦେଖାଯାଇ ପାରିବ । ତା କପାଳରେ ଯଦି ସନ୍ତାନ ଶୋକ ନିଃସନ୍ତାନ ଯୋଗ ଥବ ସେ ତ ଭୋଗିବ । ସେଥିପାଇଁ ଏମିତି ସର୍ବସ୍ୱାନ୍ତ ହେବା କାହିଁକି ଆମେ !

ଗ୍ରହ ବିପ୍ର କୁଶ ତ୍ରିପାଠୀ କୋଷ୍ଠୀ ଗଣନା କରି ଯାହା କହିଲେ, ସ୍ତବ୍ଧ ହୋଇଗଲେ ସମସ୍ତେ । ସୁଭଦ୍ରା ସ୍ୱାମୀର ଜେଜେବାପାଙ୍କର ସେହି ଗ୍ରାମର ଜଣେ ଲୋକ ସହ ଅହି ନକୁଳ ସମ୍ପର୍କ ଥିଲା । ସବୁ ସେଇ ଜମି ଜମା ସମ୍ବନ୍ଧୀୟ । ମିଛ କେସ୍ ଲଢ଼ି, ଲାଞ୍ଚ ମିଛ ନେଇ ସେ ତାର ଜମିସବୁ ହଡ଼ପ କରିଥିଲେ । ଦୁଃଖ ଦାରିଦ୍ର୍ୟରେ ସଢ଼ି ସଢ଼ି ବାରଦ୍ୱାର ହୋଇ ଲୋକଟା ମୃତ୍ୟୁ ବରଣ କରିଥିଲା ।

ଡ. ବାସନ୍ତୀ ମହାନ୍ତି ❖ ୧୪୧

ଅଥଚ ଜେଜେବାପାଙ୍କର ଟିକେ ବି ଦରଦ ନଥିଲା ତା ପ୍ରତି । ଅପରପକ୍ଷେ ତାର ଏମିତି ସଢ଼ି ସଢ଼ି ମରିବାଟାକୁ କର୍ମଫଳ କହି ଏଡ଼େଇ ଦେଇଥିଲେ । ସେଇ ଲୋକଟାର ଅତୃପ୍ତ ଆତ୍ମା ଘୁରି ଘୁରି ଏବେ ଏଇ ପରିବାର ଉପରେ ସବାର ହୋଇଛି ।

ଚଟ୍‌କରି ଶାଶୁ ବୁଢ଼ୀ କହି ପକାଇଲା – ନାହାକେ ! ଇୟେ ତ ଝିଅ ଛୁଆଟା । ସେ ଲୋକର ଆତ୍ମା କେମିତି ହେବ ? ଚଢ଼ା ଗଳାରେ ଗ୍ରହ ବିପ୍ର କହିଲେ, ଆମ୍ମାର କ'ଣ ଲିଙ୍ଗ ଥାଏ ? ଗୋଟିଏ ଜନ୍ମ ପୁରୁଷ ଶରୀରରେ ପ୍ରବେଶ କରେ ତ, ଆସନ୍ତା ଜନ୍ମକୁ ନାରୀ ଶରୀରରେ ପ୍ରବେଶ କରିଥାଏ । ସେ ଆତ୍ମା ବରବାଦ୍ କରି ହିଁ ଛାଡ଼ିବ ଏ ପରିବାରକୁ ।

କେତେ ଯୋଡ଼ା ଭୟାର୍ତ୍ତ ଦୃଷ୍ଟି ଗ୍ରହବିଗ୍ରହଙ୍କ ଆଡ଼େ ରହିଁ ତାଙ୍କ ମୁଖ ନିଃସୃତ ବାଣୀ, ଆତଙ୍କିତ ହୋଇ ଶୁଣୁଥିଲେ । ଶାଶୁ ନଣନ୍ଦ ଦିଅର ଓ ଶ୍ୱଶୁରଙ୍କର ମାନସିକତା ସହ ମେଳ ଖାଇଗଲା ଗ୍ରହ ବିପ୍ରଙ୍କର କଥା । ସେମାନେ ଆଶ୍ୱସ୍ତ ହେଲେ ଯେ ଅଘଟଣର ହେତୁଟା ଜଣାପଡ଼ିଗଲା । ଏଥିପାଇଁ ପ୍ରତିକାର ବ୍ୟବସ୍ଥାଟା ବି ସେ ଜଣେଇ ଦେଇଛନ୍ତି ।

ବିଶ୍ୱାସ କଲା ନାହିଁ ସୁଭଦ୍ରା । ଭୁତନାଥ ଶିବଙ୍କ ପାଖରେ ରୁଦ୍ରାଭିଷେକଟିଏ ତ କରିବାକୁ ପଡ଼ିବ । ତା ସଙ୍ଗେ ସଙ୍ଗେ କିଛି ଦାନ ଧାନ, ପ୍ରେତାତ୍ମା ଶାନ୍ତି ଯଜ୍ଞ ହେବ । ଆଉ କିଛି ପୂଜାପାଠ ଘର ଭିତରେ । ଘର କିଲେଇବାକୁ ପଡ଼ିବ । ସେ ମୂର୍ଖ ନୁହଁ, ବି.ଏ. ପର୍ଯ୍ୟନ୍ତ ପାଠ ପଢ଼ିଛି । ବାହାଘର ଆଗରୁ ଗୋଟିଏ ସେଚ୍ଛାସେବୀ ସଂଗଠନରେ କାମ କରୁଥିଲା । ଶାଶୁ ନଣନ୍ଦଙ୍କ ମନ ଘେନିବାକୁ ଝୁଡ଼ା ଫୁଙ୍କା ଗୁଣିଟୁଣି କାଟପାଣି, ମନ୍ତରା ଲୁଣ ଆଦିକୁ ବିଶ୍ୱାସ ନ କଲେ ସୁଦ୍ଧା ସହ୍ୟ କରିଯାଉଥିଲା । କିନ୍ତୁ, ଗ୍ରହବିପ୍ର ଯେଉଁ ପ୍ରେତାତ୍ମା କଥା କହିଲେ ତାକୁ ଆଦୌ ଗ୍ରହଣ କରୁନଥିଲା । ସେ ଯେଉଁ ଅନୁଷ୍ଠାନରେ କାମ କରୁଥିଲା, ଲୋକମାନଙ୍କ ମଧ୍ୟରେ ପ୍ରଚଳିତ ଅନ୍ଧବିଶ୍ୱାସ ଓ କୁସଂସ୍କାର ସମ୍ପର୍କରେ ସଚେତନ କରାଇବା ଥିଲା ତାର ପ୍ରଧାନ କାର୍ଯ୍ୟ । ଜଡ଼ିବୁଟି, ତାବିଜ ଡେଉଁରିଆ ଅନଗ୍ରସର, ଅପାଠୁଆ ଆଦିବାସୀମାନଙ୍କ ଭିତରେ ପ୍ରଚଳିତ ଦୁମା ଦେବତା, ଟେଙ୍କ ଆଦି ସମ୍ପର୍କରେ

ସଚେତନତା ସୃଷ୍ଟି କରାଯାଇଥିଲା । ଏ ପରିବାରଟି ଯେ ଆଦିବାସୀଙ୍କ ତୁଲନାରେ ଏତେ ପଛୁଆ, ଏତେ ଅନଗ୍ରସର, ସେ ବିଶ୍ୱାସ କରିପାରୁନଥିଲା ।

ଶତ୍ରୁର ଆତ୍ମା ଏ ପରିବାରରେ ଜନ୍ମ ନେଇଛି ବୋଲି ଜାଣିସାରିବା ପରେ ଛୁଆଟାକୁ ଆଉ କେହି ଆଡ଼ ଆଖିରେ ରଖୁ ନଥିଲେ । ପୂର୍ବଜନ୍ମର ପ୍ରତିଶୋଧ ନେବାପାଇଁ ସେ ଆସିଛି । ଏପରିବାରକୁ ଦାଣ୍ଡର ଭିକାରୀ କରିବାକୁ ଆସିଛି । ବିନାଶ କରିବାକୁ ଆସିଛି । ବେଳ ଥାଉ ଥାଉ କିଛି ଗୋଟାଏ ନକଲେ ପରିସ୍ଥିତି ଅଣାୟତ୍ତ ହୋଇପଡ଼ିବ । କିନ୍ତୁ କାହାକୁ କିଛି କହିବାକୁ ପଡ଼ିଲା ନାହିଁ । ମାଙ୍କଡ଼ଟାଏ କରିଦେଲା ସବୁ ସମାଧାନ । କୋଉ ଛଟକରେ ସେ ଆସି ମାଆଟା ପାଖରୁ ଛୁଆଟାକୁ ଉଠେଇ ନେଇଗଲା, କେହି ତାର ଟେର ପାଇନାହାଁନ୍ତି । ଶୂନ୍ୟରୁ ଆସି ଛୁଆଟାକୁ ଟେକି ନେଇ ଅଦୃଶ୍ୟ ହୋଇଗଲା । ମାଙ୍କଡ଼ ଯଦି ନେଇ ନାହିଁ କିଏ ନେଲା ଛୁଆଟାକୁ ?

ପ୍ରପଞ୍ଚ ମାଙ୍କଡ଼ଟାକୁ ଦେଖ ତ ! ଯଦି ତାର ଛୁଆଟାଏ ଦରକାର ଥିଲା ତେବେ ଏଇ ମରଣ ସାଙ୍ଗରେ ଯୁଝୁଥିବା ଛୁଆଟାକୁ କାହିଁକି ନେଲା ? କି ଅହଣ୍ତା ଥିଲା ତା ମାଆ ସଙ୍ଗେ ତାର ?

ମୁଣ୍ଡ କୋଡ଼ି କାନ୍ଦୁଛି ମାଆଟା । ତା ଦୁଃଖରେ ପଥର ତରଳି ଯାଉଥିଲା । ଆକାଶ ଲୁହ ଝରଉ ଥିଲା, ଗଛଲତା ସ୍ତବ୍ଧ ହୋଇଯାଇଥିଲେ, ବଣ ଜଙ୍ଗଲ ପାହାଡ଼ ଖୋଲ ସବୁଠି ପ୍ରତିଧ୍ୱନିତ ହେଉଥିଲା ଅଭାଗିନୀ ମାଆଟାର କରୁଣ କ୍ରନ୍ଦନ । ହେଲେ ସେ ଗୋସେଇଁଖିଆ ମାଙ୍କଡ଼ଟା କୋଉଠି ଲୁଚି ରହିଚି ଯେ !

ଗାଁରେ ପଡ଼ିଛି ହୁରି । କାନ ଉଠିଲା ଦିନୁ କେହି କେବେ ଶୁଣି ନଥିବା କି ଦେଖି ନଥିବା ଘଟଣା ଘଟିଲା ଏ ଗାଁରେ । ଛୁଆଟାକୁ ନେଇଗଲା ମାଙ୍କଡ଼ । କେହି ଅଟକେଇ ପାରିଲେ ନାହିଁ ତାକୁ ।

କିଏ ଦେଖିଛି ଯେ ଛୁଆଟାକୁ ମାଙ୍କଡ଼ ନେବାବେଲେ ! ଦେଖିଥିଲେ କ'ଣ ଅଟକେଇ ନଥାନ୍ତେ ! ଜାଣ ପଶୁ ମାଙ୍କଡ଼ଟା । ଓର ଦେଖ ଘର ଭିତରେ ପଶି ମଶାରୀ ଟେକି ଛୁଆଟାକୁ ନେଇଗଲା କାହାରି ଆଖିରେ ପଡ଼ିଲା ନାଇଁ ?

ହାଁ – ମାଙ୍କଡ଼ ଗୁଡ଼ାକ ପରା ସେମିତି । କେହି ଜଣେ କୁହାମୁଣ୍ଡ କହୁଥିଲା, ମୋ ମାମୁଘର ଗାଁରେ ପରା ମାଙ୍କଡ଼ାଟା ଛୁଆଟାକୁ ନେଇ ଆମ୍ବ ଗଛ ଅଗାକୁ ଚଢ଼ି

ଆରାମରେ ତା ମୁଣ୍ଡରୁ ଉକୁଣି ବାଛିଲା । ସାରା ଗାଁଟା ଥରହର ହେଲା । କାହାରି ପାଟିରୁ କଥା ପଦେ ଶୁଭିଲା ନାହିଁ । ଆତଙ୍କ ଖେଳିଗଲା ରୁରିଆଡେ । ମାଙ୍କଡ଼ଟା ଯଦି ହଠାତ୍ ଛୁଆଟାକୁ ସେଇ ଉପରୁ ପିଙ୍ଗିଦିଏ । ଦେଖଣା ହାରୀଙ୍କ ନିଶ୍ୱାସ ରୁଦ୍ଧି ହୋଇଯାଉଥିଲା ।

କାହାରିକୁ କିଛି ବୁଦ୍ଧି ଦିଶୁ ନଥିଲା ।

ମାମୁଙ୍କ ବାଡ଼ିରେ ଫଳିଥିଲା ଗୋଟାଏ ଏତେବଡ଼ ପାଟକପୁରା କଦଳୀ କାନ୍ଦି । ୨/୪ ଦିନ ତଳେ ମାମୁ ତାକୁ କାଟିଆଣି ଘରଭିତରେ କାନ୍ଥରେ ଡେରି ଦେଇଥିଲେ । ସେ ସେଉଠୁ ଧାଇଁଯାଇ ସେ କାନ୍ଦି ସହ ଉଠେଇ ଆଣି ଗଛ ଠୁଁ ଟିକେ ଦୂରରେ ମାଙ୍କଡ଼କୁ ଦୃଶ୍ୟ ହେବା ଜାଗାରେ ଥୋଇ ଦେଲେ । ନିଜ କାନ୍ଧ ଉପରୁ ଗାମୁଛାଟା ବାହାର କରି ବିଛେଇ ଦେଲେ । କାନ୍ଦିଟା ଯାକ କଦଳୀ ପାଚି ହଳଦୀ ଗୁରୁଗୁରୁ ହୋଇଥିଲେ ବି କେହି ସେଥରୁ ଗୋଟାଏ ବି ଖଣ୍ଡିଆ କରିନଥିଲେ । ଆଇ ସତ୍ୟନାରାୟଣ ପାଲାଟିଏ କରିବ ବୋଲି ମାନସିକ କରିଥିଲା । ସେଇଠି ଲାଗିଥାନ୍ତା କଦଳୀ କାନ୍ଦିଟା ।

ମାମୁ ଇଶାରାରେ ଦେଖଣାହାରୀମାନଙ୍କୁ ସେଠାରୁ ରୁଲିଯିବାକୁ କହିଲେ । ଆଖ୍ ପିଛୁଲାକେ ସେ ଜାଗା ଖାଲି ହୋଇଗଲା । ଗଛ ଉପରେ ବସି ମାଙ୍କଡ଼ଟା ସବୁ ଲକ୍ଷ୍ୟ କରୁଥିଲା । ଜାଗାଟା ନିଶୁନ୍ ହେବା ଦେଖ୍ ସେ ଧୀରେ ଓହ୍ଲେଇ ଆସିଲା ତଳକୁ । ଖୁବ୍ ସତର୍କତାର ସହ ଛୁଆଟାକୁ ଜାବୁଡ଼ି ଧରିଥାଏ ଗେଧ ହନୁଟା । ମାମୁ ବିଛେଇ ଥିବା ଗାମୁଛା ଉପରେ ଛୁଆଟାକୁ ଛାଡ଼ି କଦଳୀ କାନ୍ଦିଟା ଧରି ଚଡ଼ିଗଲା ଗଛ ଉପରକୁ । ମାମୁ ଗୋଟିଏ ଗଛ ଉହାଡ଼ରେ ଲୁଚିଥିଲେ, ଖପ୍ କରି ଛୁଆଟାକୁ କୋଳକୁ ଉଠେଇ ନେଲେ ।

ହେ– କିଏ ଦେଖୁଛ ମାଙ୍କଡ଼ ନେଲା ଛୁଆକୁ! ପୋଲିସ୍ ଇନସ୍ପେକ୍ଟରର ଧମକାଣରେ ସମସ୍ତେ ଚୁପ୍ ହୋଇଗଲେ । କେହିତ ଦେଖ୍ନ, ମାଙ୍କଡ଼ ମାଙ୍କଡ଼ କାହିଁକ ହେଉଚ ? ମାଙ୍କଡ଼ କାହିଁକି ନେବ ? କେହି ମଣିଷ ରେେରଇଛି ଛୁଆକୁ । ସେତେବେଳକୁ ପୋଲିସ୍ ଇନସ୍ପେକ୍ଟର ଦୁଇଜଣ କନେଷ୍ଟବଲଙ୍କୁ ଧରି ଆସି ପହଞ୍ଚ ଗଲେଣି । ରୁରିଆଡେ ତନାଘନା ଖୋଜା ଖୋଜି ଓ ଜେରା ଆରମ୍ଭ

ହୋଇଗଲାଣି । ପୋଲିସ୍ ଇନସ୍ପେକ୍ଟରଙ୍କ ବକ୍ତବ୍ୟରେ ପ୍ରଚ୍ଛନ୍ନ ଧମକ ଥିଲା ।

କିଏ କାହିଁକି ରୋଗୀଣା ପିଲାଟାକୁ ଘେରାଇ ନେବ ? ମରିବ ବଙ୍ଗବ ଠିକ୍ ଠିକଣା ନଥିଲା । ପାଣିପରି ସରୁଥିଲା ପଇସା । ସେଇ ଗେଧ ମାଙ୍କଡ଼ର ହିଁ ସବୁ କାର୍ଡି । ପୋଲିସ୍ ଇନସ୍ପେକ୍ଟରଙ୍କ ଚକ୍ଷୁ ଆକର୍ଷଣ କଲା ବୟସ୍କ ମହିଲାଙ୍କ ମନ୍ତବ୍ୟ ଉପରେ; ମହିଲା ଜଣକୁ ଶାଶୁ ବୁଢ଼ୀ ବୋଲି ଜାଣିବା ପରେ ସେ ଆହୁରି ଭଲଭାବରେ ନିରୀକ୍ଷଣ କଲେ ।

ଆରେ ଆରେ ଦେଖିଲ ଏ କୂଅ ଭିତରେ କ'ଣ ଦିଶୁଛି । ସମସ୍ତଙ୍କ ଦୃଷ୍ଟି ସେଇ ଆଡ଼କୁ ଲମ୍ବିଗଲା । କୂଅଟା ଥିଲା ପରିତ୍ୟକ୍ତ । ଝରଟା ଶୁଖିଯାଇଥିଲା କେଉଁକାଳୁ । ବର୍ଷାଦିନ ମାସେ ଦୁଇମାସ ଛଡ଼ା ବର୍ଷସାରା ସେମିତି ଶୁଖିଲା ଖଡ଼ ଖଡ଼ ହୋଇଥାଏ । ଉପରୁ ଦୁଇଟା ନଡ଼ଛାଡ଼ି ଭିତରୁ ଗୋଟାଏ ଓସ୍ତଗଛ ଉଠି ଗୋଡ଼ହାତ ଲମ୍ବେଇଲା ପରି କୂଅର ଅଧାଠୁ ଅଧିକ ଜାଗା ଆବୃତ କରି କୂଅଟାକୁ ଆହୁରି ଅନ୍ଧାରୁଆ କରି ରଖିଥିଲା । ତାରି ଭିତର ଦେଇ କାହାର ସନ୍ଧାନୀ ଦୃଷ୍ଟି କିଛି ନିରୀକ୍ଷଣ କରିଥିଲା । ସମସ୍ତେ ସେଇଆଡେ ମୁହାଁଇଲେ ।

ସତକୁ ସତ କୂଅ ଭିତରେ କିଛି ଗୋଟାଏ ପଡ଼ିଥିବାର ଅନୁଭବ କଲେ ସମସ୍ତେ । ବହୁଦିନର ପରିତ୍ୟକ୍ତ କୂଅଟା । ଜନ୍ତୁଜୁନ୍ତାଙ୍କ ଆଡ୍ଡାସ୍ଥଳୀ । ବହୁଦିନ ତଳେ, ଯେତେବେଳେ କୂଅରେ ଭରପୂର ପାଣିଥିଲା, ଅଘଟଣଟିଏ ଘଟିଥିଲା । ଘେଧୁରୀଘର ବିଧବା ବୋହୂଟା ଏଇ କୂଅକୁ ଡେଇଁପଡ଼ି ଆତ୍ମହତ୍ୟା କରିଥିଲା । ସେ କୁଆଡେ ପାପଗର୍ଭା ଥିଲା । ନିଶୁତି ରାତିରେ ତାର କ୍ରନ୍ଦନ ଧ୍ୱନି ଅନେକ ଲୋକ ଶୁଣିଛନ୍ତି । ଯେଉଁ ଦୁଇମାସ ପାଣି ରହେ ସେ ପାଣି ଭିତରେ କୁଆଡେ ବାଡ଼େଇ ପିଟି ହେବାର ପ୍ରତ୍ୟକ୍ଷ ପ୍ରମାଣ ଅନେକ ଲୋକ ଦେଖିଛନ୍ତି । ତାରି ଭୟରେ ଏ ଅଞ୍ଚଳକୁ ଦିନରେ ସୁଦ୍ଧା କେହି ପାଦ ପକାନ୍ତି ନାହିଁ । ଅଳିଆ ଆବର୍ଜନା ସହ ବଣବୁଦାରେ ଭରପୂର ହୋଇଛି କୂଅ ଝୁରିପଟ ।

ଖବର ପାଇବା ମାତ୍ରେ ଆଖ୍ ପିଛୁଲାକେ ଟିଣ୍ଟିଣ୍ ଘଣ୍ଟିଧ୍ୱନି କରି ସଦଳବଳେ ପହଞ୍ଚିଗଲେ ଅଗ୍ନିଶମ ବିଭାଗ । ଦୁର୍ଗମ କୂଅର ଭୟାବହତାକୁ ଅତିକ୍ରମ କରି କୂଅ ଭିତରକୁ ପଶିବାପାଇଁ ସେମାନଙ୍କୁ ବେଶୀ ସମୟ ଲାଗିଲା ନାହିଁ । କୂଅ

ଭିତରୁ ବାହାରି ଆସିଲା ଛୁଆଟା । ସେତେବେଳକୁ ତା ପିଣ୍ଡରେ ଆଉ ପ୍ରାଣ ନଥିଲା ।

କେମିତି ଆସିଲା ଏ ଛୁଆଟା ଏଠି କି ?

ମହିଲା ମହଲରୁ କେହି ଜଣେ ଗୁଣ୍ଡୁଗୁଣ୍ଡେଇ ହଉଥିଲା, ମାଙ୍କଡ଼ ନୁହେଁ ମ ! ସେଇ ବୋହୂଟାର ଆମ୍ବା କରିଛି ଏ କାଣ୍ଡ । ତା ପେଟର ଛୁଆଟାକୁ ଜନମ ଦେଇ ପାରିଲାନି, ଛୁଆ ଲୋଭରେ ସେ ଉଠେଇ ନେଇଛି ଏ ଛୁଆକୁ ।

ଝରିଆଡ଼େ ଖେଳିଯାଇଥିଲା ସନ୍ଦିଗ୍ଧ ବାତାବରଣଟିଏ । ପୋଲିସ୍ ଇନ୍‌ସ୍‌ପେକ୍‌ଟର ମିଃ ପଟନାୟକ ଦୁଇ ବାହୁବଳିଆ ନିଶ ଉପରେ ଅଙ୍ଗୁଳି ଚଳନା କରୁକରୁ କ'ଣ ଭାବୁଥିଲେ କେଜାଣି – ହଠାତ୍ ତାଙ୍କର ଧ୍ୟାନ ଭଗ୍ନ ହେଲା ସୁଭଦ୍ରା ଶାଶୁର ହାଉ ହାଉ କାନ୍ଦରେ –

ହେ ରଇଜଲା ଅଲପେଇଷା ମାଙ୍କଡ଼ ତୁ କ'ଣ କଲୁରେ ! ମୋ ସୁନାନାକୀ ନାତୁଣୀକୁ କୂଅରେ ପକେଇ ମାରିଦେଲୁ । କି ଦୋଷ କରିଥିଲା ପାଣିହାଣ୍ଡି ଛୁଆଟା ତୋର ! ତତେ ବାଘ ଖାଉରେ ସାପ କାଟୁ । ତତେ ମରଣ ହେଉ । ତା'ପରେ କାନ୍ଦଣା ନାତୁଣୀକୁ ନେଇ । ସେ କୁଆଡେ ତାପାଇଁ ସୁନାରୂପା ଗଢ଼େଇ ରଖ୍‌ଥାନ୍ତା । ଗୋଟାଏ ରାଜକୁମାର ସହ ବାହାଘର କରିଥାନ୍ତା । ଯାନିଯୌତୁକ ଦେଇ ବାହାଘର କରିଥାନ୍ତା । ମାଙ୍କଡ଼ଟା କିଛି କରେଇ ଦେଲାନାହିଁ । ବେଳକୁ ବେଳ ତା କାନ୍ଦଣା ଆହୁରି ବଢ଼ି ବଢ଼ି ଚାଲୁଥିଲା । ଆହୁରି କେତେ ସମୟ ପର୍ଯ୍ୟନ୍ତ ସେ ହାଉହାଉ ହୋଇଥାନ୍ତା କେଜାଣି ? ଇନ୍‌ସ୍‌ପେକ୍‌ଟର ସେଇ ଆଡ଼କୁ ଚପଟିଯାଇ କହିଲେ – ଚୁପ୍‌କର ବଜାତ୍ ମାଇକିନିଆ ।

□□□

ସଭ୍ୟତାର ବିଷ

କାଦମ୍ବିନୀ ଦେବୀ ଆଖିମେଲି ରୁହିଁଲେ । ଝିଅ ଜ୍ୱାଇଁ ନାତି ନାତୁଣୀ ସମସ୍ତେ ତାଙ୍କୁ ବେଢ଼ିଛନ୍ତି । ସମସ୍ତଙ୍କ ମୁହଁ ଉପରେ ଆଶଙ୍କାର ଘନ କଳା ବାଦଲ । ସେଇ ଗୋଟିଏ ପ୍ରଶ୍ନର ତୀରରେ ଯେମିତି ସମସ୍ତେ ତାଙ୍କୁ ବିଦ୍ଧ କରୁଛନ୍ତି । ତମେ ଏମିତି ନିଷ୍ପଉତିଏ କାହିଁକି ନେଲ! ଏମିତି କରିବା ଆଗରୁ ଅନ୍ତତଃ ଆମମାନଙ୍କ ସହ ପରାମର୍ଶ କରିଥାନ୍ତ ହେଲେ । ଆଗକୁ ଆହୁରି କି ଅଘଟଣ ନ ଘଟିବ କିଏ କହିବ ?

ଅସହାୟ ଭାବରେ କାଦମ୍ବିନୀ ଦେବୀ କଡ଼ ଲେଉଟେଇଲେ । ସେ ଅନୁଭବ କଲେ ତାଙ୍କ ବାର୍ଦ୍ଧକ୍ୟର ମଳାହାଡ଼ରେ ଥିବା ସାହସ ଶକ୍ତି ଓ ସାମର୍ଥ୍ୟ ତାଙ୍କ ପିଲାମାନଙ୍କ ଦେହରେ ନାହିଁ । ଜୀବନର ସବୁ ସୁସ୍ଥ ଭାବନାକୁ ଅହେତୁକ ଭୟ ଆକ୍ରାନ୍ତ କରି ରଖିଛି । ଏମାନେ ସମସ୍ତେ ଜଣେ ଜଣେ ମାନସିକ ବିକାର ଗ୍ରସ୍ତ ମଣିଷ । ନିଜ ରକ୍ତ ମାଂସ ଦେଇ ଗଢ଼ିଥିବା ଏଇ ମଣିଷମାନେ ମଣିଷ ନୁହଁନ୍ତି, କେବଳ ମାଟି ପିଣ୍ଡୁଲା ହୋଇ ରହିଗଲେ ।

କ୍ଷୋଭ ଅପମାନ ଓ ଅବଶୋଷରେ ସେ ସଢ଼ି ଯାଇଥିଲେ । ଦୁନିଆ ଉପରୁ ତାଙ୍କର ଆସ୍ଥା ତୁଟିଗଲା । ସେମାନଙ୍କ କୌଣସି ପ୍ରଶ୍ନର ଉତ୍ତର ଦେବାକୁ ସେ ରୁହିଁଲେ ନାହିଁ ।

ଡ. ବାସନ୍ତୀ ମହାନ୍ତି ❖ ୧୪୭

ଦୀର୍ଘ ୧୫ ଦିନ ଶଯ୍ୟାଶାୟୀ ହୋଇ ରହିବାପରେ ଆଜି ସେ ପ୍ରଥମ କରି ଦାଣ୍ଡ ଫାଟକ ଖୋଲିଲେ ।

ଶରୀରର ଦୁର୍ବଳତା ସଂପୂର୍ଣ୍ଣ ପ୍ରଶମିତ ହୋଇନାହିଁ । ସେଥିକି ଖାତିର ନ କରି ସେ ରାସ୍ତା ଉପରେ ପାଦ ଥୋଇଲେ । ଶରୀରର ଦୁର୍ବଳପଣ ତାଙ୍କୁ ଯେତିକି ବାଧୁନଥିଲା, ଭୟାତୁର ସ୍ୱାମୀ ପୁତ୍ର କନ୍ୟାମାନଙ୍କର ଅସହଯୋଗ ତାଙ୍କୁ, ତା ଠାରୁ ଅଧିକ ବିଚଳିତ କରିଦେଉଥିଲା । ସେ ଅନୁଭବ କଲେ ଏତେବଡ଼ ଦୁନିଆରେ ସେ ସଂପୂର୍ଣ୍ଣ ଏକା । ତାଙ୍କୁ ସହାୟତା ଦେବା ତ ଦୂର କଥା କ୍ରମେ ତାଙ୍କ ନିଃଶ୍ୱାସ, ତାଙ୍କ ରକ୍ତ ପ୍ରବାହ, ତାଙ୍କ ସ୍ନାୟୁ ସଭା ମଧ ତାଙ୍କ ଠାରୁ ବିଚ୍ଛିନ୍ନ ହୋଇପଡୁଛନ୍ତି । ସେ ଭାଙ୍ଗି ତୁଟି ଗଲେ । ଗଭୀର ଅନ୍ତର୍ଦାହ ତାଙ୍କୁ ଆକ୍ରାମାକ୍ରା କରିଦେଲା । ତାଙ୍କ ସାଂସାରିକ ବୁଦ୍ଧି ବିଦ୍ୟାକୁ ହେୟଜ୍ଞାନ କରୁଥିବା କାଳିକାର ପିଲା । ବଡ଼ପୁଅ କଥା ମନେ ପଡ଼ିଲା, ସେ କହୁଥିଲା ତମେ ଏକା ରହିଁଲେ ସମାଜକୁ ବଦଲେଇ ପାରିବନି ମାଆ ! ସମାଜ ଯେଉଁଠି ଯେମିତି ଅଛି, ଯେମିତି ଚଳିଛି ତାକୁ ଚଳିବାକୁ ଦିଅ । ତମେ ଈଶ୍ୱର ନୁହଁ । ନ ହେଲେ ଏ ଯେଉଁ ନକଲି ଈଶ୍ୱର ସବୁ ବୁଲୁଛନ୍ତି ତାଙ୍କ ଦୌରାମ୍ୟରୁ ତମେ ତ ବର୍ତ୍ତି ପାରିବନି, ଆମମାନଙ୍କୁ ମଧ ବିପଦରେ ପକେଇବ ।

କାଦମ୍ବିନୀ ଦେବୀଙ୍କ ଦରଦୀ ହୃଦୟ ଏସବୁକୁ ଅନୁମୋଦନ କରିପାରୁନଥିଲା । ଗଭୀର ଅନ୍ତର୍ଦାହ ତାଙ୍କ ସମଗ୍ର ସ୍ତ୍ତାକୁ ସଂକ୍ରମିତ କରିଦେଉଥିଲା । ସେ ସବୁ ବାଧା ବାରଣ ଏଡ଼ି କବିତା ରହୁଥିବା ବସ୍ତି ଆଡ଼କୁ ପାଦ ବଢ଼େଇଲେ । ବସ୍ତିର ଶେଷ ମୁଣ୍ଡରେ ରୁଣ୍ଡ ହୋଇଥିଲେ ଛିଣ୍ଡା ଦରମିଳା ପିନ୍ଧା ଫୁରଫୁର କେଶ ଯୁକ୍ତ ଚିକ୍କଣ କଳାରଙ୍ଗର ମଣିଷ ଗୁଡ଼ାଏ । କିଛି ଗୋଟାଏ ପର୍ବପାଳନ କରୁଥିଲେ ବୋଧହୁଏ । ଆସନ୍ନ ସଂଧ୍ୟା । କର୍ମ ଫେରନ୍ତା, ମେହେନ୍ତି ମଣିଷମାନଙ୍କର ସାମୟିକ ମନୋରଞ୍ଜନ ।

ସେଇ ଗହଳି ଭିତରେ କାଦମ୍ବିନୀ ଦେବୀଙ୍କ ଦୁଇ ସନ୍ଧାନୀ ଦୃଷ୍ଟି ଖୋଜି ବୁଲୁଥିଲା କବିତାକୁ । ତା ବାପା କି ମାଆକୁ । ତା ସାନ ଭାଇଭଉଣୀଙ୍କୁ । ସେ ନିରାଶ ହେଲେ । ଏକ ଅଜଣା ଆତଙ୍କରେ ସେ ଶିହରୀ ଉଠିଲେ ।

କବିତା ଆମ୍ରହତ୍ୟା କରିଦେଲା କି ଆଉ ?

ଆହା ବିଚରୀ ! ବୁଢ଼ାବାପା, ରୋଗୀଣା ମାଆ ଓ ବେକାର ଭାଇଙ୍କ ମୁହଁରେ ଅଧାର ଦେଇ ଜୀଆଇ ରଖିଥିଲା । ପେଟପୁରା ତ ନୁହେଁ ଢୋକେ ପିଇ ଦଣ୍ଡେ

ଜୀଇ ପରି । ଶିଶୁ ମନ୍ଦିରରୁ ଆସୁଥିବା ତା ଦରମା ଗଣ୍ଠାକ ପରିବାରର ସର୍ବସ୍ୱ ଥିଲା । ଅଦୃଶ୍ୟ ଶକ୍ତିଙ୍କ ଉଦ୍ଦେଶ୍ୟରେ ଆପେ ଆପେ ତାଙ୍କ ହାତଦୁଇଟା ଯୋଡ଼ି ହୋଇଗଲା ଓ ସେ ଅସ୍ପଷ୍ଟ ସ୍ୱରରେ କହିଲେ ହେ ଭଗବାନ୍ କବିତା ଭଲରେ ଥାଉ ।

କବିତା ଭଲରେ ଥିଲା କି ନାହିଁ କେଜାଣି ସେ କିନ୍ତୁ ଆତ୍ମହତ୍ୟା କରିନଥିଲା । ବଞ୍ଚି ରହିଥିଲା ।

କାଦମ୍ବିନୀ ଦେବୀଙ୍କ ପ୍ରଶ୍ନର ଉତ୍ତରରେ ମୁଖିଆ ଶ୍ରେଣୀର ଲୋକଟିଏ ହାତରେ ଖଇନୀ ଦଲୁ ଦଲୁ କହିଲା, କବିତା ଆଉ ଏ ବସ୍ତିରେ ରହୁନି ମାଆ । ସେ ଗୋଟାଏ ଆଡ଼କୁ ଅଙ୍ଗୁଲି ନିର୍ଦ୍ଦେଶ କରି କହିଲା, ହେଇ ସେ ଯେଉଁ ଆଗଗଲି ଦେଖୁଛ ନା ମା, ସେଇଠୁ ଟିକେ ଆଗକୁ ଭାଙ୍ଗିଗଲେ ପାଣି ପାଇପ ଟିଏ ପଡ଼ିବ । ସେଇ ପାଇପ ପାଖରେ ଅଛି ଟିଣ ଘରଟିଏ, ସେ ସେଇଠି ରହୁଛି । ଆଶ୍ୱସ୍ତ ହେଲେ କାଦମ୍ବିନୀ ଦେବୀ ।

ଅନ୍ଧାର ଧୀରେ ଧୀରେ ଘନେଇ ଆସୁଥିଲା । ଦପ୍ ଦପ୍ ହେଇ ରାସ୍ତାର ବିଜୁଳିବତୀ ସବୁ ଜଳି ଉଠିଲା । ତେରଛା ହେଇ ତେନାଏ ଆଲୋକ ସେଇ ପାଇପ ଉପରେ ବିଛାଡ଼ି ହୋଇପଡ଼ିଛି । ଝିଅଟାଏ ନଇଁ ପଡ଼ି କଳସୀରେ ପାଣି ଭରୁଛି । କବିତା ହେଇଥିବ ପରା ।

କାଦମ୍ବିନୀ ଦେବୀଙ୍କ ପାହୁଣ୍ଡ ଆଉଟିକେ ଲମ୍ବା ହୋଇଗଲା । ପାଣି ହାଣ୍ଡିଟି ଧରି ବୁଲିପଡ଼ି ଅନ୍ଧାକୁ ଉଠୁ ଉଠୁ ଝିଅଟି ସହ ତାଙ୍କର ଚାରିଚକ୍ଷୁ ହୋଇଗଲା । କବିତା ତାଙ୍କୁ ନ ଚିହ୍ନିଲା ପରି ମୁହଁ ବୁଲେଇ ଆଗକୁ ଚାଲିଗଲା । ଆରେ ! ଝିଅଟା ଏମିତି ଚାଲିଯାଉଛି କାହିଁକି ? ସେ ଆଗକୁ ମାଡ଼ି ଚାଲିଲେ । କବିତା ଘରଭିତରକୁ ପ୍ରବେଶ କରିବାମାତ୍ରେ ଭିତରୁ ଦରଜା ବନ୍ଦ କରିଦେଇଥିଲା ।

ବିଚଳିତ ହୋଇ ପଡ଼ିଲେ କାଦମ୍ବିନୀ ଦେବୀ । ଅସହାୟ କଣ୍ଠରେ ଦରଜାରେ ଆଘାତ କରି କହିଲେ – "କବିତା ! ମୁଁ ଆସିଛି ମୁଁ । କାଦମ୍ବିନୀ ମାଡ଼ାମ୍ । କବଟ ଖୋଲ !" କିଛି ସମୟ ପରେ ରୁଦ୍ଧଦ୍ୱାର ଖୋଲିଲା । ଆଗରେ ରୁଗ୍ଣ ଜରାଜୀର୍ଣ୍ଣ ମଣିଷଟିଏ । ଦୀର୍ଘଦିନ ଧରି କୌଣସି ଏକ ବ୍ୟାଧି ସହ ଲଢ଼ି ଲଢ଼ି ଥକି ପଡ଼ିଥିବା ଚିତ୍ର ସେ ଚେହେରାରେ ସ୍ପଷ୍ଟ ପ୍ରତିଭାତ ହେଉଥିଲା । ଦିଶୁଥିଲା ଏକ ପ୍ରେତାତ୍ମାପରି ।

ଡ. ବାସନ୍ତୀ ମହାନ୍ତି ❖ ୧୪୯

କାଦମ୍ବିନୀ ଦେବୀଙ୍କୁ ଦେଖ୍ ସେଇ ପ୍ରେତମୂର୍ତ୍ତିଟା କହିଲା, ମୁଁ କବିତାର ମାଆ । ଭିତରକୁ ଆସନ୍ତୁ । କାଦମ୍ବିନୀ ଦେବୀ ତାଙ୍କୁ ଅନୁସରଣ କଲେ । କବିତା ସେତିକି ବେଳୁ ସେମିତି ପାଣି ହାଣ୍ଡିଟା କାଖରେ ଧରି କାଠ ପିତୁଳା ପରି ଠିଆ ହୋଇଥିଲା ।

ତା କାନ୍ଧରେ ହାତ ରଖ୍ ସେ ମୋଲାୟମ କଣ୍ଠରେ ଡାକିଲେ – କବିତା !

କବିତା ମୁହଁ ଫେରେଇ ତାଙ୍କ ମୁହଁକୁ ରୁହିଁଲା ।

ବିଦୀର୍ଣ୍ଣ ହୋଇଗଲା କାଦମ୍ବିନୀ ଦେବୀଙ୍କ ଛାତି । ସେ ଅନୁଭବ କଲେ ଯେମିତି ପୃଥିବୀ ଯାକର ଲାଞ୍ଛନା, ଅପମାନ, ଅସହାୟତା, ବିକଳପଣ ପରସ୍ତ ପରସ୍ତ ହୋଇ ସେ ମୁହଁରେ ଅଶ୍ଲୀଳ ଭାବେ ଲେସି ହୋଇଯାଇଛି । ତଥାପି ସେ ମୁହଁରେ କୃତ୍ରିମ ହସଟିଏ ଧରି ରଖ୍ବାକୁ ପ୍ରବଳ ପ୍ରୟାସ କରିଥିଲା । ସେ ଯଦି ହସିନଥାନ୍ତା ବୋଧହୁଏ କାଦମ୍ବିନୀ ଦେବୀଙ୍କ ଛାତିରେ ଏତେ ଯନ୍ତ୍ରଣା ହେଇନଥାନ୍ତା କି ଅବରୁଦ୍ଧ କୋହରେ ସେ ଅଶନିଃଶ୍ୱାସୀ ହୋଇନଥାନ୍ତେ । ସେ ହସର ପରିଭାଷା ଠିକ୍ ବୁଝିଲେ କାଦମ୍ବିନୀ ଦେବୀ । ହତାଶ କଣ୍ଠରେ କହିଲେ "କେମିତି ଅଛୁ! ମୋତେ କ୍ଷମା କରିଦେବୁ କବିତା ! ମୁଁ ତୋ ପାଇଁ କିଛି କରିପାରିଲିନି ।" ମୁହଁ ଖୋଲିଲା କବିତା । ମୁଁ ଆପଣଙ୍କ ଗୋଡ଼ ଧରୁଛି ମାଆ ! ଆପଣ ଆଉ କିଛି କରନ୍ତୁ ନାହିଁ । ସେଦିନ ସେ ଦୁର୍ବୃତ୍ତମାନଙ୍କ କବଳରୁ ମତେ ଉଦ୍ଧାର କରି ଡାକ୍ତରଖାନା ନେଇ ନଥିଲେ ମୁଁ ଆଜି ଜୀବନ ଧରି ଏଠି ଠିଆ ହେଇପାରନଥାନ୍ତି । ଅଭିଯୋଗ ନେଇ ପୋଲିସ୍ ଥାନାକୁ ଯାଉଥିବା ବେଳେ ଚଣ୍ଡାଳ ଗୁଡ଼ାକ ଆପଣଙ୍କର କି ଅବସ୍ଥା କଲେ ସେ ସବୁ ମୁଁ ଶୁଣିଛ ମାଡ଼ାମ୍ । ଆପଣଙ୍କୁ ମୁଁ ବହୁତ କଷ୍ଟ ଦେଇଛି । ଟିକେ ଦମ୍ ନେଇ ସେ ପୁଣି ଆରମ୍ଭ କଲା ।

ମୋ ସ୍କୁଲ ଯିବା ରାସ୍ତାରୁ ସେ ଗୁଣ୍ଠାମାନେ ମୋତେ ଘୋଷାଡ଼ି କାର ଭିତରେ ଭର୍ତ୍ତି କଲାବେଳେ ରାସ୍ତାରେ ଯାଉଥିବା ଅନେକ ଲୋକଙ୍କ ଆଖିରେ ପଡ଼ିଥିଲା । କିନ୍ତୁ ସେମାନେ ଆଖି ବନ୍ଦ କରିଦେଇଥିଲେ । ମୋ ଆକୁଳ କ୍ରନ୍ଦନ ଅନେକଙ୍କ କର୍ଣ୍ଣ କୁହରକୁ ନିଶ୍ଚୟ ଫଟେଇ ଦେଇଥିବ । କିନ୍ତୁ ସେମାନେ କାନରେ ହାତ ଦେଇଦେଇଥିଲେ । କାହାରି ପାଟିରୁ ପଦେ କଥା ବାହାରି ନଥିଲା, ଦାନ୍ତ ପାଟି ରୁପି ସେ ରାସ୍ତାରୁ ହଟିଗଲେ ସମସ୍ତେ । ମହାମ୍ମାଗାନ୍ଧୀଙ୍କ ତିନି ମାଙ୍କଡ଼ ଫରି ନା ସେମାନେ କିଛି ଦେଖ୍ଲେ ନା ଶୁଣିଲେ ନା କହିଲେ ।

ମୋ ମାଂସକୁ ଖଣ୍ଡ ଭିନ୍ କରି ସେଇ ବନ୍ୟପଶୁ ଗୁଡ଼ାକ ଖାଉଥିବାବେଳେ ଆପଣ ଚୁପ୍ ରହି ନଥିଲେ । ମୋତେ ରକ୍ଷା କରିବା ପାଇଁ ଆପଣ ବଳ ଖଟେଇଥିଲେ । ପୋଲିସ୍‌କୁ ଫୋନ୍ କରିଥିଲେ । ପୋଲିସ୍ ଗାଡ଼ିର ଶବ୍ଦ ଶୁଣି ମତକୁ ଛାଡ଼ି ହିଂସ୍ରପଶୁ ରୁଲି ଗଲାପରି ପୋଲିସ୍ ଆଖିରେ ଧୂଳି ଦେଇ ରୁଲି ଯାଇଥିଲେ । ତା’ପରେ ଡାକ୍ତରଖାନା ନେଇ ମୋ ପାଇଁ ଆପଣ ଯାହା କରିଛନ୍ତି ମୁଁ ଏ ଜନ୍ମରେ ଶୁଝିପାରିବିନି । ଅଭିଯୋଗର ସାକ୍ଷୀ ହେବାପାଇଁ ଥାନାକୁ ଗଲାବେଳେ ସେ ଚଣ୍ଡାଳ ଗୁଡ଼ାକ ଆପଣଙ୍କର ଯେଉଁ ଅବସ୍ଥା କଲେ ସେ କଥା ବି ମୁଁ ସବୁ ଶୁଣିଛି ମାଡ଼ାମ୍ ।

କବିତାର କୋହ ବେଳକୁ ବେଳ ତାକୁ ଅସ୍ଥିର କରୁଥିଲା । ସେ ଫଁ ଫଁ କରି କେତୋଟା ଦୀର୍ଘଶ୍ୱାସ ନେଇ ନିଜ କୋହକୁ ସମ୍ବରଣ କଲା ।

କାଦମ୍ବିନୀ ଦେବୀ ତା କପାଳରେ କର ସ୍ପର୍ଶ କଲେ । ତା ମୁହଁ ଉପରେ ନିଜ କାନିଟା ବୁଲେଇ ଆଣିଲେ । କବିତା ଟିକେ ଦମ୍ ନେଇ କହିଲା, ମତେ ପରଖୁଛନ୍ତି ମାଡ଼ାମ୍ ମୁଁ କେମିତି ଅଛି ?

ଏଇ ଦେହ ଉପର ଦେଇ ବହିଯାଇଥିବା ଝଡ଼ ତୋଫାନ ସୁନାମୀର ପ୍ରଳୟ ବଦଳରେ ବାପାଙ୍କର ଅଫିମ ଖର୍ଚ୍ଚ, ବୋଉର ଔଷଧ ଖର୍ଚ୍ଚ ଯୋଗାଡ଼ ହୋଇପାରିଛି । ମୋ ଭାଇ ପାଇଁ ଗୋଟାଏ ରୁକିରିର ଯୋଗାଡ଼ ହୋଇଯାଇଛି ।

ଖାଲି ଥାନାରୁ କେସ୍‌ଟା ଉଠେଇ ଆଣିଲି ବୋଲି । ଆପଣ ସେ କୁକୁର ଗୁଡ଼ାକୁ ଚିହ୍ନଛନ୍ତି ବୋଲି ପାଟି ଖୋଲିଲେ ମୋତେ ଜୀବନରେ ମାରିଦେବାର ଧମକ ଦେଇଛନ୍ତି ।

ମୃତ୍ୟୁକୁ ମୋର ଭୟନାହିଁ ମାଆ । ପ୍ରତିମୁହୂର୍ତ୍ତରେ ମୃତ୍ୟୁଠାରୁ ଆହୁରି ଯନ୍ତ୍ରଣା ଦାୟକ ଅନୁଭବକୁ ପିଇ ଯାଉଥିବା ଗୋଟାଏ ଜିଅନ୍ତା ଶବ ପାଇଁ ମରିବା ବଞ୍ଚିବା ସବୁ ଏକା କଥା ମାଡ଼ାମ୍ ।

ମୋର ଭୟ ହେଉଛି ମୋ ପରିବାର ପାଇଁ । ସକଳ ଅନ୍ୟାୟ ଅତ୍ୟାଚର ନିନ୍ଦା ଅପବାଦକୁ ଗଳସ୍ତ କରିପାରିବାର ଶକ୍ତି ଅଛି ମୋର ମାଡ଼ାମ୍ । କିନ୍ତୁ କ୍ଷୁଧାର ତାଡ଼ନାରେ ଛଟପଟ ହେଉଥିବା ମୋ ବାପା ମାଆ ଭାଇଙ୍କର ଦୁଃଖ ମୁଁ ଆଦୌ ସହ୍ୟ କରିପାରିବି ନାହିଁ ।

ଡ. ବାସନ୍ତୀ ମହାନ୍ତି ❖ ୧୫୧

ବହୁ ଅଭିଜ୍ଞା ଓ ପଞ୍ଚାବନ ବର୍ଷର ଅର୍ଥନୀତି ଅଧ୍ୟାପିକା କାଦମ୍ବିନୀ ଦେବୀ ବିମୁଢ଼ ହୋଇ ଶୁଣିଯାଉଥିଲେ । ଶିଶୁ ମନ୍ଦିରରେ ଦୁଇହଜାର ଟଙ୍କା ବେତନରେ କାମ କରୁଥିବା ୧୮/୧୯ ବର୍ଷର ଝିଅଟା ତାଙ୍କୁ ଜୀବନର ଗହନ ତତ୍ତ୍ୱ କହୁଛି ।

ତାଙ୍କ ଦୃଷ୍ଟି ପଥରେ ଭାସି ଯାଉଥିଲା ଦୁର୍ବଳ ଆର୍ଥିକ ସ୍ଥିତି ଉପରେ ଠିଆ ହୋଇଥିବା ଆମ ପରିବର୍ତ୍ତିତ ସାମାଜିକ ମୂଲ୍ୟବୋଧର ଏକ ଦୈନ୍ୟ ରୂପ । କ'ଣ ହେବ ଏଇ ରୁଗ୍ଣ କୀଟଦଂଷ୍ଟ ସମାଜର ଭବିଷ୍ୟତ ରୂପରେଖ ? କେତେଦିନ ଏମିତି ଏ ସଭ୍ୟତା ବିଷକୁ ମଣିଷ ହଜମ କରି ଋଳିଥିବ ? ସେ ଆତଙ୍କରେ ଶିହରି ଉଠିଲେ । ତାଙ୍କର ଆଉ କିଛି କରିବାର ନଥିଲା ।

କବିତା ସପକ୍ଷରେ ପୋଲିସରେ ବିଦ୍ରୋହ କରି ଉଠୁଥିବା ତାଙ୍କ ଅନ୍ତରାତ୍ମାର ଉତ୍ତେଜନା ଧୀରେ ଧୀରେ ପ୍ରଶମିତ ହେଉଥିଲା ନା ପରିସ୍ଥିତିର ଦହ ଦହ ରଡ଼ନିଆଁକୁ ଦୁଇ ପାପୁଲିରେ ଧରିରଖିବାର ଅବ୍ୟକ୍ତ ବେଦନାରେ ସେ ଅତିଷ୍ଠ ହେଉଥିଲେ ତାହା ଠିକ୍ ଜଣା ପଡୁନଥିଲା ।

ଅବ୍ୟବସ୍ଥିତ ପଦପାତରେ ସେ ଏରୁଣ୍ଡି ଡେଇଁ ରାସ୍ତା ଉପରେ ପାଦ ଥୋଇଲେ । ଅନ୍ଧାର ଆହୁରି ଘନେଇ ଆସିଲାଣି । ବିନା କାରଣରେ ଲାଇଟ୍ ପୋଷ୍ଟର୍‌ର ବାର୍‌ଲାଇଟ୍‌ଟା ଧପ୍ ଧପ୍ ହେବାକୁ ଆରମ୍ଭ କରୁଛି ।

ଗେଟ୍ ଖୋଲୁ ଖୋଲୁ ସାନ ପୁଅ କହିଲା – ମାଆ ! ଡାକ୍ତର ତତେ ରେଷ୍ଟ ନେବାପାଇଁ କହିଛନ୍ତି, ତୁ ଏତେ ସମୟ ପର୍ଯ୍ୟନ୍ତ କୋଉଠି ଥିଲୁ ? ଆମେ ସମସ୍ତେ ବ୍ୟସ୍ତ ହୋଇପଡ଼ିଥିଲୁ ।

କାଦମ୍ବିନୀ ଦେବୀ ପୁଅ ପ୍ରଶ୍ନର ଉତ୍ତର ଦେବା ଆବଶ୍ୟକ ମନେକଲେ ନାହିଁ । ନୀରବରେ ଏରୁଣ୍ଡି ଡେଇଁ ଘର ଭିତରକୁ ଗଲେ ।

❑❑❑